TIME OF DEATH
by J. D. Robb
translation by Jun Kouno

イヴ&ローク 番外編
ダーク・プリンスの永遠

J・D・ロブ

香野純［訳］

ヴィレッジブックス

目次

ダーク・プリンスの永遠

Eve&Roarke
イヴ&ローク
番外編

おもな登場人物

- **イヴ・ダラス**
  ニューヨーク市警殺人課の警部補
- **ローク**
  イヴの夫。実業家
- **ディリア・ピーボディ**
  イヴのパートナーの捜査官
- **ジャック・ホイットニー**
  イヴの上司
- **ライアン・フィーニー**
  電子探査課（EDD）の警部
- **イアン・マクナブ**
  フィーニーの部下
- **シャーロット・マイラ**
  精神分析医
- **モリス**
  検死官
- **ディック・ベレンスキ**
  鑑識課長。通称ディックヘッド
- **ドリアン・ヴァディム**
  クラブ〈ブラッドバス〉の経営者
- **アレッセリア・カーター**
  〈ブラッドバス〉の従業員
- **ジャクソン・パイク**
  医師
- **イシス**
  ロークの旧知の女性。魔術師
- **キャロリー・グローガン**
  43歳の女性
- **スティーヴ・グローガン**
  キャロリーの夫。医師

ダーク・プリンスの永遠

陽の光輪は沈み、星々が走り出《い》で、
瞬時に闇が訪れる。
——コールリッジ

何処より来た何者なのか、忌まわしき影よ？
——ジョン・ミルトン

プロローグ

死はパーティーの終わり。ティアラの考えでは、死よりも悲惨なのは、その前に来るもの。老いだ。本当に恐ろしいのは、若さ、美しさ、肉体、名声の喪失。どこの男が皺くちゃババアとやりたがる？　しなびた老婆が新しいホットなクラブで何を着ていようと、また、コートダジュールのビーチで何を着てなかろうと、誰が気にするだろう？　だあれもだ。

だから彼が、死は始まりに――真の始まりになりうるのだと告げたとき、彼女は夢中になり、勇み立った。それだけの金が払える特権階級なら不死を買えるという考えは、彼女にしてみれば理にかなっていた。これまでの生涯、彼女が欲したもの、望んだもの、求めたものは、すべて買えたのだ。永遠の命だって、ニューヨークのアパートやフランスの別荘となんのちがいもない。

それに不死は、ペントハウスやイヤリングとちがって、絶対に飽きが来ない。

彼女は二十三歳、いまがまさに最盛期だ。あらゆる部分が、引き締まり、均整がとれている。彼女はこの点を、化粧室のミラー・チューブでチェックして、納得した。わたしは完璧だ。そう判定を下すと、入念に研究し、練習を重ねた手法で、トレードマークの長い金髪をさっと振った。

彼のおかげで、わたしはこれからもずっと完璧でいられるのだ。

彼女はチューブを出た。鏡の付いた両開きのドアは、服を着る自分の姿が見られるように、開けたままにしておいた。服は前もって、体にぴったり吸いつく、透け透けの赤いのを選んであった。その裾の部分はピーコック・アイズ柄で、動くたびにウィンクする。彼女の耳からはシャンデリア・ドロップがぶら下がり、短いガウンの裾のアクセントと同じく、サファイアとエメラルドの鮮やかな色をきらめかせていた。彼女はさらに、青いダイヤのペンダントをかけ、宝石をぎっしりはめこんだ太いブレスレットを両手首にはめた。くっきり描かれた彼女の唇はドレスと合う色に塗ってある。そしていま、その唇が得意げにカーブを描いた。

あとで、と彼女は思った。すべてが終わったら、何か変わったものに着替えよう。何か踊るのに、お祝いするのにふさわしい服に。

唯一残念なのは、クラブではなく、プライベートな場所で目覚めなければならないことだった。でも彼女の恋人は、埋められて、その後、薄気味悪い棺桶から這い出てくるという気持ちの悪いプロセスは、低俗な本やB級ビデオの創作にすぎないと請け合った。現実はもっとずっと文明的なのだと。

儀式の――すごくセクシーな儀式の一時間後、彼女は永遠の若さ、永遠の力、永遠の美を手に入れて、自分のベッドで目覚める。

彼女の新たな誕生日は、二〇六〇年四月十八日になるのだ。

代償は、魂のみ。そんなものはどうだっていいし。

最近のお気に入りの色、ブルーとグリーンで改装したばかりの寝室に、彼女はぶらぶらと入っていった。犬のベッドで――女主人のベッドとおそろいの天蓋付きのやつで――ティアラのティーカップ・ブルドッグがいびきをかいている。

自分と同じかたちで、ビディーも目覚めさせてやれたら、と思った。彼は、ティアラがこの世で唯一、自分と同じくらい本気で愛しているものなのだ。しかし彼女は、言われたとおり、そのおちびちゃんに眠り薬をのませておいた。ワンコに儀式の邪魔をされてはまずいから。

与えられていた指示に従い、彼女は専用エレベーターとエントランスのセキュリティをすべて解除した。それから、自分の目覚める部屋にめぐらすように言われた十三本の白いキャンドルに火を灯した。

作業が終わると、彼にもらった薬瓶の中身をクリスタルのワイングラスに注ぎ、それを全部、一滴残らず飲んだ。いよいよだ。注意深くベッドに身を横たえながら、彼女は思った。

彼は静かに入ってきて、わたしを見つける。そして奪い取る。

早くも体は火照り、欲望に疼いていた。

彼はティアラを叫ばせ、絶頂に至らせる。そして、彼女が叫び、達したとき、あの最後の究極のキスを与えるだろう。

ティアラは喉に手を触れた。もう咬まれている感じがする。

わたしは死ぬのよ。彼女はそう思い、彼をイメージしながら、胸と腹部を両の手でなでた。すごくない？　死んで、それから目覚めるなんて。そして永遠に生きるなんて。

1

その部屋はキャンドルの蠟と死のにおいがした。キャンドルはどれも、宝石っぽい色のホルダーのなかに溶け落ちている。遺体は、重なり合う枕と血の染みのなかで、湖ほどの大きさのシルクの天蓋付きベッドに横たわっていた。

女は若く、金髪だった。真っ赤なドレスがウエストまでめくれあがっている。透き通るようなグリーンの目は開かれたままで、虚空を見据えていた。

ティアラ・ケントの遺体を観察しながら、イヴ・ダラス警部補は考えた。この死んだブロンドは、死ぬ瞬間、殺害者の目を見つめていたのだろうか？

とにかくそいつは顔見知りだ。その点はほぼ確実。押し入った形跡はない。セキュリティ・システムは被害者によってなかからシャットダウンされていた。争った形跡もない。それに、ふたりが性交したのは確かだが、レイプの証拠は出ないだろう。

被害者は闘わなかった。遺体の上にかがみこみ、イヴは思った。体から血を抜かれるときでさえ、そいつと闘わなかったのね。

「喉の左側に穿孔《せんこう》がふたつ」イヴは記録のために口述した。「視認しうる傷はそれのみ」彼女はティアラの手を持ちあげ、完璧に整えられ、念入りに塗られた爪を観察した。「両手の遺留物を採取して」パートナーに命じた。「たぶん彼女はそいつを引っ掻いている」

「あんまり血液が見られませんね」ピーボディ捜査官は咳払いした。「ぜんぜん足りません。その首のもの、あれみたいじゃないですか？　咬み傷。つまり、その、牙の痕みたいな」

イヴはちらりとピーボディを見やった。「メイドがキッチンに連れてったあの不細工なちび犬が被害者の首に咬みついたっていうの？」

「いえ」ピーボディは首をかしげて、かがみこんだ。黒っぽい目が大きく開かれ、きらめいている。「ねえ、ダラス、わかってるでしょう。これが何に見えるか」

「これは死体に見える。被害者が男と会い、度を越したケースに見えるわね。きっと体内には違法ドラッグが残っているでしょう。何か朦朧《もうろう》とさせるもの、あるいは、興奮させるものが。それから犯人は、喉に凶器を突き刺した。そうね、歯を食いこませたのかも。仮にその男が犬歯を削って尖らせているか、なんらかの装具を着けていたなら、だけど。そしてそいつは、被害者の血液を抜き取った。女のほうはそこに横たわって、されるがままになっていたわけ」

「わたしはただ、この傷は昔ながらの吸血鬼の咬み痕みたいだって言ってるだけですよ」

「それじゃドラキュラを指名手配しないとね。同時に、被害者が――万が一ということもあるから――心臓が鼓動している誰かと会っていなかったかどうかも確認しましょうよ」

「ただ言ってみただけですよ」ピーボディは今度は小さくつぶやいた。

イヴは再度、寝室を見回してから、そこを出て、ものすごく広い化粧室へと移った。

並みのアパートメントより大きいわね、と彼女は思った。それに、セキュリティ・スクリーン、娯楽スクリーン、前後左右全面を映せる鏡がある。クロゼット自体は小規模な百貨店。冷徹にカテゴリー別に整理されている。

しばらくのあいだ、イヴは両手を腰に当て、ただ眺めていた。ひとりの人間に、アッパー・ウェストサイド全域に行き渡るだけの服、加えて、同エリアの老若男女全員に履かせられるだけの靴か。ロークでさえ――イヴは夫の衣類の数のおびただしさをよく知っているのだが――〝衣装好み〟度はここまで高くない。

それから彼女は首を振り、目の前の仕事に集中した。

犯人のためにドレスアップしたのね、とイヴは思った。みだらなドレスに、エロい靴。となると、アクセサリーはどこなの？　女がセックスしに来る相手のために着飾り、靴にまで気を配るなら、光り物をじゃらじゃらさせるんじゃない？

そうだったなら、犯人はそれを失敬したわけだ。

イヴは、レールや回転ラックやドーム状の覆いの下に連なる引き出しや戸棚を調べた。どれも鍵がかかっているし、パスコードで護られている。つまり、なかに貴重品が入っているということだ。しかし見たところ、こじ開けようとした形跡はない。

　このペントハウスには高価な品がたくさんある。彫像、絵画、電子機器。ところが、どちらの階でも、ざっと点検したかぎりでは、動かされたものはなかった。

　犯人が泥棒だとしたら、そいつはずさんな泥棒か、選り好みの激しい泥棒だ。

　イヴはしばらくその場に立って、鑑定を行った。彼女は背の高い女性だ。ズボンとブーツをはき、白いシャツの上に短い革のジャケットをはおったその姿はすらりとしていた。髪は茶色で、短くカットされている。顔は細く引き締まり、濃い茶色の目が大きい。周囲を観察するとき、その目はまさに警官のものだった。

　ピーボディが背後で低く口笛を吹いても、イヴは振り返らなかった。「ワオ！　これってビデオの世界じゃないですか。彼女はあらゆる国のあらゆる服を持ってるんでしょうね。それにこの靴。すごいなあ、この靴」

「何百足もある」イヴは言った。「足は必須の二本だけなのにね。人間ってイカレてる。この建物の警備責任者をつかまえて。過去数週間に被害者が会っていた相手、うちに招《よ》んでいた相手を知っているかどうか、記録があるかどうか確認してちょうだい。こっちはメイドを引き受ける」

イヴは移動して、下の階に下りた。そこは警官や鑑識員、騒音、装備であふれ返っていた。殺人の仕事は忙しい。

朝食室とかいう場所で、イヴはメイドを見つけた。彼女は赤い目をして、あの不細工なち び犬を抱きかかえていた。イヴは警戒の眼《まなこ》で犬を見やった。それから、制服警官たちに退出するよう合図した。

「ミズ・クルス？」

名前を呼ばれ、女は改めてわっと泣きだした。今回、イヴと犬とはちょっといらだって顔を見合わせた。

イヴはメイドと目の高さが同じになるようにすわった。そして言った。「やめなさい」

どうやら命令に従うのが習い性らしく、メイドは即座にグスンといって涙を押しもどした。「ショックが大きくて」彼女はイヴに言った。「ミス・ティアラ、かわいそうなミス・ティアラ」

「ええ、本当にお気の毒です。こちらでのお勤めは長いんですか？」

「五年になります」

「さぞおつらいでしょう。でも、いくつか質問させていただかなくてはならないんです。ミス・ティアラにこんなことをしたのが誰なのか見つけるために」

「ええ」メイドは胸に手を当てた。「なんでも。なんでもどうぞ」

「あなたはこのうちの鍵をお持ちだし、パスコードもご存知ですね？」

「ええ、もちろん。ミス・ティアラがご在宅のときは、毎日、身のまわりのお世話をしに来ますから。それに、いらっしゃらないときは、週三回」

「他にこのうちに入れる人は？」

「おりません。そうですね、たぶんミス・ダフィーなら。確かじゃありませんけれど」

「ミス・ダフィー？」

「ミス・ティアラのお友達です。ダフォディル・ウィーツ。ミス・ティアラの大親友ですわ。喧嘩をなさってないときは、ですが。それと、ミス・キャラメルも親友です」

「その名前、冗談なんですか？」

メイドは泣きはらした目をぱちくりさせた。「いいえ、マダム」

「警部補です」イヴは訂正した。「オーケー、そのダフォディルとキャラメルがミス・ケントの友達だと。男性はどうです？ミス・ケントはどんな男性とつきあっていました？」

「ミス・ティアラは大勢の男性とおつきあいしていました。あのかたはとても美しくて、とてもお若くて、とても活発でしたから――」

「親密な交際の相手です、ミズ・クルス」イヴはそう口をはさみ、賛辞と新たな涙の両方を止めた。「それも、ごく最近の」

「どうかエステラと呼んでください。あのかたは男性とのおつきあいを楽しんでいました。

いま言ったように、お若くて活発でしたから。わたしも全員は知りません。ほんの短期間のお相手もいれば、長めのかたもいましたわ。でもこの一、二週間は、おひとりしかいなかったようです」

「それは誰なんでしょう?」

「わかりません。お会いしたことがないので。でも、あのかたがまた恋をしているのはわかりましたわ。だって、いつもよりよく笑っていらしたし、うちじゅう踊って歩いていらしたし……」エステラは一瞬、守秘義務に関する自らの規範と格闘しているようだった。

「あなたがお話になることはすべて捜査の助けになるんですよ」イヴは促した。

「ええ。そうですね……誰かのお世話をしていると、その人が、その……そういう関係を持つとわかるものなんです。あのかたはここ一週間ほど、毎晩、誰かとベッドをともにしておりました」

「でもあなたはその男を見たことがなかった」

「ええ。わたしは毎朝八時に来て、ミス・ティアラから延長のご要望がなければ、夕方六時に帰ります。わたしがここにいるとき、その男性がいたことはありませんでした」

「ミス・ケントはよく、なかからセキュリティ・システムを切っていたんでしょうか?」

「いいえ」涙はもうなく、エステラはきっぱりと首を振った。「セキュリティが切られたことなんて一度だってありません。なぜミス・ティアラがそんなことをしたのかさっぱりわかりませんわ。とにかく、今朝来てみたら、セキュリティがオフになっていたんです。わたしは、システムの故障にちがいない、ミス・ティアラが怒るだろうと思いました。それで、寝室に行く前に、まず下に連絡してそのことを伝えたんです」

「オーケー。あなたは八時に来て、セキュリティがオフになっているのに気づき、そのことを連絡してから、上の階に行ったと。それがあなたのいつもの手順なんですか？　うちに入って、すぐ寝室に行くのが？」

「ええ、ビディーを迎えに行くんです」エステラは身をかがめ、犬に頬ずりをした。「この子を朝のお散歩に連れていって、そのあと餌をあげるんですの。ミス・ティアラはたいてい十一時ごろまで寝ています」

エステラは眉を寄せた。「ここ数日は、もっと遅かったんですよ。新しい恋人ができてからは。ときには、お昼過ぎてだいぶするまで下りてきませんでしたわ。それに、下りてくると、窓のカーテンを全部閉めるように言うんです。ほしいのは夜だけなんだとおっしゃいましてね。心配でしたよ。お顔の色がとても青かったし、お食事もとらないんですから。でもわたしは思ったんです。まあ、恋をしてるせいだろうって」

長い長いため息のあと、エステラはつづけた。「今朝、ビディーは寝室のドアのそばで待っていませんでした。この子は毎朝そこでわたしを待っているのに。わたしはそうっとなかに入りました。この子はドアまでついてきましたわ。でもちゃんと歩けなかったんですよ」

イヴは犬にしかめ面を向けた。「どういうことでしょう?」

「そうですね……わたしはこう思いました。ビディーったら酔っ払いみたい。あんまりおかしな格好なんで、笑いをこらえるのに苦労しましたわ。わたしは部屋の奥に進みました。そしたらにおいがしたんです。最初はキャンドルのにおいでした。キャンドルのにおいがする。だから夜、男の人が来たんだなと思いました。でもそのあと、別のにおいに気づいたんです。きついにおい。あれは血のにおいだったんでしょうね」エステラはふたたび目を潤ませた。「あれは血のにおいだったんでしょう。それに……あのかたの。ミス・ティアラのにおいもしました。それでベッドのほうを見ると、そこにあのかたがいたんです。かわいそうなお嬢ちゃまが」

「どこかに手を触れましたか、エステラ? 部屋の何かに?」

「いいえ。ああ、いえ、ビディーに。わたしはビディーを抱きあげて、外に駆け出たんです。どうしてなのか自分でもわかりませんけど、とにかくビディーちゃんを抱きあげて、外に駆け出しました。どうしてなのかあのかたは死んでいた——あの血、あの顔、あの目、どこを見ても。死んでいないわけはなかった。わたしは叫びながら外に駆け出て、警備室に連絡しました。ミスター・トリップスはすぐ来てくれましたわ。すぐ駆けつけて、上の階に行ってくれたんです。上にいたのはほんの一分くらい。それから下りてきて、警察に通報してくれました」

「何かなくなっているものはありませんでした?」

「ミス・ティアラの持ち物ならよく知っていますけど。気づきませんでしたわ」ふたたび動揺し、彼女は室内を見回した。「ちゃんと見なかったし」

「まずアクセサリーをチェックしていただきます。ミス・ケントがどんなアクセサリーをお持ちかご存知でしょう？」

「ええ。全部知っています。どれもわたしが磨いているので。ミス・ティアラはわたし以外、誰も信用できないと……」

「オーケー。そこから始めましょう」

イヴは、エステラを警官二名とレコーダーとともに化粧室に送りこんだ。ピーボディが見つけたとき、彼女はメモを取り、時系列に事件の経緯を記していた。

「トリップスは、メイドが警備室にシステムのダウンを伝えたのは八〇二時だと言っています。彼女は八〇九時に再度、今度はヒステリー状態で警備室に連絡しました。トリップスは自分で上に行き、このうちの二階に上がり、死体を確認したあと、警察に通報したそうです。時間は合っていますね」

「ええ、合ってる。システムのダウンについては、彼はなんて言っている？」

「彼が言うには――記録もちゃんとありますが――ケントが、真夜中ごろにシステムをシャットダウンして、自分の好きなときに再起動すると伝えてきたそうです。彼がやめたほうがいいと忠告したところ、彼女は大きなお世話だと言い返したんだとか。彼女はこの八日間、毎晩そうしているとのことです。ただしシャットダウンの時間はまちまちなんですが。再起動はいつも夜明け前でした」

イヴは考えこみながら、自分のメモを指でたたいた。「すると、彼氏はセキュリティのテープに写りたくなかったわけね。だから彼女にシャットダウンさせ、専用エントランスからなかに入り、同じところから出ていった。彼女はものすごく馬鹿だったんだ」

「そう、脳みそで有名な人じゃありませんから」

イヴはピーボディを横目で見た。ゴシップとポップカルチャーのことなら、ピーボディはたいていきちんと押さえている。「彼女は何で有名なの?」

「クラブ通い、シャトルでの小旅行、ショッピング、スキャンダル。超金持ちの家の——えーと、確か四代目だったな——四代目のご多分に漏れず。プレミアショーに顔を出し、はやりのホットなスポットにシャトルで飛んでいき、セレブと交流する生活。タブロイド紙やゴシップ番組やワイドショーは毎日のように彼女を取りあげていますよ」

「最近彼女は誰とつるんでいたの? それと、なぜわたしは、あなたという伝手《つて》がありながら、彼女のライフスタイルについてメイドに聴こうなんて思ったわけ?」

「そうだな、彼女はダフィー・ウィーツと仲よしですよ。それにキャラメル・リプトンとも。チューリヒのローマン・グラマルディとは先だって婚約を解消しました。でも、相変わらず若くてリッチでトラブル大好きの綺羅星たちとつきあっていますね」

「で、トラブルを見つけたわけね」イヴは言った。エステラが駆けこんでくると、彼女は顔を上げた。

「ミス・ティアラのペンダント、青いダイヤのペンダント。それにブレスレットと孔雀色のイヤリング。その三つが全部なくなっています」エステラの声はガラスを切れるくらい甲高く鋭かった。「犯人はかわいそうなお嬢ちゃまの持ち物を奪ったんです。持ち物を奪ったうえ、殺したんですわ」

イヴは指を一本立てて、その熱弁を制した。「なくなった品の画像はありますか?」

「もちろん。もちろんです。保険をかけてあり――」

「その画像が必要です。なくなったもの全部の保険関係の書類を持ってきてください。さあ」エステラがばたばたと出ていくと、イヴは冷酷な笑いを浮かべた。「これはミスよ。遅かれ早かれ、すごく大きな青いダイヤがどこかに出てくる。まずそのアクセサリーの情報を入手し、それから親族に会いに行きましょう。そのあとで、ダフィーともちょっとおしゃべりしましょうよ」

2

ティアラの母親は四番目の夫とローマで暮らしており、父親のほうは現在、オリンパス・リゾートで最新のフィアンセと休暇を過ごしているので、死の報せはリンクによるものとなった。

現場の作業は遺留物採取班に任せ、イヴはピーボディとともにダフォディル・ウィーツの聴取に向かった。

ここもペントハウスか、とイヴは思った。とてつもなくリッチな若いブロンドがもうひとり。彼女はバッジを振りかざしてドアマンを突破し、セキュリティを突破し、最後に、エステラ・クルズのクローンみたいな家政婦を突破した。あとでわかったが、その女はエステラと姉妹だった。

その住まいはティアラのうちより若干狭く、あれよりはやや趣味よく設《しつら》えてあった。ふたりは、マーティーン・クルズが上に行って女主人を起こし、警察が来ていると伝えるあいだ、派手な色使いのリビングで待っていた。

「今度の女にはどんなネタがあるの、ピーボディ？」

「そうですね、確か金持ちの三代目ですよ。被害者ほどリッチじゃないけど、日々の買い物のことで頭を悩ます必要もない。一族は、昔、繊維業か何かで財を成したんだと思います。いずれにしろ、彼女もやっぱりパーティー・ガールで、ゴシップ・チャンネルのレギュラーなんです」

「そんな生活、誰がしたがるっていうの？」イヴは言った。

「彼女たち」ピーボディは肩をすくめた。「警部補だっておんなじくらいお金持ちじゃないですか。ほしければ、いくらかはプライバシーも買えるし」

イヴは犯行現場の何エーカー分もの鏡のことを思い返した。あそこには他にも姿の映るものがたくさんあった。「自分を見るのが好きなタイプか」

「ええ、それに、周期的に来る仲たがいの期間以外は、ダフィーと被害者は結合双生児みたいなものなんです。一緒に遊び、一緒に旅行し、噂によれば、同じ男と、たぶん同時期に、つきあったりもするそうです。子供のころから大の仲よしでね。被害者の父親は以前、ダフィーの母親と結婚していたんです――いや、同居だったかな。どっちか思い出せませんが、二、三年そんな関係だったんですよ」

「小さな近親相姦的世界なのね」

イヴは顔を上げた。ダフォディル・ウィーツは、短い色むらのある金髪、眠たげな青い目、不機嫌そうな口の持ち主だった。着ているものは、膝の半ばまでしかない黒いシルクのローブで、その胸もとが大きく開いているため、彼女が銀色の螺旋階段を下りてくると、白い乳房が〝いないいないばあ〟をした。

「どういうこと？」彼女は不明瞭な声でそう言うと、真っ赤なソファにドスンとすわってあくびをした。

「ダフォディル・ウィーツさん？」イヴは尋ねた。

「ええ、そうよ。ああ、まだ夜明けじゃない。マーティーン！　例のコーヒー入れてよ！　わたし、四時まで出かけていたの」彼女はそう説明し、猫みたいにぐーっと伸びをした。

「何も違法なことはしてないんだけど。なんでバッジが出てくるわけ？」

「ティアラ・ケントさんをご存知ですよね？」

「あらら、ティーったら今度は何をしたの？」早くも飽きたと見え、ダフィーはぐたっと姿勢をくずした。「ねえ、わたしが保釈金を払うわよ。最近の彼女にはむかついてるけどね。でもまず飲むものを飲まないと。コーヒー、コーヒー、コーヒー！」彼女はアリーナ・フットボールの応援みたいに叫び立てた。

「大変残念なお知らせですが、ティアラ・ケントさんは亡くなりました」

眠たげな目が少し細められ、それから芝居気たっぷりにぐるりと動いた。「ああ、やめてよ。あのあばずれプリンセスに言ってやって。わたしをベッドから引きずり出して、芝居を打ったって、笑えないって。ああ、助かった！　ありがとう、マーティーン。救われたわ」メイドにキスっぽい音を送りながら、ダフィーは湯気を立てる背の高い白いカップをつかみとった。

「よく聴いて、ダフィー」イヴの口調に、青い目がぱちくりした。「あなたの友達は昨夜ベッドのなかで殺されたの。だからびしっとすわりなさい——それと、お願いだから、そのオッパイを隠して。さもないと、このつづきはダウンタウンでやることになる」

「こんなのおもしろくない」ゆっくりとダフィーはカップを下ろした。「マジでつまんない」カップを持つ手が震えている。彼女は反対の手をマーティーンのほうに伸ばした。「マーティーン、エステラに連絡して。いますぐリンクをかけて、ティアラを出すように言って」

「彼女はリンクには出られません」今度はピーボディが、イヴより優しく言った。「ミズ・ケントは昨夜自宅で殺されたんです」

「妹は？」ダフィーの手を握りながら、マーティーンが言った。

「妹さんは無事です」ピーボディは言った。「どうぞ彼女に連絡してください」

「ミス・ダフィー」

「そうして」ダフィーはぎこちなく言った。退屈したパーティー・ガールは消え失せた。代わりに現れたのは、震える手でローブの胸もとをぎゅっとつかむショックを受けた若い女だった。「早く早く。これはジョークじゃない――ティーがわたしをひっかけようとしてるんじゃないのね？　彼女、死んだのね？」

「ええ」

「でも……わからない。どうしてなの。まだ二十三歳なのに。二十三じゃふつう死なないでしょ。それに、わたしたち喧嘩していたのよ。喧嘩してるときに彼女が死んじゃうなんてありえない。いったいどうして……殺された？　あなたたち、ティーは殺されたって言わなかった？」

イヴは目の高さがダフィーと同じになるように、ソファの前の光沢のある白いテーブルに腰を下ろした。「彼女は最近、誰かとつきあっていたでしょう？」

「え？　ええ。でも……」ダフィーはぼんやりとあたりを見回した。「え？」

イヴは手を伸ばし、力の抜けたダフィーの手からコーヒーのカップを引き取って脇に置いた。「彼女が最近つきあっていた男の名前を知っている？」

「わたし……彼女はその人をプリンスと呼んでいたわ。よく自分の彼氏に名前をつけるのよ。今度のはプリンス。ときどき、ダーク・プリンスって呼んでいた」ダフィーは両手をぎゅっと目に押し当てた。それから顔をこすりあげ、髪をかきあげた。「その人とはつきあいだしてまだ一週間かそこらだった。たぶん二週間。何も考えられないわ」ダフィーは指を動かさずにいられないのか、頭に手をやってこめかみをさすった。「何も考えられない」

「それがどんな男だったか話せる？」

「会ったことがないの。会うはずだったんだけど、会わなかった。わたしたち、喧嘩していたのよ」彼女はそう繰り返した。その頰を涙が転がり落ちていく。

「その男について知っていることを教えて」

「その人が彼女を傷つけたの？」涙が滝のように流れはじめ、ダフィーの声が乱れた。「その人がティーを殺したの？」

「まあ、いずれ彼からも話を聞くことにはなるでしょうね。その男について知っていることを教えて」

「彼女は……彼女は地下のクラブでその人と会ったの。わたしも行くはずだったけど、別件でつかまって、忘れちゃって。わたしはそこで彼女と会うはずだったのよ」

「場所は？」イヴは促した。

「えーと……カルト・クラブ。地下の。タイムズスクエアの近くだと思う。よく覚えていないわ。いっぱいあるから」ピーボディがティッシュを差し出すと、ダフィーは哀れっぽい感謝のまなざしを彼女に向けた。「ありがとう。ありがとう。彼女は――ティーは、わたしが現れないもので、十一時ごろ連絡してきた。それでわたしたち喧嘩になったの。わたしが忘れちゃってたから。わたしは一緒にいた男とサウス・ビーチまでひとっ走りして、夜を過ごすことにしたの。彼女が連絡してきたとき、わたしはもうそこにいたのよ」

大きく深呼吸をしながら、ダフィーは身を乗り出してコーヒーのカップを回収した。それから、ゆっくりとその中身を飲んだ。「オーケー、オーケー」彼女は息を吸い、息を吐いた。「あれは確かにわたしが悪かった。あのクラブのことはね。だからつぎの日、ちゃんと謝ったわ。彼女ときたら、その男、プリンスのことばっかりだった。でもちょっとふつうじゃなかったのよ。だから何か使ってるんだってわかった」

ダフィーは唇を引き結んだ。「わたしはクスリはやってないわよ。やるわけにいかないの。ほら、わたし、いまも父親に財布のいくつかのひもを握られてるじゃない？　ああいう問題をまた起こしたら、勘当だって言われてるし。父は本気よ。だから……ちぇっ、そっちは警官だったわね。別にあなたたちを感心させようっていうんじゃないのよ。要するにこういうこと――パパからの命令ってだけじゃなく、わたし自身、もうヤクにはうんざりなの」

「でもティアラはちがった」イヴは言った。

「ティーはなんでもやり過ぎるの。それが彼女の流儀。いつもぎりぎり限界までやって、それからつぎのビッグなことをさがすわけ」ダフィーは涙をぬぐいながら、なんとか弱々しくほほえんでみせた。「でも彼女も、わたしがヤクに手を出せないのは知ってるの。向こうはずっとやってたわ。でも六カ月前、やめるって誓ったのよ。ほら、協定みたいに。わたしたち誓いを立てたの。だからわたしは頭に来た」

「彼女は何を使っていたの？」イヴは尋ねた。

「知らない。でもハイテンションだった。そのことでわたしたち、やりあったのよ。でもあとはほとんどずっと、彼女がわたしに、そのクラブに行って、その男や彼の仲間に会わなきゃってすすめてた。彼女、彼は完璧、完全無欠だって言うの。ふたりでひと晩じゅうセックスした、これまでで最高だったって。わたしが行くって言うまで、そりゃもうしつこく誘いつづけたんだから」

首を振り振り、ダフィーはまたコーヒーを口にした。「あとになって、わたしは考えはじめたの。たとえ自分が使ってなくたって、彼女が使ってたら、こっちも一緒にパクられちゃう。だからわたしはもう一度彼女に連絡して、やっぱり行かない、どこか別のところでその人と会おうって言ったの。でもだめだって。彼のクラブか、なしにするかだって」

「彼のクラブ？」

「その人がオーナーって意味じゃないけど。でもそうなのかも。彼女はなんとも言ってなかったし、わたしも訊かなかった。とにかく、わたしが行こうとしないんで、ティーは頭に来てたわ。カームは来月までニュー・ロサンゼルスだから、代わりに彼女を引っ張り出すわけにもいかないしね」

イヴは待った。ダフィーは、あんなにもほしがっていたコーヒーをただ悄然と見つめている。「他の誰かが彼女と一緒にそのクラブに行っているんじゃない？　誰か共通のお友達が？」

「それはないと思う。そのクラブの話は誰からも聞いてないもの。騒いでたのはティーだけ。とにかく、わたしたちは二日間、口をきかなかった。でもきのう、彼女がうちに来たの。いまよりもっと早い時間によ。日の出の直後ってとこかな。彼女、悲惨な様子だったわ。青い顔して、目もうつろで。また何か使ってたのよ。それまで丸六ヵ月、手を出さなかったのに。相変わらずハイテンションで、しゃべりまくってた。永遠に生きるんだ。彼女はそう言ってたわ。笑って楽しんで、プリンスと一緒に永遠に生きる、あたしを馬鹿にしたあんたをやっつけてやるって。わたし、引き留めようとしたんだけど、彼女は聞かなかった。ただ、わたしにこう言ったの。きっと後悔する、あんたにはチャンスがあったのに。結局、彼はあたしだけを連れていくんだって」

「連れていくってどこへ？」イヴは尋ねた。

「知らない。とにかく言うことがめちゃくちゃだったの。ほんとなんだから。彼女はいっちゃってた。こっちも頭に来て、わたしたち、どなりあったわ。そのあと彼女は飛び出してったの。そして、いまはもういないのね」

「あなたが彼女と会ったり話したりしたのは、そのときが最後なのね？」

「ええ。その男、彼女を痛めつけたの？　つまり……あなたは言わなかったでしょ。彼女が……彼女がどんなふうに死んだのか。その男、彼女を痛めつけたの？」

「それはまだ話せないのよ。申し訳ないけど」

「彼女、痛いのがすごく苦手だったのよ」ダフィーは手の甲で頬をぬぐった。「その男が痛めつけたりしてなきゃいいけど。あの夜、わたしもクラブに行くべきだったわ。サウス・ビーチになんか行かずにクラブに行ってれば、たぶん……これってわたしのせい？　わたしはもっとちゃんと彼女の面倒を見るべきだったのよね。彼女はすぐに問題を起こすんだから。これってわたしのせいなの？」

「いいえ、これはあなたのせいじゃない」

「彼女はわたしより一歳くらい上なの。でも面倒を見るのは、いつもこっちだった。わたしなら彼女が行き過ぎても崖っぷちから引きもどせたはずよ。なのにほら、わたしはそうしなかったわけ。ただ、あんたは馬鹿だとかなんとか言うばかりだったのよ。ヴァンパイアを信じるのなんてティーくらいのもんだから」

「ヴァンパイア？」はっと息をのむピーボディを尻目に、イヴは言った。

「そう。そのプリンスってやつ。ダーク・プリンス。永遠の命。わかるでしょ？」ダフィーはしゃがれ声で笑い、嗚咽に喉をつまらせた。「彼女、その男をヴァンパイアだと思ってたの。まるでそんなものが実在するみたいに。彼が自分をヴァンパイアにしてくれる、それで自分は永遠に生きられるって思ってたのよ。そのクラブはそういうやつだったの――ヴァンパイアになりたい連中のクラブ。〈血の風呂《ブラッドバス》〉！　いま思い出したわ。そのクラブ、〈ブラッドバス〉っていうんだった。そんな名前のクラブに誰が行きたがるのっていうの？」ダフィーはふたたび涙をぬぐった。「ティーだけよ」

「わたし、ヴァンパイアって言いましたよね？　最初からヴァンパイアって言ってたでしょう？」ピーボディは悦に入ってうなずいた。ふたりは建物を出るところだった。

「被害者は大いにがっかりするでしょうね。結局、死んだきりよみがえれないなんて。そのクラブがどこにあるのか突き止めましょう。ダーク・プリンスとやらと話がしたいわ」

「別に吸血鬼を信じてるわけじゃないんですよ」ピーボディは車の助手席に乗りこんだ。

「でもその男が見つかったら、事情聴取は日中にしてもいいんじゃないですかね。明るい自然光の注ぐ部屋のなかで」

「確かにね。ついでに、ニンニクと木の杭も申請しましょう」

「ほんとに？」

「まさか」イヴは車の流れに乗り入れた。「気を確かに、ピーボディ。どれほどつかみにくかろうと、現実をしっかりつかむの。そのクラブをさがして。とりあえず、死が何かよくよく知っているあの人を訪問するわよ」

主任検死官モリスは、イヴにのどかな笑顔を向けた。彼はティアラ・ケントの裸の遺体の前に立っていた。服装は、上質のクラレットと同じ色のパリッとしたスーツと、それによく合う麦わら並みに細いネクタイ。黒い髪は複雑に編んだうえ、うなじでひとつのループにしてある。

イヴはよく思う。モリスの優れたファッション・センスは彼のお客にはもったいない。

「きょうはちょっと仕事が遅れているんだ」彼はふたりに言った。「指示どおり、薬毒物検査をたのんでおいた。長くはかからんだろう」

イヴは遺体を見おろした。モリスはまだY字カットを入れていなかった。「外から見て何がわかる？」

「警部補、この女性は死んでいる」

「ピーボディ、いまのを書き留めて。わたしたちが扱うのは死んだ女性だって」

「みごとな胸の」モリスは付け加えた。「それに、腹と尻に第一級の形成術を施している」

「まったく、まだ二十三なのにね。形成術や新しいオッパイが必要な二十三歳がどこにいるのよ？」

ピーボディが手を挙げ、イヴは無表情に彼女を見やった。

「あなたは二十三歳じゃないでしょ」

「ええまあ、彼女より二歳上ですけど、もしお尻の形成術をやってくれるっていうなら、列の先頭に並びますよ」

「きみのお尻はとてもすてきだよ」モリスが請け合うと、ピーボディは顔を輝かせた。

「わあ、ありがとう」

「それじゃ、定例のプログラムにもどりましょうか？」イヴは提案した。「台の上の死んだ女性だけど」

「ティアラ・ケント、パーティーのプリンセス。スピーディに生き、若くして死す」モリスはコンピューターの画面を軽くたたいて首の傷を拡大した。「遺体に加えられた損傷もしくは辱めは、これのみだ。被害者は頸動脈のこのふたつの穿孔から血液を抜かれている。見たところ拘束の痕や争った形跡はない。彼女はただ横たわって、その男に全身の血を吸い取らせたんだ」

「吸い取らせた」ピーボディが得意げに鼻から息を吸いこんだ。「ほらね？　ヴァンパイアのひと嚙みですよ」

モリスのほほえみが大きくなった。「確かにそんな考えを弄ばずにはいられないね。闇の王子に、または、その寵臣に誘惑される若き金髪の美女。彼の虜《とりこ》となった彼女は、命の血を抜き取られる。ここでスモーク、照明を落とす」

「怖い音楽も忘れないで」イヴは付け加えた。

「もちろん。しかしやはりわたしは、彼女は目玉までクスリ漬けだったんじゃないか、そして、セックス中になんらかの器具によって穴を穿たれたんじゃないかと思うね」

モリスは眉を上げて、ティアラを見おろした。「もちろん、それはまちがいかもしれない。その場合、彼女は日没後まもなくパッと起きあがって、夜勤の職員を震えあがらせるわけだ」

「第一の仮説で行きましょうよ」イヴは言った。「もしその男がほんとに彼女を嚙んだとしたら、器具を装着していようがいまいが、唾液が残っているはずよ。そいつがセックス用のマントを使わなかった場合も同じ。やっぱり体液は残ってる。ヴァンパイアにだってＤＮＡはあるんじゃない?」

「サンプルをラボに送ろう」

「男は自分には永遠を与える力があると彼女に信じさせた」イヴは最後にもう一度、ティアラ・ケントに目をやった。「そして彼女は冷たい部屋の鋼鉄の箱を手に入れたの」

3

「クラブの場所がわかりました」ピーボディが手のひらサイズのPC《パーム》の画面を見ながら言った。イヴと彼女は車でデカ本署《コップ・セントラル》に向かっているところだった。「ダフィーの言っていたとおり、タイムズスクエアの近く、ブロードウェイの地下です。営業時間もわかりました。日没から日の出まで」ピーボディはイヴの横顔に視線を向けた。「ヴァンパイアの時間ですね」

「オーナーは？」

「〈イターニティ・コーポレーション〉。このデータにオーナーや店長の名前は載っていません」

「調べて」イヴは言った。

「調べています。いまそのクラブに寄っていきますか？」

「犯人がその店の常連か従業員かオーナーなら、営業時間外にはそこにいないんじゃない？暗くなってから行きましょう」

「そう言うと思ってましたよ。でもちょっと気味が悪くないですか？　だって、その男は血をチュルチュル飲むわけですからね？」

「そうかもしれないし、ちがうかもしれない」イヴは信号で一時停止して、どっと押し寄せ、混ざり合い、横断歩道を進んでいく歩行者の大群を見守った。スパンコールつきのスキンスーツを着たゲイのふたり連れ、だぼだぼの半ズボンをはいた三百五十ポンドもありそうな観光客（この男は、総重量が彼の体重ほどになるはずの、多種多様なカメラとビデオを携帯している）、エア・ボードで疾走していく、赤いマントにスカルキャップといういでたちの子供、そして、パントマイマー。

どんな奇人変人であれ、ニューヨークは歓迎する。自称ヴァンパイアもここならうまくはまるだろう。

「被害者のシーツに血液は一パイントも染みこんでいなかった」信号が変わると、イヴはつづけた。「似非《えせ》ヴァンパイアがどれほど飢えてたか知らないけど、彼が八パイントもの生き血を一気飲みしたとは思えない」

「確かに。確かに。えーと、そうすると……」

「そいつは血を持ち帰ったのよ」

「げげっ」

「瓶に入れ、袋に入れてね。売るのか、しまっておくのか、入浴に使うのか。とにかくお持ち帰りの準備をして行ったわけ」イヴはハンドルを切り、セントラルの駐車場に入った。「だからそこを利用するのよ。人間の血、数パイントを人はどうするのか？　ブラックマーケットに需要がないか調べましょう。こっちには現場から消えたアクセサリーのリストもある。それに、クラブもわかっているしね」

彼女は自分の区画に乗り入れて、車を降りた。「遺留物採取班が何を持ってくるか。ラボがDNAを引っ張り出せるかどうか。結果を待ちましょう。それと、記録を見て過去に類似の犯罪がないかも調べないと」

エレベーターに乗りこむと、イヴは壁にもたれた。なかは警官臭かった。コーヒーと汗のにおいだ。「誰かしら彼女がその男といるのを見ている。彼女はそのクラブでそいつと出会ったの。だから、ふたりが一緒にいるところを誰かが見ているはずよ。彼女はスリルを求め、引きこまれた。その男をうちに入れるようになり、戯れ、遊んだ。見たかぎりでは、そいつはいつでも彼女を殺せたし、好きなだけ金品をぶんどることができたはずよ。でもそいつは待った。それに奪ったのは、彼女が身に着けているものや外に出ているものだけだった。

その男は選り好みする。それに儀式を好み、誘惑することを好む」

イヴは混みだす前にエレベーターを降り、グライドに乗り換えた。「ここまでにわかったことをまとめて。それと、例のクラブに適合しそうな人物をさがしつづけてちょうだい。こっちはマイラに面談を申し込んでみる。〈ブラッドバス〉に入るとき自分たちが何と向き合うことになるのか、理解を深められるように」

「わたし、ゴム製のアヒルちゃんを持っていきますよ」

イヴは横にそれて大部屋に入り、自分のオフィスに向かった。案の定、リンクはメディアからの通信で満杯だった。パパラッチのお気に入りが死んだなら、大ヒットまちがいなしよね。そう思い、その通信すべてを容赦なくメディア担当部門に転送した。

彼女はマイラに連絡しようとし、マイラの業務管理役、すなわち、あのドクターの門番にまともにぶち当たった。「わかったわかった。まったくもう。とにかく、お手隙のときに五分だけください って伝えて。ここでも、そこでも、トイレの隣同士の個室でもいいから。五分だけ」

イヴはリンクを切って、オートシェフからコーヒーを取ってきた。それから殺人ボードを設置し、メモをまとめ、事件の経緯について考察した。

まっすぐなかに入っていった。それが犯人のしたことだ。被害者は、犯人の通り道に薔薇の花びらまで散らしている。やはりあるのは、脳みそより金だ。

犯人は先に彼女に狙いを定めたのだろうか？　それともある夜、彼女がクラブに入ってきたのは、単なる偶然だったのだろうか？　ダンスの好きな、顔の知れた女。かなり奔放。頭脳より財力で有名。

哀れなまでにひっかけやすいカモだ。

でも金品がめあてだったなら、なぜ殺したのか？　しかもあんな特殊なやりかたで？　なぜなら、金品はついでだったから。イヴはそう結論づけた。賞品は殺し自体だったのだ。

イヴはオフィスの小さな窓に目をやり、晴れた春の日の光に見入って、日没までの時間を計算した。

日没と言えば――イヴはびくりとし、ふたたびリンクを起動した。わたしは警官であるだけじゃない。彼女は自分に言い聞かせた。妻でもあるんだから。どちらの仕事にもルールはある。

彼女はロークの専用回線にかけてみた。遅くなる、またあとで、と留守録を残すつもりだったが、彼は一回目の呼び出し音でリンクを取った。そしてあの顔、身内を熱くするセクシーな彼の顔が画面を満たした。

黒い髪がその顔を囲んでいる。野性的なアイリッシュ・ブルーの目が、イヴの心臓をドキンとさせた。もう二年そんなふうに見つめられているというのに、いまなおそれは驚異だった。完璧な形の唇がカーブを描き、彼は言った――「警部補さん」その抑揚に彼の故郷の香りが漂う。

「あなたはオーストラリアの買収に忙しいはずじゃないの？」

「ちょうどいま、大陸買収の合間なんだ。確かおつぎはアジアだよ。ところで元気？」

「まあまあ。ねえ、今夜、何か入っていたでしょ——」

「ディナーじゃないか？　そしてそのあとは、裸ポーカーだ」

「わたしの記憶では、ストリップ・ポーカーだけど」

「そっちはすぐに裸になるさ。でも、その勝負は延期するしかなさそうだね。きみはティアラ・ケントの件をかかえてるんだろう？」

「彼女のこと、もう耳に入ったの？」

「素行の悪い百万長者の娘が贅を凝らしたペントハウスで殺された件が、もう耳に入ったかって？」ロークは眉を上げた。「噂の広まるのは速いものだよ。どんな死にかただったの？」

「ヴァンパイアに咬まれたのよ」

「またそれかい」ロークはそう言って、イヴを笑わせた。

「彼女は、ヴァンパイアのカルトみたいなものにかかわっていたの。で、その報いを受け、咬まれたってわけ。これからわたしはあるクラブを調べに行かなきゃならないの。どうやら彼女はそこで犯人と出会ったらしいのよ。そのクラブは日没まで開かないから、帰りは遅くなりそう」

「裸ポーカーと同じくらい興味深いな。六時前にセントラルで合流するよ、ダーリン・イヴ」彼女が口を開くより早くロークはつづけた。「妻に付き添って亡者の巣窟に足を踏み入れるチャンスを逃す気なんて、僕にはないからね」

イヴはちょっと考えた。ロークは役に立つ。いつもそうなのだ。それに、もう一対《つい》の目、もう一式の思考回路があれば、地下に入ったとき便利だろう。

「遅刻しないでよ」

「充分余裕を持って出るよ。途中でニンニクと十字架を入手していこうか?」

「それはピーボディが用意するでしょうよ」イヴはそう言って、リンクを切った。

デスクに向かったついでに、彼女はラボに連絡を入れて、あまり優しくないひと押しをし、それから、ヴァンパイア伝説について調べはじめた。ピーボディがドアに顔をのぞかせると、彼女は作業を中断した。

「あなた、吸血行為に関するウェブサイトが山ほどあるのを知っていた? その多くに犠牲者から血を飲む方法が載っているのを?」

ピーボディは首をかしげた。「なんでそのことにそんなに驚くんです?」

「確かにわたしは人間ってむかつく《サック》ってよく言うけど、それは文字どおりの吸う《サック》っていう意味じゃなかったの。しかも、これにかかわってるのは、退屈がり屋の二十代どもだけじゃないのよ」

「調べたほうがよさそうな人物をふたり見つけましたよ。でもちょうど、ティアラ・ケントの母親が来てしまって……。制服警官にラウンジに案内させておきました」

「オーケー、母親はわたしが引き受ける。そっちは調べをつづけて」イヴは椅子をうしろへ押しやった。「ロークが今夜ついてくるって」

「そうなんですか?」ピーボディの顔に安堵が表れた。それから彼女は急いでその表情を引っこめた。「地下に向かうなら、味方が多くても害にはなりませんよね」

「彼はオブザーバーだから」イヴは念を押した。「マイラから連絡が来るはずなの。来たら、わたしを呼び出して」

自動販売機や小さなテーブル、五分もすわれば尻がしびれるよう設計された椅子が並ぶラウンジに足を踏み入れるなり、アイリス・フランシーンがどの女かはわかった。

ティアラは母親似で、金髪と緑の瞳と華奢な骨格は彼女から譲り受けたものだった。

その四番目の夫、ジョルジオ・フランシーンと思しき男がアイリスの手を握り、そこに一緒にすわっている。彼は妻より何歳か年下らしく、彼女が色白でエレガントなのに対し、黒目黒髪で濃い顔立ちだった。

しかしふたりは一単位のようにすわっている。一体となったふたつのパーツのように。イヴにはそのことがわかった。

「ミズ・フランシーン、ダラス警部補です」

イヴの目を見あげたアイリスの目には、憔悴が表れていた。悲しみと自責の念と単純な疲労の組み合わせだ。イヴにはそのこともわかった。

「あなたが担当の……ティアラの件の担当のかたですね」

「ええ、そうです」イヴは椅子を引き寄せた。「このたびはご愁傷様でした」

「ありがとう。あの子に会えますかしら？」

「お会いになれるようわたしが手配します」

「教えていただけますか。あの子は……あの子に何があったんです？」アイリスは息をつまらせ、ゆっくりと二度、息を吸って、呼吸を整えた。「他の人たちは何も教えてくれないんです。実質的には何も。わからないとかえってつらいのに」

「娘さんは昨夜、ご自宅で殺害されました。われわれは犯人は知り合いで、娘さんが自らその男をうちに入れたものと見ています。何点か娘さんのアクセサリーもなくなっています」

「あの子はレイプされたんでしょうか？」

遺族は必ずこれを訊く。イヴは知っていた。娘の場合、遺族は必ずこれを訊き、ノーと言ってくれと目で訴えかける。「性交渉はありましたが、警察としてはレイプとは見ていません」

「事故ですか？」今回、アイリスの声にはまた別の訴えがこめられていた。事故だったなら、死もさほど悲惨ではないと言わんばかりに。「つい暴走してしまったとか？」

「いいえ、残念ですが。われわれは事故だったとは考えていません。最近の娘さんの生活について、どんなことをご存知ですか？　つきあっている仲間とか、男性について？」

「ほとんど何も」アイリスは目を閉じた。「娘とはあまり交流がなかったんです。わたしはよい母親ではありませんでした」

「アイリス」

「本当のことよ」夫の静かな抗議に対し、アイリスは首を振った。「あの子が生まれたとき、わたしはまだ二十歳でした。それにわたしはよい母親じゃなかった。よい面などひとつもなかったんです」その言葉は後悔の苦みを帯びていた。「いつもパーティーとお楽しみばかり、つぎにどこに行くかばかりでした。ティアラの父親が一度浮気をすると、こっちもお返しに一度する。その繰り返しで、最後には互いに憎みあい、娘を武器として利用するようになったんです」

夫がつないだ手を持ちあげて、彼女の指に唇を押しつけると、アイリスは涙にきらめく目をそちらに向けた。「昔のことだ」彼は静かに言った。「それは昔のことだよ」

「あの子は決してわたしを許しませんでした。当然ですよね。離婚すると――つまり、ティーの父親と離婚すると、わたしはすぐにまた結婚しました。こんなふうに」アイリスは指をパチンと鳴らした。「ただ、彼になんとも思っていないのを見せつけるために、です。その過ちの報いは六カ月後に受けましたが、それでもわたしは学びませんでした。ようやく大人になったときは、もう手遅れだったんです。あの子はわたしより父親のほうが好きでした。その父親なら、誰とでも好きな相手となんでも好きなことをさせてくれますから」

「きみは過ちを犯した」ジョルジオが言った。「でもそれを償おうと努力したんだよ」

「それも不充分だったし、遅すぎたわ。わたしたちには八歳の娘がいます」アイリスはイヴに言った。「その娘にとって、わたしはよい母親です。でもティアラのほうは、ずっと前に失っていたんです。もう取り返しはつきません。最後に言葉を交わしたとき、それもひと月以上前ですけれど、わたしたちは口論しました。そのこともう取り返しはつかないわけです」

「何について口論なさったんです?」

「主に、あの子の生活ぶりについて。わたしは、あの子が昔のわたしと同じように自分をだめにしているのがいやでたまらなかったんです。あの子はいつもいつもきわどいことをしていました。父親はまた婚約し、今度の相手はティーよりも若いんですよ。それであの子は腹を立て、年をとって綺麗じゃなくなるのを恐れるようになったんです。想像できますか? たった二十三で、そんなことを気に病むなんて」

「いいえ」イヴはふたたびあの鏡のこと、服のこと、ティアラが受けていた体の形成術のことを思った。あれは明らかに、自分の容姿に執着する若い女を表している。「娘さんはオカルトに対して特別な興味を持っていましたか?」

「オカルト? さあ、わかりません。何年か前、霊媒にたっぷりお金を注ぎこんだ時期はありましたが。それに、十代のころは――そういう女の子は大勢いますよね――魔術崇拝に手を出しましたし。でも、ルールが多すぎると言っていましたよ。娘はいつも簡単な方法をさがすんです。すべてを完璧にしてくれる魔法の薬を。あの子を殺した犯人を見つけてくださいますか?」

「必ず見つけます」

フランシーン夫妻をモルグにやる手配をしているとき、イヴはマイラが入ってくるのを目にした。軽くうなずいてみせたあと、マイラは自動販売機のほうへ向かった。

イヴは、彼女がまた髪を切ったことに気づいた。それは短くなり、うなじで跳ね返っている。それに彼女は、その淡い褐色に手を加え、顔のまわりにほんの少量、より白っぽい色を入れていた。ダイエット・ペプシふた缶を手に、彼女はすわった。青いルピナスの色のスーツを着たその姿は、こぎれいで美しかった。

「アイリス・フランシーンね」イヴが近づいていくと、マイラは言った。「すぐに誰かわかったわ。一世代前、彼女の顔はいたるところに出ていたものよ。わたしはずっと、彼女の娘は若き日の母親を是が非でも超える気なんだと思っていたの。ティアラは成功したようね。それも最高にハードなやりかたで」

「ええ、死ねばしばらくはたっぷりテレビに出られます」

「この場合は、かなり長期間ね。血を吸われたとなると。こっちで上の人たちとの会議があったの」マイラはそう説明した。「ちょうどいいから、オフィスであなたをつかまえようと思ったわけ。ピーボディが概要を教えてくれたわ。ヴァンパイア信奉者による殺人は、とてもめずらしいのよ。人がそれに引かれるのは、主としてその危険性、スリル、エロティシズムのためなの。信奉者は主に若い人たちね。そういう病気もあるのよ――」

「レンフィールド症候群ですね。勉強しましたよ。被害者を知る人たちの話からわかったのは、彼女がぎりぎりの線を行くのを好んだこと、有名になろう、注目を浴びようと必死だったこと、若さと美貌の維持に病的にこだわっていたことです。彼女はすでに形成術を受けています。もうひとつ、とんでもない馬鹿、というのも特徴ですね。わたしには彼女という人間がわかっています。彼女は特別なわけじゃない、ただ一般人より金があり、あらゆる愚行に耽《ふけ》ることができたというだけです」

イヴはちょっと間を取って、ペプシの缶の封を切った。「問題は犯人のほうですよ。殺しの手法は、非常に特殊で、よく計画されている。なおかつ、偽装の試みも見られない。アクセサリーが奪われているものの、それは動機ではなく、事のついでにすぎない。彼はそこに行き、計画していたことを計画していた方法でやったんです」

「強迫観念があるのは、彼のほうなのかも」マイラは考えこんだ。「血の味に対する渇望。それが高じて、被害者の血を吸いつくしたいという欲求になったのよ。解剖報告書はまだ出ないの？」

「ええ」

「被害者も血を飲んでいたのかしらね。もしそうなら、あなたの敵はたぶん、自分をヴァンパイアだと信じている殺人者で、血を吸いとり、自分の血を吸わせることで、被害者をヴァンパイアにしようとしていたのよ」

「そして、もし一度目が失敗に終わったら？」

「ええ」スーツより淡いブルーのマイラの目が、イヴの目と出会った。「きっとその男はもう一度やる。その快感、力の実感は——特にセックスやドラッグと組み合わさると——強い魅力となるわ。そのうえそれは、彼女のおかげで朝飯前の仕事になった。利益になる行為にさえ」

「とても抗えませんよね」

「抗う必要がどこにあるの？」マイラは同意した。「その男は、誰にも知られずに彼女の住むセキュリティの厳重な建物に入ることができた。またしても力を実感。そして超常的存在であるという幻想がふたたび強化される。彼女は、セックスを通して、血を通して、死を通して、自らを彼に捧げた。彼の意志によって、または、薬物によって、虜となった——これもひとつの要素ね。彼は現場から彼女の血を持ち去った。たぶん記念品、戦利品として、あるいは、これも力の象徴か。血に対する欲求、そして、それを奪う能力。あなたは、彼女が薬物を盛られていたと思っているのよね？」

「まだ確認はとれていませんが、ええ、そうです。被害者のいちばんの親友は、彼女が薬物を使用していたと供述しています。ここ一週間ほど、かなりの量を」

「もし彼女の血を飲んだなら、犯人も一緒に薬物を使用したんじゃないかしら」すでにイヴもその点を考えていたのに気づいて、マイラはうなずいた。「これも力のひとつ、または、その幻想。あなたのつかんだ事実から見て、被害者と犯人は一、二週間前に出会ったばかりよ。それは永遠の愛じゃない。永遠の愛は、吸血行為をロマンチックに見せるひとつの手段だけれど」

「わたしにはわかりません」途中で口をはさみ、イヴは飲み物を持つ手でジェスチャーを交えて言った。「そのロマンチックという部分が」

マイラの唇がカーブした。「あなたは実際家ですものね。でもある人たち、多くの人たちにとって、永遠という概念、その全期間にわたる友をさがすという概念と、夜、生きることや人間的限界がないこととの組み合わせは、きわめてロマンチックなの」

「十人十色ですね」

「そのとおりよ。とはいえ、犯人の遺体の扱いかたは、ロマンチックではないし、敬意すらこもっていない。無頓着で冷酷だわ。彼女を通して始祖となれると信じていたかどうかはともかく、犯人にとって彼女は媒体、目的達成の手段でしかなかったのよ。

犯人はきっとまだ若い」マイラはつづけた。「せいぜい四十歳よ。おそらくルックスはよく、健康でしょうね。不細工で身体的ハンデがあったら、永遠の命なんて欲しいとは思わないはずよ」

「いずれにしろ、あの被害者なら美しくない人間に近づいたりしませんね。ひどい見栄っ張りですから。彼女の部屋は鏡だらけなんですよ」

「ふーむ。不思議だわ。なぜ彼女はあの伝説にひっかかったのかしら。ヴァンパイアになったら、鏡は見られないのに」

「信じたい部分だけ信じたのかも」

「たぶんね。犯人は几帳面で、博学で、利口でしょう。それにセクシー。バイセクシャルかもしれない。または、自分をバイセクシャルだと信じているか。伝説では、ヴァンパイアはどちらの性とも寝るし、どちらの性の血も吸うの。彼は、少なくともいまのところは、無敵だと感じている。だからこそ、彼はきわめて危険なのよ」

イヴはソフトドリンクを少し飲んで、ほほえんだ。「わたしは自分の命に限りがあるのを知ってます。だからこそ、わたしはきわめて危険なんです」

4

毒物検査報告が出てくるなり、イヴはそれをつかみ取り、結果をじっと見つめた。それから、内線リンクをかけ、ひとこと「ピーボディ」と言うと、ラボの所見の考察にもどった。

「どうも」しばらくの後、ピーボディがオフィスの入口から声をかけた。

「毒物検査報告よ。見て」イヴはピーボディにプリントアウトを手渡し、自分はコンピューター画面で報告を読みつづけた。

「なんとまあ。これは彼女が何を摂取していたかなんてもんじゃないな」ピーボディはそう結論づけた。「むしろ何を摂取していなかったかですよ」

「幻覚剤、デート‐レイプ・ドラッグ、性欲増進剤、麻痺剤、人の血、すべてワインにミックスして摂取。すごいカクテルよね」

「こんなの見たことありません」ピーボディはプリントアウト越しにイヴに目を向けた。

「警部補は?」

「こんなにいろいろ、強力なものっていうのはないわね。わたしにとっては初めてよ。でも、違法麻薬課《イリーガルズ》に回して、連中にとっても初めてかどうか確かめましょうよ。この結果と時間的条件から見て、被害者はこれを、警報装置を解除する前、もしくは、解除した直後に、自分で飲んだことになる。なかに何が入っていたか知っていたかどうかはわからない。でも彼女はひとりでこれを飲んだのよ」

「彼女はもう死んでいるわけだから、なんとも言えませんけれど、でも彼女は大馬鹿大賞をもらえそうですね」

「歴代一位のチャンピオンよ」イヴは口をつぐんだ。コンピューターがふたたび受信のシグナルを発したのだ。「それに、二位も見つかったかも。DNAが手に入った」彼女はデータに目を走らせた。「被害者が消化した精液、唾液、血液。提供者はすべて同一人物」

「ずいぶんずさんなやつですね」ピーボディが感想を述べた。

「まったくだわ」イヴは画面に向かって渋面を作った。「ずさんきわまりない」

「あるいは、単に気にしてないだけなのか。なにせヴァンパイアだし」イヴが目をやると、ピーボディは肩をすくめた。「そいつはDNAが一致しても別に平気なわけですよ。そのときはただ——なんだろう、コウモリにでもなって飛び去るか、煙を残して消えるかすればいいんですから」

「そうよね。珍説が丸ごと消え失せるわけ」

「何もわたしがそう思うって言ってるんじゃないんです。でも、犯人はそう思ってるかもしれないでしょう」

「そいつを見つけたら、必ず本人に訊くとしましょうよ。とりあえずは、麻薬課にそのカクテルのことを問い合わせて。こっちは標準検索で一致するDNAをさがす。ひょっとすると、そいつのデータは登録されているかも」

だがイヴはそうは思わなかった。その男はずさんなわけじゃない、と彼女は思った。そいつはおそろしく傲慢なのだ。検索の結果、一致はなかったが、イヴは驚かなかった。

「警部補さん」

彼女はそちらへ目をやり、ロークと目が合うときのあの心臓へのすばやいパンチをまたしても体験した。彼は今朝、ふたりの寝室で身に着けたダークスーツをまとっていた。その長身に合わせて仕立てられた、彼の持つ無数のスーツのひとつを。

「時間ぴったりね」イヴは言った。

「ご満足いただけるよう常に努めておりますので」ロークはなかに入って、デスクの端に尻を乗せた。「ヴァンパイア狩りはどんな調子？」

「ヴァン・ヘルシングを呼ぶ必要はなさそうよ」ロークが眉を上げてにやりとすると、イヴは肩をすくめた。「いろいろ勉強しているの。それに、あなたの大好きな古いビデオをいつも一緒に観てるしね」

「だから準備万端、僕らは〝夜の子供たち〟の巣窟へと入っていく。凪《なぎ》は一瞬もないんだな」ロークはそう付け加え、イヴの髪の不揃いな毛先を指ではじいた。「メディアというメディアがきみの事件を取りあげているよ」

「ええ、そうでしょうとも」

「主任捜査官は声明を出していないんだね」

「今回ばかりはあの手のゲームをやる気も、犯人のくそ野郎を満足させる気もないの。被害者は事前に脳みそをクスリ漬けにしていたのよ。ゼウス、エロティカ、ホア、ラビット、スタナー、ブリス、ブーストのミックス。他にもいくつかご馳走が入っていた。犯人の血液まで」

「ひどいレシピだなあ」

「賭けてもいいけど、その特製ジュースを支給したのは犯人よ。そして彼は、被害者の虚栄心と無分別のボタンを押し、気持ちよく放出し、その後、壊れたモーターみたいに彼女の血を吸い尽くしたわけ」

「なんのために?」ロークはいぶかった。

「わたしに出せるいちばんいい答えはこうよ。その男はひっかけられるから彼女をひっかけた。そして殺せるから殺した。きっとまたやりたくなるわ。それもすぐによ」

「でも馬鹿なやり口だと思わないか? あんなに注目を浴びている人物を狙うなんて」

イヴもその点は考えていた。こればかりは感謝せざるをえない。結婚相手が警官のようにものを考える男性で本当によかった。「そう、街の浮浪者《ホームレス》の血を吸うほうが、利口だし、安全よね。でも、このほうが楽しいし、スリリングでしょ。極上品をたらふく食えるってときに、街娼や宿なし、名もない連中をつまみ食いすることないじゃない？　それに、儲けも出たわけだし。街のLCは青いダイヤで身を飾ったりしていない。犯人は、スクリーンの報道をひとつ残らず見て、興奮しまくってるわよ。これだけはまちがいない」

「日中、柩のなかで眠っているんでなければね」

「ハハ」イヴはえいやと立ちあがり、脇に提げた武器を本能的にひとなでした。「まもなく日没よ。クラブに行きましょう」

ピーボディは、彼女の同居人、電子探査課のマクナブ捜査官とともに、待ち伏せしていた。マクナブはまさにファッション誌から抜け出してきた男――ポケットだらけのネオン・ブルーのパンツをはき、それに合わせて、ぎざぎざの黄色い横縞が入った派手な緑のジャケットと、スペクトルの全色を目も眩む豪雨のなかで混ぜ合わせたようなスキニー・タンクトップを身に着けていた。

「もう一対、目があってもいいんじゃないかと思って」イヴの目が細くなると、ピーボディは言い訳しはじめた。「ほら、数の力ってやつです」

「俺も制服警官時代、麻薬課でひと仕事したことがあるんですよ」マクナブはあのほっそりした美しい顔に笑みを浮かべた。「それに、風俗課にいたときは、奇天烈なものに山ほど出くわしたしね」

「ヴァンパイア・クラブを探検するチャンスを逃したくないわけね」

マクナブの笑みが愛嬌たっぷりなものになった。「誰だってそうでしょ」

彼は使える、とイヴは思った。でもまずは、形だけでも、厳しい顔をしなくてはならない。「これはダブルデートじゃないのよ」

「はい、警部補」だから彼は、イヴが背を向け、エレベーターへと向かうまで待って、ピーボディと小指をからませた。

「麻薬課は例のミックスを扱ったことはありませんでした」四人がエレベーターに体をねじこむと、ピーボディは言った。「〈ブラッドバス〉は、彼らの警戒ポイントのリストに入ってさえいないんです。でも彼らは、ヴァンパイア・フェチのからむ事件で、少量の血――通常動物のやつ――の混じったエロティカとブリスとラビットのミックスを調べたことがありました。それはヴァンプと呼ばれていて、使えばたいてい若いうちからおかしくなるんです。ただし麻薬課もそれによって起きた殺人事件を扱ったことはありません」

「かなりむずかしい賭けになってきたわね。なぜそのクラブは麻薬課のリストに載ってないんだろう?」

「新しい店ですから」ピーボディは言った。「地下の奥深くにあるし。今度の捜査でわたしが問い合わせをするまで、麻薬課のレーダーにはひっかからなかったんです」

「地下のクラブは雑草みたいにポコポコ出てくるんですよ」マクナブが口をはさんだ。「生き残るもつぶれるも口コミ次第。下りていった人が帰ってこないってのが単なる都市伝説じゃないんで、観光客が押し寄せることはまずないし」

「ティアラ・ケントはどこかでその店のことを知ったのよ」イヴはエレベーターを降り、大股で駐車場に入っていった。

「彼女がつるんでいた連中」ピーボディが一方の肩をすくめた。「やばそうな新しい店でしょ？　彼女の好みにぴったりじゃないですか」

「そして、初めてそこに行ってから二週間もしないうちに、彼女は新しい刺激的な違法麻薬のカクテルをがぶ飲みし、首の傷が原因で死んだ」イヴは自分の車の運転席にするりと乗りこんだ。「彼女の住むビルのセキュリティが機能しなかったことを考えると、あれは手早い仕事、手際のいい仕事と言える」彼女はロークに目を向けた。「ブラックマーケットでは、人間の血、数パイントはいくらになるの？」

「数百ドルかな」

「有名人の血だったら？」

「なるほど」ロークがうなずくのとともに、イヴは駐車場から車を出した。「そう、その場合は、買い手は特定の人間で、価格は吊り上げられるだろうね。彼女がターゲットとして選ばれたと思っているの？」

「それもひとつの線よ。彼女は有名だったし、危険を冒すこと、寝て歩くこと、奔放に生きることで知られていた。親友は、ケントに教わるまで、そのクラブについては聞いたこともなかった。となると、たぶんクラブのことは、被害者の耳に直接吹きこまれたのよ。あるいは、招待状が届いたかね。いずれにせよ、彼女は犯人とそこで出会っている。だから、ふたりが一緒にいるところを誰かが見ているはずよ。誰かがそいつを知っているの」

「いいですか」マクナブが考え深げに言った。「魂なき吸血鬼という要素を除外すれば、これはすごくちょろい事件のはずですよ」

「わたしたちの誰ひとり、魂なき吸血鬼を信じてないのはいいことですよね」しかしピーボディの手はじりじりと進んでいき、マクナブの手にたどり着いた。

イヴはルームミラーでその動きをとらえた。同時に、ピーボディの空いているほうの手が自身のシャツのボタンのあいだに忍びこみ、何かを握りしめるのも。

「ピーボディ、あなた十字架を下げてるの？」

「え？ わたしですか？」ピーボディの手が石みたいにストンと膝に落ちた。咳払いしながら、彼女は頬を赤らめていた。「わたし、たまたま記録課のマリエラって人と知り合いなんです。で、彼女がたまたま十字架を持っていて、それをたまたま貸してもらったわけですよ。念のためのお守りに」

「なるほどね。で、先の尖った棒も持ってるわけ?」

「いいえ、マクナブのことを言ってるなら別ですが」

マクナブは鷹揚にほほえんだ。イヴは信号で車を止め、うしろを振り返った。「あとについて言いなさい。ヴァンパイアは存在しない」

「ヴァンパイアは存在しない」ピーボディは復唱した。

よし、とうなずいて、イヴは前を向き、それから目を細めてロークを見た。「なんなのよ、その顔?」

「考えているんだよ。伝説のほとんどは、結局のところ、事実に基づいている。串刺し公から伝説のドラキュラまで。おもしろいと思わない?」

「おもしろいのは、自分がお馬鹿トリオと一緒にこの車に乗っていることよ」

「人によっては、お馬鹿だと思うだろうね」ロークは落ち着き払って答えた。「でも人によっては、偏見のない人間と見るだろう」

「ハハ。途中でマーケットに寄って、何ポンドかニンニクを買うべきかもね。偏見のないみなさんを安心させるために」

「いいんですか?」ピーボディが後部座席から言い、イヴがルームミラーに冷たい視線を送ると、身をすくめた。「いまのはノーってことだから」ピーボディはマクナブにささやいた。

「ちゃんと翻訳できてるよ」

駐車スペースは、地下道の入口から五ブロック離れた、路上二階のやつで我慢するしかなかった。太陽はすでに沈み、心地よい四月の一日は、ビルの谷間で風が吹き荒れる冷たい夜へと変わっていた。

歩行者の群れ——自宅へ、夕飯へ、お楽しみへと向かう群衆のなかを、彼らは進んでいった。地下道の入口で、イヴは足を止めた。

「トンネルを行くあいだは固まっていること」イヴは命じた。「店に入ったらペアで動いてもいい。でもアイコンタクトはずっと絶やさないように」

イヴは伝説のデーモンなど信じていない。しかし人間にいろんなのがいることは知っている。そして、その多くはこの町の内奥で生き、遊び、働いているのだ。

彼らは下へ下へとおりていった。町の喧騒から離れ、吹きすさぶ風から離れ、トンネルの湿っぽい暗がりへと。そこにあるクラブや酒場や賭博屋は、たいていの犯罪者が回れ右してすたこら逃げ出すほど凶悪な常連客をもてなしている。

地下の売り物には、SM専門のセックス・クラブもあり、料金に応じて、人間、ドロイド、マシン、または、そのひどい組み合わせにより、拷問を提供している。各バーの飲み物は死をもたらしかねず、人ひとりの命は一杯の酒の値段より安い。あたりには、荒っぽいやつら、イカレたやつらがさまよい、暗がりにスーッと入りこんでは、こういう暗闇でしかできない行為に及んでいる。ここは、血と死とが、異臭を放つキノコよろしくはびこる場所なのだ。

イヴは、トンネルの奥でこだまする、生々しい慟哭《どうこく》を耳にした。そして、なぜかそれ以上に恐ろしい笑い声を。彼女はまた、迷子の薬物中毒者、幽霊みたいに青白いのが、汚い床にうずくまり、ハアハアあえぎながら、腕に注射を打ち、最後にはそいつを殺す治療薬を自らに与えているのを目にした。

イヴはそちらに背を向け、一軒のセックス・クラブを通り過ぎた。その照明は、赤く強烈で、彼女が父親を殺したダラスのあの部屋を思い出させた。

地下は寒かった。ちょうどあの部屋が寒かったように。獣さながらにその歯を骨に食いこませる類《たぐい》の寒さだ。

左手で何かが逃げていく音がし、一対の目が光るのが見えた。イヴがじっと見つめると、それは瞬きし、やがて消えた。

「わたしの掌銃を渡しておくべきだったわね」声をひそめ、イヴはロークに言った。

「心配いらないよ。自分のを持ってるから」

イヴは彼にちらりと目をくれて、気づいた。ロークはトンネルを徘徊するどんなものにも負けないくらい危険そうに見える。「なるべく使わないようにしてよ」

一階下に下りていくと、小便と吐瀉《としゃ》物のにおいがしてきた。筋肉ムキムキの男が暗がりから現れ、手にしたナイフを斜めに差す光にかざして、その刃をきらめかせたとき、イヴはただあっさりと武器を抜いた。

「どっちが勝つか賭ける？」彼女がそう訊ねると、男はスーッと消え失せた。

そこから彼女は、低音の強い振動、きつい香水のにおい、波の轟《とどろ》きに似た話し声をたよりに進んでいった。

ここでも照明は赤かった。その赤に混じって、煙るような青、霞んだ灰色がちらちらと光っている。床の上では霧が渦巻き、這いまわっていた。戸口はアーチ状で、洞窟の入口を表現している。アーチの上では、血の赤で書かれた〈ブラッドバス〉の文字が脈動していた。

ふたりの用心棒、タンカー・ジェット機並みの図体の、黒いのと白いのが、アーチの左右に立っていたが、イヴたちが近づくと前に進み出、オイルを塗った筋肉の壁を形成した。

「招待状かパスコードを」ふたりは口をそろえて言った。

「これがその両方よ」イヴがバッジを取り出すと、双子は嘲りの笑いを浮かべた。

「そんなものはここじゃなんの意味もない」左のやつが言った。「うちは会員制クラブだよ」

イヴが口を開くより早く、ロークがあっさり何枚か紙幣を取り出した。「これがそのパスコードだろう？」

金は審査を通過し、用心棒たちは左右に分かれて道を空けた。なかに入っていきながら、イヴはロークにいらだちの目を向けた。「賄賂で通してもらう必要なんて、わたしにはないんだけど」

「確かに。でもきみは連中に怪我をさせるだろうし、そうなると、事はよけい面倒になる。どっちみち、金を払う価値はあるよ。きみは僕をすごくおもしろいところに連れていくわけだからね」

クラブは三つの階にまたがるオープンスペースで、暗く煙っており、中央に五芒《ごぼう》星形のバーがあった。二階からはステージが突き出し、そこでバンドが、飛んできた石よろしく胸を強打する音楽を演奏している。霧がその足もとを蛇がのたくるように這いまわっていた。お客らはカウンターや金属製のテーブルに着くか、隅に潜むか、お立ち台で踊るかしている。彼らのほぼ全員が黒人で、年齢は三十よりずっと下だった。

個室もいくつかあり、数室はすでにカップルや小グループに占められていた。彼らは違法らしき何かを吸ったり、互いに体をまさぐりあったりしている。イヴの視線が上に向かい、三階にも個室があるのを認めた。このクラブには生セックスのライセンスがある。ドアの向こうではあらゆる種類の行為が行われているにちがいない。

イヴはバーに近づいた。その五芒星の各頂点で男や女が働いている。イヴは、ストレートの黒髪をまんなかで分けた、ひどく青白い顔の女に白羽の矢を立てた。女の唇は分厚く、濃い暗赤色に塗られていた。

「何になさいます?」女は尋ねた。

「誰だか知らないけど責任者を」イヴは黒くなめらかな金属のカウンターにバッジを載せ

た。

「何か問題でも？」

「ここをやってる人間をすぐに呼ばないと、問題が起こるでしょうね」

「承知しました」バーテンはポケットからヘッドセットを取り出した。「ドリアン？　アレッセリアだけど。ステーション3に警官が来て、マネージャーに会いたいと言ってるの。了解」

彼女はヘッドセットをしまった。「すぐに下りてきます。何かお飲み物をお出しするように、とのことですが」

「いいえ、結構よ。店でこの女性を見たことはない、アレッセリア？」イヴはティアラの身分証写真を取り出した。

ハッとした表情に、イヴはすぐさま気づいた。つづいて警戒の色が浮かび、女は嘘をついた。「なんとも言えません。わたしたちは真夜中までここに閉じこめられているので。人込みのなかの顔を見分けるのはむずかしいんです。この照明ですしね」

「なるほど。ここでは、ビールやカクテル以外にも、何か出している？」

女はまたもや嘘をついた。「どういう意味でしょうか。わたしはこのステーションを担当している。それだけのことですから。では、お客様がいますので」

「彼女は嘘が下手なだけじゃないな」ロークが感想を述べた。「ひどく怯えているんだ」

「ええ、そのとおりよ」イヴはふたたび人込みを見回した。お立ち台のひとつには、なんと本当にマントをまとった成人になるかならないかの男と、それより十歳ほど年上の、タイトな黒のロングドレスをパンパンに突っ張らせた女がいて、女のほうが蛇みたいに男にまとわりついていた。

ひとつの個室には、鮮やかな赤を着た女がひとりですわり、やや退屈そうにしていた。全身タトゥーだらけの裸同然の男がするするとバーに寄ってきて飲み物を注文し、アレッセリアは背の高いグラスに何かくすんだ色の泡立つものを注いだ。男はそれを、その場に立ったまま、喉をうごめかせて飲み干し、その後、尖った犬歯をのぞかせて笑いながらグラスを置いた。

イヴはかたわらのピーボディが文字どおり震えるのを感じた。「なんてまあ、気味の悪いところだろう」

「ただの見世物、お芝居よ」

そのときイヴは、最上階から螺旋階段を下りてくる男に気づいた。期待にたがわず、彼は全身黒ずくめだった。髪もまた黒かった。それは肩の下へと流れ落ち、肌の白さと鮮やかなコントラストを成している。そしてその顔には、目を奪う冷酷でセクシーな美しさがあった。

彼の動きは優雅だった。しなやかな黒猫。二階まで来たとき、金髪の女が駆け寄って、その手をつかんだ。彼の胸に身を寄せる女の様子には、悲壮感が漂っていた。彼はただ、指先で女の頬をなでおろして首を振った。それから身をかがめて、女の唇をディープ・キスでとらえつつ、両手を短いスカートの下へとすべらせ、むきだしになった素肌をさすった。そのあと女が彼にすがりついたので、彼は女を脇へどけざるをえなくなった。そして彼はそうした。女を体ごと一フィートほど持ちあげ、無頓着に腕力を披露しながらだ。

イヴには女の唇の動きが見え、音楽や会話のざわめきで声は聞き取れなかったが、女が彼に呼びかけたのはわかった。

彼がメインの階を横切ってきた。その目はイヴの目をしっかり見据えていた。彼女は衝撃を覚えた。そう、確かに。それはインクのように真っ黒で、まぶたの垂れた目だった。近づいてくると、彼の唇が知ったふうな自信ありげなほほえみにカーブした。

そしてイヴは、そのほほえみにあるものを認めた。それが引き起こすのは、先ほどの物理的な強い衝撃ではなく、根の深い、心を騒がす、物理的な恐怖だ。

「こんばんは」彼にはわずかに東欧の訛《なまり》があった。「ドリアン・ヴァディムです。この店をやっている者です」

喉がからからになっていたが、それでもイヴはうなずいてみせた。「ダラス警部補です」そしてふたたびバッジを取り出した。「こちらはピーボディ捜査官とマクナブ。それに……」

「ご紹介には及びません」彼はいま、別の表情を見せていた。賞賛とやっかみがややこしく混じり合ったようなものを。「ロークのことは知っています。それにあなたのこともね、警部補さん。〈ブラッドバス〉へようこそ」

5

ヴァディムを見たとき、イヴは自分が何を見ているかを知った。彼女は、その真っ黒な目に、自身の恐れる唯一無二のもの、実の父親を見たのだ。

外見的には、目の前の男と、人生の最初の八年間、彼女を痛めつけ虐待した男とに似通ったところはない。しかし彼女にはわかっていた。それはもっと深い部分に存在する。その表面は、冷淡な性格を薄く覆う、計算された魅力だ。

そしてそれらすべての下に、人間の規範一切に対する完全な無関心がある。

父に宿っていたあのモンスターがいま、ドリアン・ヴァディムの目から彼女を見つめている。

ヴァディムのほほえみは、まるで彼自身それを知っているかのようだった。「あなたに来ていただけるとは光栄ですね。何をお飲みになりますか?」

「わたしたちは何も飲みません」イヴは言った。実は、ほんのひと口水を飲み、ひりつく喉を冷やすためなら、いくら払っても惜しくはなかったが。「これは社交上の訪問ではないので」

「ええ、そうでしょうね。では、ご用件をどうぞ」

イヴはティアラの写真をカウンターの向こうへすべらせた。ドリアンは写真を手に取ってちょっと眺めた。「ティアラ・ケント。今朝、殺されたそうですね。悲劇だな」彼はそれ以上目もくれずに写真を放り出した。「まだ若くて、とても綺麗なのに」

「彼女はここに来ていたでしょう」

「ええ」ドリアンは一瞬もためらわずに肯定した。「一、二週間前に。確か二回です。彼女が来ると聞いて、わたし自身が出迎えました。いいお客ですからね」

「彼女はどこで招待状を手に入れたんでしょう?」イヴは質《ただ》した。

「店から送られたのかもしれません。クラブ通いする若い有名人に、ときどき招待状を送っていますから。うちはオープンしてまだ数週間ですが、ごらんのとおり……」ドリアンは振り返って、大音響の音楽に負けじと叫び立てるお客たちを手振りで示した。「繁盛しています」

「彼女はひとりで来たんですね」

「だと思います。そうそう」ドリアンは姿勢をもどし、ほんの少しイヴのほうに身を寄せて、彼女のうなじを粟立たせた。「思い出しましたよ。彼女は友達と会うことになっていたんです。結局、会えなかったようですが。彼女がまた来てくれるようわたしは願っていました。仲間を引き連れて来てくれれば、と。連中はじゃんじゃん金を使うし、こういうクラブを盛り立ててくれますから」

「地下のクラブはそういうことで成功するものじゃないでしょう」

「すべては変わっていくんです」ドリアンはアレッセリアがカウンターに置いたドリンクを手に取り、飲みながらグラスの縁越しにイヴを見つめた。「時代とともに」

「それで、あなたはどれくらいの時間、ケントと一緒にいたんです？」

「最初に来たときは、かなり長く。店内をひととおり案内し、何杯かご馳走し——」ドリアンはまたゆっくりとドリンクを飲んだ。「一緒に踊りました」

イヴの父はミントを噛んで酒臭さをごまかしていたため、いつもキャンディーのにおいがした。ドリアンは麝香《じゃこう》のにおいがしたが、それでも彼女はキャンディーとウィスキーのあのきつい甘い香りを感じた。「彼女のうちに行きましたか？」

ドリアンはほほえんだ。そしてグラスを置いたとき、彼の関節がイヴの手に軽く触れた。

「彼女とやったかどうか知りたいなら、率直に尋ねればいいのに。わたしはやっていません。誘惑に駆られはしましたが。商売に響きますからね。そうでしょう？」彼はロークに言った。「お客とのセックスは面倒の種です」

「それはお客の種類、商売の種類によるでしょう」ロークの声は妙に感じがよかった。イヴがよく知る危険なトーンだ。「商売に響くことは他にもあります」

無言の警告に応えるように、ドリアンはかすかにうなずいて、イヴから体を離した。

「あなたは彼女に、自分はヴァンパイアだと言いましたか？」イヴは尋ねた。「彼女をヴァンパイアにすることもできると？」

ドリアンはスツールにするりとすわって、笑った。「第一の質問の答えは、イエスです。おわかりでしょうが、それもおもしろみのうちですから。コアなお客は、カルトのスリル、エロティシズム、期待感のためにここに来ている。目玉のひとつは、吸血鬼の恐怖と魅力、そして、永遠の若さとパワーに関する謎めいた約束なんです」

「すると、あなたはそれを売ってはいるが、信じてはいないわけですね」

「わたしは自分の仕事を大いに楽しんでいる、とだけ言っておきましょうか」

「ティアラ・ケントは全身の血を抜かれていました。頸動脈の二箇所の穿孔から」

ドリアンは黒い眉の一方を釣りあげた。「本当に？　それはおもしろい。あなたはヴァンパイアは存在すると思いますか、ダラス警部補？　人間を餌食《えじき》にし、その血を渇望する者たちですが？」

「わたしは、信じやすい人間、愚かな人間、そういう人間を食い物にする連中はいると思っています。彼女はまずクスリをやらされたんです」イヴはさりげなくあたりを見回し、胸が苦しくなることにいまいましさを覚えた。「この店の手入れを命じたら、どれだけ違法ドラッグが出てくるでしょうね」

「さあ、それはなんとも。お互い承知しているように、そういうものは……地下では規制されていないので」ドリアンはイヴの目をのぞきこんだ。「それに、これもお互い承知していますよね。あなたはそのためにここに来たわけじゃない」

「きっかけにはなるかも。彼女を殺した犯人は、DNAを残していました」

「ほう。少なくともその点に関しては、こちらでなんとかできますよ」なおもイヴを見つめたまま、ドリアンは袖をまくりあげた。「アレッセリア、注射器とバイアルをくれないか。未開封のを」

「カウンターの奥に注射器を置いているんですか?」イヴは鋭く言った。

「ショーの一環ですよ。うちでは、豚の血を一、二オンス含むドリンクを数種類、出しているんですが、その血は演出効果のために注射器で加えるんです」ドリアンはバーテンから注射器を受け取った。「お願いできますか?」彼はイヴに尋ねた。「それとも自分でやりましょうか?」

「唾液の採取のほうが簡単でしょう」

「しかしそれではおもしろくありません」ドリアンは拳に何度か力をこめて、静脈を浮きあがらせると、巧みに——イヴの考えでは、慣れた手つきで——針を挿入した。そして、プランジャーを沈めた。「アレッセリア、証人になってくれよ。わたしは警部補に進んで血液を提供している」

　バーテンが何も言わずにいると、ドリアンはゆっくりと頭をめぐらせ、彼女を見据えた。

「ええ。ええ、なるわ」

「これで充分でしょう」イヴに冷ややかな笑みを見せ、彼は針を抜いてバイアルに蓋をした。「ありがとう、アレッセリア」注射器をくるりと回し、プランジャーを先にしてバーテンに差し出す。「適切に廃棄するように」そう指示を出してから、彼はイヴにバイアルを手渡した。「われわれの前でラベルを貼り、封をしてくれませんか？」

　イヴがその作業をしていると、ドリアンは皮膚の小さな穴から浮き出てきた血を指先ですくい取り、舌の上に載せた。「他に何かありますか？」

「ミス・ケントが特定の誰かといるところや、誰かと一緒に店を出るところを見ていませんか？」

「あいにくですが。彼女は大勢と踊ったと思いますよ。どうぞどのスタッフにでも遠慮なくお訊きください。なんならわたしから訊いてみましょうか」

「そうしてください。住所を教えていただけますか、ミスター・ヴァディム」

「ドリアンと呼んでください。わたしはその名で通っているんです。連絡先はここですね。いま現在は店の上に住んでいるので。名刺を差しあげましょう」彼は手を翻《ひるがえ》し、パチンと指を鳴らした。すると、人差し指と中指のあいだに光沢のある黒いカードが現れた。名刺を渡すとき、ドリアンはイヴのてのひらをなでおろし、ほんの一瞬長めにそこに触れていた。それから彼はほほえんだ。「昼間はたいてい寝ています」

「でしょうね。もうひとつだけ。深夜から朝の三時まで、ご自分がどこにいたか証明できますか？」

「ここにいたはずですよ。さっきも言ったとおり、ここにいることがいちばん多いので」

「それを証明できる人は？」

ドリアンの唇がまたもやおもしろそうにねじれ、その表情にイヴはカッとなった。「いると思いますよ。スタッフや常連客に訊いてみたらいかがです。アレッセリア」彼はその黒い目をイヴの顔からバーテンへと移した。「きみは昨夜、ここにいたね。十二時ちょっと過ぎに、わたしと話をしたんじゃないか？」

「わたしは二時までいたわ」アレッセリアはドリアンの目にしっかりと目を据えていた。

「あなたは、えー、わたしが帰る前、この階を巡回していて、わたしが退出する直前にバーに来て、スプリング・ウォーターを飲んだの。ちょうど二時に」

「というわけです。お目にかかれてよかったですよ、警部補」ドリアンはイヴの手を取って、しっかりと握った。「しかしそろそろ仕事にもどらねば。ローク。またふたりで来てくださいよ。今度は遊びに」

きらきらと渦巻く霧のなかを、彼はすべるように歩み去り、ゆっくりと人込みを進んでいった。イヴは向きを変え、バーテンをにらみつけた。「なぜ彼のために嘘をついたのか話したほうがいいわよ」

「なんのことかわかりませんけど」アレッセリアは急に忙《せわ》しげにカウンターを拭きはじめた。

「スクリーンや雑誌に四六時中顔の出る女性が、あなたには見えなかった。彼女は少なくとも二度ここに来て、あなたのボスと過ごしているのに。あなたは彼女に気づかなかった」イヴの声に、自分自身に対する怒りの一部がはじけ出た。「でもあなたはドリアンが朝の二時にスプリング・ウォーターを飲んだことは覚えているのね」

「そのとおりです」

「あなたのフルネームを教えて」

「あなたが引きさがってくれないと、わたしは仕事を失うことになるんです」

「フルネームを」イヴは繰り返した。

「アレッセリア・カーター。まだ質問があるようなら、弁護士を呼びますけど」

「きょうのところは、これで結構。何か思い出したら連絡して」立ち去る前に、イヴはカウンターに名刺を置いた。「あの男がケントのダーク・くそったれ・プリンスでなかったら、いまごろ豚たちが五番街を急降下爆撃してるでしょうよ」

「血液が証明するさ」ロークは静かに言った。

「あなたのすてきなお尻を賭ける」

地上に出ると、ピーボディが長々と心からのため息をついた。「ああ、気持ち悪かった。〝亡者の王〟はめちゃくちゃセクシーだったけど」

「俺にはただのフリークに見えたけどな」マクナブがつぶやいた。

「あなたは女を好きな男だものね。もしあなたが男を好きな女だったら、わたしたちはいまも、その舌を口のなかに巻きもどさせようとしてたでしょうよ。あれじゃ完璧にやられちゃいますよね、ダラス？」

女たちは父に魅力を感じていた――イヴは思った。父が女たちをどう扱おうとだ。

「ティアラ・ケントは彼に命を吸いとられている最中でさえそう思ったんでしょうね。あなたの乗る警察車両を呼ぶわ。血液サンプルを直接ラボに持っていって、登録がすむまでそこにいてほしいの」

「了解」ピーボディはサンプルを受け取り、バッグにしまった。

「わたしは、あのオーナーとバーテンのことを調べる。この手のことは彼にとって初めてじゃない。それに、彼女は今朝、彼を見たなんて嘘をついている。もしラボの検査結果がすぐ出たら、すごく不愉快なモーニングコールをヴァディムにかけてやりましょう」

四人は分かれ、イヴは歩きながら、ロークにひょいとヒップをぶつけた。ヴァディムから離れ、あの脈打つ照明から離れて、街なかにいるいま、彼女も本来の調子を取りもどしていた。「おとなしいじゃない」

「考えているんだよ。あの男はきみを眺め回していただろう？　それとなくだが、じっくりと」イヴが両手をポケットに突っこもうとすると、ロークはその一方をとらえ、さりげなく唇に持っていった。「彼はきみの反応を見たかったんだよ。それに僕の反応も」

「きっとがっかりしたわね。わたしたちがさしたる反応を見せなかったんで。とにかく、あなたはあまり見せなかったわ」

「むしろ戸惑っていたんじゃないかな」

「オーケー。なぜあなたは仕返ししなかったの？」

「そうしたかったが、不思議がらせておくほうが愉快だからね。どのみち、彼はきみのタイプじゃないし」

イヴは鼻を鳴らした。「確かにね。わたしは、息みたいに色気を吐き出す、背の高い、髪や目の黒い、ゴージャスな男は好きじゃない」

「きみはソシオパスは好きじゃない」

イヴはロークを見あげた。では、彼にもわかったのだ――少なくともそこまでは。「そのとおりよ」

「それに、僕のほうが背も高い」

今度はイヴは笑った。そして、別に害にもならないので、車を駐めたプラットフォームにのぼっていきながら向きを変え、彼の身長を測るふりをして、その肩に両手を置いた。彼女は、温かく、豊かな、生《なま》の彼の唇に唇を押しつけてから、ゆっくりと体を離した。「そうね、あなたはちょうどわたしの条件に合うだけの背丈がある。運転をお願いよ、相棒。わたしは車内で調査を始めたいから」

イヴはPPCを使った。小さなミニスクリーンのなかでさえ、ドリアン・ヴァディムの身分証写真は強烈だった。撮影当時、髪はいまより短かったが、それでも肩を越えている。年齢は三十八、出生地はブダペストで、データによれば、母親はいまもそこにいた。

記録もかなりインパクトがあった。

「感じのいいミスター・Vの得意分野は詐欺なのよ」イヴは言った。「封印されなかった少年犯罪の記録に始まり、ヒット多数。ヨーロッパを飛び回り、その後、合衆国へ。それが二十代初めみたいね。密輸容疑の逮捕複数回。有罪判決はなし。違法ドラッグがらみのヒット数件、尋問され、釈放されること数回。エンターテイナー、すなわち、催眠術師、魔術師として働く。ふーむ。起訴取り下げ多数。被害者は女性に偏向。彼が騙したと噂される女性二名の失踪に関し、尋問されるが、証拠不充分で逮捕には至らず。DNAの記録はない。

蛇みたいに法の網の目をすり抜けているわ」イヴはつぶやいた。「暴力行為の記録はなし。でも、必ず証人が供述を撤回するか失踪するかしている」彼女はロークにしかめっ面を向けた。「あの催眠術ってやつ、信じてる?」

「催眠術は有効性が証明された技術だよ。マイラもセラピーで使っているだろう?」

「ええ、でも大半は駄法螺《だぼら》だとわたしは思う」そう言いながらも、ドリアンが目をのぞきこんだときの、あの奇妙な感覚を、イヴは思い出していた。わたし自身の問題よ。彼女は自分にそう言い聞かせた。わたしの恐怖心、心に宿るデーモンどものせい。

「とにかくあの男は危険人物よ。それに、女を食い物にするのが彼のパターンだし。特に金持ちの女をね」

イヴは例のバーテン、アレッセリアについてざっと調べ、彼女に前科がないのを知った。

「バーテンはクリーン。離婚していて、三つになったばかりの子供がひとりいる」イヴは唇をすぼめ、ロークは家への門を開けた。「彼女を取調室に連れこむ。自宅でひとりのときでも落とせるわ。ドリアンを見たなんて嘘よ。あの男さえ近くにいなければ、あの供述は五分でひっくり返せる。彼女はあいつを怖がってるの」

「やつは人殺しだからね」

「そう、まちがいなく」

「僕が言いたいのは、彼女がそれを知っている、または、そう思っているってことだよ。きみには、彼女の供述をひっくり返すことができる。でもあの男は彼女の首をへし折ることができるんだ。それも、はるかに冷静に」

「そうかもしれない。でも不思議よ。なぜあなたはたった一度、彼と話しただけでそんなこ

「ひと目見ただけでも同じことを言ったさ。あの目だよ。やつはヴァンパイアだ」

イヴの口があんぐり開くのと同時に、ロークは車を止めた。頭のなかの考えを言葉にすることができないまま、彼女は勢いをつけて車を降り、運転席側に回った。「いまなんて言ったの？」

「文字どおりの意味だよ。あのタイプは人間から命を吸いとる。一時の快楽のために、それをやるんだ。架空のヴァンパイアに負けないくらいみごとに。それにね、ダーリン・イヴ、魂がないという点でも、あの男はひけをとらない」

父と同様に、とイヴは思った。そう、ロークにもわかったのだ。彼はすべてわかっている。モンスターの正体を見破るのは、異様なことでも恐ろしいことでもない。

それはただ、彼女が獲物を理解しているというだけのことだ。

イヴはなかに入って、ジャケットを脱いだ。ロークの家令、サマーセットはいつものように喪服じみた黒いスーツを着てホワイエに立っていた。イヴは彼を手振りで示した。「わたし、前々から、ヴァンパイアってあんなだろうと思ってたのよ。青白くて、骨張ってて陰気臭くて、死んでるの」彼女はジャケットを親柱に放って、階段をのぼりはじめた。

「今夜はまともな人間のようにダイニング・ルームでお食事をなさるんでしょうか？」サマーセットは尋ねた。

「仕事があるの。あんたみたいな見てくれのやつは、〝まとも〟なんて言葉を軽々しく使うもんじゃないわよ」

「二階で何か食べるよ」ロークは穏やかに言った。

彼はイヴとともに彼女の仕事部屋にぶらぶらと入っていき、突然くるりと向きを変えて、彼女を壁際に追いつめた。「前菜からかかるとするよ」そう言って、彼女の唇に唇を押しつけた。

イヴの血はたちまち沸き立った。脳みそが耳から流れ出ていく。彼女にはそれを感じることしかできなかった。彼の口が彼女の口をむさぼる。一種凶暴なその性急さは興奮をかき立てた。イヴは彼のヒップをつかんだ。そのさなかにも彼は、あの機敏に動く器用な手で彼女の体に拷問にも似たことをしていた。

イヴは大きく息を吸い、その荒々しい奔放な瞬間に――そしてロークに、ただ身を委ねた。

彼女はいつも与えてくれる。ロークはそれを知っていた。彼がどれほど欲しようと、彼女はいつも与えてくれる。あるいは、彼女自身の果てしない急激な欲望を満たすために、奪いとるのだ。彼女の唇は彼の唇に合わさり、熱と化していた。彼女からうめき声があふれ出た。ロークは彼女のシャツをぐいと引き開け、あの温かい震える肌を唇と歯で見つけた。

イヴの味は、新たな渇望の大波を引き起こした。

彼女の手が彼のズボンのフックを引っ張る。彼の手も彼女のフックを引っ張っている。そして彼女は、みだらにぴったりと彼に体を密着させた。

ロークがのぞきこんだとき、イヴの目は曇っていた。彼がなかに押し入ると、輝かしい一瞬、それは盲目となった。

彼女は彼に動きを合わせた。狂おしい鼓動に鼓動を。彼がイヴの両手を引きあげ、その頭上で押さえつけたとき、彼女は荒々しい喜びに乗って疾走していた。彼が最後の荒れ狂う頂点でふたりを打ちすえているときも。

ゼイゼイとイヴの呼吸音がする。ロークはその髪に頬をあずけ、息を整えた。そして、ふたりのセックスの激しさとは正反対の優しさで、彼はイヴのこめかみにそうっと、蜘蛛の糸のように軽く唇を寄せた。

「ドラキュラのポスターボーイに目の前で妻に色目を使われて、僕は相当、腹を立ててたみたいだな」

「わたしには効いたわ」背後の壁に感謝しつつ、イヴはそこに寄りかかり、なんとかロークの目に焦点を合わせた。「気分はよくなった？」

「かなりね。ありがとう」

「いつでもどうぞ。ねえ、聞いて。わたしは大きな分厚い赤身の肉の塊を食べたい気分なの。あなたはどう？」

ロークはほほえんで、彼女の唇に唇を触れ合わせた。

「食べてもいいよ」

6

イヴは特大のハンバーガーを食べながら、ドリアン・ヴァディムの犯罪歴を洗い直した。食事中、彼女はリンクもかけまくった。なぜなら、ドリアンは法の網の目をすり抜けてきただけでなく、そのついでに国内をくねくねと這いまわり、ヨーロッパを出入りしていたからだ。彼女は、シカゴ、ボストン、マイアミ、ニュー・LA、イースト・ワシントン、それに、ヨーロッパのいくつかの都市の捜査官と話をした。

そして、大量にメモを取り、ファイルを請求し、よその町の別の警官たちに今後の経過を知らせる約束をした。

その過程のどこかの時点で、ロークはふらりと出ていった。イヴは新たな殺人ボードを設置し、メモをタイプした。その後、ティアラ・ケントのアパートメントの警備部長と話しているとき、ロークがまたふらりともどってきた。

イヴは指を一本立ててみせた。

「可能なところまで遡って。もしディスクのどれかの、どの時点かに、その男が映っていたら、教えてほしいの。ええ、昼でも夜でも。よろしく」

彼女は通信を切った。「さっき話をした世界各地の警官からの情報を要約すると、ヴァディムは利口なペテン師で、倫理観と敏捷さは蛇並み、エゴの大きさは……アイダホってどんなサイズ?」

「もっと大きい州もあるけどね」ロークは考えこんだ。「でもそれで充分なんじゃないかな」

「オーケー、アイダホ並みとしましょ。そして好物は、金持ち女と違法ドラッグよ。何があろうと、わたしの手はすり抜けさせない。すばやくつかまえるし、しっかりつかまえる」イヴはロークに言った。「もしアパートメントのセキュリティディスクに映っていたら、それも、ハハハ、やつの棺桶に打ちこむ釘の一本になるわ」

「それじゃきみは、僕がさぐり出したことに興味があるんじゃないかな。彼の財政に関することだが」

集中しきった表情が、いらだたしげなものへと変わった。「あの男の財政をさぐる許可はまだとってないのよ」

「登録してないマシンを使ったのは、だからだよ。僕はあいつが好きじゃないんだ」イヴに文句を言われる前に、ロークははっきりと言った。

「ええ、それは明々白々ね。でもいまのところ財政データは必要ない。それに、あなたが違法な手段で見つけたものは、使うわけにいかないから——」

「なら使わなければいい。僕は興味があったんだが、もしきみがそれほどでもないなら、この情報は胸にしまっておくよ」

ロークは部屋の向こうに行って、壁のパネルを開け、ブランデーを取り出した。彼がグラスに一杯、それを注ぐまで、イヴは持ちこたえた。

「ああもう。何を見つけたっていうの？」

「あの男は、公式にはあのクラブのオーナーじゃないが、あそこを所有している。大した店じゃないがね。彼は隠れ蓑《みの》をいくつか使い、店のマネージャーとして登録されているんだ」

「怪しいわね」イヴは感想を述べた。「でも違法とは言えない」

「また、やつは店にかなりの資金を注ぎこんでいる。僕に言わせれば、地下の店には値しないほどの額をだ。結局、アイダホでは数平方マイル足りないのかもな。店にかかる諸経費は、あいつの懐に入る額をかなり上回っているんだよ。特に従業員の給与総額を考えると」

「〈ブラッドバス〉の帳簿に侵入したわけ？」

「別にむずかしくもなかったよ」彼はくるくるとグラスを回し、ブランデーを口にした。「もの足りないくらいさ。あいつはあの店のせいで毎週、金を失っている。なのに、その損失はやつ個人の財政には反映されていない。それどころか、やつの蓄えは着々と増えている。疑いを招くような額じゃないが。ということは、おそらく他に複数の隠し口座があるんだろう。今回の調査で僕が掻き取ったのは、表面の何層かだけだからね」

「店以外の収入ってなんなんだろう?」イヴは思案し、ロークはほほえんだ。

「それが問題だな」

「違法ドラッグも収入源のひとつでしょうね。ペテン、ゆすり、たかり。元詐欺師か……ケントからしぼりとっていた可能性もある。でも金が目的なら、なぜリッチな牝牛をからからに干上がる前に殺してしまうわけ? 目的は金だけじゃないのよ」イヴはロークの先回りをして言った。「金は、きらきら光るおまけなの」

「僕もそう思う。それに、そのきらきらは半端じゃないはずだ。ケントの財政をじっくり調べてみる手もあるね。でも、彼女は大晦日の紙吹雪みたいに金を撒き散らすタイプなんじゃないかな」

「ええ、何百足も靴を持っていた」

「僕にはその相関関係がわからないよ。とにかく」イヴがぐるりと目玉を回すと、ロークは先をつづけた。「時間さえかければ、彼の隠し口座をさがし出し、おかしな収入をケントの同額の支出と突き合わせることはできるよ」

「時間さえかければ」イヴは繰り返した。「数時間? それとも、数日?」

「調査内容を考えると、数日かかるかもな」

「冗談でしょ。まあ、さぐっても害にはならないわね。でもあいつは、その件で押さえるわけじゃない」

「僕も賛成だよ」ロークはぶらぶらやって来て、イヴのデスクに腰かけた。彼はその場所が好きなのだ。そこからだと、あのウィスキー色の目、警官の目をのぞきこめる。「それは重石になりうる。でも、きみのハンマーはそれじゃない。クラブについて言えば、あの店には まちがいなく裏帳簿があるよ。法外な、おそらくは違法な額の会費や、違法な取引の類は、全部そこに載っているんだ。それも僕が見つけてあげるよ。ちゃんと間に合うようにね」

「あなたって本当に使えるわ」イヴは彼の膝を指で軽くたたいた。「セックス以外のことでも」

「優しいんだね、ダーリン。こっちも同じ言葉を返すよ」ロークは身をかがめ、彼女に軽くキスした。これが、その場所にすわるのが好きなもうひとつの理由なのだ。「ヴァディムだが、やつがもしもっと利口だったら、公的記録の収入と支出の差をもう少し縮めておいたろうよ。でもやつは自分で思っているほど利口じゃないのさ」

「でもあなたは、あの男が自分で思っているあの男より、もっと利口なわけだし」イヴは一拍間を置いた。「意味わかる?」

「今夜の僕らはお互いを褒めたたえあってない? もっと頻繁に、きみを壁を押しつけるべきだな」

イヴは笑って、コーヒーを手に取った。もう冷めていたものの、彼女はそれを飲んだ。

「朝にはDNA一致の結果が出るし、うまくすれば、ケントのアパートメントのセキュリティに映ったあの男の映像も手に入る。わたしは、バーテンを追いつめて、あの男のインチキ・アリバイを崩してやる。正午までには、あいつを檻に入れられるわ。そのあと、あいつの財政と記録をひとつひとつ分析してやりましょう。あなたがわたしのハンマーに重石を加えるの」

ロークは首をかしげた。「でも？　きみの口ぶりは〝でも〟って言ってるみたいだよ」

「でも、なんだか簡単すぎるのよ、ローク。あまりにも簡単すぎる。あいつは瞬きひとつせずに自分の血を渡した。それも笑顔でよ」

「僕は特にあの笑顔が嫌いなんだ」ロークは言った。

「そう？　わたしも。あいつはケントのうちに残したDNAが、命取りになるのを知っているはずよ。なのに、令状を要求しなかったでしょ。実を言うと、その令状を取るとなったら、こっちは相当、屁理屈をこねまわす必要があったの。あいつは自分で思ってるほど利口じゃないかもしれないけど、まったくの馬鹿ってわけでもない。あいつはなんの不安も抱いていないのよ。わたしはそのことに不安を感じる」

「つまり、やつはどこかにエースを隠しているわけだ。きみはその上を行けばいいんだよ。ところで、教えてくれないかな。他には何がきみを不安にさせているの？」

「どういう意味かわからないけど」

「クラブにいたとき、きみの心は一度か二度、どこかよそへ行っていた。それに、そのあとも、一度か二度、同じところへ行っているしね。きみを不安にさせるその行き先はどこなの?」

「わたしにはやらなきゃならないこと、考えなきゃならないことが山ほどあるのよ」イヴは始めた。

「イヴ」ロークはただひとことそう言った。必要な言葉はそれだけだった。

「父が見えたの。わたしはあの醜悪な店のなかに立っていた。するとあの男がわたしに向かって来た。このわたしに」彼女は繰り返した。「わたしたちにじゃない、四人に向かってじゃなく、わたしによ」

「うん。確かにそうだった」

「ちょっと夢みたいだったわ。あの霧、照明、騒音。ただの演出、まやかしなのはわかっていたけど……きっと、わたしのなかの何かが反応したのね。それからわたしは、あの男の目を見たの。あなたはソシオパスって言っていた。人殺しって言っていたわね。そう、わたしにはそれが見えた。でも見えたのはそれだけじゃない。あの目に見入ったとき、わたしには父に宿っていたモンスターが見えたの。そいつがじっとわたしを見つめているのが。わたし……そいつのことを思うと、吐きそうになる。怖くてたまらなくなるのよ」

ロークが手を伸ばして、彼女の手を取った。「きみや僕みたいに、モンスターの存在を知っていてもね、イヴ、その知識は安眠も心の平和も与えてくれないだろう。でも、その知識によって、連中に対する備えはできるんだよ」

「まるであの男は知っているみたいだった」イヴは彼の手を握る手にぎゅっと力をこめた。こんなことを話せる相手は他にいない。以前の彼女には、こんなことを話せる相手はひとりもいなかった。「妄想だってことはわかっているの。これは……いわば、心に巣食うデーモンたち、恐怖症のせいなのよね。でも、わたしの目を見つめ返したとき、あの男は知っているみたいだった。わたしのなかの怯え切った小さなものが見えているみたいだった」

「それはまちがいだよ。やつに見えたのは、絶対にあとへは退《ひ》かないひとりの女性だ」

「そうならいいけど。だって最初の二、三秒は、逃げ出したかったんだもの。ちょうど怯えたウサギみたいに」イヴは震える吐息を漏らした。「ヴァンパイアもいろんなのがいる。あなたはそうも言ったわね。わたしの父もその一種なんじゃない？　わたしから命を吸いとろうとし、人間以下のものにしようとしたのなら？　わたしは杭の代わりにナイフを父に打ちこんだ。あの人がいつまでも頭によみがえってくるのは、たぶんそのせいよ」

「きみを作ったのはきみ自身だよ」ロークは今度は身をかがめて、彼女の顔を両手ではさんだ。「そして、きみが何者なのかは、きみの父親には決して理解できない。ヴァディムにもだ。どんなに見ようと、やつには本当のきみは見えないんだ」

「あの男は見えると思っている」

「それはまちがいさ。イヴ、この件についてマイラと話してみたくない？」

「いいえ」もう一度考えてみて、彼女は首を振り、繰り返した。「いいえ、いまはやめておく。あなたの前で吐き出したおかげで、少し落ち着いたわ。あいつをやっつける、完全にやっつける――それで、すべて解決するでしょうよ」

イヴはしばらく、つながったままの自分たちの手を見つめていた。それから、その視線を彼の目へと移した。「怖いなんてあなたに言いたくなかったの。その理由はなおさらよ。でも馬鹿だったわね」

「まったくだ」

イヴは顔をしかめた。「こういう場合は、いいや、当然だよ、僕がなんでもしてあげる、チョコレートを取ってこよう、なんて言うものじゃないの？」

「きみは〝結婚生活の手引き〟の脚注を読んでないんだな。その手のことを言うのは、別の女なんだ。僕はもっとぶっきらぼうでかまわず、そのあと、一発やりたいか、きみに訊いてもいいはずだよ」

「ひとりでどうぞ」イヴはそう言って、ロークを笑わせた。「でもありがとう」

「オファーは常にテーブルに載っているからね」

「はいはい、床にも、クロゼットにも、階段にもでしょ。仕事の時間よ、相棒、遊びはおしまい」

殺人ボードを一巡して吟味するため、彼女はえいやと立ちあがった。ロークはそれを見て、彼女の心が静まり、落ち着いたのを知った。

「かつての悪行、それも多数。謎の収入。被害者との接点。それに犯人像はオーダーメードのスーツみたいに、あの男にぴったり合っている。嘘っぱちのアリバイ。あいつはあのクラブでゲームをやっている。ヴァンパイアのおとぎ話で金持ちの阿呆どもから金を巻きあげ、たぶんそいつらをゆすったり、違法ドラッグを売ったりもしている。でもそれはこの絵の一部にすぎない。あいつは何かやっている」イヴはつぶやくように言った。「あいつは何かやっている。そしてそのことでいい気になっているのよ」

「ほら行くよ、警部補さん」ロークが声をかけた。

イヴはそちらに目をやって、彼が向こうから投げてよこしたキャンディー・バーをキャッチした。彼女は顔をほころばせ、包装を破り、キャンディーにかぶりついて、ボードの吟味をつづけた。

シフトを終えたアレッセリアは、むやみに急がないよう、また、ふだんの夜とまったく同じ行動をとるよう気を配った。彼女はコンピューターのタブを閉じ、コードを打ちこみ、ステーションの引き継ぎをした。

そして、ぐっと伸びをしながら、さりげない足取りで、いつもバッグとジャケットを置いてある従業員専用エリアに向かった。そこに入って、ドアを閉じたあとも、顔を無表情に保ち、通常どおりの動きをつづけた。クラブのあらゆるセクションにカメラがあることは、誰もが知っている。ボスはその点をはっきりさせていた。

誰が見ているかはわからない。

彼女のあくびはまったくの演技ではなかった。それは長いシフトであり、なおかつ、忙しいシフトでもあった。〈ブラッドバス〉をひいきにするお客たちは、ずっと酩酊状態でいたがるのだ。いつもどおり彼女はチップをバッグの内側のポケットにしまいこみ、ジッパーを閉じた。バッグのストラップを斜めにかけると、上からジャケットをはおった。

彼女は、全従業員に支給されている輝くカードを、一方は乳房のあいだ、もう一方は肩甲骨のあいだで光るように首にかけた。

中央に一対の真っ赤なBが描かれた金色にきらめくその五芒星は、前とうしろを護る盾のようなもので、それさえあれば、クラブを出ていくときも、トンネルの物騒なルートを進むときも、誰も彼女を煩わせることはない。これもまたドリアンが最初からはっきりさせていることだ。そして彼は、クラブのオープン第一週目に、ウェイトレスに手を出そうとした、パワー全開状態のヤク中を見せしめとして使った。

噂によると、その男は細切れにされ、血液は地面のしみになるほども残らなかったという。

おそらく嘘っぱちだろう。おそらくは。しかしそれ以来、カードを身に帯びて〈ブラッドバス〉を出入りする者の通り道は、常に空いている。

それでも彼女は、いつものようにポケットを調べ、ミニ・スタナーと防犯ブザーがあるのを確かめた。

一オンスの予防策には、心の安らぎひと山分の価値がある。

彼女は出口に向かい、交替時の常で、従業員の一団とともにクラブを出た。数をたのみに。会話はあまりなかった。めったにないのだ。だから、悪臭と暗がり、ガンガン鳴る音楽と泣き叫ぶ声のなか、みなとともにジグザグ進んでいくあいだ、彼女は物思いに耽ることができた。

ちゃんとやれる——彼女はそう思っていた。そんなにお金になるなら、逃す手はない。給料とチップとで、ちゃんと倹約すれば、上等の小さな家の頭金をポンと支払い、町から引っ越すことができる。

子供のための庭、昼間の仕事。

それは申し分ない計画に思えた。それに彼女は身を護るすべを心得ている。しかしやはり手に余った。こうなったら、事実に向き合わざるをえない。あのクラブ、このトンネル、そしてあのボス。すべてが手に余る。もう地上の仕事にもどるしかないだろう。そして毎週、わずかな貯金をするためにダブルでシフトをこなすのだ。クイーンズの家や、庭や、犬は、あと数年待たねばならない。

〈ブラッドバス〉にはもう二度ともどるまい。

手紙を出そう。それがいちばんだ。息子を口実にしよう。共同親権のことは、ドリアンも知っている。でも、夜の仕事はむずかしい、負担が大きすぎる、と言えばいい。

ドリアンにはどうすることもできない。自分にそう言い聞かせながら、彼女は光るカードを首からはずして、ポケットに押しこんだ。彼女の考えの及ぶかぎり、彼が何かしたがるはずはない。あの給料なら、代わりはすぐに見つかるだろう。

豚の血をジンに混ぜて——ああ、本当にただの豚の血でありますように！——ブラッディ・マティーニを作ったり、ドライアイスで〝墓場〟を作ったりする仕事は、他の誰かにしてもらおう。わたしはもう手を引く。

決め手はあの警官たちだった。もうこれ以上耐えられない。

ドリアンは彼女に嘘をつかせた。だから彼には嘘をつかせる必要があったのだ。

ふたたび地下に、今度は地下鉄でうちに帰るために、下りていきながら、アレッセリアは胸の内で認めた。あのときわたしは、たのまれもしないのに嘘をついた。とぼけたほうが身のためだと直感的に悟ったから。

こんな人は見たことがありません。

ティアラ・ケント。初めてクラブに来た日、ブラッディと名のつく酒を何杯もあおっていた女。そして彼女は、ドリアンのプライベート・オフィスで長時間、過ごしていた。

そう、アレッセリアはふたりが一緒に出ていく姿を見ていない。だが実のところ、彼女は、ティアラがクラブに来たとき、ふたりのどちらであれ、出ていく姿は見ていないのだ。これはつまり、ふたりがドリアンのオフィスから抜け出したかもしれないということだ。

それにアレッセリアは、昨夜の勤務中、夜十二時のしばらく前からドリアンを見ていない。警官たちには彼が下りてきてフロアを巡回していたなどと言ったが、それは嘘だ。ティアラ・ケントと一緒に上に行ってからは、アレッセリアが気づいたかぎりでは一度も、彼はフロアに下りてきてはいない。

そして彼女は、肌がぞくぞくしだすあの感じから、彼がいれば必ず気づくのだ。

ドリアンがティアラ・ケントを殺したのかもしれない。本当にやったのかも。

両腕でわが身を抱きしめ、懸命に頭をしぼりながら、アレッセリアは電車の車内にすわっていた。どうすべきなのだろう？　わたしに何ができるのだろう？　彼女は何度も自分に言い聞かせた。ただ歩み去るだけでいい。わたしにはなんの責任もない。よけいなことはしないに限る。辞めるだけでいい。充分すぎるほどだ。

しかし駅に降りたとき、アレッセリアは息子のことを思った。彼女はわが子に、正しいことをするように教えている。正義のために立ちあがるように、いつか立派な人間になるように。

だから彼女は、暗い夜道を歩きながら、あの警官が置いていった名刺とポケットリンクを取り出した。

背骨の底で神経が逆立ち、喉の奥まで這いのぼってきた。馬鹿らしいと自分に言い聞かせながらも、彼女はこわごわうしろを振り返った。いまは何も心配ない。まったく何も。ここはクラブから何ブロックも離れているし、わたしは地上にもどっている。ドリアンの知るかぎり、わたしは彼を百パーセント支援したのだし。

うちまではあと少し。わたしは安全だ。

それでも彼女は、イヴのオフィスの番号を唱えながら、できるかぎり街灯の光の注ぐところを歩くようにしていた。イヴのオフィスの留守録装置が応答すると、彼女は大きく息を吸いこんだ。

「ダラス警部補、〈ブラッドバス〉のバーテンのアレッセリア・カーターですが」

彼女はちょっと間をとって、もう一度うしろを振り返った。尖った神経が鉤爪のように食いこんでくる。何か物音がしたのでは？　足音？　それとも風のざわめきだろうか？

しかし何も見えなかった。光と影、建物の真っ暗な窓以外は何も。

それでも彼女は足を速め、膝の震えを感じつつ先を急いだ。「お話があるんです、あの、ティアラ・ケントのことで。なるべく早くご連絡くだ――」

彼はどこからともなく現れ、暗い強暴な風さながらに襲いかかってきた。くるりと振り向きながら、アレッセリアは大きく息を呑み、よろよろとあとじさった。彼の手が喉をつかみ、恐怖のあえぎを握りつぶすそのさなか、彼女はどうにか一度だけ苦しげな悲鳴をしぼり出した。手からリンクが吹っ飛んだとき、あの黒い目は彼女の目を凝視していた。いとも軽々と、彼はアレッセリアの体を持ちあげた。

「おまえは」静かな、温かみさえある声で彼は言った。「きわめて悲劇的な過ちを犯した」

アレッセリアは空《くう》を蹴った。吊るされた人間の脚のように、その脚が踊り、ぶらぶらと揺れる。彼は街灯の光の輪のなかから彼女を引きずり出した。赤い斑点が彼女の目の前で炸裂した。空気を求め、肺が悲鳴をあげている。一方の手はやみくもに防犯ブザーをつかもうとしていた。

足が壊れた階段にドスンとぶつかり、涙が目から噴出した。その目は、彼がほほえむと、恐ろしさに飛び出した。ありえないことだが、彼女は牙が閃くのを見たのだ。

闇のなかで、きらりと光るその尖端が彼女の首に食いこんだ。

朝、服を着るなり、イヴは二杯目のコーヒーをつかみとった。「夜のあいだにラボから何か入ってないか、仕事部屋のコンピューターを見てくるわ」

「ちょっと偏執的になってない？」ロークが、すわっているところから尋ねた。彼は寝室のスクリーンで朝の経済ニュースを見ているのだった。

「あなたにはあなたの偏執的こだわりがある」イヴは数字の羅列を顎で示した。「わたしにはわたしのがあるの」

「ならポケットリンクでチェックしたら？　何か食べながらね」

「ポケットリンクでどうやってオフィスのメッセージをチェックするのよ？」

ロークはただため息をついて、立ちあがった。イヴのほうへ歩いてくると、彼は手を差し出した。「全部つながっているんだよ、僕のテクノロジー音痴さん。それがリンクと呼ばれる所以《ゆえん》さ」

「はいはい、でも全コードとシークエンスを覚えてなきゃならないわけでしょ。だったら部屋に行ったほうが簡単……」

ロークはコマンドを打ちこみ、そんな彼をイヴはしかめっ面で眺めていた。「ホームユニット・ダラスの新着メッセージをすべて転送せよ」彼は命じた。

〝了解……前回のホームユニット・ダラス使用以来、受信はありません……〟

「ふうん。なるほどね、わたしが思っていたほどややこしくはない。セントラルのわたしのユニットもチェックできるの？」

ロークはただほほえんだ。「コップ・セントラル、オフィスユニット・ダラスの新着メッセージをすべて転送せよ」

〝了解……留守録に新着メッセージが一件あります〟

「まったくもう」イヴはロークの手からリンクを奪いとった。「何か入ったら、すぐここに連絡するように言っておいたのに――」

〝ダラス警部補、〈ブラッドバス〉のバーテンのアレッセリア・カーターですが〟

「良心に目覚めたわけね」画面の顔を見つめ、イヴはそう結論づけた。「うちへの帰り道かな。怯えているみたい」

〝お話があるんです、あの、ティアラ・ケントのことで。なるべく早くご連絡くだ――〟

何か音がした。風が吹き寄せたのだろうか？　黒手袋をはめた手が見え、そのぼやけた影がさっと近づいてアレッセリアの喉をとらえた。

「ああ！　しまった！」イヴ自身の手がロークの腕をぎゅっとつかむ。映像がぼやけ、リンクが歩道に落ち、画面は真っ暗になった。

「もう一度、再生して」彼女はロークにそう命じて、コミュニケーターを引き抜いた。「通信指令部、こちらダラス、警部補、イヴ。一班、急行させて。場所は……」彼女は、アレッセリアのデータから引っ張り出しておいた住所まで、メモリーをすばやくフリップしていき、早口でそれを唱え、さらにもう一度、唱えた。「暴行事件が発生した模様。被害者は、カーター、アレッセリア、女性、白人、三十四歳、黒髪、中肉中背。わたしも現場に向かいます」

「僕も行くよ」ロークが言った。「僕のほうがピーボディより近い。彼女には途中で連絡すればいい。あのバーテンは自宅アパートメントにはいないだろうね」ふたりそろって階下へと急いでいるとき、彼はそう付け加えた。

「もしかすると逃げおおせたかも。あの男はただ彼女を脅したかっただけかも。ああ、わたしが彼女を狙わせたのよ。わたしが彼女を追いこんだの」

「きみはそんなことはしていない」ロークは自分のジャケットをつかみとりながら、イヴのジャケットを親柱からひったくって彼女に放った。「やつが彼女を選んだんだ。自分のために嘘をつかせたその瞬間に、彼女を選んだんだよ。僕が運転しよう」

ロークに運転させたほうが現場に早く着く。イヴにはそれがわかっていた。運転を任せたおかげで、ピーボディに連絡を入れ、その後、通信指令部からの報告を受けるのも楽だった。アレッセリアのアパートメントから応答はないという。

「踏みこんで」イヴは命じた。「被害者の命が危険にさらされている。ちゃんと根拠があるの。すぐ踏みこんで」

結果を待ちながら、イヴは膝に拳をたたきつけた。ロークは、車の流れや渋滞をかいくぐり、警察支給の彼女の車を進めていく。

〝通信指令部より、ダラス、警部補、イヴへ。警官たちから報告が入りました。現在、部屋は無人。押し入った形跡、暴力行為の形跡はありません〟

ああ、そうでしょうよ、とイヴは思った。あいつはそこで彼女を襲ったんじゃない。「ただちに半径五ブロック以内の捜索を開始してください。対象者のデータを繰り返します。女性、白人、三十四歳、黒髪、目は茶色、最後に目撃されたときの服装は、黒のズボン、黒のシャツ、赤いジャケット」

イヴは通信を終わらせ、フロントガラスをじっと見つめた。「わたしにはわかってる」ロークは無言のままだったが、彼女は言った。「わたしにはわかってる。あいつは彼女を生かしてはいない」

7

イヴは歩道やビルに目を走らせた。彼らの車は、アレッセリアのアパートメントに近づいていた。その界隈は、中流階級の地区の生活水準が低い荒っぽい側だ。分別ある強盗ならふつう数ブロック離れたところで獲物をさがすだろう。

ここでは大して収穫が得られないうえ、住民たちはポケットの中身のために戦うことを厭《いと》わない。街娼もまた、どこかよそでお客を釣るはずだ。総じて、このほんの数ブロックのエリアは、単に貧しくて労力を注ぐに値しないという理由により、安全なのだった。

しかしアレッセリア・カーターは安全ではなかった。

イヴの視線が地下鉄の出口に注がれた。「どこでもいいから車を駐めて。彼女は地下鉄に乗ったんじゃない？　安いし速いものね。そうだとすれば、これが彼女の通ったルートよ」

ロークが車を止めるなり、彼女は外に飛び出した。リンクを取り出すと、例のメッセージを再生し、目印をさがした。「暗いし、彼女の顔以外ほとんど何も見えないけど……」イヴはメッセージを吹きこむように自分のリンクを持ちあげて、左に頭をめぐらせた。「ほらここ、背景はあのビルかも」

彼女は歩きつづけ、画面と通りを見比べつづけた。「ここだわ。あいつはこのあたりで彼女を襲っている。もうリンクは誰かに拾われたでしょうね。あるいは、あいつが持ち去ったか。でも彼女が襲われたのは、このあたりよ」

イヴはふたたびあたりを見回し、タイの食料品の店と板の打ちつけられた店舗に挟まれた、いまにも倒れそうな細いビルに焦点を合わせた。その壁は一面、落書きだらけで、破れた古い差し押さえ令状らしきものも貼られていた。

イヴはコミュニケーターを取り出して、その地点に応援をよこすよう要請した。それから彼女は武器を抜き、ドアへと向かった。「いま、あなたのポケットには、世界の富の半分以外に何か入っている?」

「住居侵入の小道具。ここじゃ必要なさそうだけどね」

イヴはうなずいて、腰をかがめ、アンクルホルスターから掌銃を引き抜いた。「あなたを助手に任命するわ、相棒」彼女は大きく息を吸いこんで、ドアを蹴りつけた。

以前に踊ったダンスのステップに従い、イヴは低く右方向に、ロークは高く左方向にかまえて踏みこんだ。日の光が割れた窓から細く注ぎこみ、ガラスの破片や、汚物や、害獣の糞を照らしていた。

それに血を。

イヴにはそのにおいがわかった。血だけではなく、死のにおい――あのきつい人間の悪臭が。

ロークがペンライトを取り出して、だらだらつづく赤い痕を照らした。

あの男は、彼女を床に寝かせ、その手足を開かせて、おぞましい人間のXを形作らせていた。衣類のほとんどはむしりとられ、痣だらけの皮膚に破れた黒い残骸がわずかに貼りついているばかりだった。

血液は喉のふたつの穴からあふれ出て、血だまりを作っていた。目はいまも死の恐怖を忘れずに、怯えきった色をたたえ、天井を凝視していた。

「今回は血を持っていかなかったのね」イヴは静かに言った。「そのための準備をして来なかったから。でもあいつは、血を抜き取る前に、たっぷり彼女を痛めつけた。彼女の苦痛に酔い、支配力に酔ったのよ。見てよ、あんなに手足を開かせて。あのくそ野郎」

ロークはイヴの肩に手を触れた。「きみの捜査キットを取ってこよう」

イヴは現場を調べた。それが彼女の仕事、しなければならないことだった。彼女にはだらだらつづく血痕、不鮮明な足跡をたどることができた。アレッセリアがなかに引きずりこまれるのが見えた。

空を蹴っている、とイヴは思った。仕事用の靴が壊れたコンクリートの階段に激しくぶつかっている。その安物のズックが切れてしまうほど激しく。そしてあいつは彼女をなかに引っ張りこんだ。

喉に穴を穿《うが》ったのは、そのあとすぐ、ドアから数歩のところでだ。汚ない壁に血しぶきが飛び散っている。血が噴き出した場所、彼女が倒れた場所に。あの男はそこからまた意識のない彼女を動かした。そうして、スペースをもう少し確保し、作業を行った。彼女を拳で殴り、レイプしたのだ。そのあいだもずっと、血は彼女から流れ出ていた。

しかしあの男は血の一部を奪っている。体内に取りこみ、瓶に入れて。それを見つけてやろう。

「死亡時刻は〇三三〇時」彼女は記録のために言った。「絶命までに約一時間かかっている」イヴはしゃがみこんだ。「自宅から一ブロック半」

彼女はロークに目をやった。彼は上着のポケットに両手を入れて立っていた。朝の空気が割れた窓から吹きこんで、その黒髪をかき乱した。それはまた、ふたりを取り巻く醜悪な死のにおいを吹き払った。

「あの男はクラブ内でも彼女を襲えた。地下のどこででもよ。遺体は絶対に見つからなかったでしょう。彼女がそこで殺されても、わたしたちには証明できなかったでしょうよ」

「やつはきみに遺体を発見させたかったんだな」ロークも同意した。「これはやつの声明なんだ」

「そうよ、そのとおり。だってあいつには、こんなことをする必要はなかったんだから。たとえ彼女が証言を翻しても、アリバイを裏付ける人間は他にいくらでもいる。買収したり、脅したりする相手はいくらでも。あいつには彼女を殺す必要なんてなかったのよ。特にこんなかたちでやる必要は」

「やつは楽しんでいたんだよ」ロークは視線を移し、彼女の目を見つめた。「きみの言ったとおりだな。利益は殺しのおまけなんだ」

「それにあいつは、このわたしに彼女を見つけてほしかったのよ」イヴは付け加えた。「昨夜、ビビッと来たから。お互いを認知したからね。でもあいつはいい気になりすぎている。DNAがまた出るだろうし、この汚れはあいつに付着しているはずよ。靴にも、衣類にも。あいつはこの汚れ、この血を持ち運んでいる。遺留物採取班がそれを見つけるわ」

「やつは、彼女がリンクをかけているときに――きみにかけているときに襲ったんだよ、イヴ」ロークは手を伸ばしてイヴの手を取り、彼女を立ちあがらせた。「これもまた声明だな」

「ええ、そしてわたしはあいつの声を聞いている。もうすぐあいつがわたしの声を聞くようにね」イヴは、入ってきたピーボディのほうに目をやった。

「この一帯からはいまのところ何も出ていません」ピーボディは報告した。「前の夫に連絡しました。ここから数ブロックのところに住んでいるんです。いまこっちに向かっています」

「外で会いましょう。彼がこれを見る必要はないわ」誰にも、警官が見るべきものを見る必要はない。「遺体はもう袋に入れていいわよ。これ以上、この場で彼女がわたしたちに教えられることはない。あとは彼女がモリスに何を言うかよ」

イヴは外に出た。日光がありがたかった。それに、死臭よりはましなニューヨークそのものであるにおいも。彼女は再度ラボの尻をたたこうとリンクに手を伸ばした。とそのとき、ラインバッカーの体格を持つ身長六フィート半の黒人男性が、陽光を背に、通りの向こうから猛スピードで走ってくるのに気づいた。

男は、ショートドレッドの髪、スウェットパンツとTシャツという格好で、トパーズ色の目に恐怖の色をたたえていた。彼が犯行現場のバリケードの前にいた制服警官数名の突破を試み、ぐいぐいと進んでいるとき、イヴは大声で彼に呼びかけ、そちらに向かった。

「リック・サボ?」

「ええ。ええ。妻が……前の妻が。警察の人が連絡してきて……」

「その人を通して。ダラス警部補です、ミスター・サボ。前の奥様のことはお気の毒です」

「でも彼女だというのは本当に確かなんですか? 彼女は防犯ブザーを持っていました。ミニ・スタナーもです。身の護りかたは知っていましたよ。たぶん……」

「本人であることはすでに確認されました。残念ですが。最後にあなたが——」

イヴは言葉を切った。相手が、言語に絶する痛みにいきなり襲われたかのように、その場にうずくまって、両手で頭をかかえたからだ。「ああ、ああ、なんてことだ。アレス。なんでこんなことに……僕は言ったんです。あんな仕事は辞めろって。ちゃんと言ったんですよ」

「なぜあなたは仕事を辞めろと言ったんです？」

彼は顔を上げた。しかし立ちあがりはしなかったので、イヴはそのそばにしゃがみこんだ。「彼女はカルト・クラブで働いていたんです。ヴァンパイアがどうとかいう。それだけでもやばいのに、その店はタイムズスクエアのはずれの地下だったんですよ。あそこは安全じゃない。あの地下は安全じゃないし、彼女もそれは知っていました」

「ではなぜそこで働くことにしたんでしょう？」

「地上の三倍稼げますから。チップも入れれば、ときには四倍。ダブル・シフトもないし。彼女は家を買いたかったんです。小さな家を、たぶんクイーンズに。僕たちには男の子がいるんですよ」彼の目に涙が湧きあがった。「サムという子が。それで彼女は郊外に家をほしがっていたんです。僕たちはふたりともサムの親権を持っているから。でも、くそっ、僕は言ったんですよ。そこまでする価値はないって。彼女が仕事に就いた直後、僕はその店を見に行ったんです。あの最低最悪の汚物溜めを。ああ、アレス」

ここには愛がある、とイヴは思った。結婚はつづかなかったかもしれないが、それでもやはり愛はあるのだ。「彼女は仕事の話をしましたか？　たとえば、職場の同僚やボスのことを?」

「いいえ、僕にはぜんぜん。そのことで一度やりあってからは。あんな喧嘩は、別れたとき以来でしたよ。別れる前だってあんなひどいのはあったかどうか。実を言うと、僕は怖かったんです。とにかく彼女のことが心配で。でも、やりかたをまちがえましたよ」

両手が膝のあいだにだらんと垂れた。彼は、自分と無関係の物体を見るように、その手をじっと凝視した。「頭ごなしに辞めろと言ったんです。そんな言いかたをすれば、依怙地になるに決まっているのに。もっとうまくやっていれば、きっと彼女は……」

彼は顔を上げ、イヴの背後を見つめた。バリケードの前には、例によって野次馬が集まっていた。

何があったんです? 連中はそう尋ねるだろう。そして、話はちょろちょろと漏れていき、連中は、なんて恐ろしい、なんて無残な、と思いながらも、ぽかんと眺め、ぐずぐずし、仕事に向かう前に死体をひと目見られたら、と願うのだ。

なぜなら、それは自分ではないから、この町がのみこんだのは自分ではないからだ。だから連中は、ぽかんと眺め、ぐずぐずし、それが自分や自分の身内でなかったことを寿《ことほ》ぐ。でも次回は、そうなるかもしれない。

サボの目に野次馬たちは映っていない。イヴにはそのこともわかっていた。なぜなら彼にとって、それは次回ではないから。

「ミスター・サボ、クラブに行ったときやそのあとに、彼女の同僚の誰かか雇い主に会いませんでしたか?」

「え? いいえ。いいえ」彼は両手でごしごし顔をこすった。「会いたくもなかった。あそこにはほんの二十分いただけです。違法ドラッグが景品みたいに配られているし。みんな、口についた血を——血みたいなものをなめとりながら、プライベート・ルームから出てくるし。彼女はクイーンズに家がほしかったんです」

「ミスター・サボ、それが決まりなので、お訊きします。今朝、午前二時から四時までのあいだ、ご自分がどこにいたか証明できますか?」

「うちで寝ていましたよ。サムが一緒でした。夜はサムをひとりにはできませんから」彼は今度は目をこすり、それからまただらんと両手を垂らした。「アパートメントにセキュリティがあります。出入りの記録が。チェックしてください。時間を無駄にせず、必要なことはなんでもやって、アレスに危害を加えたやつを見つけてください。彼女はレイプされたんですか?」

イヴが答えるより早く、彼は首を振った。「いやいや。言わないでください。知らないほうがいい。夜の二時すぎに、ひとりで、地下鉄の出口から歩くなんて。これもあの最低の仕事のせいだな。息子になんて言えばいいんでしょうね。うちのサムに、ママがもういないことをどう話せばいいんでしょう」

「よかったら、グリーフ・カウンセラーを手配しますが。子供が専門の誰かを」

「ええ。お願いします。ええ」彼の喉がごくりと動いた。「僕には助けが必要です。アレスと僕は、その、僕たちは夫婦ではいられませんでした。でもサムのことでは、僕たちはチームだったんです。僕には助けが必要ですよ。もう子供のところに帰らないと。隣人にあずけてきたので。もうサムのところに帰らないと。あの……いつ何をすべきか、知らせてもらえますか？」

「ええ、またご連絡します」イヴは歩み去る彼を見送った。「ピーボディ？」

「グリーフ・カウンセラーの手配はわたしがします。気の毒な人」

「殺人が殺すのは被害者だけじゃないのよ」イヴは静かに言った。「ここはもう終わりにして、セントラルに行かないと。フィーニーなら、わたしのユニットに入っている彼女の最後の通信をきれいにできるかもしれない。運がよければ、あの男がちらっと映っているかも……」

「僕も手伝うよ」ロークが彼女の横に進み出た。

「あなたには自分の仕事があるでしょ」

「あるにはあるが、まあ、釘のひとつを打ちこむのもおもしろそうだしね」

「でもフィーニーが――」イヴはリンクのシグナルにさえぎられた。「ちょっと待って」彼女は脇に寄って応答した。

ロークは、イヴのしぐさがたちまち変化したことに気づいた。それは、強硬に、攻撃的になっていた。こちらを向いたとき、彼女の目は熱く燃えていた。

「DNAはヴァディムのものと一致しなかったわ」

「でも……」

「でもへったくれもない」イヴはピーボディをさえぎった。「どこかで誰かがヘマしたわけよ。チームに加わりたいなら」彼女はロークに言った。「加わって。セントラルでフィーニーに合流し、ふたりで例の通信をなんとかしてちょうだい。ピーボディ、一緒に来て。ラボに行くわよ。モリスに連絡を」足早に歩きながら、彼女はつぎつぎと指示を飛ばした。「今度の遺体に残されたDNAサンプルは、彼自身の手で採取して、ラボに直接届けてほしいの。最重要扱いよ」

「了解」

イヴは最後にもう一度、建物を振り返った。「今度はずるずる逃げようったって、そうはいかないから」

ピーボディは置き去りにされないよう車に飛びこまねばならなかった。「あの男がやったんじゃないかもしれませんよ」

「馬鹿な」

「わたしが言ってるのは、誰かにやらせたのかもってことです。そのお膳立てをして」ピーボディは、これから地獄のドライブが始まるとでもいうように、シートベルトをしっかり締めた。

「いいえ。あいつが殺しの快感を放棄するわけはない」モンスターたちは観たいのではない、話を聞きたいのではない。連中はやりたいのだ。血のにおいを嗅ぎたいのだ。「あいつはふたりともやっている。ケントはもともとやるつもりだったから。カーターのほうは、彼女に自分のアリバイを支えきれないのがわかっていたからよ。それに、わたしをぴしゃりとひっぱたく意味もあるし。あいつは彼女を選び、いい位置に据え、殺したの。ラボはヘマをしたのよ。あるいは、わたしがしたのか。あいつがバイアルをすり替えたなら、ヘマをしたのはわたしね」

「わたしたち、その場にいたんですよ。彼はわたしたちの目の前で自分の血を採ったんです」

「手は目よりも速い」イヴはつぶやいた。「あいつは元マジシャンよ。これまでの生涯ずっとペテンをつづけてきたの。まじろぎもせず血液サンプルを提供したのは、すり替えて別のを渡せるのがわかっていたからだわ」

それに彼女は気が散っていた。その点は否定できない。胸が苦しく、喉は渇き、心臓はバクバクだった。自らの恐れが彼女の五感を鈍らせたのだ。

「いずれにしろ」ピーボディが言った。「DNAが一致せず、アレッセリアがアリバイに裏付けを与えていて、なおかつ、撤回することができないなら、わたしたちには彼を追いつめるネタは何もないわけですね」

「それがあいつの狙いよ。わたしは翻弄されたの。そう思うとむかつくわ。暗いフロア、あの動きと騒音。バーで自分の血を抜く男。あんなのそうそう目にするものじゃない」あの男の目に見入ったことを、イヴは思い出した。ほんの数秒余計にその目にとらわれ、そこに見えたものに心をゆさぶられたことを。そして彼女はしてやられたのだ。「あのくず野郎」

イヴは大股でラボに入っていき、課長のディック・ベレンスキにたちまち行く手を阻まれた。

彼はあの卵形の頭をかしげて、細長い指を彼女に突きつけた。「俺の仕事場に押しかけてわれわれがヘマしたなんて言うんじゃないぞ。こっちはあのサンプルをこの手で二回、検査したんだ。科学に文句を言いたいなら、どこかよそに行ってくれ。一致しないものを一致させるのは不可能だからな」

彼はそれなりの理由があってディックヘッド（「ぐず」「いやなやつ」の意）と呼ばれており、その理由とは彼の人格に密接に関係している。イヴは減速した。「相手はこっちの目をごまかして血をすり替えたんだと思う。被害者に残っていたのはそいつのDNAだけど、あなたの手もとにあるバイアルの血液はそいつのじゃないのよ。すり替えの手口はもう見当がついてるわ。でも目下の問題はこれよ。バイアルの中身がそいつの血でないのなら、それはいったい誰の血なのか？」

ベレンスキがバトルを予期していたのは明らかだった。意表を突かれ、彼は、相当の賄賂をせしめていないときの通常の彼よりも協力的になっていた。「そうだな、そのＤＮＡがシステムに入っていりゃあ、調べてやれるんだが」

「標準調査はやったけど、だめだった」

「全地球で？」

「そうよ。わたしってこの仕事をきょう始めたばかりに見える？　ただ、死んだ人間は調べてないけど」

「死体の血液か？　それがどうして、どっかの阿呆の血管に行きつくんだよ？」

「血管じゃない、そいつがわたしにつかませたバイアルのなかによ。全地球、故人のドナーで検索してくれない？」

「いいよ」

「いつまでに？」

ディッキーは蜘蛛みたいな指をくねくねさせた。「まあ見てな」

彼は自分の作業場、コンピューターやスクリーンやコマンドセンターのある長く白いカウンターに引き返した。スツールに乗ってするすると移動しながら、彼は口頭での指示やキー入力により仕事を始めた。

検索を進める彼のかたわらで、イヴはリンクを取り出し、フィーニーにかけてみた。

現EDD課長、彼女のかつてのパートナーが、画面にパッと現れた。彼は一方の手にデニッシュを持ち、そこからかじりとった大きな塊で口をいっぱいにしていた。「よう」

「ロークがそっちに向かっている。彼に仕事をさせて。リンクの通信があるの。ある被害者が襲われたときに入れていた留守録。すぐに切れている。画面は暗いし、画像が跳びはねてるけど、それをきれいにしてくれたら、早急に犯人を始末してやれるかも」

「見てみるよ」彼はごくりと嚥下《えんげ》した。「例のきみのヴァンパイアかい?」

「勘弁してよ」

「まあ聴けよ。昔、僕は、墓を暴いちゃ死体の各部を縫い合わせていたくそ野郎をぶちこんだことがある。フランケンシュタインを作ろうと思ったんだとさ。世の中、奇っ怪なこともあるんだよ。そいつ、またやったのか?」

「ええ、今朝早くに」

フィーニーは考え深げにデニッシュをもうひとかじりした。「マクナブから聞いたが、そいつは注射器を持ち出して、その場できみに血液を提供したんだってな」

「そう。そこでぽかがあったわけ。どうやらわたしのぽからしいけど。詳しい話はあとでするわ。その通信をどうにかしてもらえないかな、フィーニー」

「きみの旦那が来たら、ちょっと魔法を使ってみるよ。とりあえずその男とやりあうときは、十字架でも持っていくんだな」イヴが無言で見つめると、彼は眉を上げた。「おちびさん、世の中、奇っ怪なこともあるんだよ。人間ってやつはイカレてやがるからさ」

「ようく覚えておくわ」

イヴが通信を切ると同時に、ベレンスキが勝利の声をあげた。「例の血液が見つかったぞ。それに、こう言わざるをえない——〝めちゃめちゃいい判断だったよ、ダラス〟」

「こっちはこう言わざるをえない——〝めちゃめちゃ早かったわね〟」

「俺は誰より優秀だからな。ペンスキー、グレガー」ディックヘッドは画面上の身分証写真をトントンたたいた。

四角張った顔。小さな目。ゆがんだ口もと。データによれば、体重二百十ポンド、身長六フィート一インチ、暴力犯罪の前科の長い記録がある。

彼はまた、一年ばかり前に死んだことになっていた。

「どんないきさつで彼は死体になったの？」イヴは尋ねた。

「くそっ」ベレンスキは薄い唇をすぼめた。「死体のDNAを調べてたとはなあ」彼はデータを呼び出した。

「遺体はブルガリアの森のなかで見つかった。彼は、ブルガリア阪州刑務所での最後のお勤め中に、作業プログラムから逃れ、その森に向かったものと見られている」イヴは首を振った。「そしてこの手の前科の男にぴったりの作業プログラム。棍棒で殴られ、手足をもがれ、それに、これはどう？　全身の血を抜かれている。ピーボディ、この事件の正式な検死報告を入手しましょう。きっと諸々の損傷のなかに、喉の二箇所の刺し傷ってのもあるわよ」

「このヴァンパイア事件、気色悪いな」

イヴはベレンスキに目をやった。「もしヴァンパイアが存在するならね。いったい科学はどうしちゃったの？」

ベレンスキは彼が顎と呼ぶものを突き出した。「科学があれば、その逆サイドもある。俺がきみなら、杭を尖らせておくだろうよ、ダラス」

「ええ、それもやるべきことのリストに載っている」

「ほんとですか？」車に乗りこむと、ピーボディが尋ねた。

「ほんとって何が？」

「杭を尖らせてるって話」

「ピーボディ、あなたのせいで瞼が痙攣しだしたわ」

「確かにイカレてますけどね、でもあらゆる情報を考慮に入れるべきですよ。血液は死人のもの。ヴァンパイアは基本的に死人である。現時点では、科学的検査によれば、第一の犠牲者にヴァンパイアの痕跡はない」

「それはあいつがバイアルをすり替えたからよ」

「はいはい」ピーボディは降参の格好で両手を上げた。「でもヴァンパイア伝説を信じるなら、ヴァディムがそのペンスキーって男をヴァンパイアにし、それから——」

「だったらペンスキーの遺体がブルガリアの検死局の手に渡るわけはない」

ピーボディは考えこんだ。「そう言えばそうですね。でもその遺体、いまも絶対にあるって言えます？」

あきらめるのよ。イヴは自分に言い聞かせた。論理的な議論は非論理的な前提からは生まれない。「忘れずにその点をチェックして。こっちは陳腐な仮説に固執してみる。ヴァディムがペンスキーと出会い、彼をぶっ殺し、後々のために抜き取った血液を取っておいたってやつに。これは利口なやりかただけど、データのない誰かから血を奪っていれば、もっと利口だったでしょうね。このグレガー殺しの時間帯にヴァディムがどこにいたか、それも特定してみましょう。あいつはブルガリアにいたのかも」

「ペンスキーをヴァンパイアにした場合だって、ヴァディムはブルガリアにいたわけでしょうに」ピーボディがぶつくさ言った。「あの男の目は悪魔の目ですよ」

「その最後の部分に関しては、わたしも心から賛成よ」イヴはセントラルの駐車場に車を入れた。「わたしたちはその目のあいだに一発撃ちこんでやるの。グレガー・ペンスキーの解剖の全データ。問題の時間帯のヴァディムの居所。それに昨夜の居所。あのずる賢いくず野郎の新しいDNAサンプル」

あの痛恨のミスを思い、胸の内で再度自分を蹴飛ばしながら、警察支給の車のドアをイヴはバタンとたたきつけた。「今度は唾液よ。資格のある犯罪学者に採取させる。きょうじゅうにあいつをかたづける。もうこれ以上、誰にも噛みつかせないわ」

「ダラス?」ピーボディはエレベーターへと駆けこんだ。「彼は以前にも誰か噛み殺しているんでしょうか? タイムズスクエアからブルガリアまではだいぶ離れていますよね。もっと遠くにも、場所はいろいろありますよ。死体が絶対見つかりそうもない場所が」たとえ埋まったままでも、とピーボディは思った。

「あの男がペンスキーからケントまで一年休みをとっていたとは思えない」イヴはエレベーターのドアにしかめっ面を向けた。「だから、そう、わたしは他にも被害者はいると思う」

「わたしもそう思います。聴いてください。あなたが——いえ、わたしたちが、ヴァンパイアを信じる信じないは別として、ヴァディムが信じていないとは誰にも言えないでしょう? 〈ブラッドバス〉での彼のやり口なら見ました。まるでショー、ペテン、ただし今度のは合法的って感じでしたね。でももしかすると、ただのショーじゃないのかも」

「マイラの初回のプロファイルから見て、あの男が自分を不滅の存在だと思いこむ可能性はある。でも彼の犯罪歴は、ペテンだぞって叫んでるわね。あいつを取調室に連れこみましょう」イヴは決断した。「それでどう出るか見てやるの」

「もし自分はヴァンパイアだと思っているなら、彼はいま、かなりいい気になってるでしょうね。ふた晩でふたりの犠牲者から血を吸ったんですから」

「いまから、あいつはノー・ヘモグロビン・ダイエットを始めるのよ」

エレベーターを降りると、イヴは殺人課の大部屋に向かった。そして足を止めた。珍妙な祝日の飾りみたいに、大量のニンニクがドア枠からぶら下がっている。廊下のあちこちから忍び笑いが聞こえてきた。イヴはそれを無視することにした。部屋に入ると、ちらちらと視線が送られてきたが、これも同様に無視した。

彼女はバクスターに狙いをつけ、彼のデスクにぶらぶらと向かった。「あれっていくらかかったの？」

「ありゃ偽物だよ」彼はにっとした。「本物は恐ろしく高いんだが、俺はそれでもよかったんだ。しかし、うわっと思うほどの量はなかなか手に入らなくてね。だから偽物も混ぜといたわけさ。なあ、おもしろいだろ？」

「そりゃもう。いま、心のなかで笑いころげてるところよ。これからドラキュラ伯爵の再事情聴取のためにまた地下に出かけるの。お宅の坊やを呼んで。あなたたちにバックアップしてもらう」

「地下か」バクスターの笑いが消え、純然たる嫌悪の色が現れた。「この靴、買ったばかりなんだがな」

「今度はわたし、心のなかで泣いている」イヴは満足の笑みとともにバクスターを脇に押しのけ、彼のコンピューターを徴発した。

しばらくの後、彼女の疑いは裏付けられた。グレガー・ペンスキーの頸動脈にはふたつの穴が穿たれており、動物による噛み痕とされていた。ブルガリアに、そして、向こうの現在の検死官に知らせてやらなくては。しかしイヴはまず、自分のところの検死官に連絡した。

「何が出た?」彼女はモリスに尋ねた。

「唾液と精液。うちのナンバーワンにラボに持っていかせたよ。死因は全採血。被害者は死亡前および死亡後に殴られている。犯人は拳を用いており、手袋をはめていた。手による絞扼《こうやく》により被害者の咽頭は一部破砕されている。毒物報告もちょうど来たところだ。ケントの体内のものと同一のカクテルの痕跡。頸部の傷から投与されている」

「あいつ、噛み痕からドラッグを流しこんだの?」

「そうだよ。被害者は血液やアルコールは摂取していない」

「今度のはパーティーじゃなかったからね。ありがとう、モリス」イヴはしばらくじっとすわって、考えをまとめ、戦略を練っていた。

「ピーボディ」立ちあがりながら、彼女は言った。「バクスター、トゥルーハート。行きましょう」大股でドアまで行くと、彼女はニンニクを指ではじいた。「それで安心できるなら、これをいくつか持っていったら? わたしのほうは――」イヴは武器をたたいた。「これでいくわ」

8

悪戯好きなうえ、しゃれた服を傷《いた》めることに関してはこうるさいかもしれないが、バクスターはたよりになる警官だ。彼の助手の制服警官、トゥルーハートも、まだ青臭さが抜け切れていないものの、あてにできることは日の出並みだった。

昼でも夜でも、仕事で地下を歩き回るのを歓ぶ警官は――少なくとも正気のやつは――ひとりもいない。しかし、これ以上しっかり彼女をバックアップする連中もまた、どこにもいないだろう。

イヴは先頭に立ち、しんがりはバクスターに任せた。街の下に入ると、時は消えた。外界は晴れており、気温も上がりつつある。しかしここは暗くて湿っぽく、まるで冬の深夜の墓場だった。それでもこの時間帯は、トンネルに住む連中の大半が各自の巣穴や隠れ家に身を潜めている。

クラブやゲームセンターのいくつかは年中無休二十四時間営業で、耳障りな音楽はいまもガンガン鳴っているし、醜悪な照明はいまもぎらぎら光っている。商売しに来た連中やここが拠点の連中は、武装警官四人とやりあう気などなく、損得勘定に集中していた。

脅し文句や罵声がどこかから飛んできた。度胸のあるやつが自慢の一物を引き出して、ぶらぶら揺らしてみせながら、味見しないかと〝お嬢ちゃんたち〟を誘った。

イヴは足を止め、それを見おろした。「この地下でそいつの味見をしたがるのは、ドブネズミどもだけよ。でも連中はもっとでかい肉のほうが好きよね」

この寸評に、露出狂の仲間たちは大はしゃぎだった。

「警部補」ピーボディが感情をこめて言った。「動物をいじめるのはよくありませんよ」

「ネズミたちなら負けないわよ」

傷ついた露出狂が、彼の誇りであり喜びである息子をイヴがどう使えるかについて、金切り声であれこれ提案をするのを尻目に、彼女はつぎのトンネルに入った。

「あいつに独創性で何点かやらんとな」バクスターが感想を述べた。

「それに楽天性でも」トゥルーハートがそう付け加え、パートナーを大笑いさせた。

イヴは思わず頭をめぐらせ、にやっとした。トゥルーハートの端正な若い顔は青白く、ちょっと汗ばんでいたが、それでも彼はよく持ちこたえていた。

露出狂の叫びは遠のいていき、彼らは〈ブラッドバス〉に到着した。その入口はしっかりと閉ざされていた。

イヴはドリアンからもらった番号に連絡した。映像をブロックし、彼は眠たげな不明瞭な声で応答した。

「ダラスよ。公務です。開けてください」

「いいですとも。少々お待ちを」

〝少々〟より若干時間がかかったが、ロックがカチリと鳴り、セキュリティ・ライトが点滅して緑に変わった。それから、かんぬきつきの扉がゆっくりと開いた。

どうやら、余分の数分でドリアンは舞台のセッティングをしたようだ。

店内の照明は、脈動する赤を秘めた、ほの暗いくすんだブルーだった。ステージ奥のスクリーンが明滅し、女たちの白黒映像に満たされた。そこには、襲われている女もいれば、進んで牙に首をさらしている女もいた。皮膚を伝う血液は真っ黒だった。

黒ずくめの衣装で、シャツの前をウエストまで開け、ドリアンはスクリーンの上のバルコニーに立っていた。その姿は薄い霧の川に浮かんでいるように見えた。まるでいつでも両腕を掲げ、宙に舞い上がれるかのように。彼の顔は幽霊さながらに青白く、目と髪はインク並みに黒かった。

「お仲間を連れてきたわけですね」彼の声が漂い、こだまする。「どうぞ……」ドリアンは階段を指し示した。「上がってきてください」

「ありゃあ蜘蛛から蝿へのお招きだな」バクスターが小声で言い、イヴに目を向けた。「きみが先に行きな」

心臓が早鐘を打ちはじめ、皮膚の下を流れる血が冷たくなった。イヴにはそれがいまいましかった。胃袋が抵抗を示し、ぎゅっとよじれたが、それでも彼女は、霧が渦巻き、のたくりはじめたクラブのフロアを進んでいった。鉄の階段をのぼっていくと、その足音があたりにこだました。

ゆっくりゆっくりと笑みを浮かべて、ドリアンはあとじさりした。そして霞のなかへと消えた。

イヴは武器を抜いた。一瞬後、目の前に彼が出現したときは、激しい動揺を懸命に抑えねばならなかった。彼の目は真っ黒で、瞳孔と虹彩を見分けることもできなかった。そのなかには、もしイヴが見る気なら、彼女が子供時代、恐れていたすべてがあるのだ。

「おもしろいわね」イヴは軽く言った。「こういうびっくりはいいわ」

「僕はあなたの反射神経を信じています。こちらへどうぞ」ドリアンはふたたび手招きし、開いたままのドアを先に立って通り抜けた。

黒と赤と銀。彼はゴシックの趣《おもむき》を強調しているが、豪華さを欠いてはいなかった。鉄のシャンデリアには白いキャンドルが並び、壁龕《へきがん》にはデーモンの像やエロチックなポーズのヌード像が飾られている。

曲線を描く黒い長椅子や、飾り鋲《びょう》の打たれた背もたれの高い黒い椅子が複数、実物大の女の絵画が一点。透けた白いガウンをまとったその女は、黒マントの男の腕にだらりともたれている。目は恐怖でカッと見開かれ、悲鳴をあげているのだろう、口はOの字になっていた。男は牙をむきだし、女の首に向かって身をかがめている。

「慎ましきわが家です」ドリアンが言った。「気に入っていただけるといいんですが」

「わたしの好みからすると、ちょっと芝居っ気がありすぎるわ」イヴは振り返って、まっすぐに彼の目を見つめた。ドリアン。葬りきれない記憶と恐怖を呼び覚ますあの目を。「またサンプルが必要なんですよ、ドリアン。今度は署まで来てもらいます」

「本当に？　あれだけ血液を渡せば充分じゃないかと思いますが……捜査のためならばね。あなたかあなたのお仲間のドリンク用ですか？」

「いいえ」

「ちょっと失礼してひとつ取ってきます。僕はこんな早起きには慣れてないんですよ」ドリアンはバーに行き、その奥の小型の冷蔵庫を開けた。そして、ずんぐりした黒いボトルを取り出すと、赤い濃厚な液体を銀のカップに注いだ。

「車はこちらで用意し、午前中にもうひと眠りできるようお帰ししますよ」

「ご希望に添えればと思いますが、どうにも不可能なんです」ドリアンは一方の手で謝罪の意を表した。「どのみち僕には法的義務はないわけですし」

「その点についてはセントラルで話し合いましょう」

「そうはいきません」カップを手に、ドリアンはデスクに歩み寄った。「ほら、ここに証明書がある。僕は——法的にですよ——日光に耐えられないことを認められているんです。宗教上の理由からですが」彼は証明書をイヴに渡した。「サンプルに関しては、申し訳ないが、今回は令状をお持ちいただけますか。そうすれば、ご協力しますよ」

ドリアンはソファに腰を下ろし、だらんと手足を伸ばした。「ティアラ・ケントの件なら、彼女が殺された時間、僕がこのクラブにいたことを裏付けられる人間は何人もいますよ。つい昨夜、あなた自身そのひとりと話をなさったでしょう」

証明書に目を通しながら、イヴは顔も上げずに答えた。「あの証人は今朝早く殺されました」

「そうなんですか?」ドリアンは無頓着に飲み物を口にした。「それは残念だな。とてもいいバーテンだったのに」

「今朝の二時から四時までのあいだ、あなたはどこにいました?」

「ここですよ、もちろん。僕には切り回すべき店があり、もてなすべきお客がいますから」

イヴの目がさっと彼の目に移った。こいつにわからせてやれ、と彼女は思った。わたしが知っていること、あとへは引かないことをわからせてやれ。「脅すべき証人も、でしょう?」

「お好きに考えてください」ドリアンは一方の肩をすくめた。その顔には笑いがあった。邪悪さのまぶされた楽しげな表情が。「宗教的偏見は厄介ではありますが、理解しうる……人間的なものです。カルト外の人間はしばしばそれを恐れたり嘲笑したりします。僕自身は、カルトを楽しんでいるし、利益になるとも思っています。収益以外にもっとプライベートな特典も得られますしね」

ドリアンは立ちあがって、部屋の向こうに行き、ドアを開けた。「ケンドラ、ちょっと出てきてくれないか?」

その女は空気かと思われるほど薄いローブに身を包み、豊満な肉体の曲線美を惜しげもなく披露していた。髪はくしゃくしゃに乱れ、目は眠気でぼうっと霞んでいる。クスリもやっているにちがいない、とイヴは確信した。

それは、昨夜、ドリアンに近づき、彼の体をなでまわしていたあのブロンドだった。彼女はドリアンに歩み寄ると、彼の首に両腕を巻きつけ、みだらに体をすり寄せた。「ベッドにもどってよ」

「すぐ行くよ。こちらは、ダラス警部補とその同僚のみなさん。こちらは、僕の友人、ケンドラ・レイクです。ケンドラ、警部補が、昨夜の二時から四時まで僕がどこにいたか知りたいと言うんだが」

ケンドラは頭をめぐらせ、そのなかで泳げるほど瞳の大きな目をイヴに向けた。「ドリアンはわたしと一緒だったわ。ベッドでセックスをしていたの。何度も何度も。あなたたちが行っちゃったら、またするつもりよ。ここで見ていたいっていうなら、それでもいいけど」

「何を使っているの、ケンドラ?」イヴは尋ねた。

「ドリアン以外、何も使う必要はないわ」ケンドラはつま先立ちになり、ドリアンの耳もとで何かささやいた。ドリアンは低く静かに笑って、首を振った。

「失礼だよ。向こうにもどって待っててくれないか。すぐに行くから」

「ケンドラ」寝室に向かったブロンドに、イヴは声をかけた。「彼はあなたに永遠の命を約束したんじゃない?」

ケンドラは肩越しに振り返ってほほえんだ。それから彼女は、寝室に入ってドアを閉めた。

「他に何かありますか、警部補?」ドリアンが尋ねた。「美女を待たせたくはないんですが」

「これは有効かもしれない」イヴは証明書を下に置いた。「あるいは、そうじゃないかも。いずれにせよ、まだ終わってはいませんから。グレガー・ペンスキーのDNAを使ったのはまちがいでしたね。わたしは必ずあなたと彼のつながりを見つけます」彼女は一歩、二歩とドリアンに近づいた。あの黒い目に目を射貫かれると喉の奥がむずむずしたが、それは無視した。「近々またお話ししましょう、ドリアン」

ドリアンは彼女の手をつかみ、口もとに持っていった。手を引っこめないことでわたしは自信を示したのだ――イヴは自分にそう言い聞かせた。しかし確信は持てなかった。

「楽しみにしていますよ」

ドリアンに目を据えたまま、イヴは彼のカップに指を入れ、その指についた液を吸いとった。「おいしいわ」そう言うと、ドリアンの目に霞がかかった。彼が興奮しているのがわかった。

彼女は部屋を出て、階段を下りていった。いまや店全体を霞ませている霧のなかで、ドリアンがまた目の前に出現したとき、彼女はなんとか冷静な表情を保った。

「僕は必ずお客様をドアまでお送りするんです。お気をつけて、警部補。また会うときまでどうぞご無事で」

「どうやったんだろう?」地下道に視線を走らせつつ、ピーボディが疑問を口からほとばらせた。「どうやったんだろう?」

「エレベーターと隠し扉。スモークと鏡」イヴはいらだちを覚えた。わたしはもう少しで飛びあがるところだった。あの男に肌をなでられたみたいにぞっとしてしまった。

自分が相手の根城であの男とやりあったこと、最後まで持ちこたえたことを、イヴは自らに思い出させた。脈拍が安定していたとは言えないが、わたしは参りはしなかった。

「でもなかなかの仕掛けだったよな」バクスターが最後尾から感想を述べた。「あのすげえブロンド、見たか? あんなのとやれるなら、ちょっと吸血鬼ごっこしてみてもいいかもな」

「あの女はトンマよ。運のいいトンマ」イヴはそう返した。「あの男は、彼女を生かしておくはずだものね。根っからの馬鹿でないかぎり」

「彼女は薬物を使っていました。その点は、警部補のおっしゃるとおりでしたよ」トゥルーハートの声にはわずかに息が混じっていた。「中毒者やラリッたやつなら、任務でホームレスを演《や》ったときにさんざん見ています。彼女は目玉までヤク漬けでした」

「なるほど、すると彼は女たちにクスリをやらせるのが好きな、手品のうまい男なんだ。そう怖くもないな」ピーボディが言った。「それに、彼が飲んでいたやつ。あれはシロップでしょう？　ただの赤いシロップ」

「いいえ」イヴはトンネルの床にへばりついている得体の知れない汚れをよけて、前方のほのかな明かりをめざした。「あれは血よ」

「え」ピーボディは首にかけた十字架をつかんだ。「なんと」

地上に出ると、イヴは車に向かいながら、矢継ぎ早に指示を飛ばした。「バクスター、あなたとトゥルーハートで、どんなつながりでもいい、ヴァディムとペンスキーのつながりを見つけ出してちょうだい。必要ならEDDを使って、ヴァディムがペンスキーの殺されたエリアにいたのを証明できないかやってみて。手持ちのデータを送っておく。ピーボディ、被害者一号のアクセサリーの捜索にもっと力を入れて。あいつは光り物を現金化せずにはいられなかったかも。それと、ぼんくらケンドラのことも調べないとね。彼女にはたっぷり資産があるはずよ。金持ち女からしぼり取るのが、あの男のパターンなの。どこまでエスカレートしようと、どんなゲームを始めようと、それがあいつの基本よ」

イヴは車の流れに強引に割りこんだ。「これから検事に会いに行く。令状が必要だし、あの宗教の盾を粉々に打ち砕いてやりたいの」

しかし一時間後、イヴはあきれるやら頭に来るやらで、検事補シェール・レオのオフィスに立っていた。

「冗談よね」

「大まじめよ」レオは、頭がよくて抜け目ない、野心に富んだ、精力的な小柄なブロンド女性だ。彼女は両手を振りあげた。「わたしはあの命令書を覆せなかったと言ってるわけじゃない。それはむずかしいし、時間がかかるうえ、血税をたっぷり使うことになると言ってるだけよ。ボスは動かないでしょうよ。あなたにいまあるものだけじゃ無理。証拠を持ってきなさい。殺人の動機になりそうな薄ぼんやりしたものでもいい。そしたら戦争を始める。そう、これはまさに戦争よ。裁判所は、宗教的な禁忌や偏愛に介入したがらないの。たとえそれが明らかな嘘っぱちであってもね」

「そいつはふたりの女性を失血死させたのよ」

「かもしれない。あなたは彼がやったと言ってるし、わたしもそう思う。でもあなたにいまあるものだけじゃ、彼の住居や仕事場の捜索令状は調達できない。あなたにいまあるものだけじゃ、昼の時間帯に関する彼の申し立てもぶっつぶせないわ。そのうえ、あなたの採取したDNA、あなたの署名が入ったバイアルの中身は、一致しないんだし」

「そいつがすり替えたのよ」

「どうやって?」

「方法はわからない」イヴはレオのデスクを蹴った。

「ちょっと!」

「レオ、その男はまだ始めたばかりなの。そいつはハイになっている。そのテンションを維持するのに得体の知れない何かを使っている。そして殺しが、そいつを傲慢の翼に載せて舞い上がらせているのよ。そいつには毎晩毎晩、クラブ一杯分のチャンスがある。食べ放題のテーブルみたいなもんだわ」

「とにかく何か持ってきて。わたしはあなたのためにがんばるつもり。それはわかってるでしょう? だから、使えるものを何か持ってきてちょうだい。とりあえずわたしは、宗教的異議申し立てを打破した先例を勉強しておく。店舗や住居の捜索令状は、違法ドラッグの使用または所持を示す何かをひねり出したら、手に入れてあげる。それがわたしにできる精一杯よ、ダラス」

「わかったわかった」イヴは髪をかきあげた。「何か見つける」彼女はアレッセリアの前夫のことを思い出した。違法ドラッグが景品みたいに配られている――彼はそう言っていた。

それに、クラブを訪れた警官三名と民間人一名。その全員が違法ドラッグの売り買いや使用を目撃したと証言するはずだ。「ええ、違法ドラッグの捜索に必要なものなら手に入るわ」

「うまくやってよ。それとね」レオはオフィスの窓に視線を投げた。「わたしは日没までに必ずうちに帰ってドアをロックするつもりよ」

9

イヴはフィーニーとロークをEDDのラボで見つけた。ふたりはともに、ポケットに手を突っこんで立ち、ひとつのスクリーンを見守っていた。それは、男たちがモーターの類を眺めるときのあの格好だった。

外見上、ふたりは似ても似つかない。フィーニーは、ショウガ色と灰色が混ざり合う頭髪の爆発を足し算するとしても、ロークより頭ひとつ分、背が低い。そのうえ、姿勢は常時、前かがみで、服はくしゃくしゃ、顔は皺くちゃだ。ロークもスーツの上着を脱ぎ捨てて、パリッとしたワイシャツの袖をまくってはいるが、それでもやはりふたりの相違は非常に大きかった。

しかし彼らの思考はしばしば同じ道すじをたどる。とりわけ、電子がらみの仕事になると。電子オタクどもはみな、同じマザーボードから生まれるのだ、とイヴは思った。

ふたりを見ると、心が安らいだ。それを認めるのは別にむずかしくはない。ドリアンとの対決、あの男が呼び覚ます恐怖との対決からもどったあと、自分の築いた人生に絶対不可欠なこのふたりの男を見ると、心が安らいだ。

イヴは室内に入った。「例の通信、きれいになった?」

フィーニーが振り返った。まぶたの垂れた目、哀しげな表情で。ロークも向きを変えた。荒々しいブルーの目をして。やっぱり息が合っている。一瞬だが確かな一致、イヴの笑いを誘うものだ。

ロークが首をかしげた。「どうした?」

「なんでもない」しかし彼女は考えた。こんな男ふたりがいて、デーモンどもと戦うのに十字架や聖水が必要なわけがあるだろうか? こういう人間の絆は、ドリアンには決して理解できないだろう。彼女の父にも決して理解できないだろう。

「それで」イヴはふたりのほうに行き、面白半分ふたりの格好をまねて、両手をポケットにすべりこませた。「どうなってる?」

「いい知らせ」フィーニーが言った。「彼女が鮮明になった。悪い知らせ。男はあんまり映ってない」

「少しでいいんだけど」

「これじゃ不充分だろうよ。コンピューター、画質を上げた通信を再生」

〝了解……〟

イヴはアレッセリアの顔を見つめた。それはきわめて鮮明になっていた。彼女を取り巻く夜も、本人の声もだ。街灯の光が彼女に降り注いでいる。その動きは――彼女の早足のガクガクした上下運動より――なめらかになり、速度も落ちていた。

音がした。ヒューッという空気の唸り、風に吹かれた布地のさざめき。手袋をはめた手がリンクと被害者の顔のあいだに伸びてくる。ぎくっと飛びあがる動き。ほんの一瞬、アレッセリアの目に痛みと恐れが浮かぶ。そしてリンクが転がり落ち、画像が飛び跳ねた。空、街、歩道。黒一色。

「ちぇっ」これがイヴの感想だった。彼女の両手はポケットのなかで拳になっていた。「拡大して再生速度を落としたら、どうにかなる?」

「手袋の縫い目を数えられるくらい解像度を上げることはできる」フィーニーが言った。「縮尺プログラムを使って、手袋のサイズをはじき出すことも。そのサイズ、アングルから、襲撃者の身長を計算することもできるよ。だが映ってないものを画面に出すことはできないな。ただ、音声の切れっぱしをいくつか入手した。使えるかどうかはわからないが」

彼はもう一度コンピューターをセットし、あれこれ調節を行った後、再生した。

最初、耳を打ったのは、静寂だった。

「彼女の声と足音を消したんだよ」ロークが説明した。「背景音も。そうしたら……」

イヴはその音をとらえた。路上の足音、ほんのかすかな衣擦《きぬず》れ、つづいて、ばたばたという音。走ってきて、跳躍する音だ。息遣いが聞こえ、笑い声がそれを消し去る。手がさっと伸び、アレッセリアの喉を締めつける。そして、スクリーン上で画像が回転し、飛び跳ねたとき、低くひとこと声がした――おまえ。

「声紋分析には足りない」フィーニーが言った。「ひとつの音節で一致しても、法廷じゃ通用しないよ」

「あいつがそれを知る必要はないでしょ」イヴはスクリーンに向かって目を細めた。「揺さぶりをかけるには、いまあるものだけで充分かも。もっといろいろあると思わせればいいのよ」

フィーニーはロークに笑いかけ、こめかみを指でたたいてみせた。「彼女、何か企んでるようだぞ」

「ええ、そうよ。今度はわたしたちがペテン師をペテンにかけるの」

ロークはイヴのオフィスに入ってドアを閉めた。「どうも気に入らないな」

イヴはそのまま窮屈な小部屋の奥へと進み、オートシェフでコーヒーをプログラムした。

「これはいいプランよ。きっとうまくいく」彼女は、ホットのブラックコーヒーのカップをふたつ取り出して、一方をロークに渡した。「最初からあなたの気に入るとは思っていなかったし。これは、あなたを捜査に加えることのデメリットのひとつね」

「やつを追いつめる手なら他にもあるよ、イヴ」

「これがいちばん手っ取り早い。あの男に通常どおりの監視をつけることはできない」イヴは始めた。「地下のトンネルには出入り口が山ほどある。あのクラブの店内やあいつの住居にどんな脱出口があるか、わたしには知りえない。ここは退屈だと思った場合、または、身の危険を感じた場合、あいつは警察が迫る前に姿をくらますかもしれない」

「クラブを閉鎖させる手を見つけよう。違法ドラッグの手入れをすれば、やつは仕事ができなくなる」

「そう、それもできる。それもやるわよ。でも、もしそれしかやらなければ、あいつは雲隠れするでしょうよ。あいつには隠れ蓑がある」イヴはそう指摘した。「あなた自身がそう言ったのよ。それを突破してあいつに行きつくには時間が必要だし、わたしたちにそんな時間はない。ぐずぐずしていれば、あいつは消えるわ」

ロークはイヴのデスクにコーヒーを置いた。「オーケー、たとえすべてそのとおりだとしても、きみがひとりで行っていいということにはならないよ。きみがこんな作戦を立てたのは、例のDNAががらがらくずれ落ちてきたから、そして、その件で自分を責めているからだろう」

「そうじゃないわ」そればかりじゃない——イヴは胸の内で言い直した。「確かに、あいつにひっかけられてむかついてはいるけど、わたしがこれをやろうとしているのは、仕返しのためじゃない」そのためばかりじゃない。

ここはロジックで説くのがいちばんだろう。派手にやりあうほどスカッとはしないけれど、早くかたがつく。「オーケー、聴いて。警官隊や他の警察官を引き連れてあそこに行ったら、あの男は何もしゃべらないわ。たとえ、つかまるまでじっと待っているとしてもよ。現時点では、あの男にはじっとしている必要もない。こっちはあいつを地上に引きずり出して取調室に連れこむこともできないし。やっぱりあいつのテリトリーでなきゃだめなのよ。それに、あいつとわたしのふたりだけでなきゃ」

「なぜ——最後の点は?」

「あなたは最初からあいつを嫌っていた。どうしてなの?」

ロークの顔をいらだちがよぎった。彼はコーヒーを手に取った。「やつが僕の妻を眺め回していたからさ」

「でしょ。あいつは味見したいのよ。自分を調べている警官だからってだけじゃない、わたしがあなたの妻だから。あなたから得点をあげるのは、あいつにとってすごい快感になるんじゃない? いけそうだと思ったら、あいつは必ずやるわよ。こっちは準備ができている」

「イヴ——」

「ローク。あいつはまたすぐに殺す。今夜かもしれない。あの男は殺しが好きなの。初めてあいつに会ったとき、あなたにはそれがわかった。わたしもよ。そしてきょう、もっとわかったの。わたしにはあれが何者かが見えたのよ」

これが核心なのだ。ロークはそう悟った。彼女が何を言おうと、他にどんな真実があろうと、彼女にとって大事なのはこれなのだ。「やつはきみの父親じゃないよ」

「ええ、でもある種族がいて、連中はどっちもその一員なの。あのスモーク、あの血、あの誘惑。あの男は亡者なのか？　人の血を吸う悪霊なのか？　そういうことは、背筋をぞくりとさせ、迷信を呼び起こし、論理的な人間に非論理的な考えを抱かせるかもしれない。でも問題はその下にあるものなのよ、ローク。止めなきゃならないものは、それ――そこに住んでいるそのケダモノなの」

「〝きみが対峙《たいじ》しなきゃならないもの〟だろう」ロークは訂正した。「何度そうしなければならないんだ？」

「必要なだけ何度でも。わたしだって背を向けたい。あいつの半径五フィート以内に入ると、走って逃げ出したくなるわ。だからこそ逃げるわけにはいかないの」

「そうだね」ロークは親指で彼女の顎の浅いくぼみをなでおろした。「逃げるわけにはいかない」これが自分の対峙しなければならないものなのだ。彼はそう悟った。何度も何度も。イヴを愛するなら、選択の余地はない。「でもこんなに急がなくても――」

「あの男は刹那的に生きている。どんなドラッグをやっているにしろ、その効力は殺しほどじゃない。血ほどじゃないのよ。わたしがこの手を試してみなかったら、あいつはまた殺すわ。どうやってそれを受け入れろと言うの？」

ロークは彼女の顔をさぐった。それから一方の手をその頬に当てた。「きみがきみであるかぎり、受け入れはしない。受け入れられないだろうね。しかしやっぱり僕は気に入らないよ」

「わかってる。それに……」イヴは彼の手を取って、束の間ぎゅっと握った。「感謝しているわ。とにかく、わたしの仕事はわたしに任せて、あなたたちは自分の仕事をしてちょうだい。わたしたちは、何がなんだか本人がわからずにいるうちに、あの男を閉じこめて蓋に釘を打ってやるの」

「やつはきみをひとかじりもしないほうがいい。それは僕の仕事だからね」ロークは身をかがめて、彼女の下唇を歯でとらえた。すばやくひと噛みしたあと、彼は入りこみ、彼女を引き寄せ、ふたりを埋没させた。

最初、おもしろがっていたイヴもやがて夢見心地になり、彼の味に乗って漂い、約束に乗って流されていった。ため息をつき、ゆっくり身を離したとき、彼女の唇はほほえみを形作った。

「上出来よ」彼女は言った。

「いつもベストを尽くしてる」

「あとでちょっと超過勤務をしてもらうかも」

「仕事が命の僕だから、いつでもやるよ」

「でもいまはとりあえず、チームの全員を集めて作戦会議をしましょう。ミスは許されないのよ」

「警部補さん」イヴがドアに行き着く直前、ロークはその手をつかんで、ぐいと彼女を振り返らせた。彼は銀のチェーンのついた銀の十字架をポケットから取り出して、イヴの目の前にぶら下げた。

「何か忘れている気がしたのよね」しかし彼がイヴの首にチェーンをかけると、彼女は目を丸くした。「え？　本気なの？」

「僕を安心させて」ロークはもう一度、今度は短くしっかりと、彼女の唇にキスした。「僕は、非論理的な考えも抱ける論理的な頭を持つ、迷信深い男なんだ」

まじまじと彼を見つめ、イヴは首を振った。「あなたって意外性に満ちてるのね、相棒。ほんとに驚くわ」

その作戦会議のために、イヴは会議室を使った。スクリーンには、〈ブラッドバス〉の図と、住居部分の半分――または、住居部分のうちイヴの見たエリア――の図が映し出されていた。どちらも、クラブを訪れたときの他のメンバーの意見も交え、記憶をたよりに描いたものだ。

地下の施設のご多分に漏れず、建設時の青写真や作業指示書を見つけることはできなかった。

「出口はきっと他にもある」イヴはつづけた。「少なくともスタッフの何人かはそれに気づいているだろうし、そこから逃げるはずよ。証人や裸のダンサーをつかまえることは、優先しなくていい」

「こっちにはこっちの考えがある」バクスターが口をはさんだ。「裸のダンサーについちゃな」

「一般市民は外に出して」彼を無視して、イヴは言った。「目的は暴動を引き起こすことじゃない。違法ドラッグで誰か逮捕したくなったら、それは各自の判断で、そのときに決めていい。二、三十人ぶちこめば、作戦の重みが増すし、ヴァディムは店のマネージャーとして打撃を受けるわ。彼に不利なものはなんでも、何もかも、プラスになる。でも第一目標のことを忘れちゃいけない」

イヴは一同を見回した。

「わたしがゴーサインを出すまでは、誰も踏みこまないこと、絶対に天秤を傾かせないこと。わたしのコミュニケーターは、そのゴーサインのためにオンにしておく。何も、何ひとつ、そこから記録してはならない。捜査法の問題であのヘドロ野郎を逃すわけにはいかないの」

イヴはひと呼吸置いて、コンピューターにクラブの図のみを表示するよう命じた。「令状がカバーしているのは、このエリアだけよ。正当な理由のないかぎり、どの人員もクラブのエリア外で捜索や追跡を行ってはならない。武器はすべて小レベルに設定すること」

彼女はもう一度、画像を切り替えた。今度はドリアン・ヴァディムの顔がスクリーンいっぱいに映し出された。「これが第一目標よ。特別に指示または許可がないかぎり、彼を拘束したり逮捕したりしてはならない。作戦がうまくいかなかったら、わたしたちに逮捕の正当な理由はないの。身支度をして」彼女は命じた。「全員、防弾チョッキを着用すること。移動手段については、各班の班長の指示をあおぐこと」

イヴは武器に手をかけた。「さあ、ケツを蹴っ飛ばしに行くわよ」

身をかがめ、掌銃をチェックしていると、バクスターが肩をたたいた。

「何？」

「いいものをやるよ」身を起こしたイヴに、彼は何かを差し出した。

「あんたってすごくおもしろいよね、バクスター」

「そうだろ」バクスターはその木の棒をひょいと放った。

つい楽しくなって、彼女は片手で棒を受け止め、ベルトに挿した。「どうも」

バクスターは目をぱちくりさせ、それから大声で笑った。「ヴァンパイア・キラー、イヴ・ダラス。こりゃあ歴史に残るぞ」

10

イヴはひとりで乗りこんだ。警官として、心に宿るデーモンと戦う一女性として、これがあるべきかたちなのだ。

外界から地下へと下り、その汚れた闇に苦しみを潜ませる、異臭の漂うトンネルを抜け、いまやなじみとなった道すじを彼女はたどった。

わたしも闇から生まれたのだ、とイヴは思った。だから、そこに何が隠れているか、わたしは知っている。そこで何が産まれ、栄えるかも。

光が闇を殺し、また生み出す。しかし闇を愛するものは、必ず光から逃げ出していく。バッジが自分に光を与えたことを、イヴは知っている。そしてその後、ロークがごく単純に、取り消せないかたちで、あの光を爆発させ、彼女を刺し貫いた。

イヴ自身がそうさせないかぎり、もう何ものも彼女を引きもどせない。悪夢も、記憶も、イヴを作ったあの男が彼女の血に残したどんな穢《けが》れも。

任務のため、ふたりの女性のため、自分自身のために、彼女がこれからやることは、光を投じる新たな方法のひとつにすぎない。

彼女は赤と青の醜悪な脈動へ、骨を揺さぶる暴力的な音楽の轟きへと向かった。

前回と同じ用心棒どもが、アーチの扉の左右に立っていた。今回、彼らは鼻で笑った。

「きょうはひとりかい？」

なおも前進しつづけながら、イヴは左のやつの股間をしたたかに蹴りつけ、もう一方の鼻梁《びりょう》に肘をたたきこんだ。

「そうよ」ふたりがよろよろ後退すると、開かれた道を大股で通り抜けながら、彼女は言った。「おなじみのわたしだけ」

雑踏のなか、スモークの異臭と霧のうねりのなかを、イヴは進んでいった。誰かがふざけて彼女の腕をつかむという過ちを犯し、その報いに足の甲を思いきり踏みつけられた。そのあいだも、彼女は足を止めなかった。

やがて彼女は階段にたどり着き、急なカーブをのぼりはじめた。

肌の上で尖った爪が踊っているように、彼がいることはまず感触でわかった。それから、その姿が浮かびあがった。ドラマチックに周囲に霧を渦巻かせ、彼は階段の上に立っていた。

「ダラス警部補、あなたは常連になりつつありますね。今夜はエスコートはなしですか？」

「エスコートは必要ない」相手を優位に立たせることがわかっていながら、イヴは彼の一段下で足を止めた。「でもプライバシーがほしいわ」

「いいですとも。どうぞこちらへ」彼は手を差し出した。

イヴはその手に手をあずけ、彼の指が指にからみつくと、嫌悪感を懸命に抑えつけた。ドリアンは人込みを離れ、彼女を奥へと導くと、自分専用のドアにコードを入力した。「ドリアン入室」彼が音声でコマンドを与えると、ロックが開いた。

なかではキャンドルが輝いていた。キャンドルが何十本も。光と闇だ。イヴはふたたび思った。壁面スクリーンに、店内のさまざまな区画が音声なしで映し出されている。だから人々は、完全な無音のなかで、踊り、まさぐりあい、喚声をあげ、歩き回っていた。

「なかなかの眺めね」イヴはさりげなくドリアンから離れ、映像を眺めるふりをしてスクリーンに歩み寄った。

「こういうかたちで人に取り巻かれ、同時にひとりでいるわけです」ドリアンの手が軽くイヴの肩に触れた。彼は彼女のうしろを通って、バーへと歩いていった。「あなたならおわかりですよね」

「まるでわたしを知ってるみたいな言いかたね。それにその目は、わたしを知ってるみたいな目だわ。でもあなたは何も知らないのよ」

「いや、知っていると思いますよ。暴力、支配力というものへの理解、それを好むあなたの心が、僕には見える。それが僕たちの共通点です。ワインでもどうです？」

「いいえ。ここにはあなたしかいないの、ドリアン？」

「ええ」彼女の断りを無視し、ドリアンはふたつのグラスにワインを注いだ。「あとで女性をひとりもてなすつもりだったんですが」今回、彼は無遠慮になれなれしくイヴを眺め回した。「それがあなたになるとは実におもしろいな。教えてください、イヴ、これは仕事上の訪問ですか、それとも、個人的なものですか？」

イヴは彼を見つめ、その目の奥をのぞきこんだ。「さあ、わからない。そのうちはっきりするんじゃないかしら。わたしは、あなたがあの女性たちを殺したことを知っているのよ」

ドリアンはゆっくりと笑みを浮かべた。「ほう？　どうして？」

「感じるの。あなたを見るとわかるのよ。どうやったのか話して」

「なぜ僕が話さなきゃならない？　なぜ話すと思うのかな？　警部補」

いらだちを装い、イヴは首を振った。「令状はない。それは知ってるでしょう。わたしはあなたに権利を読んでいないし。あなたが話すことは一切使えないのよ。それも知ってるわよね。わたしはただ、あなたが何者なのかを知りたいの。それに、あなたのそばにいると、どうしてこんな気分になるのかを。わたしは信じてないのよ……」

まちがいない。ドリアンの顔には渇望が浮かんでいた。彼はイヴに向かってきた。「何を信じてないんだ？」

心のなかでささやく父の声が聞こえた。暗闇には化け物がいるんだよ、ちび。恐ろしいものどもがな。

「あなたがこの部屋の外で売っている類のものをよ」イヴはスクリーンを指し示した。「それを消してくれない？　なんだかうっとうしいわ」

「見るのは好きじゃないわけだね」ドリアンは絹のような声で言った。「見られるのはどうかな？」

「場合による」空威張りに聞こえるよう願いつつ、イヴは強気な口調で答えた。

「スクリーン・オフ」ドリアンはそう命じて、またほほえんだ。「これでいい？」

「ええ。消えてたほうがいいわ」

「いまのは合図だろ」フィーニーはロークにうなずいた。「全班、踏みこめ。彼女、うまく操ってるな」彼はロークに言った。「やつをまっすぐ目標地点に誘導するだろうよ」

「あるいはやつが彼女を操っているのか」イヴの声を聴きながら、ロークは暗闇に飛びこんでいった。

恐ろしいものどものなかへ。

「待って」ドリアンの胸にぴたりと手を当て、押し返したとき、イヴの声にはわずかなためらいがあった。「わたしには務めがある。忠誠の義務があるのよ」

「そのどれもきみの欲求を満たしはしない」

「わたしの欲求が何かあなたは知らないでしょ」

「五分、きみを好きにさせてくれないか。それでどうなのかわかるだろう。きみは僕のもとに来た」ドリアンはイヴの頬を指先でなでた。「ひとりで僕にもとに。僕が何を与えられるかを知りたいんだろう」

イヴは首を振って、二、三歩、離れた。「わたしが来たのは、理解する必要があるからよ。なんだか落ち着かない。集中できないわ。何かが皮膚の下から這い出そうとしているみたい」

「僕なら力になれるんだよ」

イヴは肩越しに彼を見やった。「ええ、そうでしょうね。でもわたしはティアラ・ケントとはちがう。安っぽいスリルなんて求めてないの。それにわたしは、アレッセリア・カーターともちがう。あなたの恩情は必要ない。あなたなんか怖くないわ」

「本当に？　僕がきみに何ができるか、恐れてないのか？」

イヴはあの肖像画に目をやった。「ああなるって？」彼女はわずかに息をはずませていた。「わたしはそうやすやすとひっかからないわよ」

ドリアンはワイングラスの一方を手に取って、ぐいぐいと飲んだ。「この世には、いわゆる現実には収まりきらないものもあるんだ」

「たとえば？」

ドリアンはふたたびワインを飲んだ。その目が前にも増して黒くなった。「人間を超越する支配力や飢餓感。僕がそこに連れていってあげよう。僕ならひと目だけ見せて、無傷なま帰してあげられる。さあ、飲んで。リラックスするんだ。ここでは、きみの身には何も起こらない。それは僕の流儀じゃないからね」

「ええ、あなたは出かけていって殺すのよね。ケントは実際、あなたを迎えるためにベッドへの道に薔薇の花びらを撒き散らしていた」

「仮にそうだとすると、招待が必要になる」

「人の住む建物の場合は確かに」イヴは同意した。「でも空き家は別。あなたがアレッセリアを引きずりこんだやつみたいな。あなたはそこで彼女を殺したのよね」

「そう思うと興奮しないか？　僕を見て、彼女の死が見えると」

「まあ、そうかも」

「きみは死を求めているんだ」ドリアンは彼女の手を指先で持ちあげた。「きみは死のなかに身を置いている。初めて僕たちの目が合った瞬間、僕が感じとったもの、きみのなかに見たものは、それじゃないのか？　それは……死を好む心は、僕たちを結びつけている。そのつながりは、きみが自分を与えたあの男には決して理解できない。きみのなかに咲く暗い花に、彼は到達できない。僕はできるが」

イヴは束の間、彼の手を軽く握り、それからまた身を退いた。「何がわたしたちを結びつけているのか、わたしにはわからない。でも、アレッセリアからのリンクのメッセージに入ったあなたの声を聴いたとき、わたしは何かを感じたの。声を出したのは、まちがいだったわね、ドリアン。リンクが切れたかどうか、通信が中断されたかどうか確かめもせず、彼女に話しかけるなんて。朝までには声紋一致の結果が出るでしょうよ」

ドリアンは口もとからグラスを下ろした。「それはありえない」

「そうでないなら、わたしがいまここにいるわけはない。すべてを危険にさらして、今夜あなたに会いに来るわけはないでしょう？　この一件は明日けりがつく。わたしの役割も終わるわ。わたしは自分のために答えが必要なの。なぜわたしは証拠が固まりつつあることをあなたに教え、姿を消す時間を与えるのか？　どうしても知らなきゃならない。わたし自身のために」

「僕にはアリバイがある」ドリアンは主張した。

「ケンドラ・レイク？　またしても、ホルモンと見栄と薬物で突っ走る金持ちの馬鹿娘ね。彼女は役に立たないわよ。お互いわかってるでしょ、彼女はすぐ落ちる。そのうえ、クスリもやってるし、あなたの恋人だしね。彼女の証言は効力がないわ」

「でたらめを言うな」ドリアンは残りの液体を一気にあおると、グラスを脇に置いた。「でたらめを言うな、このあばずれめ」

オーケー、とイヴは思った。そろそろ進路を変えよう。

アパートメントの外は、地獄だった。濃霧のなかで、悲鳴と怒号がこだまする。警官の小部隊が突入し、強制捜査の執行が宣言されたとき、利口な誰かが霧の濃度を上げたのだ。

ロークは襲いかかってきた男のひとりを脇に放り投げ、別のやつが振り下ろしたナイフをかわした。スタナーより拳を好む彼は、猛然とそれを振るっていた。不協和音のなか、イヴの声が鮮明に彼の頭のなかに響いた。

「やつに見抜かれるぞ」彼はフィーニーにどなった。くるりと向きを変え、ロークはスタナーの熱線が飛び交うなか、階段へと走った。

「ばれたか」イヴは言った。「そう、わたしがあなたに惹《ひ》かれてるとか参ってるなんて話は全部嘘よ。その他の点について言えば、万事休すというところね。あなたはアレッセリアのリンクに声が入る位置で、しゃべっちゃっただけじゃない、EDDは通信中の数秒分の画像をきれいにしているところなの。あなたは部分的に映像に入ってるのよ。

それに」彼女はつづけた。「あなたとグレガー・ペンスキーという男のつながりもじきに見つかる。昔の仲間を身代わりにしたのはまずかったわね。たとえ、死んだやつでもよ、ドリアン。小さなミス——人を殺すのはいつもそれなの」

イヴは無頓着に室内を見回した。「ティアラ・ケントの血液の一部はきっと記念にとってあるんでしょうね。朝になったら、令状をとってそれを見つけるわ。それに、彼女の死体かいまわの際《きわ》の体からあんたが奪ったアクセサリーもよ。このカス野郎。あんたは三件の殺人でぶちこまれるわけ。他に何かメニューに添えたいものはある？」

「僕を脅せると思ってるのか？」ドリアンの目は黒い淵と化していた。「僕を操れるとでも？」

「妖術をかけようとしてるなら、それは失敗よ。わたしは数時間後にアレッセリア殺しであんたを押さえる。その他諸々もじきにそこに加わるわ。あんたはもう終わり。わたしはただ、直接それをあんたに伝えて悦に入りたかっただけ。やめなさい」イヴは警告した。相手の目の動きをとらえ、彼女はスタナーに手をかけた。「警官に対する暴行を罪状に加えたいの？　その場合は、いますぐあんたを連行できるけど。太陽は沈んでいるしね、ドリアン」

「そう、確かに」ドリアンはほほえんだ。恐ろしいことに、イヴはその口に牙が閃くのを見た。

彼が跳躍した。まるで飛んできたようだった。イヴは武器を抜き、身を翻したが、遅すぎた。何をする間もなかった。部屋の向こうに投げ飛ばされながら、彼女は二発撃った。二発とも命中したが、彼はそのまま向かってきた。それを強く直感しつつ、彼女は石の壁に激突した。衝撃でスタナーが手から飛び出したが、彼女はどうにか転がって、両足を蹴りあげた。彼は後方へ吹っ飛び、彼女はさっと立ちあがった。

つぎの攻撃に備えて身構えたが、彼は襲ってはこず、蛇のようにシューシューいって縮こまった。イヴは視線を落とし、シャツの下から飛び出た十字架を彼が凝視しているのに気づいた。

「ご冗談でしょ」彼は唸り声をあげながら、彼女のまわりを回った。「あんたは本気で自分の法螺《ほら》を信じてるのね」

何を飲んだのか知らないが、それが効いているのだ。イヴはそう判断した。それも、接近するのがやばいくらいよく効いている。彼女は十字架を掲げ、スタナーまでの距離を目測しようとした。うまくつかみとれるだろうか？

「おまえの血を飲み干してやる」彼の舌が長い犬歯をなめる。「ほぼ飲み干してから、おまえに俺の血を飲ませてやる。おまえを俺と同じものに変えてやるよ」

「は？　譫言《うわごと》を言うくるくるパー？　どうしてティアラは変身しなかったわけ？」

「あいつには充分な力がなかった。俺が血を吸いすぎたんだ。だがあいつは俺の下で幸せに死んでいった。おまえもそうなる。だがおまえは強い。よみがえるだけの力がある。ひと目見てわかったよ。おまえは俺と同じ道を行く最初の者となるだろう」

「へえぇ。あなたには黙秘権があります」

彼は跳ねあがり、巨大な猫さながらに跳躍した。衝撃が腕を走り肩で爆発するのを感じたものの、イヴは最初の一撃をブロックした。しかし二発目でうつぶせに倒れ、金属のテーブルのひとつに激突した。口のなかに血の味がする。彼女はなんとか身を転がしてあおむけになった。

彼はいま、すぐそばに立ち、牙を光らせ、凶暴な目をして、彼女を見おろしている。「贈り物をやろう。究極のキスを」

イヴは口の血をぬぐった。「くたばれ《バイト・ミー》」

笑いを浮かべ、彼はイヴに襲いかかった。

ドアの前で、フィーニーはマスターキーとロックを迂回するための電子機器一式を取り出した。

「僕に任せてくれ」ロークの上着のかぎざき、ナイフの刃先がずぶりと入った部分からは血がにじみ出ていた。彼はレコーダーを取り出すと、まず目を閉じて、信号音に集中した。つづいて、その信号音の順番どおり、キーパッド上ですばやく指を躍らせ、レコーダーをマイクに向けた。

「ドリアン入室」レコーダーが音声コマンドを再生した。

「おい、ダラスが何も記録するなって言ってたろ」

ロークはちらりと振り返って、大きな笑みをフィーニーに見せた。「僕はチーム・プレイが苦手なんだ」

ふたりは室内に突入した。ロークは低く構えていた。フィーニーが高い構えを好むのを知っているからだ。

イヴはあおむけに横たわっていた。血がぐっしょりとそのシャツを濡らしている。ロークがそちらに飛んでいくと、彼女は肘をついて身を起こした。「わたしは大丈夫。大丈夫よ。このろくでなしが失血死しないうちに、医療班を呼んで」

木の棒を腹に突き立て、倒れている男に、ロークはほとんど目もくれなかった。彼自身の腹の筋肉はぎゅっと固くなっていた。「きみの血はこのうちどれくらいなんだ?」

イヴは軽い嫌悪をこめて自分のシャツを見おろした。「いくらもない。心臓を刺しそこなったわ。こいつ、わたしの上にいたの。腹の傷って無残なのよね。フィーニー?」

「いま医療班に連絡している」彼は言った。「下の騒ぎはほぼ収まった。すごい修羅場だったよ。だがなんたって立役者はきみだね。いやはや、ひでえありさまだな」

「まったくもう信じられない。バクスターの出しゃばりに感謝するはめになるとはね。わたし、武器を落としちゃったの。先のとんがったこの棒がなかったら、あなたたちが突入してくる前に、ある程度やられてたでしょうよ」

イヴは立ちあがろうとし、ロークの手を借りてどうにかそれに成功した。いざ立ってみると、今度はふらつき、よろめいた。「ちょっとショックを受けてるの。いろんな固いもので頭を打ったし。だめだめ、自分で歩くから」

ロークはあっさり彼女を抱きあげた。「きみは僕に逆らわれる運命なんだよ」それから彼は、傷痕がかすかに残る首の片側に唇を押しつけた。「やつはきみを味見したんだね？」

イヴはその声に憤りを聞きとり、それを和らげようとした。「あいつに、噛んで《バイト・ミー》って言ったからね。あのせりふを文字どおり受け取られたのは、初めてだわ。あなたを別にすれば」

ロークがドリアンではなく自分に目を向けるように、彼女は一方の手で彼の顔の向きを変えた。「下ろしてくれない、相棒？　これじゃ威厳が台なしよ」

「おいおい！」ドリアンの上にかがみこみ、フィーニーはそもそも気のない止血の試みをやめてしまった。「この男、牙を着けてるのか？」

「削って尖らせたんでしょうね」イヴは言った。「それから冠をかぶせたのよ。着脱自在。調べりゃわかる」

ピーボディが駆けこんできた。その頬骨には黒くなりつつある痣が、顎にはひどい擦り傷があった。「チームは医療班の護衛に向かいました。なんとまあ！」ドリアンを目にすると、彼女はそうつづけた。「彼に杭を打ちこんだんだ。ほんとに杭を打ちこんだんだ」

「結構使えたわよ。医療員たちをここに入れましょう。この男に死なれて、複数の殺人罪から逃れられちゃたまらない。こいつが話せる状態になったら、すぐ教えて。きっとおもしろい告白が聴けるでしょうよ」

「心臓じゃなきゃいけないのに」ピーボディがつぶやくのが聞こえた。「本当は心臓じゃなきゃ」

イヴは長いため息をついた。「その調子よ、ピーボディ。マイラがこの二流どころのドラキュラをかたづけ次第、彼女にあなたの頭を分析してもらうかも。新鮮な空気が吸いたいわ。現実の世界にもどるとしましょう」

地上にもどると、イヴはロークのよこしたボトルを受け取り、ラクダよろしくその水を飲んだ。ロークの袖についた血を彼女は顎で示した。「ひどい傷なの?」

「かなりね。この上着、気に入ってたのにな。ほら、痛み止めを飲んで。まだ超ド級の頭痛に襲われていないとしても、それはアドレナリンのおかげだからね。その痛み止めをきみが飲むなら、僕もきみを検査のために医療センターに放りこむのはやめるよ」

イヴは文句も言わず痛み止めを飲みこんだ。そして、単にそれがそこにあったからだが、ドアの開いた警察のバンの乗降口に腰を下ろした。

「あの男は信じていたのよ」ややあって彼女は言った。「本気で自分はヴァンパイアだと信じていたの。たぶんドラッグも手伝って、あの芝居が彼の現実になったんでしょうね。マイラは最初から言い当てていた。彼にとっては、闇のプリンスを装っていることこそ偽装だったのよ」

「いや、単に行けるところまでペテンを押し通そうとしただけじゃないか。そして、精神異常の申し立てにそれを利用できるかどうか賭けてみたってところだろう」

「いいえ。あなたはこれを見たときのあの男の顔を見てないでしょ」イヴは十字架を掲げた。「そう言えば、ありがとう。このおかげで、危機一髪というときに何分か稼げたの」

ロークはイヴの隣にすわって、彼女の膝をさすった。「非論理的な迷信。それもときには役に立つ」

「そうらしいわね。あの男は何かスーパー・ゼウスみたいなものの作りかたを知ったんじゃない？　それを使うと、頭がおかしくなるだけじゃなく、一時的に強く速くなるわけよ。あいつ、すごく敏捷だったわ。マジシャンの技、詐欺の経験、そしてドラッグ。それがあの男を虜にし、標的を狂わす手段でなくなったのはいつなのかしらね」

ロークは彼女の首の傷をそっと指でなぞった。「ヴァンパイアもいろいろだね、ダーリン・イヴ」

「まったくだわ」束の間――警官たちはみな忙しく走り回っていて気づきそうにないので――イヴはロークの肩に頭をもたせかけた。「結局のところ、あいつは父には似ていなかった。わたしが思っていたようには。父はイカレていなかったもの。ドリアンはと言えばね、あれは頭が変なのよ」

「悪が正気であるとはかぎらないよ」

「ええ、その点はあなたの言うとおり」そして彼女は悪に立ち向かった。悪を打ち負かしたのだ。今回もまた。「まあ、残念なのは、あいつの行きつく先が、コンクリートの牢屋じゃなく、精神病患者のための施設のどれかだってことね。でも人間、手に入るものを受け取るしかないのよ」

ロークが彼女の膝に手を置いた。イヴは自分の手をその上に重ね、ぎゅっと握りしめた。

「とりあえず熱いシャワーを浴びて、きれいなシャツに着替えるわ。署に行って、自分をきれいにし、この件もきれいにかたづけなきゃ」

「僕が運転しよう」

「あなたはうちに帰るべきよ」イヴは言った。しかしその手は彼の手に重ねられたままだった。「そしてちょっと眠って。こっちはあと始末に何時間かかかるから」

「どうしても振り払えないイメージがあるんだ」ロークは立ちあがり、彼女を引っ張って立ちあがらせた。「太陽が赤と金に空を染めて昇っていく。柔らかな美しい光のなか、きみと僕は歩いて家に向かっている。だから、手に入るものということで、僕はきみとの日の出を受け取ることにするよ」

「じゃあそうしましょう」

イヴは彼の手に手をあずけたまま、コミュニケーターを取り出し、フィーニーとピーボディと各班の班長に連絡して、下の状況を確認した。

ロークと手をつないでいると、彼女を悩ますデーモンどもも沈黙している。連中は沈黙しつづけるだろう、と彼女は思った。夜のあいだずっと。そして、日が昇ってからも。

六〇六号室の生贄

生者には敬意を与えねばならない。
死者に与えるべきものは、真実のみである。
——ヴォルテール

超自然的な悪など信じるには及ばない。
人間のみがあらゆる邪悪をなしうるのだ。
——ジョゼフ・コンラッド

1

足が彼女を殺しかけている。そして、彼女は頭のなかで時を遡り、誰だか知らないがスティレット・ヒールを考案したやつの居所を突き止め、そいつを殴ってぼこぼこにしていた。女をよろめかせ、走ることをほぼ不可能にし、こむらがえりを引き起こすこと以外、この手の靴になんの目的があるのだろう？

チャンネルを切り替え、酔っ払ったスズメバチの巣さながらに周囲でワンワン唸っているパーティー・トークのざわめきをシャットアウトしたとき、この疑問はイヴの頭を占拠していた。もしお客のひとりがおかしくなったら……そして、そう、たとえば、小エビ用のフォークで誰かの目を突き刺したら？　こんな身なりで、それに、こんな竹馬を履いた足で、どうやってそいつを仕留めればいいんだろう？　いや、想像すまい。

彼女の考えによれば、それは警官としては最悪の装いだった。薄っぺらい、あるかなきかのドレスにより、肌の大部分は露出している。それに彼女はきらきらしていた。体じゅうからダイヤモンドをぶら下げていては、景色に溶けこむことはできない。もっとも、ロークと一緒に派手なお祭りに出席して、景色に溶けこむなんて土台無理な話なのだが。

彼女が気づいたかぎりでは、この馬鹿みたいな靴の唯一の長所は、それによって背がぐんと高くなり、ロークと真っ向から目を合わせられることくらいだった。

それは、鮮やかなまばゆいブルーの、息を呑むような目なのだ。その目で見つめられると――結婚して約二年経ついまでも――胸がキュンとする。それ以外の部分も彼は悪くないとイヴは思った。流れ落ちる絹のような黒髪に、十億ドルに値する顔。ちょうどそのとき彼がこちらに目を向け、あの欲望をそそる美しい唇がゆっくりとひそやかな笑みを形作った。

あと二時間よ。イヴは自分にそう言い聞かせた。あと二時間このいまいましい靴に我慢すればいいの。そうすれば、わたしはあの唇を独占できる。その代償としては、足の甲の悲鳴くらいささやかなものかもしれない。

「ダーリン」ロークは通りかかったウェイターからシャンパンのグラスを取って、イヴに手渡した。彼が引き取った元のグラスはまだ半分残っていたので、彼女はこれを〝チャンネルをもどせ〟という合図とみなした。

はいはい、とイヴは思った。彼女はロークの妻としてここにいるのだ。別に彼は、年がら年じゅうこんな格好をして、死ぬほど退屈なパーティーに出てくれ、と言っているわけじゃない。その点、彼は如才なかった。それに、この男には神を超える財力と神とほぼ同等の権力と地位があるわけだから、イヴが彼にしてあげられるのは、せいぜい、夫婦で公の場に出る際に妻の役割を果たすことくらいなのだ。

彼らの招待主、マクシア・カーライルという女が得体の知れないふわふわしたドレスですべるように近づいてきた。そのセレブ女性は、友人たちのご機嫌をうかがうために――本人の言葉を借りれば――ニューヨークにふらっ、と、やって来たのだった。きっとその友人たちとやらは全員、ホテルの三つの階にまたがるこの広大なスイートルームをさまよい歩いて、カナッペをむさぼり、シャンパンをがぶ飲みしているのだろう。

「まだぜんぜんお話できていないわね」マクシアはロークの腕に手をかけて、彼の顔を見あげた。

このふたり、リッチでゴージャスな人間の広告みたいだ、とイヴは思った。

「どうしていた、マクシ？」

「あら、ご存知でしょ、例によって例のごとし」マクシアは笑って、非の打ちどころのないむきだしの肩の一方をすくめた。「この前会ってから、もう四年よね？　同じときに同じ場所に居合わせることってまずないじゃない？　だからわたしは、今夜あなたが来られたことが特にうれしいのよ。それにあなたも」まばゆい笑みをイヴに向け、彼女はそう付け加えた。「お目にかかるチャンスがあったらって思っていたの。ロークのお巡りさん」

「ほとんどの時間、わたしはニューヨーク市警治安本部《NYPSD》のものとみなされていますが」

「わたしには想像もつかないわ。あなたのお仕事ってどんな感じなのかしら。きっと魅惑的で刺激に満ちているんでしょうね。殺人事件や殺人犯を調べるなんて」

「まあ、たまにはいい時もありますよ」

「たまにじゃないでしょうに。わたし、ときどきスクリーンであなたを見ていたのよ。特にアイコーヴ事件の報道を」

あの事件は永遠にわたしにつきまとうわけね、とイヴは思った。

「だけど、あなたはちっとも女性警官らしくないわね」マクシアはイヴのドレスにすばやく目を走らせ、その完璧な眉をひょいと上げた。「あなたの服、レオナルドのなんじゃない？」

「いいえ、服はたいてい自分のを着ています」

ロークが彼女を軽く肘で小突いた。「イヴの古い友達がレオナルドと結婚していてね。それでイヴはときどき彼のものを着るんだよ」

「あなた、メイヴィス・フリーストーンのお友達なの？」興味と好奇心に加え、マクシアの顔に少なからぬ温かみが表出した。「わたし自身も彼女の曲が大好きだけど、わたしの姪はそれこそ大ファンなのよ。だから一度、ロンドンで、メイヴィスのコンサートに連れてってやったの。バックステージ・パスを手に入れてね。あの人はとっても姪に優しくしてくれたわ。それ以来、わたしは文句なく一番のおばさんなのよ」

彼女は笑って、イヴの腕に触れた。「あなたは確かに魅惑的な生活を送ってる。ロークと結婚してて、メイヴィスやレオナルドと友達で、殺人犯を追っているんだもの。でも大部分は頭脳労働なんでしょうね。証拠を精査したり、手がかりをさがしたり。わたしみたいな一般人はそれを理想化して、警察の仕事をスクリーンやビデオで見てるのと同じに考えるのよ。危険と冒険がいっぱい、暗い路地で異常者を追跡し、武器を撃つなんてね。現実には、頭脳労働と書類仕事だっていうのに」

「まあね」イヴは鼻で笑いたいのをこらえた。「そんなところです」

「もっとも、ロークと結婚してるっていうだけで充分、刺激的よね。あなたはいまも危ない人なの？」マクシアはロークに尋ねた。

「飼いならされたよ」彼はイヴの手を持ちあげてキスした。「すっかり」

「そんなこと絶対信じない。あら、アントンだわ。彼をかっさらってきて、あなたに紹介しなきゃ」

イヴは長々とシャンパンを飲んだ。

「そのアントンという人に会って、もう二十分だけつきあおう」ロークが言った。その声はほのかにアイルランドの響きを帯びていた。「そのあと抜け出すとしようよ」

イヴは歓びのさざなみが麻痺したつま先まで広がるのを感じた。「いいの？」

「最初から一時間程度で帰るつもりだったんだ。それに、きみにお礼をしないとね。殺人課の捜査官をパーティーに連れていくことで、株を上げているわけだから」

「書類仕事ばっかりだけど」イヴは皮肉っぽく言った。

ロークは、ほんの数日前ナイフに切り裂かれた彼女の腕を軽く指でなぞった。「うん、きみの仕事は退屈以外の何ものでもないな。でも僕もマクシに賛成せざるをえないよ。今夜のきみはちっとも警官らしくない」

「殺人鬼を追いかけなくていいのがありがたいわ。そんなことになったら、この馬鹿みたいな靴から転げ落ちて、赤っ恥をかくところよ」彼女は靴のなかでつま先を丸めながら——というより、丸めようとしながら——最近自分で鋏《はさみ》を入れたふぞろいな茶色のショートヘアを片手でさっと払った。きわめて貴重な古いダイヤモンドがその耳からきらきらとこぼれる。

「こういうパーティーってどうも理解できない。みんな、あちこちに立っている。しゃべってしゃべってしゃべりまくっている。なんでそのためにわざわざあんなに着飾るわけ？」

「ひけらかすためだよ」

イヴはまたひとロシャンパンを飲み、それについて考えた。「たぶんそうなんでしょうね。まあ、とにかくルイーズのシャワーのときは、こんな格好はしなくてすむけど。とはいえ、あれもやっぱりパーティーよね。また、しゃべってしゃべってしゃべりまくるわけ」

「それも結局、儀式だからね。友人が結婚するとき、その友人たちが贈り物を持って集まり……そのあとどうなるかは、僕は知らない」

「もしわたしのときのと同じなら、ある者は酔っ払ってゲロを吐き、ある者は服を脱いで踊りだすのよ」

「参加できないのが残念だな」

「嘘ばっかり」しかし彼女はロークに笑みを向けた。

「さあ！」マクシアが、六十過ぎの、口髭を蓄えた恰幅のいい男を引っ張ってもどってきた。男の腕には、三十にもならない女がしなやかな蔓《つる》植物みたいにからみついている。女は豊かな唇をとんがらせ、退屈そうな顔をし、その巨乳をほんの少しだけ覆う短い赤のドレスを着ていた。

「アントンと彼の可愛いお連れさんにぜひ会わなくちゃ。えーと、サテンだったわね？」

「シルクだけど」退屈そうなブロンドはそう訂正した。

「ああ、そうそう」

イヴはマクシアの目がきらりと光るのを認め、彼女がわざと名前をまちがえたことに気づいた。また、そのせいで彼女を前より好きになった。

「実は、われわれは数年前に一度会っているんですよ」アントンは大きな太った手を差し出した。「ウィンブルドンで」

「またお会いできてうれしいですよ。こちらは妻のイヴです」

「ええ、アメリカ警察のかたですね。よろしく、刑事さん」

「警部補です」イヴはシルクのものすごく踵が高いハイヒールを見おろした。それはヒールしかなく、足が上部はむきだしのままアーチを描いてそこに収まっていた。「その靴の話、聞いたことがあるわ」彼女は指さした。「ほんとに透明の靴を履く人がいるとはね」

「一般に売り出されるのは、三週間後なのよ」シルクはふさふさした長い髪をさっと振った。「スーキーが手を回してくれたの」彼女はアントン／スーキーにべったり貼りついた。

「アントンは犯罪や警察がからむ映画を何本かプロデュースしているのよ」マクシアが解説した。「だからきっと、ニューヨークの警官と会えたら喜ぶと思って」

「イギリス風の警察ドラマですよ」シルクがだだっ子みたいにアントンを引っ張ると、彼はその手をトントンたたいた。「われわれとしては、気の利いたフーダニットを作ったつもりです。セックスとバイオレンスがてんこ盛りのね」彼は笑ってそう付け加えた。「それに、あなたならおわかりになるでしょうが、ほとんど現実とは無関係なやつを、です。わたしはアメリカを舞台にすることも考えているので――」

「なんで女が警官なんかになりたがるのかわかんないわ」シルクがイヴにしかめっ面を向けた。「女性らしくないじゃない」

「そう？　そりゃおもしろいわね。だってこっちは、なんで女が尻軽に――」

「あなたのお仕事は？」ロークがイヴをさえぎった。スマートに――ただ、彼女のお尻を軽くつねることで。

「あたしは女優なの。ちょうど撮影を終えたところ。スーキーのつぎのビデオで大きな役をやったのよ」

「被害者役じゃない?」イヴは尋ねた。

「ドラマチックな死にかたをするの。あれであたしはスターになれるのよね、スーキー?」

「まちがいなしさ、スウィートハート」

「もう帰りたい。ここじゃなんにも起きないじゃない。踊りに行きたい。何か起きてるところに行きたいわ」シルクに強く引っ張られ、アントンは何歩か後退した。

「彼も以前は分別のある人だったのよ」マクシアはささやいた。

「ある年齢の男は尻軽中毒になりやすいんですよ」イヴは言った。

マクシアは笑った。「あなたを好きになれてよかった。二日後にプラハにいなきゃいけないのが残念よ。それさえなければ、もっとよくあなたと知り合えたのにね。さて、あちこち回って、みんながあのリネンちゃんほどには退屈してないのを確かめなきゃ」

「あれはたぶんポリエステルでしょ。絶対に合成繊維です」

ふたたび笑って、マクシアは首を振った。「まちがいない、わたしはほんとにあなたが好きよ。それにあなたも」彼女はつま先立って、ロークの頬にキスした。「あなた、すごく幸せそうよ」

「そのとおり。それに、きみにまた会えてすごく喜んでるしね、マクシ」

マクシアが向きを変えかけたとき、シルクの耳障りな声が甲高く響いた。「でもあたし、いますぐ行きたいのよ。何か楽しいことがしたいの。このパーティーは死んじゃってる」

誰かが悲鳴をあげた。何かがガチャンと倒れた。人々がどたばたとあとじさる。何人かが身を翻し、小さな輪を作っていた別の人々を押しのけて逃げてくる。そんななか、イヴは強引に前に進んだ。

その男は酔っ払いのようによろめいており、血しぶきと血糊の他は何ひとつ身にまとっていなかった。手に握られたナイフは、血でぬらぬらと光っていた。

男の通り道にいた女が気絶し、ウェイターが運んでいたカナッペ満載の盆を道連れに倒れた。海老団子とウズラの卵がばらばらと降ってくると、シルクは金切り声をあげ、回れ右して、ボウリングのピンよろしくお客たちを転がしつつテラスにすっ飛んでいった。

イヴは持っていたお飾りのバッグをパッと開き、武器を引っ張り出すと同時にバッグのほうはロークに放った。

「それを捨てて。早く捨てなさい」彼女はすばやく男を眺め回した。約五フィート十インチ、百六十五ポンドほど。白人、茶色の髪に茶色の目。そしてその目は、うつろで曇っている。ショックかドラッグのせいだ。あるいは、その両方か。

「それを捨てて」男がさらに一歩よろよろと前に出ると、イヴはそう繰り返した。「捨てないと、撃つ」

「え？」男の視線が室内を駆けめぐる。「え？　どういうことだ？」

ほんの数秒のうちに、イヴは、麻痺レベルで撃つという案を検討し、退けた。そして男に歩み寄り、ナイフを持つ手を強くつかんでぐいとひねった。「ナイフを捨てるのよ」

男の手から力が抜けた。彼の目はイヴの目を凝視している。ナイフが床に落ちる音が聞こえた。「誰もそれに触らないで。近づかないで。警察よ、わかる？　わたしは警官なの。あなたはどんな薬物を使っているの？」

「わからない。わからない。警察？　助けてくれませんか？　誰か殺したような気がするんです。助けてくれませんか？」

「ええ。大丈夫よ。ローク、いますぐ捜査キットを取ってこなきゃ。あなたはこの件を通報して。さしあたり他の人は全員、上の階に移ってもらいます。状況がつかめるまで、みんなこの部屋から退去してください」人々がただ突っ立ってぽかんと眺めていると、彼女はぴしりと命じた。「さあ、早く！　それと誰か、海老団子の上に伸びているあの女を見てやって」

ロークが彼女の隣に進み出た。「ホテルの従業員を駐車場にやったよ。捜査キットはその人間が取ってくる」彼は言った。「通信指令係にも連絡した」

「ありがとう」イヴが立ったままでいると、全裸のパーティー破壊魔は床にすわりこんで震えはじめた。「忘れないでよ、今夜来たがったのはあなたなんですからね」

ロークはうなずいて、用心のためナイフの柄を踏みつけた。「悪いのは僕だけだ」

「あの馬鹿げたバッグからレコーダーを出してくれない?」

「レコーダーを持ってきたの?」

「武器が必要なら、レコーダーだって必要でしょ」

ロークがレコーダーを手渡すと、イヴはそれを胸を覆うぺらぺらの布地に留め、スイッチを入れた。基本情報を吹きこんでから、彼女はしゃがみこんだ。「あなたが殺したような気がするのは、誰なの?」

「わからない」

「あなたの名前は?」

「名前……」男は血で汚れた手で顔をこすった。「考えられない。思い出せない。考えられないんです」

「何を摂取したのか教えて」

「摂取?」

「薬物。違法ドラッグよ」

「薬物など……違法ドラッグなどやりません。ですよね? ああ、すごい血だ」男は両手を持ちあげ、まじまじと見つめた。「この血が見えますか?」

「ええ」イヴはロークを見あげた。「新しい血よ。全室チェックをやらないと。まずはこの階から。この男がこんな格好で長いこと歩き回ったわけはない。この階から始めるわ」

「僕が手配するよ。警備部の連中にやらせようか？　それとも、全室チェックはきみがやって、彼らにはこの男の付き添いをさせようか？」

「付き添いをさせて。でも彼に話しかけたり手を触れたりはさせないで。あそこのあの部屋は何？」

「客室係の控室だろう」

「そこでいいわ」

「イヴ」彼女が立ちあがると、ロークは言った。「彼に傷は見当たらない。あの血が他の誰かのものだとすると――あれだけの出血なら――その人物がまだ生きているということはありえないよ」

「そうね。でもまずは全室チェックを行う」

2

事は急を要した。裸の男の浴びている血の量から見て、仮に誰かが見つかるとしても、生きた人間が見つかるかどうかは怪しい。だからぐずぐずしてはいられなかった。捜査キットから取り出した拘束具をかけたあとでも、容疑者をホテルの警備員にあずけていくのは気が進まなかったが、応援の制服警官やパートナーを待っている余裕はなかった。

他に場所がないので、イヴは客室係の控室の床に容疑者をすわらせ、彼の指紋を調べた。

「ジャクソン・パイク」彼女はしゃがみこんで、霞のかかった茶色の目をのぞきこんだ。

「ジャック?」

「え?」

「何があったの、ジャック?」

「わからない……」彼はぼんやりと酔ったように室内を見回した。「わからない……」それから苦痛にうめき、頭をかかえた。

「制服警官がこっちに向かっているから」立ちあがりながら、イヴは警備部の二人組に言った。「この人は絶対に動かさないで。上の階の連中も、わたしがもどるまで、閉じこめておくのよ。NYPSDの人員以外、ホテルには誰も入れないこと。そして誰も外に出さないこと。行きましょう」彼女はロークに言った。

「あの男は医者よ」ドアに向かって歩きだし、そうつづけた。「三十三歳。独身」

「あの格好で外の通りから入ってきたわけはないな」

「ええ。ここはあなたのホテルでしょ。ジャクソン・パイク、もしくは、その名前の変形でチェックインした人物がいないか確認して。この階はどういう間取りになってるの?」

ロークはリンクを取り出しながら、身振りを交えて説明した。「三つの階にまたがる部屋《トリプレックス》が四室。各角に一室ずつ。ちょっと待って」

彼はホテルの支配人と話しだし、ふたりは左に曲がった。「あの男、足跡を残している。便利だわ」豪華な絨毯に残された血の足跡を、彼女は急ぎ足でたどった。

「ジャクソン・パイクというお客はいない。パイクと名のつくお客はひとりもだ」ロークが言った。「三十二階に、ジャクソン、カールというのがいるよ。いまチェックさせている。この階は、六〇〇号室がマクシア。六〇二には、俳優のドミンゴ・フェリーニが宿泊している。僕もパーティーで彼を見たよ」

「パイクはそっちから来たんじゃない。血痕はこっちにつづいている」長い廊下に入ると、イヴは足を速めた。「ここは六十階でしょ。なぜ、六〇二号室じゃないの?」

「六階にはヘルスクラブやプールなんかが入っている。客室はないんだよ。トリプレックスはその料金を払える層に提供される。そしてわれわれは、ペントハウス、または、アパートメントの賃借料として、料金を請求する。だからそれは、スイート六〇〇なんだ。イメージ的に」

「ふうん、絨毯がこんなに血だらけじゃ、せっかくのイメージも台なしね。六〇四には誰かいるの?」

「今夜はいない」

「空き部屋は惨《むご》たらしい殺人に格好の場所だけど、血痕は別のほうに向かっているわね」イヴは武器に手をかけ、周囲に目を配りながら歩きつづけた。「どのスイートにも、スイート六〇〇みたいに専用エレベーターがあるの?」

「うん、あるよ。フロア中央のエレベーターもやはり専用で、上に上がるにはキーカードか許可《クリアランス》が要る」

四つの角すべてに、非常口がある。イヴは気づいた。階段経由。しかしジャクソン・パイクはそこを通ってはいない。彼の足跡はまっすぐ、彫刻の入った両開きのドア、スイート六〇六の入口につづいていた。

イヴは、ゼロの装飾文字のかすかな血の汚れに気づいた。

スイート六六六か。まさにぴったりじゃない？

さがっているようロークに合図し、彼女はノブを動かしてみた。

「鍵がかかっている。マスターキーは持ってないし」

「僕がいて、よかったね」ロークはポケットから細長い道具を取り出した。

「便利よね。だけど、考えたことある？　もしばれた場合、自分の夫がコソ泥の小道具をポケットに入れてた理由を、警察官としてどう説明すればいいのか？」

「火急の際に備えて、かな？」ロークは身を起こした。「開いたよ」

「まさか持ち歩いているとはね」

ロークは落ち着き払った目でちらりと彼女を見た。「カクテル・パーティーに武器を持ってくる必要は感じなかったけどな。警備室からこれを借りてきたよ」彼はスタナーを取り出した。「一般用。合法的なやつだ」

「そう。三つ数える」

ふたりで突入するのは初めてではない。イヴは低く、ロークは高く構えて、広いリビングに踏みこんだ。室内は何百本ものキャンドルに照らされていた。その揺らめく灯のなかで、血が光っている。それは、ぴかぴかの大理石の床に描かれた黒い五芒星の上に血溜まりを作りつつあった。

そしてそこに人が浮かんでいた。星のマークの中央で四肢を広げ、Xの文字を形作っている。

死んでいる、とイヴは思った。失血死だ。喉を掻き切られているうえ、他にも複数の傷がある。彼女はロークに首を振ってみせ、手振りで左を指し示した。

マクシアのスイートとそっくりのその部屋を、彼女は右に進んだ。武器を左右に向けながら、ダイニング、短い廊下、キッチン、化粧室をチェックし、ぐるりと一巡してロークのところにもどった。

「この階の寝室とバスルームには誰もいない」彼は言った。「どっちも使われていたよ。かなりの量の血もあった。血糊や血しぶきが。彼女のだろうな」

彼は警官じゃない。イヴは思った。でも警官みたいに考えることができる。「上に行きましょう」彼女はエレベーターを顎で示し、異臭を無視しようと努めた。死のにおいだけではない。何か焦げ臭いにおいがするのだ。「あれを止められる？　停止できる？」

無言のまま、ロークはエレベーターに歩み寄り、ふたたび道具を取り出した。彼が作業をしているあいだに、イヴは五芒星を迂回して進み、テラスをチェックした。

「すんだよ」

「二階の間取りは？」

「左手に、寝室とバスルーム、小さな居間。右手に、マスター・スイート――リビング、化粧室、更衣室、寝室とバスルームだね」

「わたしは右を調べる」

ここは空っぽな感じがする、と彼女は思った。まるで死んでいるようだ。血液の金臭さ、そこにかぶさる甘ったるい死臭が、キャンドルの蠟のにおいと入り交じり、空気を汚染している。そしてさらにあの焦げ臭さと、一種の……これは脈動だ、と彼女は思った。弱まったエネルギー、なおも脈打っているその幻影。

ふたりは手分けして二階を見回り、さらに三階を調べた。

そこには、性の狂宴、食べ物、飲み物、殺しの痕跡があった。「遺留物採取班はここで何時間も働くことになるわね。何日も、とは言わないまでも」

ロークはグラスや皿や食べかけの食物を観察した。「人を殺して、自分たちの痕跡をこんなにいっぱい残していくとは、いったいどういう連中だろうな」

「自分たちは警察より利口だと思っている手合いよ。最悪のタイプだわ。この部屋を封鎖しなきゃ。鑑識が到着するまで、三つの階全部をよ。このスイートは誰の名前でとってあるの？」

「〈アサント・グループ〉」ロークは階段から、五芒星の上でポーズをとらされたあの死体を見おろした。「文字を入れ替えると――」

「サタンね。ああ、いまいましい。そうしたいなら、みんな悪魔でもなんでも勝手に崇拝すりゃいいのよ。なんだったら、外科手術で頭に角《つの》を埋めこんだっていい。でも連中ときたら、決まって人身御供《ひとみごくう》に誰かを切り刻んで、わたしを引きずりこむのよね」

「実に生意気だよな」

「まったくよ」

「裸のジャックがこれをひとりでやったわけはないね」

「そのとおり。彼の記憶が多少なりとももどってきたか確かめましょう」

現場はすでに制服警官たちが引き継いでいた。イヴは彼らに、パーティーのお客たちを、氏名と連絡先を聞いたうえで、全員うちに帰すよう指示した。

彼女はジャクソンと一緒に床にすわった。「あなたに付着している血液のサンプルが必要なのよ、ジャック」

「すごい量だけど」彼は数秒ごとにびくんと身を引きつらせていた。「僕のじゃありません」

「ええ」イヴは数箇所からサンプルをとった。顔、両腕、胸、背中、両足。「六〇六号室で何をしていたの？」

「え？」

「スイート六〇六。あなたはそこにいたのよ」

「わかりません。そうなんですか？」

「あの女性は誰？」

「女性は大勢いました。そうでしょう？」彼はふたたび苦痛に震えた。「あなたもいたんですか？　何があったか知っているんですか？」

「わたしを見て、さあ」イヴの声はびんたのようだった。彼はハッとわれに返った。「六〇六に女性がいるの。喉を掻き切られていたわ」

「僕がやったんですか？　僕が誰かを傷つけたんですか？」ジャクソンは額を膝に押しつけた。「頭が。頭が。誰かが頭のなかでわめいている」

「あなたは〈アサント・グループ〉に所属している？」

「わかりません。それはなんなんです？　わかりませんよ。あなたは誰です？　いったい何があったんですか？」

要請しておいた医療班が入ってくると、イヴは首を振って立ちあがった。「この人を検査して。血液サンプルもほしいわ。それと、何を使っているのか知りたい。終わったら、デカ本署《コップ・セントラル》に移送する」

「それは誰の血ですか？」

「彼女のほうはもう手遅れよ」イヴは医療班にあとを任せて、リビングに引き返した。ちょうどそのとき、彼女のパートナーがメインのドアから入ってきた。

ピーボディは髪をひっつめにして太短いテールにまとめていた。そのため、四角張った顔が露出し、目はいつもより大きく見えた。服装は、だぼっとした黒っぽいパンツに、白いTシャツ。肩には赤いジャケットをひっかけている。彼女は捜査キットを持っていた。

「身元未確認の女性。第一容疑者はあのなかにいる」イヴは首をひねった。

「裸で、全身その女性のものと思われる血に覆われていた」

「うわあ。すさまじいパーティーでしたね」

「事件が起きたのは、この階の反対側よ。現場検証に行きましょう」

六〇六のドアの前で、ふたりはシール・イットで手足をコーティングし、そのあいだにイヴがピーボディに概要を説明した。

「ただカクテル・パーティーをやってるところに入ってきた？　それで何も覚えてないって言うんですか？」

「ええ。実際そう見えるしね。芝居って感じはしないのよ。瞳孔はどっちも月みたいに大きくなっている。見当識を失っていて、運動神経もイカレているうえ、すごい頭痛がするらしいわ」

「酩酊してるとか？」

「わたしもまずそう思った。でも医療員がなんと言うか、それを待つ」イヴはドアの封印をはがし、今回はロークが入手してくれた鍵を使った。

なかに入ると、あの不屈のピーボディが蒼白になった。「うわあ。ひどい」彼女は背を丸め、両手を膝について、ゆっくりと深呼吸を繰り返した。

「わたしの犯行現場に吐かないでよ」

「一分だけください。オーケー」ピーボディは深呼吸をつづけた。「オーケー。黒魔術。妖術ですね」

「その手の与太話は聞きたくない。わたしたちの相手は、乱交パーティーの締めくくりとして、サタンを口実に儀式殺人をやらかしたろくでなしの一団よ。専用エレベーターを使っている」イヴはそう付け加えて、そのエレベーターを手振りで示した。「おそらくあれで来て、あれで帰ったのよ。確認のため、セキュリティディスクが要るわね。連中は彼女をやったあと、血を洗い落としている。バスルームを見ればわかるわ。ここには六つあるわけだけど。ベッドには使われた形跡がある。それに、飲食物が消費されている。あの五芒星は、部屋のもともとの装飾とは思えないから、誰かが床に描いたわけよ。問題は〝なぜか〟という点ね。年に一度の悪魔会に、贅沢な値の張るホテルのスイートを使ったのは、なぜなのか？被害者の指紋を採って身元を突き止め、死亡時刻を確認しましょう」ピーボディの顔色がまだ悪いので、イヴは自分で遺体を調べることにした。「パイク、ジャクソンの調査をやって。指紋からは、年齢三十三歳、住所は西八十八丁目と出た。職業は医師。まえがあるかどうか調べて」

イヴは遺体に歩み寄った。なるべく血を踏まないように。靴のためではなく、現場の保存のために。空気は冷たく、腕に鳥肌が立った。そしてふたたび、彼女は脈動を感じた。

被害者の手を取って、アイデンティ・パッド《ID》に近づけ、指紋をスキャンした。

「マースターソン、エイヴァ、二十六歳、独身。混血女性。ウェストサイド・ヘルス・クリニックに、オフィス・マネージャーとして勤務」

イヴは遺体のタトゥーをのぞきこんだ。自分の尻尾を飲みこもうとしている赤と金の大蛇。それが左のヒップでぐるりと輪を描いている。「ヒップにタトゥーがある。ＩＤ情報には載ってないけど。テンプ・タトゥーか新しいやつね」

イヴは計測器を取り出した。「死亡時刻、二三一〇時。ということは、パイクが廊下の向こうのパーティーをぶち壊す約一時間前よ」彼女は計測器をしまい、遺体を観察した。「喉の裂傷は深い。鋭利な刃物で一気にやられたものと見られる。右から左へ、やや下向きに切られている。右利きの人間が、正面からやったわけか。そいつは、あなたを切り裂くとき、あなたの顔を見ていたかったのね。複数の傷、裂傷や刺傷が、肩、胴部、腹部、左右の脚にある。サイズや深さはまちまち。複数の人間がいろいろな刃物でやったのか？　被害者は四肢を広げられ、床にじかに描かれた黒い五芒星の中央に置かれている。両膝に内出血の痕。レイプまたは和合の可能性あり。検死官の判断を要する。防御創なし。ひとつも。あなたは闘わなかったの、エイヴァ？　連中はただ喉を掻き切ってあなたを殺し、そのあと遺体の上でパーティーをやったわけ？　アルコールかドラッグ、または、その両方の摂取を判定するため、毒物検査を行うこと」

ドアのノックを耳にして、イヴはピーボディに声をかけた。

「いま出ます」ピーボディはそちらに急ぎ、のぞき穴をのぞいた。「鑑識ですよ」

数分後、室内はざわめきと動きとさまざまな機器、それに、これまでより若干清潔感のある薬品のにおいに満たされた。モルグの一行が到着すると、イヴは遺体から離れた。

「マースターソン、エイヴァよ。袋に入れてラベルを付けて。ピーボディ、一緒に来て。〈アサント・グループ〉の調査をお願い。これからパイクを揺すぶって、聞き出せるだけのことを聞き出すわよ」

「ここには少なくとも十何人か人がいたはずですよ、ダラス。お盆やグラスの数からすると、十二人、いや、十五人かな。どうしてここに来て、こんなことをしたんですかね？ これじゃ隠蔽《いんぺい》なんて不可能なのに。それになんと、廊下の向こうじゃ同時にパーティーをやっていて、そのなかには警官もひとりいるんですよ。ところで、きょうの警部補、すごくすてきですね。その靴なんてもう最高じゃないですか」

イヴは顔をしかめて、存在を忘れていた靴を見おろした。「ちぇっ。この格好でセントラルに行かなきゃならないとはね」ここで彼女は、ロークの存在も忘れていたのに気づいた。

ロークはマクシアのスイートの壁にもたれて、手のひらサイズのPC《パーム》で、何か自分にとって楽しいこと、もしくは、興味深いことをやっていた。彼女が近づいていくと、彼は顔を上げた。

「ごめん。先に帰ってって言うべきだった」

「車のコードが必要だろうと思ってね。あれはきみのじゃないから。駐車係に正面口に回させておいたよ。やあ、ピーボディ」

「どうも。おふたりともほんとにカッコいいな。せっかくの夜が台なしになって、お気の毒でしたね」

「エイヴァ・マースターソンのほうは、もっとずっと気の毒なわけだけど」イヴは言った。「マクシアは？」

「鎮静剤を飲んで、ベッドに行ったよ。僕はひとりで帰るから」ロークはイヴの顎をとらえ、あのくぼみを親指で軽くなぞると、彼女にキスした。それから彼は、ミニ・メモキューブを彼女に渡した。「コードはそこに入っている。気をつけて、警部補さん。おやすみ、ピーボディ」

ピーボディは歩み去る彼を見送った。「あーあ、ときどきあの人をストローなしでチューチュー吸いたくなるんだよね」彼女はイヴにくるりと視線を向けた。「わたし、声に出して言っちゃいました？」

3

ロッカーに運動着を置いていることに感謝しつつ、イヴはパーティーのドレスを脱ぎ、あの憎らしい靴からずきずき痛む足を引き抜いて、ゆるやかなコットン・パンツと色あせたグレイのTシャツを身に着けた。全身ダイヤモンドずくめでは、セントラル内を歩くことも容疑者を威嚇することもできないので、それらはロッカーに入れておくしかなかった。

心配は要らない、とイヴは思った。もしそれがキャンディー・バーならば、ロッカーを開けたとき彼女の財産がそのままそこにある確率はもっと低くなるだろう。しかし小さな――いや、さほど小さくないかもしれないが――ダイヤモンドという形の財産なら、なんの問題もない。

古いスキッドに足を突っこむと、彼女は廊下でピーボディと落ち合った。

「前科なし。ひとつもですよ、ダラス。ただ、二十歳のときに、治安紊乱《びんらん》で留置され、釈放されていますが。大学の友愛会のパーティーです。キャンパスの警備員がその件で友愛会を訴えなければ、それだって記録に残っちゃいなかったでしょうね。彼はペンシルヴェニアの出で、二週間前にこっちに移ってきたばかりです。職業は医師。なりたてのほやほやで、就職先は――」

「ウェストサイド・ヘルス・クリニック」

「調査をさせられて、オチを言わせてもらえないと、いらっとしますね。取調室A。体についた血は落としてあります」

「被害者のほうは？」歩きながら、イヴは尋ねた。

「きれいなもんです。二年ほど前に、インディアナからニューヨークに移住。両親と弟はまだ向こうにいます。その人たちに知らせないといけませんね」

「まずパイクから始める。遺族の人生を打ち砕くのは、二、三時間後でもいい」イヴは取調室のドアを押し開け、制服警官にうなずいた。

制服警官が出ていくと、イヴはテーブルに歩み寄った。ジャックは四人用のオレンジの上下を着てそこにすわっていた。「記録開始。ダラス、警部補、イヴ、および、ピーボディ、捜査官、ディリアによる、パイク、ジャクソンの尋問。マースターソン、エイヴァの死に関する取り調べ」

「エイヴァ？」ジャックが視線を上げた。まるでその名前と格闘しているように、彼はぎゅっと顔をしかめていた。「エイヴァ？」

「そう、エイヴァです。権利はもう読んでもらいましたね、ミスター・パイク?」

「さあ、どうだったか」

「ではもう一度、聞かせましょう」イヴは改訂版のミランダ準則を暗唱した。「ご自分の権利と義務を理解しましたか?」

「と思います。ええ。でもどうして? どうして僕はここにいるんです?」

「覚えていませんか?」

「頭が」彼は両手でこめかみをぎゅっと押さえた。「僕は事故に遭ったんですか? 頭が痛いんです」

「きょうに関しては、どんなことを覚えていますか?」

「仕事に……仕事に行きました。そうですよね? きょうは何曜日ですか? 火曜日でしょう?」

「水曜日です」

「でも……」ジャックはイヴを見あげた。「火曜日は? どうなったんです?」

「どんなクスリをやったんです、ジャック?」

「やってない。僕はクスリなどやりません。違法ドラッグなどやらないんです。僕は医者です。勤め先は……」彼はふたたび頭をかかえ、体を揺らした。「どこだ? どこだ?」

「ウェストサイド・ヘルス・クリニック」

ジャックはイヴを見た。その目、その顔は、安堵で和らいでいた。「そう。そう。そこですよ。まだ勤めだしたばかりですが。僕は仕事に行ったんです。仕事に行って、それから……」彼はうめき、身を震わせた。「すみません、鎮痛剤をもらえませんか？　頭がガンガンしているんです」

「摂取したものがまだ体内にあるのよ、ジャック。それがなんなのかわかるまで、鎮痛剤はあげられない。あなたはエイヴァと一緒にパレス・ホテルに行ったの？　スイート六〇六に？」

「エイヴァ……思い出せな……エイヴァはクリニックの人だ」彼の顔に汗が光った。「エイヴァ、オフィスの……エイヴァ。僕たちは……」それから恐怖が顔に広がった。「まさか、まさか」

「エイヴァに何があったの、ジャック？」

「ああ、まさかまさか」

「六〇六号室で何があったの？」

「わからない。僕には――」

「やめなさい！」イヴは手を伸ばして、彼のシャツをつかんだ。「何があったか話すのよ」

「あれは現実じゃない。あんなことはなかったんだ」

「現実じゃないって何が？」

「あの人たち、あの人たち」ジャックは勢いよく立ちあがった。イヴはピーボディに動かないよう合図した。「あの明かり。声。煙と炎。あとは地獄だった」彼は頭をかかえて、取調室をよろめき歩いた。その目から涙があふれた。「笑い。悲鳴。僕には止められなかった。いや、ほんとに止めたかったのか？　僕たちはセックスした。ちがう。いや、そうだ。わからない。人の体、手、口。連中は彼女を痛めつけていた。僕もやったのか？　でも彼女はほほえんでいた。僕にほほえみかけていた。それから彼女の血が」

それを拭うように、彼の両手が顔をこする。「彼女の血が、僕の体じゅうに」

目玉がひっくり返った。ピーボディが彼と一緒に倒れ、最悪のダメージをどうにか食い止めた。「いやあ、ダラス、これは絶対、芝居じゃないですね」

「ええ。彼を檻に入れましょう。自殺しないよう監視をつける。ずっと見張らせるわ」ノックを耳にし、イヴはドアに向かった。

「容疑者の薬物検査の結果です、警部補。至急必要とのことでしたので」

「ありがとう」イヴは鑑識課員から報告書を受け取り、データに目を走らせた。「なんとまあ、この男の体内にないものってなんなの？　エロティカ、ラビット、ゾーナー、ジャイヴ、ルーシー」

「スリーピー、ドーピー、ドク」ピーボディはそう締めくくった。それから、イヴのしかめっ面に向かって肩をすくめた。「悪いジョークですね。頭が悲鳴をあげてるのも無理ないです。そんなカクテルから離脱するとなると、めちゃくちゃ痛むはずですから」

「彼を檻に入れ、医療員に手当てをさせて。ひと晩にこれだけの目に遭えば、もう充分でしょう」

「彼は、今夜あの女性がされたようなことをできる人間には見えませんよね」

「体のなかにあれだけのものが入ってたら、何ができるか知れたもんじゃないわ。でも彼は常習者じゃないわね。あの手の嗜好品を常用していて、逮捕歴がないなんてありえない」

イヴは自分のオフィスへと向かった。制服警官二名が泣いている女を反対方向に連れていく。血だらけの破れたシャツを着た男が大部屋の前にすわり、椅子につながった拘束具をガチャガチャ鳴らして、ひとり静かに笑っている。

イヴはするりと大部屋に入り、男はくすくす笑いを再開した。オフィスに着くと、彼女はまずオートシェフにコーヒーを作らせた。それから、デスクの前にすわり、カフェインをがぶ飲みしつつ、ホテルのセキュリティディスクを再生した。

まずは、VIPのチェックインを調べた。格上のスイートやトリプレックスのお客専用の、上等のロビーを。彼女はコンピューターに、〈アサント・グループ〉のチェックインが記録された時刻に飛ぶよう命じた。すると、ロビーはぼやけ、白い砂嵐と化した。彼女はディスクを巻きもどし、その故障がチェックイン時刻の三十分前に始まり、二三〇〇時までつづいていることを知った。

つづいて、専用エレベーターのセキュリティディスクを再生したが、パターンは同じだった。メインのロビーのディスクもだ。

「くそ」イヴは署内リンクに向かった。「ピーボディ、あなたの同居人を起こしてちょうだい。マクナブをここに呼んでセキュリティディスクを調べさせたいの。映像が消えているのよ」

もし電子探査課の天才がデータを掘り起こせなくても、他にできる者はいる。イヴはロークに連絡した。

「なぜ起きてるの？」リンクの画面にデスクに向かう彼が映ると、彼女はそう質《ただ》した。

「そっちはなぜ？」

「ああ、儀式殺人の件でちょっとね。実は、あなたも知りたかろうと思って連絡したんだけど、あなたのホテルのセキュリティディスク、どれもこれもやられてるのよ。〈アサント・グループ〉のチェックインが記録される三十分前から、全部、砂嵐ばかりなの」

「ディスクを持ってきてくれる？　それとも、こっちから出向こうか？」

「マクナブを呼んだけど――」

「すぐ行くよ」

「ちょっと待って。ねえ、仕事用の服を持ってきてくれない？　それと、武器のハーネスと――」

「きみが要るものならわかっているよ」

画面が黒くなった。怒ってるのね、とイヴは思った。でも無理もない。ロークの宮殿《パレス》で首がいくつか転がるんじゃないだろうか。しかしさしあたり、彼女にあるのは、役に立たないディスクと、ドラッグで記憶を失った容疑者と、モルグにあずけられた傷だらけの遺体だけだ。

そして、夜明けまでにはまだ少しある。

イヴは、マーダーブックを開き、ボードを設置した。ホテルの記録によれば、〈アサント・グループ〉は二カ月前にあのスイートを予約し、ブダペスト在住のジョセフ・ベラー名義のクレジットカードで登録を行っていた。

彼女はコンピューターにそのデータを入れ、標準調査を命じた。その結果、わかったのは、ブダペストのジョセフ・ベラーは五年前に百二十一歳で天寿を全うしたということだった。

「この人に支払いをさせようだなんて、よっぽどお金に困ってたのね」イヴはつぶやいた。

ひと晩だけの予約か。ノートを見返しながら、彼女は思った。ルームサービスはすべて、部屋にあるオートシェフによって提供されているか、前もって注文され、チェックイン前に運ばれているかだった。ワインが五ケース、多種多様なヨーロッパのチーズ、特選のパン、キャビア、パテ、クリームケーキが数ポンド分。

何も空きっ腹で儀式殺人をやることはない。

だから連中は飲み食いし、乱交したのだ。イヴは勢いよく立ちあがり、狭いオフィス内を行ったり来たりしはじめた。そのうえ、あれやこれや好きなドラッグをやりまくった。三つの階をまたいでの馬鹿騒ぎ、プライバシー・シェードが稼働している防音完備の高級宿。いちばんいいものを最後に取っておいたのだろう。イヴはそう思った。人身御供は、その夜のクライマックスだったのだ。

しかし、インディアナ出の善良な女の子が、どうしてそのショーのスターとなるに至ったのか？　また、ペンシルヴェニアから来た若い医者がどうしてそこに招かれ、置き去りにされたのか？

「警部補」

振り返ると、部屋の入口に寝ぼけ眼《まなこ》のマクナブが立っていた。彼は、目に痛い緑色のシャツを着て、その拳サイズのドットの強烈な黄色に合った、ド派手な黄色のパンツをはいていた。美しい細面《ほそおもて》の顔を囲む長い金髪は、頭のうしろで一本のテールにまとめてあった。もしかすると、とイヴは思った。その束髪《そくはつ》と、耳を飾る銀の輪っかのごちゃごちゃとで重さのバランスがとれているのだろうか。

「そのせいで頭が痛くなったりしないの？」イヴは訝しんだ。「鏡で見るだけでも」

「はあ？」

「なんでもない。ほら、ディスクよ」イヴはそれらをかき集め、デスクの向こうに押しやった。「何か見つけて。ロークもこっちに向かってる」

「オーケー。でもどうして?」

「それは彼のディスクなの。パレス・ホテルのセキュリティ。報告書をEDDのあなたのユニットに送っておいたから。それを読んで、仕事にかかって。何か持ってきてよ」

マクナブはまずあくびを噛み殺してから、ボードに注目した。「それが被害者ですか?」

イヴはただうなずいた。ボードをよく見ようとして彼が入ってきても、何も言わなかった。彼女にはわかっていた。情報を与えられれば、マクナブはいっそうがんばるし、力を発揮するだろう。「イカレてるな」彼は言った。「マジでイカレてる。それに、殺《や》ったのはひとりじゃない」パンツの数あるポケットのひとつに、彼はディスクを流しこんだ。「映像があったなら、必ず復元しますよ」

マクナブが立ち去ったあと、彼女は思った。映像がなかったなら、それはセキュリティ・システムが内部でやられたということだ。ロークの大艦隊においてはあらゆる艦が厳しく統率されているので、すごい魔法が介在しなければ、そんなことは起こりえない。

移動中のロークをつかまえようと思い、イヴはリンクに向かった。するとそこへ彼が入ってきた。

「ずいぶん早いじゃない」

「急いでいるからね」ロークはお客用の椅子にバッグを置いた。「ディスクはどこだ？」「いまマクナブに渡したところよ。待って」イヴは踵《きびす》を返した彼をすばやく制止した。「セキュリティが内部でやられたとしたら、どんな手が考えられる？」

「ディスクを見るまで、わかるわけないよな？」

「いらつくのはあとにして。どんな手が考えられる？」

ロークは懸命に気を鎮めていた。それから、オートシェフのところに行って、自分用にコーヒーをプログラムした。「警備部かエレクトロニクス部の誰かを使うんだろうな。トップレベルの誰かを。おそらくは、連携した両者。しかし、そのレベルの人間なら、どんな賄賂も自分の地位をふいにするには値しないと思うはずだ」

「恐喝、ゆすりは？」

「もちろんなんだってありうるが、考えにくいね。セキュリティに細工するより、僕のところに相談に来たほうが、身のためになるだろうから」

「とにかく名簿がほしいわ」

ロークはコーヒーを脇に置いて、PPCを取り出した。ちょっと操作をしたあと、彼はイヴのコンピューターのほうにうなずいた。

「送ったよ。あの女の子の身に起きたことにうちの社の誰かが関与しているなら、わかり次第、僕にも知らせてくれ」

抑えきれない怒りの火花をあとに残し、ロークは出ていった。イヴはほっと息を吐き出すと、彼が忘れていったコーヒーを本人の代わりに飲んだ。

ロークの審査方法がペンタゴンより厳しいことは疑うべくもないが、イヴは彼からもらった名簿の人間をひとりひとり調査した。結果は全員クリーンと出た。もしEDDが内部での工作と報告してきたら、この連中の、配偶者がいれば配偶者と、家族を調べよう。彼女はそう心に決めた。

4

しかしもう遺族への通知を先延ばしにはできない。

その仕事を終えたとき、イヴは思った。ふつうの生活を送る、ふつうの人ふたりの世界を打ち砕くのには、三十秒もかからないのだ。そして、ボードにふたたび顔を向け、彼女は考えた。エイヴァ・マースターソンの喉を掻き切る時間、エイヴァの脳がその危害を処理する時間よりは、長い。でもさほど変わらない。さほどは。

イヴは、疲労でひりつく目を掌の底部でさすった。それから、時刻を確認した。あと二時間すれば、なんでもいいから結果を出せ、とラボの尻をたたくことができる。あるいは、モルグに行って被害者の解剖のことでやいやい言ってもいい。

シャワーを浴びて、頭をすっきりさせる時間はたっぷりある。そのあとで、EDDを責め立てよう。イヴはロークが置いていったバッグを手にした。

「仮眠室で二時間休みなさい」大部屋に入っていくと、彼女はピーボディに命じた。「わたしはシャワーを浴びる」

「了解。〈アサント・グループ〉をあらゆる方向から検索してみたんですが。そんな団体は存在しませんでしたよ」

「ただの隠れ蓑なのね」

「そのあと、きょうに合いそうなオカルトの祝日や重要な日付をさがしてみました。きょう、というより、もうきのうですけど。ヒットなしです」

「ふむ、考えかたとしてはいい。やるだけの価値はあったわ。あれはパーティーだった。その点は確かだものね。あるいは、連中には特別な理由なんて必要なかったのか。ううん、ちがう」イヴは自分の言葉を撤回した。「ただやるためにやったにしては、すごく凝っているし、ずいぶん前から計画されている」

「〝やるためにやった〟か。ハハ。ああ」ピーボディは目をこすった。「その二時間の休憩をぜひとらなきゃ」

「いますぐとって。そのあとは当分、まぶたの裏側は見られないわよ」

イヴはシャワーに向かった。ロッカールームで、彼女はバッグの中身を調べた。ロークは何ひとつ忘れていなかった。下着、ブーツ、ズボン、シャツ、ジャケット、武器のハーネス、掌銃、コミュニケーター、拘束具、予備のレコーダー、PPC、それに現金。いつも勤務中に持ち歩いている額より多めだ。イヴは荷物を全部、ロッカーに押しこんだ。それから服を脱いでタオルをつかみ取り、それを体に巻きつけた。

ちっぽけなシャワー室のなかで、彼女は、湯温三十八度、全開と命じた。お湯はケチくさく生温くちょろちょろと出てきた。そこで彼女は目を閉じて、うちにいるつもりになった。シャワーが複数の豊かな噴流となって噴き出し、至福のぬくもりで体を打ち据えているつもりに。それから人の気配を感じ、ずぶぬれのまま、くるりと振り返ると、狭い入口にポケットに両手を突っこんでロークが立っていた。

「これがNYPSDの提供するいちばんましなものだとすれば、きみが家で延々一時間シャワーを浴びるのも無理はないな」

「どうしたの？　ドアを閉めてよ。誰が入ってくるか知れないんだから」

「ドアはロックした。きみはしていなかったけどね」

「なぜなら、警官は他の警官がシャワーを浴びているのをこそこそのぞいたりしないからよ。何をするつもり？」

「濡らすとまずいから、服を脱ぐつもりだよ。それが通常の手順だ」

「ここには入れないわよ」ロークがベンチにだらりとシャツをかけると、イヴは彼に指を突きつけた。「やめて。ひとりでもぎりぎりなんだから。それに――」

「セキュリティが内部でやられたんだ。きょうはとても長い一日になるだろう。シャワーを浴びたいよ。それに、せっかく妻が裸で濡れてここにいるんだから、彼女もほしいな」

ロークは一歩なかに入って、イヴの体に両腕を巻きつけた。「これは、シャワー室が棺桶サイズだってことだけじゃなく、ちょろちょろ出てくるお湯の量の割にひどくうるさいことの言い訳になる」

「セキュリティの件、誰がいちばん怪しいと――」

「あとで」ロークはそう言って、彼女を引き寄せた。「あとでね」そして、彼女の唇に唇を重ねた。

ふたりの唇が出会う前に、イヴは彼の目を見た。そこににじむ不安と疲労を。どちらも彼が見せるのは、相手がイヴであっても、めったにないことだ。だから彼女は本能的に彼を抱きしめた。欲求。彼女にはその欲求が理解できた。それは単なる肉欲ではない。彼は絆を求めているのだ。

手触り、味、動き。自分が相手にとって何であるのか、欲求により結ばれたとき何になるかを、ふたりは知っている。

「誰にばれてもおかしくないのよ」イヴは彼の耳にささやいた。「きっと何十年もからかわれる」彼女は彼の耳たぶをそっと嚙んだ。「だから、すてきなのにして」

ロークが入ってくると、彼女の心臓は彼の胸にドーンとぶつかった。「オーケー。まだ序の口だものね」

ロークは笑った。予想外の突っ込みの楽しさ、それに歓び。古いパイプがカンカン、ガラガラ音を立てる。彼は徐々にペースを落とし、あわただしい動きをゆったりしたものへと変えた。頭をめぐらせ、ふたたび彼女の唇に唇を重ね、ふたりを引きこみ、深く深く沈めていき……そして、感覚と感情のきらめく泉によってふたりを満たした。

彼はイヴが浮上していくのを感じた。キスが彼女の解放の叫びを妨げる。そして彼は、彼女のあとを追った。

長い長い呼吸とともに、イヴは彼の肩にがくんと頭をもたせかけた。「市警の施設のこういう使いかたは承認されていないのよ」

「われわれ民間人顧問には特別手当が必要なんだ」ロークはイヴの顔を上に向けた。「大好きだよ、警部補さん」

「そう? じゃあちょっと脇に寄って、相棒。あなたは乏しいお湯を独り占めしてるわ」

シャワー室を出ると、イヴはタオルで体を拭きはじめ、ロークは一方の眉を上げた。「乾燥チューブよりタオルがいいの?」

「ここのやつは信用できないの」イヴは疑いをこめてそのチューブをにらんだ。「焼かれるかもしれない。もっと悪くすると、閉じこめられるかも。さて、さっきピーボディに仮眠の時間をあげたんだけど、それは早めに切りあげさせて、モルグの連中が被害者に取りかかったかどうか見に行くわ」

「僕も一緒に行くよ」

イヴは異議を唱えなかった。それは時間の無駄だから。「エイヴァ・マースターソンの身に起きたことに関して、あなたにはなんの責任もないのよ」

ロークはシャツのボタンをはめながら、じっと彼女を見つめた。「仮にきみが部下に何かの作戦を担当させ、そこでミスが生じたら、そしてその結果、一般人が命を落としたら、その責任は誰にあるんだ?」

イヴはブーツを履くために腰を下ろし、別の論法に訴えてみた。「どんなセキュリティも、たとえあなたのであっても、絶対確実ということはないのよ」

ロークは彼女と並んでベンチにすわった。「ある集団が僕の施設に入りこみ、内側からセキュリティを損ない、ひとりの女性をずたずたにしたんだ。もし身内の誰かがこのことに関与しているなら、僕はそれが誰なのか必ず突き止める」

「では、ピーボディを起こすとしましょう。わたしの車で我慢してもらえるわよね」彼女はそう付け加えた。「昨夜乗ったあの玩具には三人は乗れないから」

「僕が乗ってきたやつには三人乗れるよ」

「超最高！」ピーボディは、その大きくて強そうな全地形型自動車のバックシートでお尻を弾ませた。「まずはあのメチャ高級なスティンガーでビューンと飛んできて、今度はこいつで道をぶっ飛ばすなんてね」

「あなたが楽しそうでよかった」イヴは言った。「殺人事件であなたの幸せに水を差すのは気が引けるわ」

「見つかるところで気分が上がるものを見つけないとね。こんなのわたしは見たこともありませんよ」ピーボディは、ゴロゴロいう猫をなでるようにそのシートをなでた。

「これは試作品でね」ロークが言った。「売り出しはまだ二カ月先なんだよ」

「すてき」

「ピーボディ、お楽しみがすみ次第、このファイルに入ってる警備部とエレクトロニクス部のトップの調査をやって。彼らの配偶者、両親、兄弟姉妹、同居人、子供、子供の配偶者や同居人も。誰かにまえがないかどうか知りたい。誰かのうちのペットにまえがないかどうかもよ」

「彼らは以前に審査を受けている」ロークが言った。「カーロにたのめば、全データを転送してくれるよ」

もちろん、彼の有能な業務管理役なら、記録的タイムでデータを集め、送信できるにちがいない。「裏をとらなきゃならないのよ。公式のルートで裏をとらなきゃ」
ロークはなんとも言わなかった。イヴは自分のPPCを取り出して、全データをドクター・マイラのオフィスのユニットに送った。マイラは精神科医であり、市警一のプロファイラーでもある。イヴは彼女にそれを概観し、分析してほしかったのだ。それに、とイヴは思った。マイラの娘のひとりは魔術崇拝者《ウィカン》だ。だから、ひょっとするとだが、自分たちはその情報源を利用できるかもしれない。

モルグの廊下を行くと、冷たい白いタイルに三人の足音がこだました。自販機を通りすぎたとき、イヴはコーヒーのにおいに――または、ここではコーヒーで通っているもののにおいに気づいた。そして彼女は、解剖室の両開きのドアを通り抜けるずっと前に、死のにおいに気づいた。

エイヴァは解剖台の上に裸で横たわっていた。検死局長モリスがその台に向かって遺体を調べている。彼の精確なY字カットによって、彼女は開かれ、あらわになっていた。イヴは、ピーボディが背後でごくりと唾を飲むのを耳にした。

三人が入っていくと、モリスは身を起こした。銀の縁取りの青いスーツをいつもの保護衣が覆っている。黒い髪はひっつめにして、すべすべした一本の長いテールにまとめてあった。「おそろいで」彼は言った。かすかなほほえみが、エキゾチックでセクシーなその顔をよぎった。「それもこんな朝早くに。ローク、きみが来るとは意外だね」しかし彼の目はピーボディへと移った。「冷蔵庫に水があるよ、捜査官」

「どうも」ピーボディの顔は汗で光っていた。彼女は急いでボトルを取りに行った。

「何がわかった？」イヴはモリスに尋ねた。

「まだそこまで進んでいないよ。きみは彼女の担当にわたしを指名しただろう。だがわたしは出勤してまだ一時間なんだ。当番の検死官は手を出せなくて、いらついていたぞ」

「あなた以外の人に彼女を任せたくなかったのよ。それなら待たされるほうがいい。いずれにしろ、何があったかわたしにはかなりよく見えている。レイプされているかどうかわかる？」

「荒っぽいセックスをしたのは確かだね。非常に荒っぽいのを、何回もだ。合意のもとだったのか、ちがったのか。それは彼女にも教えられない。しかし裂傷から見て、わたしはレイプだと思う。集団レイプだな」

「精液は？」

「連中は彼女とやり——膣、肛門、口腔に放出した。サンプルはすでにラボに送ってあるが、わたしなら息を殺してDNAを待ったりはしないね。相手は大人数だろう。彼女はめちゃくちゃに使われている。死亡する前もあともだ」モリスは遺体を見おろした。「残酷さには実に多くの段階があるものだね。そしてそのすべてが、われわれのドアから入ってくるわけだよ」

「あのタトゥーはどう見る？　入れたばかりみたいだし、本物に見えるけど」

「どちらも正解だよ。たぶん最後の十二時間、最大でも十五時間以内に彫られたものだ」

「連中は彼女に印をつけたかったのね」イヴは考えこんだ。「喉の傷が最初のやつよ。致命的な一撃。右利きの襲撃者が正面からやった」

「わたしが教師だったら、きみはお気に入りの生徒になったろうね。傷は他に六十八箇所ある。そのいくつかはそれだけで致命傷となりうるもので、また、いくつかは比較的浅めだ。もっとじっくり分析したいが、ざっと見たところ、少なくとも十数種類の刃物が彼女に対して使われている。内出血痕は、強くつかまれたこと、手、拳、足によるもの。いくつかは死亡前にできている。しかし――」

「防御創はない」イヴは締めくくった。「拘束された痕跡もないし。被害者はただ受け入れたのよ。彼女がどんな薬物をやったのか、連中が彼女に何を盛ったのか、わたしは知らなきゃならない」

「毒物検査を重要事項にしておいたよ。しかし彼女は常用者じゃない。ごく稀に、ごく軽くやった可能性はあるが。これはきわめて健康な女性、なかから外まで体をしっかりケアしていた人だ。きっと体内からはレイプ・ドラッグが検出されるだろうね。何かこの種の虐待を受容させるようなものが」

「トラ箱にひとり入れてあるの。彼はたっぷりやっていた。血液サンプルをラボに送ったのよ。それと、インディアナから被害者の両親と弟が来るんだけど」

「気の毒になあ」モリスはシール処理された血だらけの手でエイヴァの腕に触れた。「この人の面倒はわれわれがちゃんと見る」彼は言った。「遺族の面倒もだ。安心していいよ」

白いタイルのトンネルを引き返していくとき、ロークが初めて口を開いた。「きみは過酷な人生を選んだんだね、警部補。ああいうもののところに絶えずきみを連れていく非情な道を」

「向こうがわたしを選んだのよ」イヴはそう答えた。しかし屋外に足を踏み出し、新しい春の朝の涼気に包まれたときは、ほっとした。

5

全地形型車に乗りこむと、イヴはアッパー・ウェストサイドのある住所をロークに教えた。

「ミカ・ナカムラは、もう九年、僕のところで働いている」ロークは駐車場から車を出した。「そのうち四年は、あのホテルの警備部の部長をしているんだよ」

「それじゃ優秀なはずね」イヴは言った。「いったいぜんたい昨夜何が起きたのか、きっと説明できるでしょう。記録上、彼女は正午から二三〇〇時過ぎまで勤務していたことになっている。あなたはいつも社員たちを十一時間連続で働かせるの?」

「いや。彼女は夜八時に勤務を終えたはずだ」ロークの目は前方の道を見据えており、声は冷静で抑揚がなかった。「ポール・チャンバースは夜七時に出勤している。昨夜、彼と話したよ。それに、今朝ももう一度。ミカが、他の仕事もあるから自分がVIPルームとタワーを引き受けるというので、彼はホテルのメイン部分を担当したそうだ。またミカは彼に、カメラのメンテナンスを行うとも言ったらしい」

「それはふつうのことなの？」

「警備部の部長として、ミカには多少の権限がある。彼女はそれだけの実績を積んできたんだよ」

ぴりぴりしてる、とイヴは思った。すごくぴりぴり。「彼女とはもう話した？」

「まだ連絡がとれていない。そう、きみがディスクのことで連絡をしてくる前、僕は彼女に直接会うつもりでいた」非常に冷静で、非常に単調なその口調は、無情に抑えつけられた怒りを暴露していた。「最初の審査とそれ以降の年二回の審査をパスしてなければ、彼女はいまの地位にいないんだよ」

後部座席でピーボディが咳払いした。「彼女はクリーンと出ました。旦那のほうもです。結婚五年目。子供はひとり、三歳女児。うーん、トーキョー生まれ。十歳のとき、両親――これもやはりクリーン――とともに、彼らの仕事の関係で、ここニューヨークに移住。ハーバードとコロンビアの両大学で学び、三カ国語を話し、コミュニケーション、ホテル経営、心理学の学位を持っています」

「彼女、どういう経緯であなたのホテルに入ったの？」イヴはロークに尋ねた。

「僕がカレッジから直接、採用したんだよ。僕にはスカウト係がいる。彼らに連絡してみるといい。ミカのことを僕の耳に入れたのは彼らなんだ。あんなひどいことに彼女が関与したなんて話は、まるで現実味がないね」

「彼女はパイクがマクシアのパーティーに入ってくる約十分前に勤務を終了している。エレベーターとロビーのセキュリティカメラが復旧する数分前に。その点に注目しないと。彼女は強要されたのかもしれない。強迫されたのかも」

「フェイルセーフ機構があるんだよ」ロークは首を振った。「それに彼女は利口だ。すごく利口だから、そんな立場に追いこまれるわけはない」

放っておこう、とイヴは思った。その女性と直接話すまでは。

ロークの領土においては、警備部門の給料はよく、こぎれいな高級住宅地のメゾネットでの生活が保証される。近隣の人々はスーツと気品を身にまとい、イヴの見たところ、おしゃれな偽コーヒーであろうものを使い捨てカップから飲みながら、カツカツと歩道を歩いていた。綺麗な女性たちが髪を弾ませ、可愛い子供たちを連れて、これもイヴの見たところ、私立学校であろうところへと向かっている。ティーンエイジャーの二人組がエアボードでビュンと通り過ぎ、そのあとを三人目がストリート・ブレードで追いかけていく。

イヴはドアの前の短い階段をのぼった。「彼女に関しては、あなたが主導でやっていいわ」彼女はロークに言った。「でもわたしが前に出たら、後退してよ」

ロークは返事もせずに呼び鈴を鳴らした。

正面の窓はプライバシー・スクリーンに護られていた。そして、セキュリティ・ロックは赤く点灯しつづけた。チクタクと数秒が過ぎていき、イヴは考えはじめた。ひとりの女が夫と子供もろとも行方をくらますとしたら、どんな方法をとるだろう？　彼らにはコネチカットに週末用の家がある。それに日本には親戚もいる。もし……

セキュリティ・ライトが緑に変わった。

ミカ・ナカムラはすごい美人だ。イヴは身分証写真からそのことを知っている。しかし、いまこの瞬間の彼女はひどく消耗しているように見えた。青白い肌、生気のない血走った目、くしゃくしゃにもつれた黒髪はどれも、過酷な一夜か体の不調を物語っている。

「社長？」声がかすれた。ミカは咳払いして、もう少し大きくドアを開けた。彼女は長い真っ赤なローブを着て、ウエストのひもをいい加減に結んでいた。

「話があるんだ、ミカ」

「いいですとも。何かあったんですか？」

ミカはうしろにさがった。イヴは家のなかが薄暗いことに気づいた。プライバシー・スクリーンが光を遮断するレベルに上げてあるのだ。それでも室内は、敷物や絵画がまき散らす鮮やかな色彩でいっぱいだった。

「どうぞお入りください。おかけになりません？　コーヒーかお茶でもいかがでしょう？」

「具合がよくないの、ミカ？」

「ちょっと調子が悪いんです。朝食の支度ができそうにないので、夫にアキオを連れて外に食べに行ってもらっているんですよ」

「長い夜だったとか？」イヴが尋ねると、ミカはとまどった目を向けた。

「あの……いまなんて？」

「こちらは僕の妻、ダラス警部補と、彼女のパートナーのピーボディ捜査官だ。僕はずっときみと連絡をとろうとしていたんだよ、ミカ」

「そうなんですか？」ミカは無意識に両手で髪をなでつけ、整えようとした。「受信はありませんでしたけど。わたし……」彼女は指でぎゅっとこめかみを押さえた。「わたし、リンクをオフにしたのかしら？　でもどうしてそんなことを？」

「すわって」ロークはミカの腕を取って、彼女のローブに劣らず鮮やかな赤の椅子にすわらせた。彼は光沢のある黒いコーヒーテーブルに腰かけて、彼女と向き合った。「昨夜、ホテルで事件があったんだよ」

「事件」まるで外国語を学習しているように、ミカはゆっくりとその言葉を繰り返した。

「きみはコンピューターを操作していた。ホテルのメイン部分にはすでに別の担当者がいたのに、ポールにその部分を担当するよう指示した。そして、カメラのメンテナンスを行うからと言って、スクリーン・ルームからエンジニアを退出させた」

「何かちがう気がします」ミカはふたたびこめかみを押さえた。「何かちがう気が」

イヴはロークの肩に手を掛けた。目にいらだちを閃かせながらも、彼は立ちあがり、イヴは代わってそこにすわった。「十六時ちょっと前、あなたはVIP用ロビーのカメラとスイート六〇六専用エレベーターのカメラを停止させています。カメラは二三〇〇時ごろまでそのまま止まっていました」

「なんのためにわたしがそんなことをするんです?」

これは否定ではない。イヴは気づいた。純然たる質問だ。「ある団体があのスイートにチェックインしたんです。〈アサント・グループ〉。その団体を知っていますか?」

「いいえ」

「あなたのコンピューターによってカメラが停められていた時間帯に、女性がひとり、あのスイートで殺害されています」

ミカの頬から病的な色までもが消え失せた。「殺害された? そんな馬鹿な。社長――」

「わたしを見て、ミカ」イヴは強く言った。「カメラを切り、交替者をよそへやり、エンジニアを退出させるよう、あなたに命じたのは誰なの?」

「そんな人いません」ミカは蒼白な顔を苦痛にゆがめ、息をはずませていた。「わたしはそんなことしていない。するわけがないわ。殺害された? 誰が? どんなふうに?」

イヴは目を細めた。「頭痛がするの、ミカ?」

「ええ、割れそうに痛むんです。鎮痛剤を飲んだのに、まだ効いてこなくて。何も考えられない。何がなんだかわからないわ」

「きのう仕事に行ったことは覚えている?」

「もちろん。もちろん覚えています。わたし……」唇が震え、目に涙があふれた。「いいえ。いいえ。覚えていない。なんにも覚えていないわ。何もかもぼやけてて、空白になってる。頭が。ああ」ミカは頭をかかえ、体を揺らした。ちょうどジャクソン・パイクがしたように。「思い出そうとすると、ひどくなるんです。こんな痛み、耐えられない。社長、わたしなんだか変です。どこか悪いんだわ」

「もういいよ、ミカ」ロークはイヴを小突いて脇にやると、しゃがみこんで、泣いている女に両腕を回した。「われわれがなんとかする。医者を呼んであげるからね」

「ピーボディ、ミズ・ナカムラに着替えをさせて。セントラルに連れていくから」

「なんだと、イヴ」ロークが勢いよく立ちあがった。

「診察はドクター・マイラにたのめばいいわ」イヴは淡々と言った。「原因が身体的なものか精神的なものか、またはその両方なのか、診断してもらうの」

ロークは緊張を解き、向きを変えてミカを立ちあがらせた。「ピーボディ捜査官と一緒に行くんだ。何も心配しなくていいよ」

「人が死んだんですよね。わたしが何かしたんでしょうか? もしそうなら——」

「僕を見て。何も心配しなくていいんだ」

それで彼女は落ち着いたようだった。しかし震えは止まらなかったので、ピーボディはその体に腕を回して、ミカを部屋から連れ出した。

「ジャクソン・パイクと同じ症状ね」イヴは言った。「どこからどこまで」

「イヴ――」

「わたしが腹を立てないだけありがたく思ってよ。それ以上言わないで」

ロークはただうなずいた。「彼女の支度ができるまで、僕もここにいよう。そのあとは、他にいろいろすることがあるからね」

「オーケー」イヴはコミュニケーターを取り出してミカの移送の手配をした。つづいてマイラのオフィスに連絡し、マイラの業務管理役とやりあった。「これは命令よ。ねえ、聞こえてる？　必要とあれば、わたしはこの件を部長のところに持ちこむ。それで幸せになる人間はひとりもいないからね。わたしは優先しろと言っているの。ドクター・マイラは現時点よりスケジュールを空けなくてはならない。いまからジャクソン・パイク――目下、拘留中――が、診察のためドクターのもとに行く。ドクターにはすでにファイルを送ってある。何か疑問があれば、彼女はわたしに連絡すればいい。一時間後、ドクターはミカ・ナカムラを診察する。この人はまもなくセントラルに連行される。何か不満があるなら、あなたはあとでわたしに対する苦情を申し立てればいい。でも、とりあえずは、わたしの言ったとおりにすること。それもいますぐによ」

イヴはカチリとリンクを切った。「あの女とサマーセットをくっつけるべきね」彼女はつぶやいた。「お似合いの石頭だわ」考え深げに見つめるロークをよそに、イヴは自分の部署に連絡を入れ、制服警官二名がただちにパイクをマイラのオフィスに連れていくよう手配した。満足し、彼女はコミュニケーターをポケットにもどした。

「何者かが彼女を利用したんだ」ロークが口を切った。

「たぶんね」

「彼女を利用し――」ロークは繰り返した。「それによってひとりの女性が死んだ。そのことをミカは一生忘れられないだろう」

「あなたにはいまそのことを心配する余裕がある。わたしにはないの」

「わかっているさ。僕たちは対立しているわけじゃないよ、イヴ。ただ少し見る角度がちがうだけだ。ミカは苦しんでいる。不安を覚え、混乱している。そして彼女は僕の責任だ。それはわかるだろう?」

「ええ」イヴにはわかりすぎるほどわかっていた。「そして、エイヴァ・マースターソンはわたしの責任なの。あなたのホテルの警備部長が急に血迷って、ただ楽しそうだから、サタンの名のもとに人を切り裂く変態集団の手引きをする、なんてことがある？　まさかね。でも連中が彼女を利用したのには何か理由がある。あなたのホテル、あの部屋、あの被害者を使ったことにも何か理由があるはずよ。ジャクソン・パイクを使ったことにも、必ず理由はあるの」

ピーボディがミカを連れてもどってくると、イヴはそちらに向かった。

「ミズ・ナカムラ、ウェストサイド・ヘルス・クリニックに行ったことは？」

「え？ ええ。あの病院にアキオの小児科医がいるので。わたしの主治医もです」

「あなたはエイヴァ・マースターソンを知っていますか？」

「あの――」ミカは一方の手で頭を押さえ、よろよろとあとじさった。「誰ですって？ 頭が痛くて考えられないわ」

イヴはロークに目をやった。「いまのはイエスと解釈する」

「あれは嘘じゃありませんよ、ダラス」ピーボディは、全地形型車の窓の外をむっつりと見つめていた。「彼女は耐えがたい痛みに苦しみながらも、がんばって進もうとしていた。夫や子供を案じ、自分の勤務中に人が死んだことを思って、取り乱していた――それもひどく、です」彼女はちらりとイヴを見た。「パイクと同じですよ。だから、状況に即して考えないと……魔法の儀式、黒いほうのやつ、パワーの集結。そして、二本のまっすぐな矢に、性格に反した行動をとらせる力――見た目も証拠もすべてその存在を示している。今度の事件は呪術がらみかもしれません」

イヴの茶色の目が細くなった。「やっぱりね。きっとそれを持ち出すと思っていたわ」

「前例のないことじゃないんですよ」ピーボディは言い張った。「世の中には霊能者がいるんです。自らの能力を自らの利益や目的のために使う、悪質な霊能者が。黒魔術はその能力、そのパワーを吸いとって、歪めるわけです」

「ジャクソン・パイクはドラッグをやっていたの」

「ドラッグをそこに加えれば、人の意志をねじ曲げるのはなおさら簡単になります。あのスイートには何かがあった。何かが残っていました」急に寒気を覚えたらしく、ピーボディは腕をさすった。「警部補も感じたでしょう」

イヴは反論しなかった。なぜならその部分は本当だからだ。「わたしは、どこぞの魔女がこんなことをしたからって……」彼女は宙で手を振ってみせた。「まともな男が人をナイフで切り刻みだすなんて思ってないから」

「わたしも彼がやったなんて思ってませんよ。きっと彼も生贄《いけにえ》になるはずだったんでしょう。それか、単なる捨て駒だったのか」イヴが答えずにいると、ピーボディは眉を寄せた。

「パワーがらみの話は信じたくないわけですね。でもロジックでまともに考えるとしたら、なぜその団体はこの計画に、二週間前ニューヨークに来たばかりで、なんの人脈もなく、これ以前は妙なところなど一切なかった若い医者を巻きこんだんです？　ふつう大きなイベントに新参者を引き入れたりはしないでしょう。ふつう――」

「あなたの言うとおりよ」

「いいですか、わたしが言っているのは……え？　わたしの言うとおり？」

「パイクに関しては、そう、あなたの言うとおり。たぶん連中は彼も消すつもりだったんでしょう。あるいは、罪を着せるために彼を引きこんだのか。それで、たっぷりクスリを盛って、置き去りにした。彼には弁明のすべもない。裸で、違法ドラッグ浸けで、被害者の血にまみれ、彼女を刺したナイフのひとつを手にしていたんじゃね。それでも、警察に彼ひとりの仕業じゃないと見抜かれることは、連中にも予測できたはずよ。それにドラッグの効力が薄れ、警察がパイクを調べ、力になれば、彼はいろいろ思い出すかもしれない」

ピーボディはその点についてしばらく考えていた。「オーケー、警部補は魔法は信じないけれど、寄り集まってキャンドルを灯し、乱交パーティーをやり、締めくくりに人を殺す連中なら、いてもおかしくないと思うわけですね」

「そこまでは譲歩する」

「それに、その連中は人を動かせるのかもしれない。特殊な能力があるなら、霊能者だとしたら、なおさら。動かそうとする人物がクスリを盛られていれば、なおさら」

「確かに」イヴはうなずいた。

「だったら、その影響を解くのには、誰か特殊な能力のある人、魔法を破れると信じている人が必要です」

「魔女を引き入れたいわけ？　なんとまあ」

「選択肢のひとつですよ」ピーボディはがんばった。

「マイラがあのふたりを診察して、身体的または心理的、もしくはその両方による障壁の原因を診断することになっているの。もうしばらく、現実的な仮説にこだわりましょうよ」

イヴはある地上二階の駐車場の一区画にすばやく車を入れた。「あの団体のチェックイン時刻には、トロスキー、ブライアンがフロントにいた。彼が何を覚えているか、今朝ひどい頭痛がしていないかどうか、訊いてみましょう」

イヴは大股で歩道を横切り、そのアパートメント・ビルに入った。ドアマンだのフロント係だのはいなかったので、彼女はまっすぐインターコムへと向かい、〝トロスキー〟と表示のあるボタンを押した。

応答がないとわかると、エレベーターのロックを解除して、「三階」と命じた。

三階でドアが開いたとたん、音楽の大音響が襲ってきた。ひとりの女が三〇五号室のドアをドンドンたたいている。トロスキーの部屋だ。「ブライアン、お願いだから、音量を落として」

「トラブル？」イヴは叫ぶように尋ねた。

「そうよ、耳が遠けりゃ平気だろうけど。彼ときたら、もう一時間以上、同じ曲をあのボリュームで流してるのよ。わたしは夜、働いているの。少しは寝なきゃならないのよ」

「彼はノックに応えないんですか？　リンクをかけてみました？」

「ええ。こんなのブライアンらしくないわ。彼はいい人なのよ。いいお隣りさん」女はまたドアをたたいた。「ブライアン、お願いよ!」

「オーケー、どいてください」

イヴがマスターキーを引っ張り出すと、女は目を丸くした。

「待って、ちょっと待ってよ。人のうちにいきなり押し入るわけにはいかないでしょ。いま警察を呼ぶわ」

「わたしたちは警察の者ですから」鍵を開けながら、ピーボディにうなずくと、ピーボディはバッジを取り出した。

「あらまあ、どうしよう。彼、まずいことになってるの? わたし、彼に迷惑をかけたくないんだけど」

イヴはドアを押し開けた。音圧で鼓膜が震えるのがわかった。「ミスター・トロスキー、警察です!」彼女は叫んだ。「入りますよ。音楽、オフ」そう命じたが、その轟きはいっこうにやまなかった。「ピーボディ、音源を見つけて、この騒音を止めて。トロスキー! NYPSDです!」

彼女は武器を抜き、それを脇に下げたまま、まずリビングに(ぐちゃぐちゃだ)、次いで拡張されたキッチンに目を走らせた。それから、寝室の開いたドアのほうに移動した。

彼は血だらけのシーツを体にからませ、ベッドに横たわっていた。イヴはその部屋と隣接するバスルームをざっと調べた。しかし直感は彼女にこう告げていた。ブライアン・トロスキーは襲撃されたのではない。彼はそこにあるハンマーで——痛みを止めようとしたのだろうか？——自らの頭蓋骨をたたき割ったのだ。

6

対立じゃない。〈スピリット・クエスト〉に入っていきながら、ロークは思った。ただ見る角度がちがうだけだ。イヴは常にロジックを、合理性を求める。彼のほうはもう少し柔軟性がある。だからこそ、魔女と話しに来たわけだ。

それは可愛らしい店で、クリスタルや貴石、ベルやキャンドル、カラフルな鉢や繁茂《はんも》するハーブなどが並んでおり、それなりに楽しげでさえあった。このにおいは春の牧場の香りに月光を少し加えたものだった。

狭い店内では、ハープとフルートのささやきをBGMに、人々がぶらついていた。ロークは、ゆるやかな白いドレスを着たひとりの女を観察した。女がくすんだクリスタルのボールをカウンターに持っていくと、若々しい清らかな顔の店員がそのボールに月光を注ぎこむ法、ボールを浄化する法を、おごそかに説明した。

売買が成立し、商品が包まれ、袋に収まると、ロークはカウンターのほうへ一歩、足を進めた。だがそうするまでもなく、彼女は奥の部屋から出てきた。その黒い瞳は彼の存在を感じたことを告げていた。あるいは、もっと散文的に言うなら、セキュリティ・スクリーンに彼が映ったことを。

「お帰りなさい」

「イシス」ロークは差し出された手を取り、しばらくそのまま握っていた。すると、そう、確かに何かが感じられた。何か絆のようなものが。

「ここに来たのは買い物のためじゃないのね」あの温かなハスキーボイスで、彼女は言った。「あなたのポケットの深さを考えると、とても残念なことだけれど。上にいらっしゃい。そのほうがくつろげるでしょう。それから、あなたが何を知りたいのか聞かせて」

彼女は先に立って奥の部屋を通り抜け、階段をのぼっていった。その動きは優雅で力強かった。かなりの身長と豊かな曲線を具《そな》えたアマゾン族の女神。炎のような髪はくるくると渦巻いて、ぴったりした白いトップのウエストまで流れ落ち、幾重もの層を成す虹色のスカートに軽く触れている。彼女はドアの前で振り返り、あの漆黒の瞳に笑みをたたえて彼を見つめた。その顔は目鼻立ちが大きく華やかで、肌は鈍いほのかな金色だった。

「かつて、別の人生で、わたしたちは会話を超える慰めを一緒にさがし求めたのよ」彼女のほほえみが消えた。「でも、いまは死——あなたをここに連れてきたのは、またしても死なのね。そして、それはあなたにのしかかっている。お気の毒に」

イシスは、店に劣らずエキゾチックで魅惑的なリビングに入っていった。「あなたのイヴは元気?」

「うん。チャズは?」

イシスは笑いを漏らした。「デリカテッセンにこっそりコーヒーを買いに行ったわ」これは彼女の恋人の話だ。「彼は散歩していることになっている。でも、人間は誰かと一緒に暮らし、その人を愛していれば、相手の秘密をふたつ三つは知ってしまうものなのよ」

ロークは彼女の黒い目を見つめた。強い引力を持つ、不気味なまでに馴染み深いその瞳を。「僕は昔、きみの秘密を知っていたのかな?」

イシスは手振りで椅子を示し、自分も別の椅子にすわった。「わたしたちは知り合いだったし、深く愛し合っていた。でもわたしはあなたの恋人、唯一の女性じゃなかった。そしてやがて、あなたは彼女を見つけたの。今回、彼女を見つけたように。この先も必ず見つけるようにね。初めて彼女を見たとき、あなたにはわかったの。最初のにおい、最初の感触で」

「そうだったよ。あれは……」イヴとの出会いを思い出し、ロークはちょっとほほえんだ。

「いらだたしかったな」

「あなたがここに来ることを彼女は知っているの?」

「いや。僕たちはいつも同じ線を追うとは限らないんだ。もっともたいていは、同じところにたどり着くけれどね。きみが力になれるのかどうか、僕にはわからない。きみのもとに死を持ちこむ権利が自分にあるのかどうかも」

「ふつうの死じゃないわね」イシスは大きくゆっくりと深呼吸した。「誰かが魔術を使って害をなしたの?」

「わからない。とにかく、魔術に見えるものを使って、なんの罪もない女性を殺したのは確かだよ。その話を聞いてない?」

「今朝はまだ店を開けたばかりなの。それにわたしはニュースを聴かないし」いくつもの指輪をきらきらぴかぴかさせながら、彼女は椅子の肘掛けに両手を置き、ゆったりとすわった。「それはどんな話なの?」

そこでロークは一部始終を彼女に語り、その美しい肌が青ざめ、目がさらに暗くなるのを見守った。「連中のことを知っている? 〈アサント・グループ〉というのを?」

「いいえ、知っていて当然なのに」イシスの手が慰めを求めるように、首から下がったペンダントのなめらかな青い石をなでた。「わたしのもとへは影と光のどちらの情報も入ってくるの。スイート六〇六。ほんの少し変えれば、スイート六六六ね。あなたはその女性と知り合いではなかったのね?」

「うん」

「彼女のものは何も持ってこなかったんでしょう? 所持品も、身に着けていたものも、触れたものも」

「ごめんよ、何もない」

なおも青い顔をしたまま、イシスはうなずいた。「では力を貸すためには、そこに連れていってもらわないと。彼らが彼女を生贄にした場所に」

イヴはウェストサイド・ヘルス・クリニックまで車を飛ばしていった。「連中はここで被害者を釣ったにちがいない。新顔の医者をすくいとったり、ミカに接触したり。職員、患者、清掃員」

「警部補は本当に、パイクやミカもトロスキー同様、自殺を試みるかもしれないと思っているんですか？」

「マイラには警告した。そうはならない。まだ正午前なのね」イヴは答えた。

「でもそろそろランチにしてもよさそうですね」

「たぶん彼は連中の知らない間に部屋を出たのよ。あるいは、連中が思っていたより早く意識を取りもどしたのか。そして、パーティーのただなかに入っていった。即興のパーティー。マクシアは前日にその計画を立てたのよ。連中には、別のスイートに彼が入っていくことなど予想のしようもない。警官とホテルのオーナーがそこにいることも、わたしたちが数分後に遺体を見つけることも」

「あのパーティーさえなければ、彼はフロアを何時間もさまよい歩いていたかもしれない。

でなければ……下の階に、ことによるとロビーまで下りていったかも」ピーボディも言った。「誰も即座に六〇六には目を向けなかったはずです」

「悲鳴をあげ、逃げまどう大勢の市民、彼を制圧する警備員。そして警官が呼ばれる。どの時点かで、彼らはディスクをチェックするけれど、正確な時間枠はわからない。だから六〇六に照準が合い、彼女が発見されるまでには、もうしばらく時間がかかる。警察がきちんと事情聴取する前に、専門家が診察をする前に、主要な関係者三人が自殺すれば、どういうことになる?」

「あの町の新顔が可愛い女の子を死へと誘いこんだかのように、他のふたりと組んでいたかのように、カルトの一員であったかのように見えますね」

「そうよ、警察はそれでしばらく時間を無駄にしたかもね。となると、犯人どもはわたしたちと対決する準備ができていないんじゃない?」イヴは歩道際に車を寄せ、情け容赦なく二重駐車した。「充分にはね」彼女は任務中のライトを点け、車を降りて、クリニックに向かった。

赤ん坊が泣いている。イヴは不思議に思った。なぜ連中はいつもいつも侵略するエイリアンみたいな音を出しているんだろう? 人々は、病人や退屈しきった人間の死んだ目で虚空を凝視し、すわっていた。イヴは受付へと進んだ。そこにいた黒髪の女性は泣きはらした目でイヴを見つめた。

「すみません、本日は予約のかたのみとなっております。よろしければ、他の病院をご紹介――」イヴがカウンターにバッジを置くと、女性は言葉を切った。「ああ。ああ。エイヴァ」大粒の涙がどっとあふれ出てきた。「エイヴァのことなのね」

「ここの責任者は？」

「あ――あの――このクリニックを本当に切り回していたのは、エイヴァです。実際には何もかも彼女がやっていました。いったいどうしてあんな――」

「セアラ」スマートなスーツを着た別の女性が進み出てきて、受付係の肩に触れた。「しばらく休憩室に行ってなさい。ここはもういいから」

「すみません、リーア。どうしても耐えられないの」受付係は立ちあがり、逃げ去った。

「リーア・バークです」年嵩《としかさ》の黒髪が手を差し出し、力強くイヴと握手した。「特定看護師のひとりですの。わたしたちは、二、三時間前にエイヴァのことを聞いたばかりなんです。だからみんな……そうですね、みんなちょっとおかしくなっているんです。どうぞ奥にいらしてください。誰か受付に就《つ》く者を見つけなくては。ドクターはいま患者さんを診ていますから。ドクター・スローンのオフィスでお話ししましょう。ドクターはいま患者さんを診ていますから。左に行って、右に行って、右側の三番目のドアです。わたしもすぐに参ります」

イヴは、各診察室の閉じたドアの向こうで何が起きているか想像すまいと努めた。彼女は診療所や病院や医者や医療員が大嫌いなのだ。医療関係者には、距離を保っていてほしかった。

スローンのオフィスはぴかぴかで整然としていた。黒い額に入った各種の免状が壁に重みを与える一方、デスクに載ったホットな金髪女性の写真がプライベートな感じを添えている。大きなデスクの向こう側と手前には、背もたれのまっすぐなどっしりした椅子が置かれていた。

「彼女を調べて」イヴはピーボディに言った。

「いまやっています。四十八歳、離婚歴あり。子供がひとり、女児、故人。かわいそうに、道を渡っていて車に跳ねられたんです。酔っ払い運転か。コロンビア大学医学部卒。アルファベット・シティの無料診療所に十年勤務、五年間は母親専業、さらに二年、アルファベット・シティで勤め、子供の死後、一年休業、そのあとにここに来ています。現在、六年目。犯罪歴はなし。それと――」

イヴの合図を受け、ピーボディはPPCを下におろした。一瞬後、リーアが急ぎ足で入ってきた。「どうもすみません。きょうはみんな、混乱し、動揺しているんです。予約を変更したり無理に診察を入れたりするんで大わらわなんですよ。エイヴァの医療記録と雇用記録をお持ちしましょうか？　ドクター・コリンズから、もし警察のかたが来たら、記録を提出してよいと許可をもらっておりますが」

「ええ、お願いします。それにドクター・パイクの分も」

「ジャックですか?」リーアは沈んだ様子を見せた。「みんなで心配していたんです……連絡がとれないし、時間になっても出勤してこないので。昨夜、あのふたりは一緒だったんですよ。初デートだったんです」

「そうなんですか?」

「エイヴァはひどくそわそわしていました。ジャックはとっても優しかったし。ふたりが死んだなんて信じられません」

「彼女は死にました。彼は死んでいません。ふたりはきのう、どこに行ったんです?」

「え? 彼は無事なんですか?」リーアの目が大きくなり、涙にきらめいた。「ジャックは無事なんですか?」

「きっとよくなるでしょう。ふたりがきのうどこに行ったか、ご存知ありませんか?」

「ああ、軽いデートのようでしたよ。食事とビデオ、クラブにも行ったかしら。何があったんです? 教えてもらえませんか? ニュースでは何がなんだかわからないし、警察に問い合わせても、何も教えてもらえないし。みんな——」

ドアが開き、リーアは脇に寄った。入ってきたのは威風堂々たる男だった。年齢は六十二といったところ。鞭のように細い体軀に、くっきりと鋭い顔立ち。目は金色がかった緑で、頭髪は濃いブロンズ色だ。

「ドクター・スローン、こちらは……すみません、わたし、ひどく混乱していて。お名前をお訊きするのを忘れていました。警察のかたですわ」

「わたしはダラス警部補。こちらはピーボディ捜査官です」

「ええ、存知あげていますよ。リーア、セアラを見てやってくれないかな？　彼女はうちに帰したほうがいい」彼はデスクへと進み、向こう側にすわった。「エイヴァに何があったんですか？」

「彼女は殺害されたんです」

「めった切りにされた。ニュースではそう言っています。〝めった切り〟と」

「それが正確な表現でしょうね」

彼はゆっくりと息を吸い、ゆっくりと吐き出した。「ホテルの一室で。エイヴァが初デートでジャックとホテルに行くとは、信じがたいですね。それを言うなら、相手が誰であれ、ですが」

「彼女は健康な若い女性でした。健康な若い女性は、しばしばデートでホテルに行くものです」

「エイヴァは内気だったんです。それに、あなたなら時代遅れとみなしそうな女性でしたから」怒りの炎が彼の瞳の金色を浮き立たせた。「無理やり連れていかれたにちがいありませんよ。ジャックなら彼女にそんなことをするわけはないし。他の誰に対してもです。ドクター・パイクはいまどこです？」

「現在、拘留中です」

スローンは椅子から立ちあがった。「彼を逮捕したんですか？ この件で？」

「拘留中と言ったんです。逮捕したわけではありません」

スローンはイヴをねめつけながら、蔑みに顔をこわばらせていた。「弁護士はついているんでしょうか？」

「本人が要請していないもので」

「この件であの青年を告発させはしませんよ。彼をここに連れてきたのは、わたしなんです。わかりますか？ 彼をここに連れてきたのは、わたしなんです」

「あなたが彼をこの病院に入れたんですね」イヴは言った。頭には、先のロークの言葉があった。

「彼はいい医師、いい青年です。癒し手であり、殺人者ではない。わたしが個人的に彼の弁護士を手配します」

「どうぞご自由に。昨夜はどこにいました、ドクター・スローン？」

「いまなんとおっしゃいました？」

イヴはよく不思議に思う。本当は〝くそったれ〟と言いたいとき、人はなぜこのフレーズを使うのだろう？

「お決まりの手順なんです。クリニックを出たのは何時ですか？」

「夕方四時ごろに出て、歩いて帰りましたが。家に着いたのは、五時前だったと思います」

「誰かそれを裏付けられる人がいますか？　奥さんとか、ここの職員とか？」

「家政婦は休みでした」スローンは硬い口調で言った。「妻は外出していましたし。帰宅したのは、七時過ぎです。そういうほのめかしは非常に不愉快ですね」

「わたしは同じほのめかしをこれからこの病院の職員全員にするつもりです。あなたのオフィスを使ってもいいし、ダウンタウンでほのめかしてもいいんですが」

「わたしの弁護士がなんと言うか聞いてみましょう」

彼がリンクに手をやるより早く、イヴはピーボディのバッグをひったくって、事件現場のエイヴァの写真を引っ張り出した。

「これを見て。ようく見てください」イヴはその写真をスローンのデスクにぴしゃりと置いた。「そのあとで、わたしの〝ほのめかし〟に牙を剝き、弁護士を呼べばいい」

スローンは青ざめなかった。それに、震えもしなかった。ただ、彼は非常に長いこと写真を見つめていた。顔を上げたとき、その目は鋭かった。また、それは冷ややかだった。「彼女はまだ子供みたいなものでした。このオフィスを使ってください。他のみなに連絡しますよ。診察の合間にあなたがたと話しに来るように」

スローンは大股で出ていき、ドアを閉めた。

「あの男は患者に優しい医者じゃないでしょうね」イヴは感想を述べた。

「警部補も人に優しい警察官じゃないし」

肩をすくめ、イヴは両手をポケットに突っこんだ。「彼を調べて。職員全員を調べてちょうだい」

7

イシスが必要なものをまとめているあいだに、ロークはイヴに連絡するためリンクを取り出した。自分は自らの所有する施設に入るのに妻の許可が要ると思っているのだ。そう思うと、憤りに全身が燃えるようだった。彼はその憤りと格闘し、格闘しなければならないことをまた憤っている自分に気づいた。

いまいましいおまわりどもに、いまいましい手続き——彼は思った。そして、さっさとヴォイス・メール送りにされると、ちくしょう、と思った。

「そうか、リンクに出る暇がないっていうなら、僕には僕の顧問がいることを知らせておくよ。僕はその人に犯行現場を見てもらいたいんだ。だから、いまから彼女をあそこに連れていく。何か問題があるようなら、折り返し連絡をくれるかな。もしリンクに出る暇が僕にあれば、話せるだろうよ」

リンクを切ったとき、彼はイシスが自分を見ているのに気づいた。その目にはおかしそうな色が躍っていた。「頑固一徹のふたり。どちらも命令し、従わせることに慣れている。あなたたちの生活はさぞ興味深くて刺激的でしょうね」

「ときどき不思議に思うよ。二年どころか二カ月でも、どうして持ちこたえられたのか。その一方、お互いを見つけるまでどうして生きていられたのか、不思議に思うこともある」

「彼女、わたしを現場に連れていったことで、あなたに腹を立てるでしょうね」

「いや、腹を立てるんじゃない、激怒するだろう。でも連中は、僕の所有する建物と、僕の身内を少なくともひとり、利用したわけだからね。彼女は激怒させとくしかないな。きみの協力には感謝しているよ」

「天賦の才はただじゃない。こういう能力を持ち、こういう存在であることで、わたしは使命を負わされているのよ。これを受け取ってくださる?」イシスは銀のひもが付いた白絹の小袋を差し出した。

「これは何?」

「お守りよ。一緒にその部屋に入るとき、あなたにそれを持っていてほしいの」

「いいとも」ロークはお守りをポケットにすべりこませ、それがいつもそこに入れてあるグレイのボタンに軽く当たるのを感じた。イヴのボタンか、と彼は思った。これも一種のお守りなんだろう。「僕はすでに一度、行っているんだ」

「ええ。そのとき何を感じた?」

「怒り以外だと、憐れみかな？　そして、もし僕が空想的な男なら、地獄のにおいがしたと言ったろうよ。硫黄のにおいじゃない。残虐性そのもののにおいだ」

イシスは大きく息を吸った。「では行きましょう。そして見てみましょう」

スローンのオフィスで、イヴはリンクの画面を眺め、その通信がヴォイス・メールにつながるに任せた。ロークには待ってもらうしかない。彼女はそう決めて、セアラ・ミークに視線をもどした。あの受付係の体にはいま鎮静剤が入っている。それでもなお、目には涙が震えていた。

「エイヴァとジャックはきのう、どこに行ったんです？」

「はっきり決めてはいませんでした。ふたりとも軽いデートにしたかったんです。ほら、初めてのデートだし、職場が一緒ですから。うまくいかなかったら……」

「ここから一緒に出かけたんですか？」

「いいえ——というか、わたしはちがうと思います。彼女は——ふたりは——わたしが帰るとき、まだいました。でも彼女はいったんうちに帰るつもりでしたから。軽いデートでも、ちょっとおしゃれしたかったんですよ。だからうちに帰って着替えるつもりだったんです」

「あなたが帰ったのは何時でしょう？」

「午後三時ごろ。きのうは朝七時に来て、三時ごろ帰ったんです」

「あなたが帰るとき、ここには他に誰がいました？」

「ああ、えーと。ドクター・スローン、ドクター・コリンズ、ドクター・プラット。うーん、リーア、キキ、ロジャー、医療助手のひとり、それから……」

セアラはつぎつぎと名前を挙げ、イヴはメモを取った。

「エイヴァは他の誰かとつきあっていませんでしたか？」

「いいえ。つまり、ときどきデートはしてましたけど、始終じゃないし、真剣な交際とまではいかなかったんです。とにかく、あのビビッと来るものがあったんですよ、彼女とジャックのあいだには。みんな、あのふたりはきっと……」

「彼女はオカルトに興味を持っていましたか？」

「え？　幽霊やなんかのことですか？」

「そのようなものです」

「それはないと思いますけど。エイヴァは……」適切な言葉をさがしているのだろう、セアラの声がまた途切れた。「地に足が着いている。そう、それだわ。エイヴァはとても現実的な人だったんです。彼女はここでの仕事が大好きでした。それに、とてもよくやってたんですよ。職員にも患者さんにも親切で。人の名前をちゃんと覚えていたし。それぞれの人が何をしに来たか、コーヒーに何を入れるのが好きか、なんてことも」

「彼女に特別な関心を見せた人物はいませんか？　ジャック以外に、ですが？」

「みんなです。彼女はそういう人だったんです。みんなエイヴァが大好きでした」

イヴは、はなをすするセアラを送り出した。「調査で何か出てきた？」彼女はピーボディに尋ねた。

「これといって何も。職員には高学歴の人間が大勢いました。スローンは既婚、二児の父、犯罪歴なし。妻はインテリア・デザイナー。市内と、ハンプトンズと、コロラド州に家があります。コリンズ、ドクター・ローレンスは、結婚二度目、各結婚でふたり子供をもうけており、犯罪歴はなし。現在の妻は母親専業者。ここではアッパー・ウェストサイドに住み、コスタリカに家があります。プラット――」

「そのデータをわたしのポケットリンクに送って」イヴは室内を歩き回った。「これはちょっと時間を食いそうね。手分けしないと。あなたはエイヴァのアパートメントを調べに行って。ＥＤＤに彼女の電子機器を回収させるのよ。こっちはここがすんだら、セントラルであなたに合流する」

「了解。ねえ、ダラス、わたしたちふたりとも、どこかで睡眠をとらないと」

「そのうちにね。つぎの人をここに呼んで」

殺人者のうち少なくともひとりはここにいる。イヴはそう確信していた。被害者はこの町に来て、まだ丸二年経っていない。それに、これまでにわかったところによれば、彼女の時間と労力と関心はほぼすべて仕事に注がれていたのだ。彼女の伝手《つて》、彼女の人脈はここにある。

そして、新顔のパイク。

ふたりはエイヴァのアパートメントで誰かに襲われたのかもしれない。もしそうなら、その事実はピーボディがさぐり出すだろう。しかし論理的に考えれば、殺人者のうち少なくともひとりは、エイヴァとジャックの両者がよく知り、信頼していた人物のはずだ。

それに、人にドラッグを盛るのに、病院より都合のいい場所があるだろうか？　ここには薬が山ほどあるうえ、イヴの考えによれば、他人に薬を射つのが大好きな連中が山ほどいるのだ。まずここでふたりを襲う――イヴは推理した。薬物を与え、おとなしくさせ、ホテルへと運ぶ。そちらでは、ひとり、または、複数の仲間が、すでにミカとトロスキーの処置を終えている。

ふたりを上の階に連れていき、パーティーを始める。スタートは早かったろう。すべては二三〇〇時までに終わっているのだ。飲み食いし、乱交し、生贄の儀式を行うのには、時間がかかる。

ドアが開くと、彼女は顔を上げた。せかせか入ってきた男は、身長五フィート十インチほどで、腹にたっぷり五ポンド分の贅肉がついていた。丸々したその顔には、困ったような、しかし感じのよいほほえみが浮かんでいる。色褪せた緑の目は、疲れと優しさを放出していた。彼はもつれあう短い茶色の髪をかきあげた。

「お待たせしちゃってすみませんね。わたしたちは……あー、きょうは、ご存知のように、人手不足だもので。職員や患者全員に知らせて休診にするだけの時間もなかったし」彼は疲れた様子で腰を下ろした。「みんな気力だけで動いてるんだと思います。すみません、わたしはドクター・コリンズ、ラリー・コリンズです」

「ダラス警部補です。このたびはご愁傷様でした」

「まったくわけがわかりませんよ。きょうわたしは、すでに五、六回、エイヴァに用事をたのもうとしています。ここに来て半年かそこらで、彼女はこの病院の要《かなめ》になっていたんです」

「昨夜、彼女がドクター・パイクとプライベートで会う予定だったのをご存知ですか？」

「ええ。われわれは全員かかわっていたんです。仲人《なこうど》の一団ですね」彼はそう言ってから、ぎゅっと唇を引き結んだ。「なのに……ジャックが彼女に危害を加えるわけはありませんよ、警部補さん。とにかくありえないことです」

「きのう彼女は何時にここを出ました？」

「えーと、ちょっと待ってくださいよ。確かわたしが帰るときは、まだここにいたと思います。それは、五時ごろなんですが。そう、まちがいありません。彼女におやすみって言いましたから。それに——」彼は言葉を切って、顔をそむけ、懸命に心を鎮めようとした。「それに、幸運を、と」

「きのうわたしが最後に診た患者は、とても、そうだな、活発で自己主張の強い五歳児だったのでね」

「うちに帰りました。そして一杯やりましたよ」コリンズはちょっとほほえんだ。

「あなたはどこに行ったんでしょう?」

「あなたは小児科医なんですか?」

「ええ、そうです」

彼を見つめ、イヴはうなずいた。「一点、確認しなければなりません。捜査の手順なんです。午後五時から深夜まであなたがどこにいたか証明できる人はいますか?」

「家内ですね。ありがたや、わたしに飲み物を作ってくれたのは彼女なんです。わたしたちは家で静かに夜を過ごしました。子供たちは友達のうちに泊まりに行っていたので」

「オーケー。あなたが帰るとき、ここには誰がいました? エイヴァ以外に?」

「確信は持てませんが」コリンズは眉を寄せて考えこんだ。「看護師のロドニーがいたと思います。それに、検査技師のキキも。待合室が空っぽだったのは確かです。エイヴァと話したとき、そのことに触れましたからね。わたしたちはいつも五時で診療を終えるよう努めています。でも現実にはたいてい六時近くになってしまうんですよ」

「ドクター・パイクは? 彼もまだいました?」

「彼の姿は見ませんでしたね。もちろん、診察中だったのかもしれませんが」

「お時間をありがとう。またお話を聞かせてもらうかもしれませんが、いまのところはこれで結構です。キキかロドニーをよこしてもらえますか?」

「ロドニーはいま昼休みじゃないかな。ですが、あなたがお待ちだとキキに伝わるようにしますよ」コリンズは立ちあがり、イヴのいるデスクにやって来て、手を差し出した。「いろいろとありがとう、警部補さん」

イヴはまず、ふたりの目の高さが同じになるように立ちあがった。ランチをかきこむのはいつにしようか考えながら、彼女はコリンズの手を握った。「仕事ですから」

「それでもですよ」コリンズはさらにしばらくイヴの手を、そして目をとらえていて、その後ようやく手を放した。「ありがとう」

彼が出ていくのを待ち、イヴはレコーダーに向かって言った。「注。ドクター・ローレンス・コリンズは霊能者。なおかつ、許可なく他人の心をのぞきこむことを厭わない」

彼はペパローニ・ピザにまつわるわたしの考えを楽しんでくれたろうか、とイヴは思った。それから時刻を確認し、リンクを取り出して、メッセージをチェックした。

ロークのメッセージを聞き終える前から、イヴは唸り声をあげ、湯気を立てていた。「あの馬鹿!」彼女は彼に折り返し連絡した。「出たほうがいいわよ。さっさと出たほうが――」ロークの顔が画面に現れると、彼女はがみがみと言った。「わたしの事件現場に立ち入らないで」

「あの事件現場は、僕のホテルのスイートなんだよ」

「聴くのよ、相棒――」

「たまにはそっちが聴いたらどうだ。うちの社員のひとりは拘留されている。もうひとりは、たったいま知らされたんだが、自ら命を絶ったという。ただじっとすわっているわけにはいかないよ」

「こっちで突破口が開けそうなの。それに、一時間以内にマイラと連絡をとるつもりなのよ。彼女は最初の診断を終えているだろうし、わたしの予想どおりの結果が出ていたら、捜索令状がとれるかもしれない」

「そりゃあきみにとっては何よりだね。僕は僕で自分の綱をたぐってみるよ。それできみは逮捕令状をとれるかもしれない」

「勝手に事件現場に立ち入るなんて、それも人を連れていくなんて認められないわ。いったい誰が一緒なの？」

「イシス」

衝撃に満ちた長い沈黙があった。「わたしの事件現場に魔女を連れていくって言うの？いったいあなた、どうしちゃったのよ？　あなたたちのせいで、もし重要な証拠が――」

「きみの採取班と鑑識はすでに作業を終えている。現場の記録と撮影、証拠の収集と登録ももうすんだ。きみはあのスイートを上から下まで自分で調べたろう。それに、ああくそっ！

こっちだってずぶの素人じゃないんだ。現場の保全のために何をすべきかくらい心得ているさ」

「あなたたちはふたりとも、ひと眠りする必要があるわね」イシスがとても感じよくそう言うのが聞こえた。

「ねえ聴いて。わたしはいまアッパー・ウェストサイドにいて、もうすぐ病院の職員の事情聴取を終えるところなの。あと三十分ほどでかたがつくから、四十分後にはホテルに行ける。だから待って。わたしが着くまで、とにかく待っていて」

ふたたび沈黙があった。それから画面のロークがうなずいた。「四十分後に」彼はそう言って、カチリとリンクを切った。

イヴはフッと息を吐き、スローンのデスクを蹴りつけた。可能であればもう一度蹴っただろうが、そのときドアが開いた。

その女はネオゴスのにおいをぷんぷんさせていた。黒い髪、赤い唇、左の眉に通した銀色の輪っかは、乳房のスロープからのぞくタトゥーと相俟《あいま》って、無頓着な反抗心を反映している。

ふつうならイヴは、ぴちぴちの黒のトップとパンツ、ずんぐりした黒のブーツも含め、これらすべてを単なる個人のスタイルとみなしたろう。仮に黒く縁取られたその目に自己満足のきらめきがなかったならば。

弱いつながりだ、とイヴは思った。そしてほほえんだ。「こんにちは、キキ」

「もう目が回る忙しさよ」キキはドスンと椅子にすわった。「だからとっとと始めましょ。わたしは五時ごろ帰った。純情で健全なエイヴァはまだここにいて、ドクター・ノロマとのデートのことで目をきらきらさせてた。わたしは急いでおさらばし、ダウンタウンで何人かの友達に会った。クラブを梯子《はしご》して、酔っ払って、うだうだ過ごして、家に帰ったのは夜中の二時だった。これでいいでしょ？」

「だめですね。友達の名前と連絡先が必要です」

キキは肩をすくめ、名前とリンクの番号をすらすらと唱えた。

「あなたはエイヴァが好きじゃないってだけじゃないんですね？」

「好きなタイプじゃないってだけ。死んじゃったことやなんかは気の毒だけど。たぶん聖ジャックは、エイヴァがやらせてくれないんで、切れちゃったんじゃない。それで、あの子を刺したんでしょ」ここであの目がきらりと光った。「まあ、その場にいたわけじゃないから、わかんないけど。エイヴァとあたしは友達じゃなかった。だからあの子がなんにかかわってたか、あたしはまるで知らないの。もっと話が聴きたかったら、あとでまたつかまえてよ。あたし、仕事が溜まってるの」

「お時間をありがとう」

「別に」

イヴは数秒待ってから、ドアへと向かい、部屋の外に出た。廊下の先で、キキがリーア・バークと話しこんでいるのが見えた。イヴが向かってくるのに気づいたとたん、リーアはキキの腕をぎゅっとつかんで黙らせ、前に進み出た。「警部補、どうなさいました?」

「ロドニーと話したいんです」

「まだ休憩からもどっておりませんが」リーアはリスト・ユニットに目をやった。「あと何分かでもどるはずです。彼はてきぱき動くので」

「オーケー、ではドクター・プラットを先にしましょう」

「彼はまだ診察中です。呼び出すわけには――」

「短く切りあげますから。これがすんだら、きっとみなさん、ほっとしますよ。ドクターを呼び出す前に――あなたは昨夜、何時にここを出ました?」

「わたしですか? えーと、五時ちょっと過ぎですね」

「エイヴァはまだここにいました?」

「いいえ、ちょうど帰ったところでした。実を言えば、わたしが、えー、急《せ》き立てたんです。デートの支度にかかれるように。昨夜はわたしが戸締まりをしました」

「最後までいたのはあなたなんですね?」

「ええ、そうです」

「そのあと、どこへ行きました?」

「うちに。えー、歩いて帰って、着替えをして、夕食をとりました」

「それっきり出かけなかったんですね？」

「ええ」

「リンクをかけたり受けたり、誰かが訪ねてきたり、ということは？」

「ありません。静かな夜でしたわ。警部補さん、わたしも患者を診ないといけないんですが」

「オーケー。あとたったふたりですから。それがすんだら、邪魔者は退散しますよ」

イヴはスローンのオフィスにもどった。コリンズ、バーク、キキ——彼女は思った。この三人が容疑者リストのトップだ。サイラス・プラットのデータに、イヴは目を通した。しかしプラットは長く待たせはしなかった。

彼は悠然と入ってきた。自信を漂わせた、目鼻立ちの鋭いハンサムな男。その目は青いレーザー光線だった。そしてそれは、確かにイヴに衝撃を与えた。彼が手を差し出すと、彼女はただひとつの考えのみを頭に浮かべた。女殺しの目を持つ超二枚目。

彼はイヴにほほえみかけた。「警部補さん、サイラス・プラットです」

ぎゅっと手を握られると、心臓の鼓動が少し速くなった。イヴは彼の目がさぐりを入れているのを感じた。それに、そう、彼のパワーを。脳を移動していく熱のように。「おかけください、ドクター・プラット」彼女はそう言って、彼の手から手を引っこめた。

「どうか教えてください。何か手がかりはないんですか？　ジャック以外の手がかりは？　彼の知り合いで、ジャックがうちのエイヴァにあんなことをしたなんて信じる者はいないはずです」

「彼とは知り合ってまだ二、三週間でしょう？」

「確かに。ピーターが彼を採用したんですが、自分には人を見る目があるとわたしは思いたいんです。エイヴァに対して行われたという行為、あれは——あれは、非道の極みですよね。それも、あんなにも若く、あんなにも溌剌《はつらつ》とした女性に対して」

ここで彼はすわった。そして、あのセクシーな目を一方の手でぬぐった。「わたしは彼女を娘のように思っていたんです」

「あなたにお子さんはいませんよね。公的なデータによると」

「ええ。ですが、エイヴァに対してはすぐに父親的な愛情を覚えましたよ」

「必要以上にお邪魔をしたくはありません」それに、彼女は外に出たかった。いまこの室内には熱がある。空気が焼け焦げているような。「きのうは何時にここを出ました？」

「五時十五分前くらいです。エイヴァは帰り支度をしていましたよ。リーアが彼女を追い立てていました。エイヴァとジャックは——もうこのことはすっかりご存知ですよね」

「ええ。あなたはそれを認めていたんですか？　医師のひとりがオフィス・マネージャーとデートするのを？」

この質問に、プラットは驚きを見せ、困惑しているようでさえあった。「ふたりとも大人ですからね――それに、ありていに言えば、ふたりは最初からお互いに夢中のようだったし」

「あなたはここを出たあと、どこに行きました?」

「着替えのため自宅に。昨夜、妻とわたしはささやかな食事会を開いたんです。友人を何人か招いて」

「申し訳ありませんが、これが捜査の手順ですので。そのかたたちの名前と連絡先をお訊きしなければなりません」

「いいですとも」プラットはイヴにほほえみかけた。「謝ることなどありませんよ」そして彼は六人の名前を挙げた。イヴは礼を述べ、彼を退出させた。それから、いま聞いた名前を容疑者リストに加えた。

8

ロークは、ホテルのオーナー専用スイートに自分とイシスのランチを用意させ、魔女と礼儀正しく世間話をしながら、味わいもせずに料理を口に運んで、四十分を過ごした。

「最後に眠ったのは、いつなの？」イシスが尋ねた。

「約三十二時間前じゃないかな。彼女は限界までがんばるんだよ。イヴはね」

「あなたのほうは、ちゃんとくつろいで息抜きするの？」

「彼女よりはするさ。でも、今回はちがう。この事件にかぎっては。ふたりともがんばっているみたいだ。もう約束の時間は過ぎた。きみが食べ終えたら、六〇六に行こう」

「その前に」イシスは立ちあがり、そばに歩み寄ると、彼の頭に手を乗せた。「だめよ、リラックスして。ほんのしばらく。頭を空っぽにするの。わたしを信じて」

ぬくもりが注ぎこまれている、とロークは思った。強壮剤を飲んでエネルギーがどっとあふれるのとはちがう。もっとゆっくりと着実にスタミナが湧いてくる。

いわよ」

「長持ちはしないわ。でもいまのと、少し食べたこととで、あなたは最後までやれるはず。あなたに必要なのは、しばらく休むことなの」イシスはバッグを手に取った。「いつでもいいわよ」

ロークは彼女をエレベーターへと案内した。

「そうだよ」

「スイートに直接入れる専用エレベーターがあると言ったわね。廊下から入るドアの他に」

「まず外から部屋を見たいわ。ドアから入りたいの。機械で行くんじゃなく」

「いいとも。六十階」彼は命じた。「エレベーター・ホールへ」

「お願いがあるの。何が起ころうと、わたしをひとりにしないで」

「しないよ」エレベーターのドアが開くと、ロークは彼女の手を取った。

血の足跡はいまも絨毯の上を点々と歩いていた。壁の、ジャックが手をついた箇所には、血痕が残っている。ロークの手のなかで、イシスの手がこわばった。

「みんな、陳腐な考えだと言うけど」彼女は、血のすじがまんなかのゼロを6にしているドアをじっと見つめた。「これにはパワーと意味があるのよ。浄化しなくては。これを全部、聖水で。できるだけ早く」

「元気が出た？」

「うん、ありがとう」

ロークは進み出て、マスターキーを取り出した。そのとき、イヴが荒々しくエレベーターから出てきた。

「待って。わたし、待つように言わなかった?」

「だから待ったさ」ロークは彼女に向き直った。その目は、彼女の目が熱いのと同じくらい冷たかった。「きみが遅れたんだよ」

イヴはドアと彼のあいだに身を置いた。「犯人がわかったの。少なくともそのうちの何人かは。魔法の儀式なしでも事件は終結させられる」

「会えてうれしいわ、イヴ」

イヴはイシスに視線を移した。「気を悪くしないで。力になろうとしてくれて、ありがたいと思っている。それに実際、あなたに訊きたいこともあるのよ。でも、あなたがこのなかを見る必要はないわ」

「もう一部は見えたのよ。彼を介して。それにいま、あなたを介して。あなたたちの心に囚われているものが見えたの。でもなかに入らなければ、感じることはできない。なかに入らなければ、彼女が見たり感じたりしたことを、見たり感じたりはできないの。わたしが力になれるかどうかはわからないわ。でも彼はこれを必要としているのよ」

イシスはイヴの両腕をとらえ、しばらくのあいだ、イヴとロークをつなぐものとして立っていた。「わかっているでしょう」

イヴはマスターキーを乱暴に引っ張り出し、ドアに顔を向けた。「わたしが終了と言ったら、それで終了よ」彼女は宣言した。

ロークは、イヴがドアの封印をはがしている隙に、彼女のポケットに例のお守りをすべりこませた。

イヴが先に部屋に入った。「照明、全光」イシスの震えを帯びた鋭い吐息を耳にして、彼女はさっと振り返った。しかしイシスは手を差し出して、さらに一歩、なかへと進んだ。

「まだにおいがする。浄化するまで、これは消えないわ。浄化するまで、誰もここに泊めてはいけない。あなたも感じるでしょう？　これは、素人のしたことじゃない。単に己のために流血と死を求める者たちの汚れた行為じゃないわ。ここにはパワーと意志がある。そしてそれは闇をもたらした」

「連中がサタンを呼び出したって言いたいの？」

イシスは黒い目をイヴに向けた。「サタンには呼び出しに応じるよりもっと大事な仕事があるんじゃないかしら。でも悪は呼び出せる。それに悪は養えるわ。あなたみたいな仕事をしていれば、そうじゃないとは思えないはずよ。日ごろあなたが見るものを見ていれば」

イシスはあの五芒星を凝視した。その上を覆う、血溜まりや血の川を。「彼女はわたしを知らない。肉体と精神のどちらも。だから彼女の血が少し要るわ。準備しているあいだに、取ってきてちょうだい」

イシスはひざまずいて、バッグから必要なものを出しはじめた。

「馬鹿らしい」イヴはそう言うと、バスルームから綿棒を取ってくるため、憤然と歩み去った。

「三つ必要よ。頭と心臓と手のために」イシスはキャンドルとクリスタルとハーブを並べた。

やれやれと天を仰ぎつつも、イヴは五芒星に歩み寄った。そこに足を踏み入れたとき、引力を感じたとしても、それは強引に押しのけた。綿棒に血を採りながら、彼女はロークのほうに鋭い視線を飛ばした。「わたしがブードゥーのたわけた儀式を許可したばかりか、それに参加したなんて、もし外に漏らしたら――」

ロークは彼女のそばにしゃがみこみ、空いているほうの手を取った。「きみが望むかぎりずっと唇に封をしておくよ。これできみにひとつ借りができたね」

「まったくだわ」

「きみはひどく疲れているんだよ、ダーリン・イヴ」イヴが身をかわす間もなく、彼は身をかがめ、彼女の唇に軽く唇を触れ合わせた。

「そこにもパワーがある」イシスがささやいた。「それも必要になるでしょう。キャンドルを灯してちょうだい。そしてわたしと一緒に立つのよ。わたしが円を作るあいだ、一緒に。さあ早く。ここに長くはいられないの。

光のなかの三つの力」ロークがキャンドルを灯しだすと、イシスは言った。「肉体のなかの三つの力」彼女は袋をひとつ取り出して、彼らのまわりに塩の円をめぐらせた。それから「照明、消えよ」と命じ、部屋の明かりがキャンドルだけになると、イヴの知らない言葉で何か唱えはじめた。

湾曲したナイフを手に、イシスは羅針盤の針のようにターンした。その顔は輝き、目は燃えていた。彼女は円の三十二方位の位置にクリスタルを置いていった。それから、小さな銅の器に注いであった水にハーブを振りかけた。

疲労のせいなのか、暗示の力なのか、イヴは何かとても冷たいもの、恐ろしく冷たいものが空気を圧迫するのを感じた。

「それは明るいものへは入れない。輝くものへは入れない。そして、われらは開かない！」イシスは両手を高く振りあげ、筋肉の緊張にその上腕が震えた。「わたしは太陽の娘、月の姉妹。女神の子にして下僕。この時、この場所に、わたしは彼女の力を求める。わたしのなかへ、わたしの力のなかへ、神の光と目をもたらせ。殺された魂を解き放ち、彼女の霊をわたしのなかに送りこめ。

三つの力を、彼女の血によって」

イシスは自らの額に、胸に、手に、エイヴァの血をこすりつけた。そして、ひざまずき、ぐらぐらと揺れはじめた。その目が黒いガラスさながらに曇った。顔は蠟のように白くなり、恐怖がそこに刻みこまれた。イヴとロークはともにイシスの横にしゃがみこんだ。彼女の手はふたりの手をつかんで、針金のようにぎりぎりと締めつけていた。

「彼女、トランス状態に陥っているわ。目を覚まさせなきゃ」

「約束したろう」ロークはイヴに思い出させた。「ああ、彼女の手、まるで氷みたいだ」

イシスは頭が床に触れんばかりに身をのけぞらせた。そして悲鳴をあげた。狂気の一瞬、イヴは彼女の喉に深い裂け目ができ、血が噴出するのを見たような気がした。やがて魔女がぐったりしたとき、彼女が気を失ったのか死んでしまったのか、イヴにはわからなかった。

「最悪。いますぐ彼女を連れ出しましょう」

「円から出ないで」声は弱々しかったが、まぶたが震え、イシスは目を開けた。「だめよ。そこにある赤い瓶。それが要るの。それと、ちょっと手を貸して。すわらせてちょうだい」

ふたりはイシスを静かに起きあがらせた。彼女は瓶を受け取って、なかのものをゆっくりと飲んだ。「違法ドラッグじゃないから」苦痛とユーモアの両方を目に浮かべ、イシスは言った。「霊薬よ。パワーには常にそれなりの対価を払わなきゃならないの」

「苦しいんでしょ」イヴは淡々と言った。「あなたをここから連れ出さなきゃ」

「開いた円は閉じなくてはならない。正しいやりかたでよ。それがすんだら、ええ、三人ともここを出なくてはね」

作業をすませ、道具をまとめて部屋を出ると、イヴがドアを再度、封印するあいだ、イシスはロークにもたれていた。

「ランチをとった部屋にもどれる？　わかったことはすっかり教えてあげる。でもとにかく、ここから離れたいのよ」

オーナーのスイートに着くと、ロークはイシスをカウチにすわらせ、その頭のうしろに枕をあてがった。「何かほしいものはない？」彼は尋ねた。

「特大のグラスでワインを一杯」

「いま持ってくるよ。警部補は？」

「コーヒー。あなたは霊能者なのよね」イヴは始めた。「そして、あれを信じているんでしょう？　とても強く……ああいうことを」

「あなたにはときどき、死者の泣き声が聞こえる。彼らの痛みが感じられるし、彼らが自分を必要としていることがわかる。あなたとわたしはさほどちがわないのよ」イシスはしばらく目を閉じていた。ロークがワインを持ってくると、彼女は目を開き、霊薬を飲んだときと同じように、ゆっくりとそれを飲んだ。「その娘さんは可愛い子だった。わたしには、彼らが彼女にしたことの一部が見えたわ。全部じゃない。全部じゃないと思うけど、あれで充分よ。彼女は自分自身のなかにいた。外に出たがって叫んでいたけど、そこに囚われていたの。ドラッグや、その他の手法で、魂を捕えることができるのよ。彼女は彼らが与えるものを飲んだり食べたりし、彼らが自分に触れるのを許した。そうするしかなかったの。彼らは彼女に蛇の印をつけていたわ」

イヴはあのタトゥーを思い出したが、なんとも言わなかった。

「パワーを得るためのセックス。そうね、連中の何人かにとっては、それは単なるセックスだった。それに対する、その卑しさに対する欲。愛はない。情欲さえも。ただの欲と暴力とパワー。連中が最初に彼女に与えた人物、それは彼らの仲間じゃない。彼女同様に囚われていた。そこには何かがあった」

イシスは額に手を触れて、さらにワインを飲んだ。「ふたりのあいだには、何か明るいものが」彼女はつづけた。「明るくて新しいもの。あの印の上でふたりが交わったとき、それはねじれてしまった。そのはかない光は、祈りとドラッグとパワーで消され、卑しいものへと変わったの。連中は彼女をレイプした。彼を引き離して、何度も何度も。彼女は闘うことも抵抗することもできず、そこに横たわっていたのよ。そして、彼女の魂は囚われたまま、悲鳴をあげつづけた」

「落ち着いて」ロークがささやいて、イシスの手を取った。「さあ」

イシスはうなずいて、ふたたび勇気を奮い起こした。「連中は彼女を引っ張り起こして、リーダーのところに引きずっていったわ。彼女はその男を見つめ、男は彼女の名前を口にした。そいつが彼女の喉を掻き切るとき、彼女はそいつの目を見つめていた。

そのあと、連中は野獣みたいに彼女に襲いかかったの。もうこれ以上耐えられない。わたしには耐えられないわ」

イヴは立ちあがって、その場を離れた。イシスは声もなく泣いており、ロークはその手を取って彼女のそばにすわっていた。イヴはバルコニーのほうに行くと、大きなガラス戸をがらりと開け放ち、春の空気のなかへと足を踏み入れた。ミツバチの巣箱の狂騒を思わせる町のざわめきのなかへと。

ロークが出てきてもなお、彼女は、眼下の通りの混雑、あわただしく行き交う群衆を見つめつづけた。「いったいわたしはどうすりゃいいの?」彼女は尋ねた。「検事のところに行って、魔女が被害者の憐れな魂と交信したから、これこれの連中を逮捕したいって言うとか?」

「イヴ」

ロークは彼女の肩に手をかけたが、イヴは振り返ろうとせず、ただ、手すりをつかんでぎゅっと握り締めた。「あれがでたらめじゃないのはわかってる。わたしは皮肉屋かもしれないけど、馬鹿じゃない。それに、彼女が目にしたもののことを思うと、吐き気がするわ。そんなもの、誰も見るべきじゃない。誰も見たり感じたりすべきじゃないのよ」

「きみ以外は誰も?」ロークはそう尋ね、イヴの顔を自分のほうに向けた。

イヴは首を振った。「彼女にあんなことをしたやつらのうち、何人かの顔を、わたしはまっすぐに見たの。そのひとり、おそらく彼女の喉を切り裂いたやつの目をまっすぐに見たのよ。そして一秒のあいだ——うぅん、一秒どころじゃない——わたしは死ぬほど怯えていた」彼女は大きく息を吐いた。「いまはただ怒ってる」

ロークは彼女の額に唇を押しつけた。「じゃあ、やつらをやっつけるんだ、警部補さん」

「もちろんそのつもりよ」イヴはまず彼に腕を巻きつけ、ぎゅっと締めつけた。「あなたはわたしを怒らせた」

「そっちもだよ。でも、どうやら僕はもう怒ってないらしい。そして、いまはただ、きみを愛している」

「わたしはまだちょっと怒ってる」そう言いながらも、イヴは上を向いて、彼の目を見つめた。「でもやっぱりあなたを愛してるわ」

イヴはその場を離れ、イシスのところにもどった。「いくつか写真を見てほしいんだけど、大丈夫?」

「ええ」

「あいつらをやっつけるのに、あなたの供述や身分証や……その他諸々が必要にならないよう祈りましょう。でも、念のために」イヴは身分証写真をひと束、バッグから取り出して、コーヒーテーブルの上に並べた。

「ええ」きちんとすわり直し、イシスはまたひと口、ワインを飲んだ。それから、なんの躊躇もなく、エイヴァを殺した者たちを指さしていった。

9

イヴは他の警官たちをかわしながらグライドを駆けのぼり、殺人課へと急いだ。イシスに時間を取られたせいで、仕事がとどこおっている。マイラに会わねばならないし、メモを見返して整理しなければならない。それから、検事を説得して、十数件の逮捕令状を発行させねばならない。

それに、ああ、コーヒーを飲まなくては。

課の大部屋に入ろうとしたとき、ちょうどピーボディが出てきた。

「いま連絡しようと思っていたんですよ。まずエナジーバーをかじってから。警部補もどうです？」

イヴはことわりかけた。あの代物《しろもの》はくそまずい。しかし効くことは効く。「ええ、もらう。いくつか整理したいことがあるの。そのあとでマイラに会うわ」

自販機に向かい、ピーボディは数クレジットを投入した。「ラッズマタッズにします？

それとも、ベリーバースト?」

「どうちがうって言うのよ? どっちも胃がむかつくだけでしょ」

「わたしは、ベリーバーストはまあ好きですよ」ピーボディがメニューを選ぶと、マシンは快活に彼女のチョイスを寿《ことほ》いで、成分と栄養に関する情報を唱えた。「マイラに連絡を入れてみましたよ。警部補のもどりが遅かったので」

「いろいろあってね。いま話す。まずコーヒー」

ピーボディはイヴのうしろからイヴのオフィスまで歩いてきた。「マイラはあと三十分ほしいと言っていました。それが約五分前のことです。被害者と同じ階の廊下の先に住む女性は、被害者はきのう仕事から帰ってこなかったと証言しています。ふたりは例のデートのために、女の子のあれこれをすることになっていたんです。髪とか、服とか、そんなことですね。ところがエイヴァは現れなかったそうです。彼女の部屋には、オカルトへの関心や関与を示すものは何もありませんでした。EDDはすでに彼女の電子機器を引き取っています」

「彼女がアパートメントにもどらなかったのは、連中が彼女をクリニックで襲ったからよ」イヴはエナジーバーにかぶりつき、コーヒーで喉に流しこんだ。ピーボディに経過を話すと、案の定、彼女の目は惑星のように大きくなった。

「警部補が——警部補が儀式なんかやったんですか?」

「あなたもいればよかったのにね」イヴはつぶやいた。

「いいえ、いなくてほんとによかった。おっかなかったですか？」

「肝心なのは、法廷であの手のまじないがどの程度の重みを持つのかわからないけど、イシスがわたしの容疑者リストのやつらをひとり残らず指さしたってことよ。アリバイを固めて、いい気になってる連中。それがやつらよ。お互いがアリバイなの。ひとり崩せば、全員、崩れる。マイラが何か確固たるものをつかんだら、それでかたがつくわ。クリニックに関しては、もう捜索令状を請求するだけのネタはそろってる。うまくやれば、職員の住居の分までいけるでしょう。検事に連絡して。令状を取って」

「え？　わたしが？」たとえ裸で大部屋を駆け抜けろと言われたとしても、ピーボディはそこまでショックを受けなかったろう。「でも、それは警部補がやるべきですよ。向こうもあなたの言葉にならら耳を貸すし。いったいわたしに何をしろって言うんです？」

「馬鹿言わないで、ピーボディ。歌うなり、踊るなり、涙を流すなり。とにかくなんでもやって、要求を通すのよ。わたしは十五分後にマイラと会う。さあ、行って」

イヴは半ば押し出すようにしてピーボディを追い出した。それから、ドアを閉め、鍵をかけた。エナジーバーの残りはツー・ポイント・シュートでゴミ箱に放りこんだ。それは務めを果たしていなかった。五分寝るしかない。ほんの五分だけ。彼女はリスト・ユニットのアラームをセットし、デスクの前にすわると、その天板に顔を伏せて、目を閉じた。

そして、ただちに眠りに落ちた。

何かの音で彼女は目覚めた。小さな唸りのような音、キンキン響く遠い声が、潜在意識をトントンとたたいている。声のひとつ――男の子の――は、興奮を帯びていた。

「見て！　空飛ぶ車だよ。ほら、窓の外！　カッコいいなあ」

イヴはうめき声をひとつ漏らし、リスト・ユニットをぴしゃりとたたいて止めようとした。霞んだ目を開け、青く輝く光の渦をぼうっと見つめると、声の主の男女と子供はその環のなかに包みこまれた。イヴは本能的に武器に手をやりながら、彼らの姿を記憶に留めた。豊かな金髪の背の高い男、鮮やかな緑の瞳のスリムな黒髪女、そして、もじゃもじゃ頭の少年。

女が「おっと」と言うのが聞こえた気がした。そして三人は姿を消し、リスト・ユニットが鳴りだした。

「そう、あんなへんてこな夢を見るなら、もっと睡眠が必要ってことよね」イヴはアラームをオフにして、両手でごしごし顔をこすった。それから、生温くなったコーヒーの残りを飲み干し、マイラとの面談に必要なものをまとめた。

オフィスを出ると、眉を寄せてちらりとうしろを振り返った。変よね、と彼女は思った。きょうは変な一日だわ。

マイラの業務管理役は、イヴをひとにらみし、その部屋を北極の洞窟へと変えた。このドラゴンの前を通らねばマイラにはたどり着けない。それを知っているイヴは、単刀直入に切り出した。「今朝、わたしはあなたを蹴飛ばした。それも思いきり蹴飛ばしたわね」彼女は事件現場の写真のひとつを取り出した。「これがその理由よ」そして写真をデスクに載せた。業務管理役はハッと息をのみ、その息をしばらく止めてから、ゆっくりと吐き出した。

「わかりました。ええ。ドクターはあなたをお待ちです、警部補」

「ありがとう」イヴは写真を回収し、マイラのオフィスに入った。

マイラはデスクの前にはすわらず、こちらに背を向けて窓辺に立っていた。なんだかいつもより小さく見える、とイヴは思った。優しいラベンダー色のスーツ姿が、華奢《きやしや》に見えるくらいだ。

「ドクター・マイラ」

「ええ。いいお天気ね。ときどきは、この世に晴れやかな日がたくさんあることを思い出さないと。きょうはとっても長い一日だったんでしょう?」

「まだまだこれからですよ」

マイラは振り返った。その黒い髪がカールして美しい顔を囲んでいる。しかし彼女の目には、疲れと動揺が表れていた。「どこから始めましょうか?」

「何があったかはわかっています。それが誰の仕業かも。少なくとも主犯格の連中は、もうわかっている。わたしが知りたいのは、ジャクソン・パイクとミカ・ナカムラが何をされたのか、誰がどんな手を使ってそれをしたのかです。ふたりがされたのと同じことを、ホテルのフロント係もされていました。そしてその男は、ハンマーで自分の脳天をたたき割ったんです。だからわたしは、同じことを他の誰かがされていないか知らなくてはなりません」

いつもどおり、すわり心地のよいスクープチェアにすわろうとはせず、マイラは立ったままでいた。「まず第一に、毒物検査の結果は、彼らの体内に複数のドラッグがあったことを示している。そのリストはここにあるわ。どちらの血中にも、幻覚誘発薬と、わたしたちがときどき暴力的傾向のある患者を制御するのに使う薬物が含まれていた。あなたも知っているように、パイクと被害者はセクシャル・ドラッグも与えられていたわ」

「それがあの頭痛や記憶の空白の原因なんでしょうか?」

「その組み合わせは、薬物による二日酔いみたいなものを引き起こすでしょうね。でも、答えはノーよ。それはあんな激しい痛みの原因にはならない。記憶の空白は生じるかもしれないけれど、やはり答えはノー。わたしの下した結論はちがう」

ここでマイラは椅子にすわった。「それらのドラッグは、あるプロセスに入るために、そして、その効果を高めるために使われたのよ」

「彼らは催眠術にかかっていた」

「あなたのほうが先を行っているわね」

「いいえ。でも、足並みがそろっていればいいんですが。容疑者のうち少なくともふたりは、霊能者なんです。彼らはわたしにさぐりを入れました。わたしは以前、サイキックの殺人犯と闘ったことがあるので、そのときと同じ手法で連中をブロックし、相手の注意をそらしました。連中のひとり、サイラス・プラットは……ねえ、ドクターの娘さんのひとりはウィカンなんですよね。それに、そこに理論や信念があることはわかっています。文献だの論文だのがあることも。わたしはその手のことは好きじゃありません。でもあの男は……」

それを認めるのは、実に不本意だった。「彼には強烈なパンチ力がありましたよ」

「〝パワー〟という言葉は使いたくないわけね」

「人にドラッグを盛るのにパワーなんか必要ない。催眠術をかけるのにもです。それは単なるテクニックですから。あなたもやりますよね」イヴは両手をポケットに突っこんで、歩き回りはじめた。「そのごろつきどものひとりは、ミカの子供の主治医なんです。彼女は三週間前、子供を定期健診に連れていっています。だからおそらく、彼女に催眠術をかけたのは、そのプラットですよ。たぶん連中は、術にかかりやすくなるように、まず何かをこっそり盛ったんでしょう。とにかく彼はミカに催眠術をかけた。そして指示を出したわけです。後催眠暗示というやつですよね？」

「ええ」

「それには引き金が要る。彼女が見たり聞いたりする何かが。通勤途中を狙えば、手を打つのは簡単だわ。再度ドラッグを与えたのかも。彼女は始動し、カメラを止める。連中はフロント係にも接触しなきゃならなかったはずです。きっといまに接点が見つかりますよ。とにかく連中は、ドロイドのスイッチを入れるみたいに彼のスイッチを入れた。そして、パイクと被害者を難なく連れこんだ。ふたりとも仔犬みたいに彼についていった。そのころには、ドラッグがたっぷり入っていたし、それに……」

「魔法にかかっていたから？」

「そう言ってもいいでしょうね。パイクは犯人として置き去りにされる。頭のなかに引き金を残されたまま。頭痛はすさまじく、思い出そうとすると、耐えがたいレベルになる」

「もしあなたがあの時点でふたりをわたしのもとに、つまり、きちんと管理された医療の場に送りこまなかったら、彼らもフロント係と同じかたちで決着をつけたでしょうね。わたしは引き金をさぐるのに、あの痛みを利用しなければならなかった。それは……むずかしかったわ」

その心中を察し、イヴはマイラのオートシェフに向かった。「あなたがいつも飲んでいるあのお茶はなんなんです？」

マイラはどうにか笑顔を作った。「いろいろよ。いまはジャスミンがよさそう。ありがとう」

イヴは一杯オーダーして、マイラのところに持っていき、椅子にすわった。「ふたりを痛めつけているのはあなたじゃない。ご自分でもわかっていますよね。悪いのは引き金を設定したやつです」

「あの人たちは――ふたりとも――殺してくれと懇願したのよ」マイラはお茶を口にし、それから、ぐったりと椅子にもたれた。「適切な手段を見つけて、痛みのレベルを下げるまでには、何時間もかかったわ。まだオフにはなっていない。〝すさまじい〟から〝ひどい〟に落としたところよ。それでもジャックは少し思い出した。勤務時間の終わりにドクター・プラットのオフィスに呼ばれたことを、思い出したの。時間についてはよくわからない。漠然としているけれど、最後の患者を診たあとだと思うって。プラットはジャックにコーヒーを出し、それを飲んだあとの出来事はさらに混沌としている。彼が覚えているのは、コリンズやエイヴァと一緒にリムジンに乗っていたことよ。でも他にも人がいたと彼は思っている。もちろん何もかも記録してあるわ。彼はエイヴァとセックスしたことも覚えているのよ」

「彼は殺人のことを覚えていますか？」

苦しげな目をして、マイラは首を振った。「抑圧しているのよ。たとえ引き金がなくても、彼の心はまだそこには行けないでしょう。彼がつぎに覚えているのは、ベッドで目覚めたこと、全身血だらけだったこと、そして、リーアという女がそばにすわって泣いていたことよ」

「リーア・バークか。いいですね。それはいい。彼女は崩せる。残りの連中も彼女が一緒に引きずり倒すでしょうよ」

「そのスイートでは、ただ若い女性がひとり殺されただけじゃないのよ、イヴ。ふたりの人間の一部がそこで殺されたの。わたしは彼らに鎮静剤を与え、本人の安全のために拘束した。やがて引き金を取り除く方法が見つかり、彼らは何があったかを思い出す。たとえ不本意だったとしても、自分がそのなかでどんな役割を果たしたかを。そうなれば、彼らは二度ともとの彼らにはもどれないわ」

「あなたがあのふたりの力になるんです。あるいは、力になれる人を見つけるんですよ。それがあなたの仕事ですから」

「犯人たちをやっつけてちょうだい、イヴ。思いきりたたきつぶして。ミカとジャックに連中は破滅したと話せたとき、初めてわたしたちは癒しのプロセスに入れるの」

これまでともに働いてきて、マイラに何かたのまれたことは一度もない。イヴは立ちあがった。「きょうはほんとにいいお天気ですね。この一日が終わる前に、連中は終わっていますよ」

部屋を出ながら、イヴはコミュニケーターをさっと抜きとり、ピーボディに連絡した。

「捜索令状は?」

「クリニックのほうはなんとかなりそうです。あとはただ――」

「そっちは保留。リーア・バークがスイート六〇六にいたことを裏付ける証人が見つかったの。彼女を連行する。取調室をとって」

「彼女をピックアップさせるんですね?」

「やりかたはこうよ。制服警官二名を彼女の自宅にやる。まだ帰っていなかったら、ただちにわたしに知らせること。彼女は逮捕されるわけじゃない。権利を読んできかせる必要はない。わかった?」

「了解」

「事情聴取のため、署に来てもらわなければならない。迎えの警官たちが知っているのは、そのことだけよ。相手が誰でも、彼女が連絡をとることは許されない。彼女は逮捕されるわけではない。捜索令状のほうはわたしがかたづける」

殺人課に近づいたとき、イヴはまだ検事補のために名前を列挙していた。小さな暴動のような物音に、彼女は足を速めた。

それからピザのにおいに気づいた。「ええ、カリブの別宅も含めてよ。相当な根拠がたっぷり得られたの。目撃者の供述があるのよ。二時間以内に、自供書をひとつ大皿に載せて持っていくから。それで、いま名前を挙げたカスどもはひとり残らず破滅する。そいつらはヴードゥーだかなんだかの小道具を隠しているでしょうよ」イヴはロークの目に目を合わせて、大部屋に入っていった。「なぜならそいつらはそれを信じているから。被害者は十数本の刃物でやられていた。そのいくつか、または、ほとんど、または、全部が見つかるはずよ」

彼女はカチリとリンクを切った。「魔女を家に送り届けたら、うちに帰るのかと思っていた」

「きみはまだ食べてないだろう」ロークはピザの箱のひとつを持ちあげた。イヴの部下たちは、彼が持ちこんだ他の五つの箱に蟻のように群がっている。「さあ、食べて」

イヴはひと切れ取ってかぶりつき、むしゃむしゃと食べた。「ああ、おいしい」そう言って、飲み下すと、またかぶりついた。「やつらの尻尾をつかんだわ」

「そうみたいだね。見学してもいいかな?」

イヴは彼の差し出したペプシを受け取って、がぶがぶと飲んだ。「上等の袖の下ね。傍聴室に入って」

10

生き返り、勢いづいたイヴは、ロークとともに傍聴室に立ち、スマートなスーツ姿で取調室を歩き回るリーアを見つめた。

「あの女、もう汗をかいている。着いてまだ十分なのに、もう汗をかいてるわ。怖気《おじけ》づいてるし、罪の意識があるのよ。しかも、どう行動し、何を言うべきか、指示を与える医者どもはここにいない」

「なぜ彼女にしたの？　大勢いるなかで？」

「泣いたから」マイラが入ってくると、イヴはそちらに目をやった。

「ひとり連行したと聞いたの」マイラは言った。「自分の目で見たかったのよ」

「まだ逮捕はしていません。いいですか、合図するまで音声のスイッチは入れないようにお願いします。いや、これはお願いじゃないんです。そろそろ始めないと」

「あとでミカに会えますか？」イヴが出ていくと、ロークはマイラに尋ねた。

「まだだめよ。彼女はいまのところ落ち着いている。わたしはご主人とも話したわ」

「僕もです。僕に何かしてあげられることはありませんか?」

「きっとあるはずよ」マイラはロークの手に手を重ねた。そして、取調室にイヴが入っていくのを見守った。「彼女がこれから言うことは、記録に残せないのね。少なくとも、わたしが聴くべきことじゃない」

「異議がありますか?」

「いいえ」マイラはガラスの向こうのリーア・バークをじっと見つめた。「いいえ、ないわ」

取調室のなかで、リーアはくるりとイヴに向き直った。「なぜここに連れてこられたのか、なぜこんな扱いを受けているのか、ぜひ教えてください。わたしには権利があります。わたしには――」

「うるさい。あんたには何もない。わたしが与えるまでは何ひとつ。すわって」

その言葉、その口調がリーアの全身を畏縮させた。「わたしは別に――」

「なんなら力ずくですわらせるわよ、あばずれ。嘘じゃない」

この脅し、イヴの目の熱く非情な威嚇に屈し、リーアは小さなテーブルの前にすわった。

「バッジを失うことになりますよ」しかしリーアの声は、ほんの少し、震えていた。「それだけじゃすまないわ。法というものがありますからね」

イヴは両の拳をテーブルにたたきつけ、その勢いにリーアは思わず顔をかばった。「法?

エイヴァ・マースターソンが切り刻まれ、死にかけているときも、あんたは法のことをちゃんと考えていたんでしょうね？　ジャックは覚えているのよ、リーア」イヴはぐっと身を乗り出して、リーアの顔の前でパチンと指を鳴らした。「ドーン！　魔法は解けた。一度だけチャンスをあげる。一度だけ。そしたらわたしはつぎのやつに移る。でもまず、あんたを痛めつけてからよ」

「あなたはわたしに手を出せない。指一本、触れられない――」

「傷が残らないように痛めつけるやりかたがあるの」テーブルをぐるりと回りながら、イヴは目を熱く燃えたたせた。「あんたの言葉とわたしの言葉。勲章を持つ警官と殺人の容疑者。みんなどっちを信じるかしらね？　わたしはまだ記録を取っていない。まだあんたに権利を読んでいない。そして、ここにいるのはわたしたちふたりだけよ、リーア。わたしがレコーダーのスイッチを入れたら、チャンスは一度。あんたが応じないなら、こっちはキキかロドニー、ラリーの妻、そのつぎ、と移っていく。そしてあんたは、痛い痛いと泣きながら檻にもどるわけ。

誰しも一度はチャンスをもらえる。受け入れれば、第二級殺人にしてあげる。終身刑になるだろうけど、地球で刑期を務められるわ。パスしたら？　あんたは本物の地獄を見ることになる。だってあんたは、地球外の流刑コロニーでコンクリートの檻に放りこまれるだろうから。わたしはそこで、あんたが幼児をレイプしたって話が広まるようにする。囚人たちが、幼児をレイプする連中をどうしたがるか知っている？」

「子供に手を出したことなんて、わたし……」

「わたしは嘘をつくつもりなの」イヴは笑みを浮かべた。「きっとすごく楽しいでしょうね。チャンスは一度。弁護士を呼ぼうかなんて考えたら、それで終わりよ。あんたがチャンスをもらえたのは、ジャックがとっても優しくて、あんたは深く後悔してるって思っているからなの。わたし自身は、あんたがパスしてくれるよう願っている。そうすりゃ、この先、そうね、五十年くらいかな、囚人や看守たちが何通りのやりかたであんたをレイプするか、その報告を楽しみに暮らせるものね」

イヴはテーブルを回って、リーアの耳もとにささやいた。「連中はいろんな手を使って、鋭いおぞましい道具を檻に持ちこむのよ、リーア。きっとあんたを切り刻み、手当てをさせ、それからまた切り刻むでしょうよ。あんたが許しを請えば請うほど、連中にとっちゃ愉快なの」

リーアの震える手に、テーブルのざらざらの天板に、ぽたぽたと涙が落ちる。イヴはそれを見た。しかしエイヴァのことを思うと、憐れみなどみじんも感じなかった。「彼女はあんたを信じてたのよ、このあばずれ」

「お願い、ああ、お願いよ」

「うるさい」イヴはドアへと進み、部屋の外に出た。大きく息を吸って、ピーボディに合図した。「やりましょう」室内にもどると、傍聴室のガラスに向かってうなずいた。「記録開始。ダラス、警部補、イヴ――」

「お願い、お願い。何もかも話すから」

「へえ、すばらしい」イヴは椅子にするりとすわった。落ち着き払って、気楽そうに。「まずは必要事項を記録して、あなたに権利を読むとしましょう」

それがすむと、イヴはリーアにうなずいた。「それで、われわれに話したいことというのはなんでしょうか、ミス・バーク？」

「わたしは知らなかったのよ。誓ってもいい。あんなことをするなんて、ぜんぜん知らなかった」

「あんなことと言うと？」

「すごい量の血だった。まさか、あの人たちが本当に彼女を殺すとは思ってもみなかった」

「もっと具体的にお願いします」

「わたしは象徴的な意味における死だと思っていたの」

「馬鹿な」イヴは椅子の背にもたれた。その目ははっきりと警告していた――嘘をついたら、チャンスは消えるのよ。「あなたは何が起ころうとしているかちゃんと知っていた。そして、いざそうなると、対処できなかったのよ。検事のところに行って、あなたは出頭し、自白し、詳細を語り、後悔していると話してほしいなら、わたしに嘘はつかないで。あなたはエイヴァ・マースターソンを殺す儀式に参加したのね?」

「ええ。わたしはわかっていなかった。信じてちょうだい。わかっていなかったのよ。わかっていると思っていたけど……彼女は受け入れなかった。ジャックもそうだったわ。サイラスの話とはちがった。彼は、受け入れると言っていたのに」

「サイラス・プラットもエイヴァ・マースターソンの殺害に加わったのね?」

「サイラスが彼女の喉を掻き切ったのよ。彼女はただそこに立っていた。そしたら彼がその喉を掻き切ったの。血が噴き出してきたわ。彼女は受け入れなかった。何が起きているのかわかっていなかったの。だったら受け入れようがないでしょう?」

「何を受け入れるの?」

「生贄となること。自分が供物になることをよ」

「誰への供物?」

「わたしたちからプリンスへの。ルシフェルへの供物」

「あなたはいつ悪魔崇拝者になったの?」

「わたしは悪魔崇拝者じゃない。唯一なるものの弟子だわ」

イヴはちょっと間をとった。リーアの声にははっきりと蔑みがこもっている。でも、それを可笑《おか》しがるべきかいらだつべきかがわからない。「オーケー。で、その唯一なるものは、罪もない人たちを殺してほしがるわけ?」

「あなたたちの神はわたしの子供を殺した」リーアの両手が固い握り拳となり、テーブルを軽くたたいた。「神はあの子を奪った。でもあの子が何をしたって言うの？　まだほんの赤ちゃんだったのに。わたしは引き返す道を見つけた。自分の力と目的を見つけたの」

「サイラス・プラットが道を示したわけね」

「彼は偉大な人よ。あなたたちには永遠に理解できないでしょうね。パワーの主《ぬし》。あなたたちのちっぽけな法や檻で彼を捕えておくことはできないわ」

「でも彼はあなたに嘘をついた。その偉大なる人、パワーの主が」ピーボディが口をはさんだ。「彼はエイヴァとジャックのことで嘘をついたんです」

「いいえ、あれは……いいえ、彼が嘘をつくはずはない。あれはたぶん計算ちがい。それだけのことよ。彼女はまだ準備ができていなかったの。サイラスが思っていたほど、強くなかったのよ。あるいは、問題はこのわたしかも。たぶんわたしが弱すぎるのね。彼女に対して彼らがしたことに、わたしは耐えられなかった」

「彼らが誰なのか教えて。スイート六〇六にいた人間、全員の名前を」

「サイラスと奥さんのオーラ。ラリー、つまり、ドクター・コリンズと奥さんのブリア」鈍い虚ろな声で、リーアは自身の名前とともに十数名の名前を列挙した。「それにエイヴァとジャック」

「ドクター・スローンは？」

「いいえ。その場にいなかったピーターやクリニックの他の人たちは、弟子でも司祭でもない。サイラスは、仲間でない人たちの存在は重要だと思っているの。そして、わたしたちの信仰に対し、誰が開かれているか、誰が閉じてしまうか、知ることが大事だと。グループの仲間は全員出席したわ。あれは重要な儀式だったの。祝典だったのよ」

「祝典?」

「ええ。サイラスの誕生日の」

「彼の記録なら見たけど。きのうは彼の誕生日じゃない」

「彼が唯一なるもののなかに再生した日よ」

「なるほど」イヴはふたたび椅子の背にもたれた。「エイヴァとジャックが選ばれたのはなぜ?」

「エイヴァは供物だった。面接を受けに彼女が入ってきたとたん、サイラスにはそれがわかったの。そしてジャックは……ふたりのあいだのあの性的エネルギーは、儀式の不可欠な要素となるはずだった」

「あの部屋を選んだ理由は?」

「わたしたちは他の場所も考えた。でも……宮殿《パレス》でしょう? ぴったりに思えたの。それにラリーと警備部長のつながりで、なかに入るすべも得られたし。わたしはただの弟子よ。計画はしない」リーアは両手を組み合わせ、頭《こうべ》を垂れた。「従うのみなの」

「それで連中に従い、あのスイートに入った。でもまず、クリニックでエイヴァとジャックにドラッグを盛ったのよね」

「わたしたちは彼らに、来《きた》る儀式に対し自らを開かせるものを与えた。彼らがそれを受け入れられるように、サイラスのパワーを抱擁できるように」

「あの男は催眠術を使ったのよ、リーア。幻覚剤を与えたうえで」

涙が溜まっては、こぼれつづけた。「あなたにはわからないのよ。あなたは閉じているから」

「結構。あなたはエイヴァとジャックを開かせるために薬物を使ったわけね。本人たちに知らせず、許可も得ずに」

「ええ、でも――」

「そして、その薬物が効いているあいだに、彼らをホテルに連れていった。まちがいない？」

「ええ」

「そこでは、ミカ・ナカムラとブライアン・トロスキーがやはりクスリを盛られ、サイラスのパワーに抱擁されていた。そのパワーによって、彼らは、ロビーや六十階行きエレベーターのセキュリティカメラを停止させた。また、それによって、ジャックと同様に、彼らも何があったかを忘れ、痛みに苦しめられた」

「あの痛みは、彼らが受け入れるのを拒んだ場合のみ、彼らを助けるために――」

「部屋のなかで、あなたたちは飲み食いし、性行為に及んだ」

リーアの頬が紅潮した。驚くわね、とイヴは思った。殺人者はこういうことに恥じらうのか。

「セックスは捧げものなのよ」

「エイヴァは捧げようとはしなかった。そうでしょう? 大いに飲み食いし、腹一杯になり、五芒星を描き、キャンドルを灯し、あなたたちみたいな輩が唱えることを唱えてから、あなたたちはクスリを盛られた無力な裸の女を床に寝かせ、クスリを盛られた無力な男に彼女を抱くように言った。彼は彼女が好きだった。ふたりはお互い好き合っていた。そうじゃない?」

「ええ、ええ、でも――」

「そして、彼が自分の意思では決してしなかったはずのことをやり終えたとき、他のみんなが彼女を犯したのね」

「ええ」涙が頬を転がり落ちた。「みんな、供物の一部を受け取り、自分自身を与えるよう求められたの。でもわたしが感じたのは……」

「何?」

「冷たさよ。ひどく冷たかった。感じたのは、あの熱、あの火じゃなくて、氷だった。彼女が悲鳴をあげているのが頭のなかで聞こえた。確かに聞こえたのよ」リーアは両手で顔を覆った。「でも誰も聴こうとしないの。あの人たちは、彼女を引っ張って立ちあがらせた。キキとロドニーが。それからサイラスが輪のなかに入った。あの冷たさ、あの冷たさはひどかった。それに、彼女の悲鳴は頭骸骨の内側に突き刺さるようだったわ。でも誰にもその声は聞こえないの。サイラスは彼女の喉を切り裂き、噴出した血を全身に浴びた。彼女が倒れると、誰もがもっと血をもらおう、もっと血を広げようと殺到したわ。ジャックは気を失った。だから、みんなが彼に彼女の血を塗りたくったの。それから上に連れていって、自分たちが彼女を使い果たすまで、ベッドに寝かせておいたのよ。わたしはラリーに、ナイフのひとつを上に持っていき、ジャックの手に握らせるように命じられた。そして、再度薬を与え、過量摂取させるように」

「計画では、ジャックを殺して置き去りにし、彼がエイヴァを殺したように偽装することになっていたのよね」

「ええ。ええ。でもわたしにはできなかった。両手には彼女の血がついていたし、彼女の悲鳴が聞こえたから」リーアは顔を伏せて、涙を流した。

「五分やって、落ち着かせて」イヴはピーボディに言った。「罪状は第二級殺人」それから、トロスキーのことを思い、「二件」と付け加えた。「その他の罪状は、誘拐二件、強姦、本人の同意および了解なしでの薬物の投与、違法ドラッグの投与。身柄を登録し、檻に入れて。わたしは令状をどっさりもらってくる」

睡眠不足もなんのその、イヴは悠然たる足取りでサイラス・プラットの家の玄関へと歩いていった。大きくて立派な家だ、と彼女は思った。でも、彼はもう二度とこの家を見られない。応対に出たドロイドは、蔑みの眼で彼女を見おろした。「ドクター・プラットと奥様はただいま手がふさがっております。お名前とご用件をお聞かせいただければ――」

イヴに押しのけられ、彼はその先をつづけられなかった。「そいつをシャットダウンして」イヴは、自分とピーボディのあとにつづく制服警官たちに命じた。広々したリビングに入っていくと、そこではドクターとその妻がマティーニを飲んでいた。

「いったいこれはどういうことだ?」サイラスがさっと立ちあがって問いただした。

「その女をお願い、ピーボディ。彼はわたしが引き受ける。サイラス・プラット、あなたを逮捕する。罪状は、第一級殺人罪。被害者、エイヴァ・マースターソン、人間。第一級殺人罪――」

「そんな馬鹿な。おまえは馬鹿だ」

イヴは彼のあのパンチを感じ、自分の腹部に広がる冷たさを受け入れ――それを歓迎さえした。「口をはさまないで。あらゆる手を使って抵抗しなさいよ。これから数分、ぜひあんたのケツを蹴飛ばして過ごしたいから。ねえ、ピーボディ、その女を黙らせてくれない?」

「すごい叫び声ですよね」ピーボディは待ち受ける制服警官たちに、ヒステリー状態のオーラを引き渡した。

「えーと、どこまで行ったっけ？　そうそう、被害者、ブライアン・トロスキー、これも人間。それに、誘拐、違法ドラッグの使用、詐欺、医師の立場の悪用もある。おもしろいから、器物損壊も加えておこう。あんたたちのおかげで、あのスイートはめちゃめちゃだものね。あなたには黙秘する権利がある」

「地獄へ行くがいい」

「ありがとう、でも、わたしには地獄によく似たニューヨークで充分」イヴはサイラスの一方の腕をつかんで、背後にぐいとねじあげると、改訂版のミランダ準則を最後まで唱えた。サイラスが手を振り払おうとしたので、イヴは彼の足の甲をブーツの踵で思いきり踏みつけ、快感を味わった。彼女がサイラスの手首に拘束具をかけると、サイラスは毒づき、いがみたてた。「それ、なんなの？　ラテン語？　ギリシャ語？　それとも自分ででっちあげた言語なのかな？」

ドアへと引っ立てられていくとき、サイラスは暴れた。彼の頭がドアの側柱にぶつかったのはそのためだと主張できるだろう。「おやおや、今度はあんたが頭痛に悩まされるんじゃない？　怪我する前にやめなさいよ」

「銀の杯でおまえの血を飲んでやる」

「気色悪いったらないわね」イヴはサイラスの耳もとに口を寄せた。「あんたにはもうなんのパワーもないのよ、このくず野郎。逮捕され、ご立派なご近所さんの前で、ご立派な家から引きずり出され……ねえ見て、あれ、〈チャンネル75〉じゃない？」イヴは顔を輝かせ、欣喜雀躍《きんきじゃくやく》した。彼女があの局の知人に連絡したために、メディアが現れたのだ。「屈辱ほどパワーを弱めるものはない。悪魔その人だって恥じ入っているでしょうよ」

イヴは警察車両の後部にサイラスを押しこんだ。それから、黒眼鏡を頭からかぶせ、彼の目を覆った。「忘れないで、この男は霊能者なの」イヴは、自分でこの任務に指名した警官たちに言った。「すぐに隔離房に入れるのよ」

彼女はバタンとドアを閉め、両手を腰に当てた。パートナーが隣に来て、顎がはずれそうな大あくびをした。「うちに帰りなさい、ピーボディ」イヴは言った。「少し眠るのよ」

「喜んでそうしますよ。それじゃまた」

「ええ、また」イヴはその場に立ったまま、近づいてくるロークを見守った。ああ、と彼女は思った。なんて美しいの。そして、睡眠を奪われたせいで脳がセンチメンタルになっているのに気づいた。

「この逮捕劇は当分、スクリーンを賑わせつづけるだろうな」

「これぞエンターテインメントよ」イヴはにっと笑ってみせた。

「他のやつらも全員、自分で逮捕して、今夜、そのあと始末の書類仕事までやるなんて言わないでくれよ」

「大丈夫。特にこの一件をやりたかっただけだから。もう代理は立てたし、書類仕事は明日でいい。わたしはいまにもぶっ倒れそうだもの」

ロークはイヴに両腕を回した。メディアの連中がまだ少し残っているというのに、それに抵抗しないほど彼女が疲れているのが、彼にはおかしかった。「うちに帰って、妻と一緒に眠りたいな。何日もつづけて」

「連続八時間で手を打たない？」

「決まり」

お互いの腰に腕を回し、ふたりは車へと向かった。ロークが運転席に着き、イヴは助手席に乗りこんだ。そして彼は、彼女が約束の八時間をただちに始めたことに気づいた。

エピローグ

イヴが病室に入っていくと、ジャックはベッドで身を起こした。その顔色は青白く、目の下には疲労の隈《くま》が残っていた。彼よりイヴのほうが前夜よく休めたことはまちがいなかった。「ドクター？」ジャックは言いかけた。

「警部補よ。ダラス警部補。わたしを覚えている？」

ジャックはしばらく彼女を通り越して虚空を見つめていた。「ええ。覚えています」彼は、待ってくれ、と片手を上げた。そして目を閉じ、呼吸した。「覚えていますよ。あなたはあのホテルにいた。でも、あの部屋にじゃない。どこか別の部屋で僕に話しかけていましたね。警察署か。僕は逮捕されたんでしょうか？」

「いいえ、ジャック。あなたはドクター・マイラの治療を受けているのよね。前よりよくなっているってドクターは言ってるわ。これからもっとよくなるって」

「ドラッグが抜けましたから。そのおかげですよ。頭痛は……これも前ほどひどくありません。エイヴァは死んだんですよね。僕はその場にいました」言葉が震えて、こぼれてくる。

彼はもう一度、目を閉じて呼吸した。「僕はその場にいました。彼女をレイプしたんです」

「いいえ、それはちがう。あなたたちはふたりとも利用されたの。あなたは医者でしょう、ジャック。連中に何を投与されたか、マイラから聞いたわよね？　あなたならそういった薬物の作用は知っているはずよ。あなたはクスリを盛られ、催眠術にかけられた。そして誘拐されたの。何があったにせよ、あなたには過失も責任も一切ない。あなたは被害者なんだから」

「僕は生きています。彼女が死んだというのに」

「ええ、わかる。つらいわよね。あなたは怖くて思い出せない、怖くて訊けないんでしょう？　手に握っていたナイフを自分が使ったのかどうか」

彼の目が潤み、涙があふれ出た。「それをかかえて、生きていくなんてとても無理です。連中に何を投与されたにせよ、何をされたにせよ、それをかかえて生きていくのは、とても無理ですよ」

「その必要はない。あなたはあのナイフを使っていないの。わたしは、そこにいた連中、関与した連中から山ほど供述を得ている。その全員があなたは気を失ったと言っているわ。連中は、あなたが意識を失って上の階にいるとき、ナイフを手に握らせたのよ」

「あの血。彼女の血は？」

「連中が塗りつけたの。あなたはナイフを握り、彼女の血にまみれて、死ぬことになっていたのよ。もちろん、疑問は生じたでしょう。たくさんの疑問が。他に誰があなたと一緒にいたのか。連中は事件にからめ、他にふたりの人間を死なせるつもりだった。そのうちひとりは死んだわ、ジャック。なんの罪もないのに、死んだのよ。もうひとりは、廊下の向こうのここそっくりの部屋にいて、今度のことに対処しようと闘っている。その女性は連中にクスリを盛られ、利用されたの。あなたはエイヴァのことで彼女を責める?」

「いいえ、まさか」

「それじゃなぜ自分を責めるの?」

「僕は抜け出せなかった。僕は……自分自身から抜け出して、彼女を救うことができなかったんです。頭のなかで、彼女の悲鳴が聞こえていながら」

「エイヴァは十三人の人間に殺された。あなたはその仲間じゃなかった。あなたが生きていたからこそ、わたしたちは犯人どもを見つけられたの。連中はひとり残らず檻に入っている。その全員が報いを受けるわ。あなたは生き延びた。そして、わたしを見つけたのよ、ジャック。わたしはスイート六〇六に行った。彼女が何をされたかをこの目で見た。この両手には彼女の血がついていた。彼女はわたしの頭のなかにも現れたの、ジャック。よく聴いて、彼女はあなたを責めてなんかいない。あなたがこのことを背負っていくのを望んではいないわ」

ジャックは手を差し伸べ、イヴの手を取った。「彼らは報いを受けるんですね?」

「ええ、ひとり残らず」

「ありがとう」

病室を出たイヴは、観察用の窓から、ロークが身を乗り出してミカの額にキスするのを見守った。

「彼女はどう?」彼が出てくると、イヴは尋ねた。

「よくなっているよ。実際、僕の期待以上だな。マイラによると、彼女は精神的に強いんだそうだ。きみのジャックのほうはどう?」

「きっとよくなるわ」

ロークはイヴの手を取った。「きょうも長い一日だったね、警部補さん、尋問やら報告書やら記者会見やらで」

「そっちも長い一日だったんじゃない?　きっと、きのうの分まで働いたんでしょう?　宇宙の一部をどーんと買い取る仕事は、男を消耗させるものだし」

「にもかかわらず、僕は驚くほど……潑剌としてるよ」

「よかった。わたし、うちに帰って夫と寝たいと思っていたの。きのうの夜よりずっとアクティブによ」病室から歩み去るときも、イヴはロークに手をあずけたままでいた。「ねえ、きのう着ていた上着のポケットに、石や花みたいなものが詰まった小さな袋が入っていたんだけど。そんなものがなぜそこに入りこんだんだと思う?」

「うーん。魔法かな?」

イヴは彼の肩にドンと肩をぶつけると、その件は忘れた。彼女に関するかぎり、この世に必要なただひとつの魔法は、自分の手を握る彼の手の心地よい強い力だけなのだ。

船上で消えた死者

1

夏に優しくキスされたある日、三千七百六十一名の乗客がスタテン島フェリーに乗ってニューヨーク港を航行していた。うち二名の胸には殺意があった。

それ以外の三千七百五十九名は、単に乗り合わせただけだった。フェリーは、ヒラリー・ロダム・クリントンと名付けられた派手なオレンジ色の船。乗客のほとんどは観光客で、遠のいていくマンハッタン島の高層ビル群や、かの象徴的な立像、自由の女神を楽しげに動画や写真に収めていた。

希望にあふれ、新世界にやって来た移民らを女神が初めて迎えてから二世紀を経た、二〇六〇年の現在でさえ、〝かのレディー〟を超える者はない。

極上の景色をめあてに乗船した連中は、スナックバーで大豆《ソイ》チップスをバリバリむさぼり、缶入りのソフトドリンクを飲み下している。そのあいだも、フェリーはバタバタ音を立て、淡いブルーの空のもと、穏やかな水の上をのどかに進んでいた。

太陽ががんがん降り注ぎ、日焼け止めのにおいが水のにおいと混ざり合うなか、ロワー・マンハッタンからスタテン島までの二十五分間は、大勢の人がデッキに群がる。高速艇なら所要時間は半分だが、フェリーの意義は便利かどうかではない。これに乗るのは伝統なのだ。

乗客の大半はセント・ジョージで下船し、ターミナルに押し寄せ、再度、乗船して、往復の旅を完結する予定だ。運賃は無料だし、いまは夏だし、そうやって一時間を過ごすのはなかなか楽しい。

数少ない真昼の通勤者たちは、橋や高速艇や空中トラムには関心を示さず、群衆から離れて、PPCやリンクで時間をつぶしていた。

夏は子供の増加を意味する。赤ん坊は泣くか眠るかし、幼児はむずかるかクックッ笑うかし、親たちはそびえ立つ女神像や通り過ぎる船を指さし、退屈した子や不機嫌な子の気を引き立てようとする。

ミズーリ州スプリングフィールドのキャロリー・グローガンにとって、この遊覧航行は今回の家族旅行におけるマストリストの項目のひとつだった。その他の必須項目としては、エンパイア・ステート・ビルの展望台、セントラル・パーク動物園、自然史博物館、セント・パトリック大聖堂、メトロポリタン美術館（これについては、いかに熱弁をふるおうとも夫および十と七つの息子を誘いこめるかどうか怪しい）、エリス島、メモリアル・パーク、ブロードウェイのショー（演目は問わず）、五番街での買い物などがある。

公平を期して、彼女はヤンキー・スタジアムでの野球観戦を追加したうえ、男どもがタイムズスクエアのビデオ天国を襲うあいだ、ティファニーの大聖堂をひとりでさまようことも承諾した。

四十三歳にしてキャロリーは、長く胸に抱いていた夢をやっと実現させている。彼女はついに、夫を口説き、責めたて、やいやいせがんで、ミシシッピ川以東に連れ出したのだ。

これならヨーロッパも夢じゃないのでは？

彼女が〝男ども〟、つまりスティーヴとふたりの息子の写真を撮りだすと、近くにいた男性が家族全員のを一枚撮ってあげようと言ってくれた。キャロリーは喜んでカメラを渡し、高貴な女神像を背景に男どもとポーズをとった。

「ほらね」家族でふたたび海面を眺めだしたとき、彼女は夫を肘でつついた。「いい人だったじゃない。ニューヨーカーみんなが無礼で意地悪なわけじゃないのよ」

「キャロリー、いまの人は僕らと同じ観光客だよ。たぶんトレドかどこかから来たんだろう」しかし、そう言いながらスティーヴは笑顔だった。大いに楽しんでいると認めるより、妻をいらつかせるほうが彼にとっては愉快なのだ。

「本人に訊いてみるわ」

スティーヴはただ首を振って、先ほどの男とおしゃべりしに行く妻を見送った。いかにもキャロリーらしい。彼女は誰とでも、どこででも、何についてでも、話ができるし、実際、話をするのだ。

もどってくると、キャロリーは得意げな笑みを見せた。「あの人はメリーランドの出よ。ただし」すばやいフィンガー・ジャブとともに、彼女は付け加えた。「もう十年近くニューヨークに住んでいるの。スタテン島に行くのは、娘さんを訪ねるため。娘さんは赤ちゃんを生んだばかりなの。女の子よ。奥さんはここ数日、向こうに泊まってお手伝いしていて、ターミナルに迎えに来ることになっているんですって。赤ちゃんは、おふたりの初孫なのよ」

「彼が結婚何年目か、奥さんとどこでどんなふうに出会ったのか、前回の選挙で誰に投票したのかも聞き出したかい？」

キャロリーは笑って、もう一度スティーヴを小突いた。

「喉渇いちゃった」

彼女はチビを見おろした。「ママもよ。ふたりでみんなの飲み物を買ってこようか」彼女は息子の手をつかみ、デッキの人込みのなかをくねくねと進んだ。「楽しんでる、ピート？」

「結構ね。でもペンギンを見に行きたいな」

「あした一番に行きましょ」

「大豆《ソイ》ドッグ、買ってもいい？」

「どこに入れるつもり？　一時間前にひとつ食べたばかりじゃないの」

「だって、いいにおいがするよ」

休暇は自由気ままに過ごすものだ。「じゃあソイドッグね」

「でもおしっこしたい」

「わかった」ベテランの母親である彼女は、乗船したときトイレの場所を確認していた。そこで、回り道して最寄りのトイレへと向かった。

そしてもちろん、ピートがおしっこのことを持ち出したため、キャロリー自身もおしっこがしたくなっていた。彼女は男性用トイレを指さした。「先に出たら、ここで待っててね。フェリーの職員は見ればわかるわよね？　制服の人たちよ。何か困ったことがあったら、その人たちに言うのよ」

「ねえ、ママ、僕はおしっこに行くだけなんだけど」

「ママも。先に出たら、ここで待ってるのよ」

キャロリーは息子が入っていくのを見送った。こっちに背を向けた瞬間、彼がぐるりと目玉を回したのは、わかっていた。おかしがりながら、彼女は女性用トイレに向き直った。

そして〝故障中〟の標示を目にした。

「ああもう」

彼女は選択肢を検討した。ピートが出てくるまで我慢し、ドッグとドリンクを買うあいだ――あの子がぐずぐず言い、むくれるだろうから――さらに我慢し、そのあと他のトイレに行く。

または……ちょっとなかをのぞいてみるか。全部の個室が故障中ということはないだろう。ひとつ使えれば事足りるのだ。

彼女はドアを押し開け、大急ぎでなかに入った。ピートを長くひとりにしておきたくはなかった。

是が非でも食料を手に入れ、人込みを突破して手すりの前にもどり、視界に現れるスタテン島を眺めよう。そんな決意を胸に、洗面台の並びのところで向きを変えた。

ぴたりと足が止まり、四肢がショックで凍りついた。

血だ。それしか考えられなかった。大量の血だ。床に倒れている女性はその血に浸かっているかに見えた。

女性の前に立つ男は、一方の手に血の滴るナイフを、もう一方の手にスタナーを持っていた。

「すみません」男は言った。そしてその言葉は、衝撃を受けたキャロリーの心に、本心らしく響いた。

悲鳴をあげようと息を吸いこみ、よろりと一歩あとじさったとき、男がスタナーの引き金を引いた。

「ほんとにすみません」彼は言い、キャロリーは床に倒れた。

ニューヨーク港を高速艇で疾走するというのは、イヴ・ダラス警部補が予想していた午後の過ごしかたではなかった。その日の午前中、彼女はパートナーが担当した事件で補佐役を務めた。不幸な死を遂げたのは、ヴィッキー・トレンダー。アラン・トレンダーという男の三番目の妻だった。反省の色のないその夫は、安いカリフォルニア産シャルドネのボトルで彼女の頭蓋骨をたたき割ったのだ。

この新米やもめによれば、あの女の脳みそをぶっつぶしたというのは正確じゃない、あいつにはもともと脳みそなんてなかったのだから、とのことだ。

検事と弁護士が協議を重ねているあいだに、イヴは書類仕事を少しかたづけ、捜査中の事件に関して二名の部下と戦略を話し合い、終結した事件に関して別の部下の労をねぎらった。

なかなかいい日だ。彼女はそう思っていた。

ところがいま、彼女とパートナーのピーボディは、マンハッタンとスタテン島の中間地点に止まっているオレンジ色の大型フェリーをめざし、サーフボードほどのサイズと思しきボートに乗って水上を突っ走っている。

「超気持ちいい！」ピーボディは舳先《へさき》の近くに立って、顎の角張った顔を風に向け、毛先のはねた短い髪をなびかせた。

「なんで?」

「なんとまあ、ダラス!」ピーボディはサングラスを下にずらして、喜びに満ちた茶色の目をのぞかせた。「わたしたち、ボートに乗ってるんですよ。水上にいるんですよ。マンハッタンが島だってことを、みんな忘れがちですよね」

「わたしはそこが好きなの。こうして海の上にいると、どういうわけでマンハッタンが沈まないのか考えずにはいられない。あのすごい重量――ビルや街や人。あれじゃ石みたいに沈んで当然でしょ」

「まあまあ」ピーボディは笑って、サングラスをもとの位置にもどした。「ほら、自由の女神です」彼女は指さした。「あの像は最高だな」

イヴは反論しなかった。彼女はあの歴史的建造物のなかで、それを爆破せんとする過激なテロリストどもと闘い、死にかけたことがある。女神像の曲線、その雄大さは、いまでもありありと目に浮かべられる。それに、血を流しながら、あの誇らしげな顔の外側にしがみつく夫の姿も。

わたしたちはあの危機を乗り越えた。イヴは思った。ロークは起爆装置を解除し、その日を救った。シンボルは重要だ。そしてふたりが闘い、血を流したからこそ、人々はフェリーでバタバタと海を渡り、自由の写真が撮れるのだ。

それはよい。この仕事はそういうものだ。彼女に解せないのは、運輸局《DOT》の局員が乗客のひとりを見つけられないからといって、なぜ殺人課が島に飛んでいかねばならないのか、だった。

トイレ一面に広がる血と行方不明の乗客。確かに興味深いとイヴは思う。でもわたしの分野とは言えない。第一、野でもないし。そこは海上。海に浮かんだオレンジ色の大型船の上なのだ。

なぜ船は沈まないのか？　その思考の脱線により、実は船がときどき沈むことを思い出し、イヴはそれについては考えないことにした。

高速艇がオレンジ色の大型船に近づくと、層を成す甲板の手すりの前に並んだ人々が目に留まった。彼らの何人かが手を振った。

隣で、ピーボディが手を振り返した。

「やめなさい」イヴは命じた。

「すみません。反射的につい。ＤＯＴが応援を出したみたいですね」ピーボディはそう言って、フェリーの下に集結している運輸局のロゴの入った高速艇のほうにうなずいてみせた。

「その女性ですけど、転落したんでなければいいんですが。あるいは、飛び降りたとかね。でもそれなら誰かが気づくはずです。そうでしょう？」

「たぶん乗客用のエリアからふらふら出てって、迷子になったんでしょうよ。いまごろ、帰り道をさがしてるところじゃない？」

「血」ピーボディにそう言われ、イヴは肩をすくめた。

「とにかく待って見てみましょ」

これも仕事のうちなのだ。待つことも、見ることも。イヴはもう十数年、警官をやっており、結論に飛びつくことの危うさを熟知している。

高速艇が減速すると、彼女は体の重心を移して長い脚を踏ん張り、フェリーの手すり、人々の顔、広いエリアに視線を走らせた。短い髪がその顔のまわりではためき、金褐色の切れ長なあの目、無表情な警官の目が、事件現場かもしれず、そうでないかもしれない船を観察する。

高速艇が固定されると、イヴはそこから足を踏み出した。

前に進み出て手を差し出した男を、彼女は二十代の終わりと見積もった。彼は、カジュアルなカーキ色の夏のパンツとDOTのエンブレムのついた淡いブルーのシャツを格好よく着こなしていた。ところどころ金色の混じった髪が、日焼けなのかわざと焼いたのか、色の黒い顔のまわりで波打っている。淡い緑の目は、肌の濃い色調とのコントラストでよけい鮮やかに見えた。

「警部補、ウォーレン調査官です。よく来てくださいました」

「まだその乗客の居所はわからないのね、調査官?」

「ええ。捜索は現在もつづいています」彼は一緒に来るよう手振りでふたりに合図した。

「われわれはさらに十二名、局員を投入しました。船上のDOT局員による捜索を手伝わせ、行方不明の女性が最後に目撃されたエリアを封鎖させるためです」

「乗客は何名?」

「数取り器《カウンター》によれば、ホワイトホールで三千七百六十一名、乗っています」

「調査官、通常、乗客が行方不明になっても殺人課は呼ばないでしょう」

「ええ。しかし本件は標準実施要領にまるで当てはまらないので。実を言うと、警部補、なんとも不可解な事件なんですよ」ウォーレンはつぎの階段をのぼりながら、手すりから身を乗り出している人々を見やった。「喜んで認めますが、わたしの等級ではこの状況には対応できません。いまのところ、ほとんどの乗客は我慢してくれています。その大半は観光客ですし、これは冒険みたいなものですからね。しかしもっと長時間フェリーをここに留め置くとなると、すんなりとはいかないでしょう」

イヴは、DOT局員が立入禁止のテープで入口をふさいだつぎの甲板に上がった。「概略を話してくれない、調査官?」

「行方不明の女性はキャロリー・グローガン。ミズーリ州から来た観光客で、夫とふたりの息子と一緒に乗船しました。年齢は四十三歳。人相書とこの午後に船で撮影された写真が手もとにあります。彼女は下の息子と飲み物を買いに行き、まずトイレに寄りました。息子は男性用に入り、彼女は女性用に入ろうとしていました。息子には、先に出たら、トイレの外で待っているよう言っていたそうです。息子は待っていましたが、彼女は出てきませんでした」

ウォーレンはトイレの近くで足を止め、女性用のドアの前にいた別のDOT局員にうなずいた。「他に出入りした者はいません。数分後、息子は母親にリンクをかけましたが、応答はありませんでした。そこで今度は父親に連絡し、父親はもうひとりの息子を連れてやって来ました。その父親、スティーヴン・グローガンは、近くにいた女性――えー、サラ・ハニングに、妻の様子を見に行ってもらえないかとたのみました」

ウォーレンはドアを開けた。「そしてこれが、彼女の発見したものです」

イヴはウォーレンにつづいてなかに入った。彼女はすぐさま血のにおいに気づいた。殺人課の捜査官には血を嗅ぎ分ける鼻がある。その異臭は空気の柑橘系消毒臭を酸っぱくしていた。それは白と黒のトイレで、スチール製のシンクが並び、隔壁の向こうには白いドアの個室の列があった。

血は床一面に広がって、大きな黒っぽい血溜まりから幾すじもの細流を白地の上にくねくねと走らせ、個室のドアやそれと向き合う隔壁を抽象的な落書きよろしく斜めに突っ切っていた。

「あれがグローガンの血だとすると」イヴは言った。「あなたたちがさがしているのは、行方不明の乗客じゃない。死んだ乗客よ」

2

「記録を始めて、ピーボディ」イヴは自分のレコーダーのスイッチを入れた。「ダラス、警部補、イヴ。ピーボディ、捜査官、ディリア。ウォーレン、DOT調査官……」

「ジェイク」ウォーレンが補足した。

「スタテン島フェリー上の現場にて」

「これは、ヒラリー・ロダム・クリントン号です」ウォーレンが付け加えた。「第二甲板、左舷、女性用化粧室」

イヴは一方の眉を上げ、うなずいた。「乗客失踪の報告に対応中。失踪者はグローガン、キャロリー。最後に目撃されたときは、このエリアに入るところだった。ピーボディ、血液のサンプルを採取して。人間のものかどうか確認のうえ、血液型を特定するのよ」

イヴは捜査キットを開けて、本当に必要だとは思っていなかったシール・イットを取り出した。「グローガンが消えてから、何人の人がここに出入りしている?」

「わたしが乗りこんでからは、わたしだけですね。その前は、わたしの知るかぎりでは、サラ・ハニング、スティーヴン・グローガン、フェリーの職員二名です」

「ドアに〝故障中〟の標示があったけど」

「ですね」

「でも彼女は入ってみたわけね」

「われわれが話を聞いたなかに確かなことを言える人はいませんでした。彼女自身は子供にトイレに行くと言っていたそうですが」

シール処理をすませ、イヴは四つの個室のひとつめに足を踏み入れて、センサーに手をかざした。水はきちんと流れた。彼女は他の三つの個室でも同じことをしたが、結果は同様だった。

「どこもなんともないようよ」

「人間の血でした」ピーボディが計器を持ちあげて言った。「A型、陰性」

「擦過血痕が少し。でも引きずった形跡はない」イヴはつぶやいた。それから、細長い戸棚を手振りで示した。「あれを開けたのは誰？」

「わたしです」ジェイクは言った。「彼女が——あるいはその遺体が——入っている可能性もあったので。ドアには鍵がかかっていました」

「出入り口は一箇所だけですね」ピーボディは洗面台のエリアに移動した。「窓はない。あれがキャロリー・グローガンの血だとしたら、彼女が立ちあがって出ていったわけはありませんね」

イヴは血溜まりの前に立っていた。「港のどまんなかのフェリー上で、三千人以上の乗客がいるなか、公共のトイレからどうやって死体を運び出すのか？　また、そもそもなんだって、死体を倒れた場所に置いていかないのか？」

「その答えにはなりませんが」ジェイクが言った。「これは観光船ですから。車両を運ぶわけじゃなく、船内には営業スペースもあります。乗客はたいてい、手すりにもたれて海を眺めるか、窓から外を眺めながら飲み食いするかです。それでも、血を流す死体を運んで甲板を移動するなら、よほどの運と肝っ玉がないとね」

「確かに度胸は要るかも。でも、そこまで運のあるやつはいない。このトイレを封鎖してもらうわ、調査官。それと、行方不明の女性の家族、それに、目撃者と話をさせて。ピーボディ、遺留物採取班をここに呼びましょう。トイレ内を隈なく浚《さら》わせたいの」

イヴは、グローガン一家を食堂のひとつに隔離したジェイクの慧眼《けいがん》を評価した。これで彼らは、他の乗客に邪魔されずにすみ、すわる場所を確保でき、飲食物を手に入れられる。そのためだろう、子供たちもおとなしくしていた。

充分におとなしく。ふたりの男の子のうち小さいほうは、ブースの狭いシートの上で父親の膝に頭を乗せて丸くなっていた。

父親は男の子の髪をずっとなでつづけている。イヴがそちらに向かったとき、その顔は青白く、恐れに満ちていた。

「ミスター・グローガン、ニューヨーク市警治安本部のダラス警部補です。こちらはピーボディ捜査官」

「妻が見つかった、キャロリーが見つかったんですね。彼女は――」

「奥さんの居所はまだわかっていません」

「ママが待てって言ったんだよ」父親の膝に頭を乗せている男の子が目を開けた。「だから待ったの。でもママは出てこなかったんだ」

「女子トイレに入るところを見たの?」

「ううん、でも、行くって言ってたよ。そのあとで、ドッグと飲み物を買いに行こうって。それから、ママはお決まりのをやった」

「お決まりの?」

男の子は起きあがって、父親の脇に身をもたせた。「ここで待ってなさい、何か困ったことがあったら、船で働いている人に言いなさい、制服の人よってやつ」

「なるほど。そのあとあなたは男子トイレに入ったのね」

「ほんのちょっとのあいだだよ。だって僕はただ……わかるでしょ。そのあと出てきて、言われたとおり待っていたんだ。いつだって女のほうが長いんだよね。でもあのときはほんとに長かったし、僕、喉が渇いてたから。それでリンクをかけたの」男の子は父親を横目で見やった。「ほんとに重要な時しかかけちゃいけないんだけど、でも喉が渇いてたし」

「いいんだよ、ピート。妻はリンクに出ませんでした。それでピートはわたしに連絡し、ウィルとわたしがこの子の待っているところに向かったわけです。すでに、ふたりが行ってから十分は経っていましたよ。ドアには〝故障中〟の標示があったので、別のトイレに行ったのかなとも思いました。ただ、それは妻らしくない。彼女がピートを置いていくはずはないんです。そこでわたしは女の人に、ちょっとなかをのぞいてもらえないかとたのみました。そうしたら……」

彼は首を振った。

「その人が血があるって言ったんだ」上の男の子がごくりと唾をのんだ。「駆け出てきて、血があるって叫んだんだよ」

「わたしはなかに入りました」スティーヴは目をこすった。「妻が転んで頭を打ったんだろうと思って……でも彼女はそこにはいませんでした」

「血があったんだ」ウィルがまた言った。

「ママはあそこにいなかった」スティーヴがきっぱりと言った。「どこか別のところにいるのさ」

「どこに？」ピートがいまにも泣きだしそうな声で問いただした。「ママはどこに行ったの?」

「わたしたちがそれを突き止めますから」ピーボディが自信に満ちた気楽そうな口調で言った。「ピート、ウィル、みんなの飲み物を取ってくるのを手伝ってくれない? ウォーレン調査官、ここの食料をあさってもかまいませんか?」

「もちろん。わたしも手を貸しますよ」彼はその言葉に温かな笑みを添えた。「それと、ジェイクと呼んでくれないかな」

イヴはするりとブースに入った。「いくつかお訊きしたいことがあるんですが」

「あの血の量は多すぎます」スティーヴは小声で、子供たちに聞こえないように言った。「致命的な出血量です。わたしは医者なんです。救命救急医です。あの出血量で、ただちに手当てが行われなかったとなると……ああ、キャロリー、何があったんだ?」

「奥さんの血液型をご存知ですか、ドクター・グローガン?」

「ええ、もちろん。O型、陽性です」

「まちがいありませんね?」

「ええ、確かです。妻とピートはO型、陽性、わたしはA型、陽性、ウィルも同じです」

「あれは奥さんの血ではありません。トイレの血は奥さんのものではありませんでした」

「彼女のじゃない」スティーヴは震えた。彼は懸命に気を鎮めようとしていた。それでも、その目には涙が浮かんだ。「彼女の血じゃない。キャロリーの血じゃないのか」

「あなたたちはなぜスタテン島に行こうとしていたんです？」

「え？　行こうとしてはいませんが。つまり……」スティーヴは両手をふたたび顔に押しつけ、深呼吸してから、手を下ろした。強い神経、とイヴは思った。救急救命医にはそれが必要なんだろう。「わたしたちは向こうまで行って、すぐ引き返してくる予定でした。ただ行ってみるのが目的だったんです。わたしたちはいま休暇中なんですよ。きょうが休暇の二日目です」

「ニューヨークに誰か奥さんの知り合いはいますか？」

「いいえ」スティーヴはゆっくりと首を振った。「妻はトイレにいなかった。でも彼女がピートを置いていくはずはない。おかしな話です。彼女はリンクに出ないし。何度もかけてみたんですが」彼はテーブルの向こうからリンクを押してきた。「彼女は出ないんです」

スティーヴは、ピーボディとジェイクが子供たちを働かせている売り場のほうに目をやってから、イヴのほうに身を寄せた。「妻が子供を置いていくわけはない。自分の意志ではありえません。あのトイレで何かあったんですよ。誰かがなかで死んだのは確かです。もし彼女が何か見てしまったなら――」

「先走るのはやめましょう。まだ捜索はつづいているわけですし。いま状況を確認しますから」

イヴは立ちあがって、ピーボディに合図した。「あれは彼女の血じゃなかった。型がちがったわ」

「それは何よりです。あの兄弟、ほんとにいい子たちなんですよ。ふたりともすっかり怯えています」

「あの一家は休暇中なの。旦那によれば、ニューヨークに知り合いはいないって。彼の言葉に嘘はないと思う。わからないのは、死体がなぜ消えたのか、いまのところ生きていると思われるひとりの女性がなぜ消えたのか、殺人犯または誘拐犯かもしれない人物がなぜ消えたのかよ。彼らは船内のどこかにいるはずだわ。目撃者の供述をとって。まあ、新しいことは何も出てこないだろうけど。わたしはもっと人員を呼びこむ。うちのとDOTのとね。データや供述を集めなきゃならないし、このいまいましいフェリー上のあらゆる人間の身体検査をしなきゃならないから。それまでは誰も下船させられない」

「うちの連中のほうは、目撃者の女性と話す前にわたしが手配しましょう。あのですね、彼、わたしに気があるようですよ」

「は？　誰が？」

「あの魅力的な調査官」

「勘弁して」

「いや、まじめな話。わたしは予約ずみですけど」ピーボディは睫毛をパチパチさせて付け加えた。「でもキュートな男にちやほやされるのはいい気分です」

「仕事をしなさい、ピーボディ」

言いつけどおり仕事をしに行くパートナーを首を振り振り見送ると、イヴはジェイクに手招きした。「もっと人手が必要になるわ。身元を確認し、話を聞き、身体検査をするまでは、誰も船から下ろせない」

「相手は三千人以上いるのに?」ジェイクはヒューッと低く口笛を吹いた。「暴動が起きますよ」

「この船のどこかに行方不明の女性がいる。それに、死体も一体ありそうだし、殺人犯もひとりいる。あの一家に誰か付けてちょうだい」彼女はそう付け加えた。「それと、セキュリティディスク、カメラ、モニターをすべて見たいわ」

「いいですとも」

「電子探査マンも必要よ。信号でグローガンのリンクの位置を測定させたいの。彼女がまだリンクを持っているなら、それで居場所がわかるかもしれない。彼女がいなくなった時刻は?」

「わかっているかぎりでは、午後一時半ごろです」

イヴはリスト・ユニットに目をやった。「もう一時間以上経つのね——」

ドーンと音がし、銃声が鳴り響き、叫び声があがった。つぎの爆音がするより早く、イヴはドアから飛び出し、甲板へと走っていた。

乗客たちが口笛を吹き、足を踏み鳴らし、歓声をあげている。彼らは、空を駆けのぼり炸裂する目もあやな色彩のシャワーを眺めていた。

「花火？　まったくもう。まだ昼間じゃないの」

「そんな予定はないんですが」ジェイクが言った。

「陽動作戦か」イヴはつぶやき、人込みをかき分けて反対方向に向かった。「誰かに発生源を調べさせて。あれを止めるのよ」

「いまやっています」ジェイクはそう言うと、コミュニケーターに向かって何か叫んだ。

「これからどこへ？」

「犯行現場よ」

「なんだって？　なんにも聞こえんぞ。もう一度、言ってくれ」彼はコミュニケーターに向かってどなった。「もう一度」

イヴは、浮かれ騒ぐ人々のなかから抜け出して、バリケードをくぐった。

そして足を止めた。ひとりの女が、トイレのドアをガードするDOT局員と激しく言い争っている。

「キャロリー！」そう呼びかけると、女はくるりと振り返った。その顔は死人のように青白く、頬だけ赤みが差しており、額には紫色になりつつある瘤《こぶ》があった。

「何？　これはどういうことなの？　うちの子が見つからないの。息子が見つからないのよ」

目がおかしい、とイヴは思った。少しぼうっとしているし、少しショックの色が出ている。「大丈夫。どこにいるか、わたしが知っている。連れていってあげますよ」

「あの子は大丈夫なの？　あなたは……あなたは誰？」

「ダラス警部補」イヴはキャロリーの目を見つめながら、バッジを取り出した。「警察の者です」

「ああ、はいはい。あの子はいい子よ。でもこんなことしちゃいけないわね。ここで待ってるように言ったのに。すみません。ひどい面倒をおかけしちゃって」

「あなたはどこに行っていたんです、キャロリー？」

「わたし……」声が途切れた。「わたしはトイレに行ったの。確かそうよね？　すみません。頭痛がするのよ。わたし、ピートのことが心配で心配で。待って、ちょっと待ってよ――」イヴが軽食堂のドアを開けると、キャロリーはなかに足を踏み入れた。それから、腰にぴしゃりと両手を当てた。

「ピーター・ジェイムズ・グローガン！　なんてことをしてくれたの」

部屋の向こうから、あの男の子とその兄とその父親が一丸となってすっ飛んできた。「特に念を押しておいたでしょう、絶対に動いちゃ――」

今回、そのせりふは吹っ飛ばされた。男ども三人が彼女にがばと抱きついたからだ。「まあ、やめてちょうだい。言いつけを破ってもその手で懐柔できると思ってるなら、大まちがいですからね。まあ、多少は効くかもしれないけど」キャロリーは脚にしがみついている息子の頭をなでた。「スティーヴ？　スティーヴ？　あなた、震えているじゃない。どうしたの？　何があったの？」

スティーヴは少し身を引いて、妻にキスした。その唇に、そして、頬にも。「きみは――きみは怪我しているよ。頭を打ったんだね」

「え……」キャロリーは額の瘤にそっと触った。「あいたっ！　どこで打ったんだろう？　なんだか気分もよくないわ」

「ここにすわって。ピート、ウィル、お母さんに場所を空けてあげなさい。さあ、すわって、キャロリー、傷を見せてごらん」

彼女がすわると、スティーヴはその両手を取って、唇に押しつけた。「これで何も心配ない。もう大丈夫だ」

でもそれはちがう、とイヴは思った。みんなが大丈夫なわけじゃない。

誰かが死んでいる。誰かがその死をもたらした。

両者とも行方はわからない。

3

「調査官、あの爆音の発生源を突き止めて、そのエリアを封鎖して。それから、DOT局員とフェリーの従業員のリストがほしいわ。業者も含めて、いま乗船している全員のよ。それに、セキュリティディスクもほしい。NYPSDの警官が到着したら、彼らもいま言った仕事を手伝う。ピーボディ、割り振りをお願い。さあ」

イヴはグローガン一家のほうに目をやった。家族の再会にもう一分与えよう。「この船には、救命艇、緊急避難用装備があるわよね？」

「ええ」

「数を点検して、監視をつけないと。どれか使われていたら、ただちにわたしに知らせて。それと、ミセス・グローガンが……もどってきたとき話していた見張りと話がしたい。とりあえず、彼の供述をとる」

「いいですとも。警部補。しかしそろそろ船の人たちを――少なくともその一部を下ろす手配をしないといけませんよ」

「いまやっている。爆音、従業員、ディスク、避難用装備、封鎖。仕事にかかりましょう」

イヴは向きを変えると、キャロリーが相変わらず家族に囲まれて、すわっているところに行った。

「ミセス・グローガン、お話があります」

「彼女の頭の手当てをしたいんですが」スティーヴは庇護するように妻に腕を回していた。

「それに、もっときちんと検査をしたいし。医療キットがあれば、わたしが自分でやれます」

「さがしてきましょう」ピーボディが彼にそう言い、イヴに目を向けた。「うちの連中は二分後に乗りこんできます」

「オーケー。キットをさがしてきて。それから、チームを編成して。わたしはもう一度、このフェリーを隈なく調べてみる。遺留物採取班をあのトイレによこして。あそこを徹底的に浚わせたいの。それと、他に誰か行方不明者がいないか確認してよ」

「了解」

ピーボディは立ち去り、キャロリーは首を振った。「ごめんなさい、わたし、ちょっと混乱してるんです。あなたはどなたでしたっけ？」

「NYPSDのダラス警部補です」

「警察なのね」キャロリーはゆっくりと言った。「わたしに話があるんですって？　ええ、確かにわたし、あの警備員にちょっと腹を立てました。でもピートが心配だったんです。あの子が見つからなかったもので」

「なるほど。ミセス――」

「警察の人なら、電撃棒《ザッパー》、持ってるよね?」母親がいるべきところにもどったため安心したと見え、ピートはイヴに好奇の目を向けた。

「邪魔しないの」キャロリーが警告した。

「ミセス・グローガン」イヴはまた一から始めた。そして同時に、ジャケットの前を開き、腰のものを見せると――少年はパッと顔を輝かせた。「あなたと息子さんがあのトイレに行ったあと、何があったか話していただけますか?」

「本当は飲み物を買いに行くところだったんです。でもピートが行きたいと言うので、トイレに向かったわけですよ。わたしはこの子に待ってるように言いました。先に出たら、そこでじっとしているように」

「でもママ――」

「その件はあとで話し合おうね」キャロリーは説教を予告する口調で言い、子供はシートにがっくりと沈みこんだ。

「それから?」イヴは先を促した。

「それから、わたしはしばらくそこに留まって、ピートが入っていくのを確認し、そのあと……」キャロリーの顔が一瞬、虚ろになった。「おかしいわね」彼女はとまどった笑みを浮かべた。「どうもはっきりしない。頭を打ったにちがいないわ。足をすべらせたのかしら」

「トイレのなかで？」

「わたし——馬鹿みたいですけど、覚えてないんです」

「頭を打ったことをですか？　それとも、トイレに入ったことを？」

「どっちもです」キャロリーは言った。「よほど強く打ったのね」彼女は瘤にそっと触れて、身をすくめた。「鎮痛剤を飲みたいわ」

「もう少し検査するまで、何も飲ませられないな」スティーヴが言った。

「医者はあなただものね」

イヴは、そう昔のことではない、ある事件を思い出した。関係者の記憶が失われた、いや、奪われた事件だ。「頭痛はどの程度のものでしょう？」

「うざったいとひどいのあいだくらい」

「思い出そうとすると、痛みが増しますか？」

「頭を打ったことを、ですか？」キャロリーはぎゅっと目をつぶって集中した。「いいえ。やっぱり、うざったいとひどいのあいだだわ」

「吐き気はしない、ベイビー？　目のかすみは？」スティーヴが彼女の目をペンライトで照らし、瞳孔反応を調べた。

「いいえ。わたし、壁に突っこむか何かして頭をぶつけたような気がする。きっとそうよ」

「ドアに〝故障中〟の標示が出ていましたが」イヴは思い出させた。

「ドアに……ああ、そうだわ！」キャロリーの目が輝いた。「それは覚えています。だからきっと……でもそれはない――他のトイレに行ったはずはないわ。ピートを置いてはいかないでしょう。わたしはきっとその子が待ってなかったのよ。決まっている。だって出てきたのは確かですものね？　そしたら、この子が待ってなかったわけだから。わたしは足をすべらせて頭を打ったんでしょう。それで細かい点がちょっとあやふやなんですよ。なぜ警察がこんなことに興味を持つのか、どうもわからないわ」

「ミセス・グローガン、あなたは一時間以上、行方不明だったんです」

「わたしが？　行方不明？　そんな馬鹿な。わたしはただ――」しかし彼女はリスト・ユニットに目をやり、蒼白になった。「でもありえない。もうこんな時間だなんて。わたしたちはほんの数分、あそこを離れただけなのに。フェリーの航行時間は三十分足らずで、わたしたちはまだ出発したばかりだったのに。こんなのおかしいわ」

「きみはどこにもいなかった。どうしても見つからなかったんだ」スティーヴが言った。

「本当に怖かったよ」

「なんてことなの」キャロリーは夫をじっと見つめ、事実が頭に浸透してくると、髪をかきあげた。「わたし、どこかに行ってしまったわけ？　頭を打って、ふらふらと？　きっと脳震盪《しんとう》を起こしたのね。それで、どこかにふらふら行ってしまったんだわ」彼女はピートを見おろした。「なのに、あんたをどなりつけるなんて。いけないのはママなのにね。ごめんね、坊や。本当に」

「僕たち、ママが死んじゃったと思ったんだ。あそこに血があったから」母親の胸に顔を押しつけ、少年は泣きだした。

「血ですって?」

「ミセス・グローガン、DOT局員がNYPSDに連絡したのは、あなたがいなくなったという通報があったのに加え、あなたが入ったと思われるトイレの床にかなりの量の血液があったからなんです。壁や個室のドアにも血は飛び散っていました」

「でも……」キャロリーの呼吸が浅くなった。彼女はイヴをじっと見つめた。「それはわたしの血じゃありません。わたしは元気ですもの」

「血はあなたのではない。あなたはトイレに入った」イヴは先を促した。「〝故障中〟の標示があったのに、ですね?」

「思い出せないんです。まったくの空白で。まるで消去されたみたい。ピートが男子トイレに入っていくのを見ていたことは覚えています。それに……あの標示を見たことも。でもそこから先がわからなくて。きっとなかに入ったんでしょうね」キャロリーはつぶやいた。

「ええ、きっとそうしたはずよ。確認のために。だってすぐそこなんだから、のぞいてみたっていいじゃない？　ピートを置いていくわけにはいかないし。でも入った記憶はないんです……出てきた記憶も。でも入れたはずはないわね。それとも、飛び出してきたのか。なかが血だらけなのを見たなら、たぶん悲鳴をあげながら……どうもすじが通らないわね」

「ええ」イヴも同意した。「まったくです」

「わたしは人を傷つけてはいませんよ。それはありえないわ」

「あなたが人を傷つけたとは思っていません」

「一時間とはね。一時間が消えてしまうなんて。そんなことありえます？」

「これ以前にも時間が消えたことはありますか？」

「いいえ。一度も。つまり、ほら、時間を忘れたことはありますよ。でもこれはちがいますものね」

「ウィル、ママに飲み物を取ってきてあげたら？」スティーヴが上の息子に軽くほほえみかけた。「たぶんちょっと水分不足になってるぞ」

「それどころか」キャロリーはやや弱々しく笑った。「トイレに行きたくてたまらないわ」

「オーケー」イヴは、医療キットを持って入ってくるピーボディを見つめた。「ちょっと失礼」彼女はパートナーのほうに歩いていった。「グローガンにキットを渡し、そのあとで奥さんをトイレに連れていって。ぴったり貼りついてるのよ」

「了解。うちの連中が乗船しました。いま各階の捜索をしています。まずいことに、地元の人たちはちょっといらいらしだしてますよ」

「ええ。もうしばらく我慢してもらうしかないわね」

「もしかすると、これは全部、くだらないいたずらなんじゃありませんか？　誰かがあのトイレにドパッと血を撒いたうえ、標示をぶら下げて、人が入っていくのを見物していたとかね」

「だったらなぜ標示をぶら下げるわけ？」

「確かに。このシナリオにはひとつ穴がありますね。でも――」

「第一、そいつはどうやって人間の血、二リットルを運びこんだの？　それに、ミセス・グローガンは一時間もどこに行っていたのよ？」

「それも穴ですが」

「彼女に貼りついていて」イヴは繰り返した。「それと、あの一家がニューヨークのどこに泊まっているかを確認してちょうだい。あの人たちをそこに帰して、彼女がヘルスセンターで正規の検診を受けられるようにしましょう。彼らに護衛をつけたいわ」イヴはうしろを振り返った。「彼女が何かを、誰かを見たとしたら、あの血をばらまいたやつがいまに彼女のことを気にしだすはずよ」

「きちんと警護させますよ。いいご家族ですよね」ピーボディは一家を見つめながらそう付け加えた。

「言えてる。ニューヨークにようこそ、だわ」

イヴはジェイクをさがしだした。

「避難用装備はすべてありかがわかりました」彼はセキュリティディスクのファイルをよこした。「この船に設置されている全カメラの分です。従業員、DOT局員のリストにはラベルが付いています」

「結構。あの花火はいったいどこでやってたの?」

「ああ」ジェイクは頭を掻いた。「どうも右舷側から打ち上げられたようですね。おそらくは船尾から。これは、目撃者に聞いたおおよその軌道からの判断です。物的証拠は見つかっていません。灰も、打ち上げ装置も。これまでのところ何も出ていないので、この船から打ち上げられたのかどうかもはっきりしないんですよ」

「ふうむ」イヴは考えこみ、広い港に目を向けた。

「船のなかは市警の警官だらけですよ。犯行現場はお宅の鑑識班が調べています。もしあれが犯行現場なら、ですが」ジェイクはそう付け加えた。「乗船しているDOTの職員は全員、確認できました。乗客からの聞き取り調査は、現場付近にいた人たちに焦点を当てて、お宅の人員とうちのとで行っています。これまでのところ、誰も何も見ていませんが。当然ながら、死体を運んで歩けば、人目を引くはずですよね」

「ふつうはね」

「つぎはどうします?」

イヴの考えでは、可能性はふたとおりだ。その一、殺人犯は――もし本当に人が殺されたならだが――なんらかの方法ですでにフェリーを降りている。その二、殺人犯はまだ降りられずにいる。

「スタテン島に行きましょう。向こうでのやりかたはこうよ」

時間もかかるし、ものすごい忍耐力を要することだが、セント・ジョージ・ターミナルで乗客を下ろすには、その前に、四千人近い彼ら全員の身元確認、身体検査、および、聞き取り調査を行う必要があった。幸い、乗客のうちかなりの人数は子供だった。イヴにとって子供とは珍妙で、多くの場合、暴力的な存在だが、さすがの彼女もあの血溜まりがイカレた幼児の仕業だとは思わなかった。

「順調に進んでいますよ」ピーボディがそう報告すると、イヴは低く唸った。

「捜索も継続されています」ピーボディはつづけた。「これまでのところ、武器や死体は見つかっていません。物置に潜む邪悪な殺人鬼もです」

イヴは乗船口のセキュリティディスクをPPCで見つづけた。「もう死体は捨てられたのよ」

「どんな方法で?」

「それはわからないけど、捨てられたか運び出されたか。二度の捜索、しかも今回は死体検知器も使ってるのよ。犯人、もしくは、共犯者は、花火を目くらましに使ったの。みんなの注意を一方に引きつけ、反対側で必要な作業をしたわけ。そうにちがいない」

「それだけじゃ、犯人がどうやってトイレの死体を運び出したのか、説明がつきませんけど」

「そうね」

「もしいたずらじゃないとしたら、原因はエネルギーの渦かも」

イヴは目を上げて、哀れむように五秒間、ピーボディの顔を眺めた。

「だってフリー・エイジャーですから。わたしは渦の上で育ったんです。これはアブラカダブラなんてのよりいい仮説ですよ」ピーボディはため息とともに、巨大な水族館のガラスの向こうを泳ぐ派手な熱帯魚を見つめた。

「犯人は死体を船から投げ落とし、その後、海に飛びこんで泳ぎ去ったわけじゃないでしょう」ピーボディはそう指摘した。「魚じゃないんだから」イヴの考えこんだ顔に気づいて、ピーボディは両手を振りあげた。「ねえ、ダラス。トイレから出ていく方法はないんですよ。何百人もの人の前を通らないかぎり」

「ほとんどうしろでしょ。みんな、海を見てるんだから。目下ラボに急行中のあの血液が生身の体から流れ出たもの――願わくは、ＤＮＡの照合で身元がわかる人間のものとわかれば、脱出の方法、下船の方法はあるということになる。なぜなら犯人はその方法を使ったわけだから」

「並行宇宙《パラレル・ユニバース》。その可能性を裏付ける科学的な理論もあるんですよ」

「きっと、森をスキップして歩くきらめく翼の妖精の存在を裏付けるのと同じやつでしょうね」

「嫌味だなあ」ピーボディは指を振ってみせた。「あなたは嫌味な人ですよ、ダラス」

「わたしの世界じゃ、それを正気って言うんだけどね」

ジェイクがふたりに合流した。「半分くらい進みましたよ。たぶん半分以上」

「エネルギーの渦か、パラレル・ユニバースか、きらめく翼の妖精は見つかった?」イヴは彼に尋ねた。

「嫌味だなあ」ピーボディがまた言った。

「あー……いえ、いまのところは」ジェイクはふたりに使い捨てカップ入りのコーヒーを差し出した。「武器も、血液も、死体もです。これまでのところ、数取り器《カウンター》と聴取エリアを通過した全員が生きていますし」

「わたしは船にもどるわ」イヴは彼に言った。「ヒットがあったら——どんなヒットでも——連絡してちょうだい。ピーボディ、一緒に来て」

「ねえ」ピーボディがイヴとともに立ち去ろうとすると、ジェイクがその腕を軽くたたいた。「この仕事は長丁場になりそうだよね。かたがついたら、軽く飲みに行かない？　打ち上げに？」

ピーボディはうろたえ、うれしさと恥ずかしさがミックスされたのぼせで頬が熱くなるのを感じた。「ああ、どうも。うーん、いいですね。つまりその、お誘いはうれしいんです。ただわたし、人と一緒に暮らしているもので。男性。電子探査マンと。わたしたち……あれですよ……カップルなんです」

「運のいいやつだな」ジェイクは言い、ピーボディの頬はさらに赤くなった。「それじゃ、いつかビールでも飲もう。友達として」

「ええ、いつか。ああ……」ピーボディはにっこり笑うと、大急ぎでイヴのあとを追った。

「〝一緒に〟という言葉の意味を忘れた？」

「いいえ。それどころか正確に覚えていましたよ。わたしはマクナブと一緒に暮らしている。ちゃんと覚えていました。ジェイクに誘われても」

「ああ、それはすごいことよね」イヴは明るい笑みを放出し、ピーボディの胃袋を凍りつかせた。「謝罪しなきゃ。邪魔しちゃってごめんなさい。たぶん、あなたたちふたりは休憩をとって、一杯やりに行き、親睦を深めたいでしょうね。消えた死体と殺人犯の謎を解くのなんか、いつだっていいんだし。殺人事件らしきものの捜査に、ロマンスらしきものの邪魔をさせるなんて、もってのほかよね？」

ですよ」

「皮肉ならわたしだってすらすら言えますけどね。でも彼は実際、わたしを飲みに誘ったん

「わたし、メモブックのきょうの日付のところに、そのことを記入すべきかしら?」

「まったくもう」イヴとともにフェリーに乗りこむとき、ピーボディのなかでは不機嫌と優越感がせめぎあっていた。「何かしようなんて気はありません。それに、わたしはふたつ賞をもらったんです。第一に、セクシーなDOT調査官に誘われるという気分のいいやつ。第二に、自分にはセクシーなオタクがいるという理由で、その誘いをことわったという忠誠心の賞。わたしはほとんど誘われたことがないんです。マクナブは別ですけど、同居してるんだから、それは数に入らないし。だからこれは注目に値することなんですよ」

「結構、注目した。先に進んでいい?」

「少なくとも五分は〝わーい〟の時間がほしいですね。はいはい」イヴの目に射すくめられ、ピーボディはつぶやいた。「残りの〝わーい〟タイムはツケときます」

イヴは首を振って、いまは警官と採取班以外誰もいない甲板を進んでいき、鑑識員に声をかけた。

「シューマン、何が見つかった?」

イヴはこの男が、現場でもラボにいるときと同様に気楽に過ごせる、老練な世慣れたタイプであることを知っていた。彼は保護衣とオーバーシューズをすでに脱ぎ捨て、ガムの包装

を開けているところだった。「見つかったのは、約二リットルの血液と体液、たくさんの飛沫痕。組織片と繊維が少々。指紋、掌紋がほぼひと山。われわれはそれらをきちんと検査し、分析を行う。しかし現場での検査では、血液型はそっちで調べた結果と同じ——A型、陰性だった。また、スポット試料はそれがすべて同一人物の血液であることを示している。誰にせよ、その人物は、誰にも惜しまれずに逝ったわたしのボブおじさんと同様に死んでいるはずだ」

彼はガムを口に放りこみ、しばらくのあいだ、考え深げにくちゃくちゃやっていた。「何が見つからないか、教えてやろうか。死体や血を引きずった痕跡だよ。現時点では、件《くだん》の死体がいったいどんな手でトイレから運び出されたのか、それもわからない」シューマンは笑みを浮かべた。「興味深いね」

「血液が生身の体から流れ出たのか、それともバケツからぶちまけられたのか、どれくらいでわかる？」

「調べてみよう。面白味は薄いが、すじが通るのはバケツのほうだな。問題は、飛沫血痕が現場でやられたパターンに合致することだよ」興味をそそられたと見え、シューマンはガムを噛みながら、ほほえんだ。「まるでスプラッター・ビデオじゃないか。そこに入った者はみな、切り刻まれ、刺し貫かれ、はらわたを抜かれる。そして、おもしろいことに、フッと消えてしまうんだ」

「おもしろいことにね」イヴはオウム返しに言った。

「もう入ってもいい？」

「すっかり浚ったよ。どうぞご自由に」

シューマンもイヴとともにトイレに入ってきた。そこでは、採取班の二名がまだシンクや導管を調べていた。

「われわれはあらゆる部分に注意を払っている」シューマンは言った。「しかし給排水の管を通って抜け出すには、体が小さくなる魔法の薬が必要だろう。排気口、床、壁、天井も見てみるがね」

イヴは顔を上に向け、自ら天井を眺めた。「犯人は自分自身と死体と成人女性を運ばなきゃならなかったのよ。たぶん殺人者はひとりじゃないわね」

彼女は移動して、個室や壁の飛沫血痕を観察した。「被害者はあのあたりに立っていた。犯人はまず彼女の喉を切り裂く。わたしならそうするわ。彼女は声を出せない。あのいちばん大きな飛沫痕は、頸動脈の傷から噴出した血しぶきの痕よ。それが一部、犯人の体に遮られたの」

イヴは向きを変え、自分の喉にぴしゃりと手を当てた。「彼女は喉を押さえる。血は指のあいだから噴き出してくる。それで、あそこにさらにしぶきが飛ぶ。でも彼女はまだ持ちこたえている。壁に倒れかかり——そこに血痕を残し——向きを変えようとして、さらに血痕を残す。犯人は再度、切りつけた。だからあの二番目の個室に飛沫痕がある。それに、この壁の下のほうにも。おそらくそいつが彼女を刺し、彼女はこっちによろよろあとじさったのよ」イヴはうしろに重心を移した。「たぶんドアに行こうとしたんでしょう。でも犯人が襲ってきた。切り刻まれ、彼女は倒れる。そしてその箇所で、失血死する」

「さっきも言ったが、調べてみるよ。だがそんなところだろうな」

「犯人は全身血だらけのはずよ」

「洗面台で汚れを洗い落としたとしても」シューマンは言った。「そいつはなんの痕跡も残していないよ。シンクにも、防臭弁にも」

「保護衣を着けてたんじゃ？　手袋とか？」ピーボディが言った。

「かもね。ありうる。でも、死体を運び出せたなら、血だらけのまま出ていくこともできたんじゃない？　血のすじはない」イヴは言った。「引きずった痕はひとつも。担ぎあげ、運び出すとしても、ふつう血のすじは残る。きっと死体を包んだのね。カバーや死体袋の類を使ったなら、そいつは計画を練り、準備を整えて来たことになる。脱出の計画も立てていたでしょうよ。キャロリーは想定外の要素だった。でもそいつは、さほど困っていない。ちゃんとそれに対処している」

「でもそいつは彼女を殺さなかった。ほとんど傷を負わせてもいませんね」ピーボディが指摘した。

「そのとおり」それこそイヴが不思議に思っていた点だ。「やろうと思えばできたのに。それも簡単によ。ドアに鍵は付いていない。複数の個室のある公共トイレのドアに鍵を付けることは、安全規定によって禁じられているから。数分かかったろうけれど、犯人は標示で間に合わせた。殺害、かたづけ、運搬。キャロリーは一時間以上、姿を消していた。つまり犯人は、どこに行ったにせよ、彼女をどこに連れていったにせよ、時間を必要としていたのよ」

「この船にはいくらでも場所がある。通気口、インフラ、倉庫。船室内をあっためたり冷やしたりする馬鹿でかいダクトもあるしな」シューマンが言った。「浄化槽、備品用倉庫、メンテナンス・エリア。われわれはここを隈なく調べる。だが、そうしたところでそいつがどうやって抜け出したかはわからんよ」

「それじゃ、そいつがどこに行ったのか突き止めて、経路を逆にたどりましょう。それと、被害者が誰なのか、なぜスタテン島フェリーの上で切り刻まれたのか、そこを突き止めなきゃね。犯人は特にその被害者を狙ったのよ。そうでないなら、キャロリー・グローガンの血も、このトイレ内のいたるところに残っていたはずだわ」

当面、わたしにできる最善のことは、ここを遺留物採取班に任せることだ、とイヴは思った。

4

「なぜ犯人はキャロリーを殺さなかったんだろう?」甲板にもどると、ピーボディは疑問を口にした。「そのほうが簡単だったろうに。ただ彼女の首を掻き切って、仕事にもどればいいんだから。何も犯罪の隠蔽に心を砕いてたわけじゃなし。あれだけ血があれば、犯罪が行われたことは明々白々ですからね」

イヴは謎の場面を再現しようとしながら、船尾へと向かった。「犯人に訊いてみるのが楽しみだわ。キャロリーの記憶がないのも、単なるそいつの幸運とは思えない。彼女の検診がすんだら、結果を確認しましょう。でももっと大きな疑問は、なぜわざわざ彼女の記憶を抑圧したかよ。それに、なぜそいつにはそういう技があるわけ?」

「催眠術ですか?」

「それも除外はしない」イヴは手すりに背をもたせかけ、一対の煙突を見あげた。「あの煙突は本物じゃないのよ。単なる見せかけ。フェリーの昔っぽさを保つためにすぎない。大きいわね。あれなら、死体一体と意識のない女ひとりを余裕で隠せる」

「ええ、もし犯人にきらめく妖精の翼と姿が見えなくなる楯があるならね」

これにはイヴも笑うしかなかった。「一本やられた。でも、いちおう調べさせましょう」

ジェイクが歩いてくると、彼女はそちらに顔を向けた。

「最後の乗客が数取り器《カウンター》を通過しました。二名足りませんね。乗客も乗員も業者もすべて確認したんですが。乗船した人間で降りていないのが二名います」

「港に着く前に降りただけのことよ」イヴはそう正した。「このフェリーは今後、通達があるまで運行中止とし、NYPSDの命令により立入禁止とする。警備は二十四時間態勢で行う。鑑識の作業はまだ完了していない。それは、船内を限なく調べるまで続行される。あれも含めてよ」彼女はそう付け加えて、煙突を指さした。

ジェイクは視線を上げ、イヴの指さす先を追った。「あれか。おもしろそうだな」

「これだけのサイズで、このレイアウトでしょ。隠れ場所、隠し場所はいくらでもある。犯人はこの船のことを知っているのよ。少なくともある程度は」

「隠れ場所があるってだけじゃ、人に見られずあのトイレから抜け出せたことの説明にはなりませんよ。そいつが姿を消すマントでも持っているならいざ知らず」

ジェイクのコメントにピーボディはアハッと笑い、イヴは冷めた目で彼を眺めた。

「こっちは目撃者と証拠を調べる。今後も連絡を取り合いましょう、調査官」

「もう行くんですか？」

「セキュリティディスクとキャロリー・グローガンとラボの結果のチェックをしないと。本当に誰か死んだならだけど、被害者の特定が早いほど、殺人犯のほうに早く移れるわ。船の警備のために何人か応援を出してもらえない？　許可のない人間は一切、このフェリーに入れたくないの」

「わかりました」

「行きましょう、ピーボディ」

「あー、捜査官。もしそっちの状況が変わったら……」

ピーボディはまた頬が熱くなるのを感じた。「それはなさそう。でもありがとう」彼女は、大股で進むイヴにどたばたとついてきた。「彼、また誘いをかけてきましたよ」

「手が空き次第、記録しておく」

「記録に値するものね」ピーボディはつぶやいた。「確かに」彼女は高速艇に乗りこむ前に、思いきってうしろを振り返った。「わたし、こっちに留まって、また船に乗るのかと思ってました」

「あそこには充分、人員を投入したでしょ」高速艇が水上に飛び出すと、イヴは足を踏ん張った。「ひとつ疑問がある。いや、いくつかだわ。なぜ、海上に出たフェリーの公共のトイレで人を殺すのか？　簡単な脱出口はないのよ。それになぜ、死体を置いていかないのか？

もし邪魔が入ったなら、なぜその邪魔者の命を助けるのか？　そしてなぜ、手間隙《ひま》かけて、彼女を一時間も隠しておくのか？」

「そうですね、でもたとえ〝なぜ〟に対する答えがわかっても、〝どうやって〟に対する答えはわかりませんよ」

「つぎの項目。被害者はどのように選ばれたのか？　殺害方法はどのように選ばれたのか？キャロリー・グローガンは犯行現場から別の場所までどのように運ばれたのか？　そして、全項目にまたがる疑問。彼女にはなぜ記憶がないのか？　死体は——もしそれがあったのなら——どうやって動かされたのか？　このすべてはひとつの問いに舞いもどる。被害者は誰なのか？　それが核よ。残りはそこから放射されているの」

「被害者はおそらく女性でしょう。殺害の場所から見て、そう考えるほうが妥当です」

「わたしもそう思う。それにコンピューターも同じ考えよ。確率精査をしてみたの。被害者または犯人が女性である確率は、八十パーセント台半ばだった」リンクが鳴り、イヴがそれを取り出してみると、画面にはロークの個人のコードが出ていた。「ヘイ」

「ヘイ」ロークの顔——あの堕落天使の美——が画面に広がり、鮮やかな青い目の上で黒い眉がアーチを描いた。「港にいるの？　例のフェリーの事件？」

「ああもう。どの程度、漏れてる？」

「ほんの少しさ。殺人を示唆《しさ》する情報が皆無なのは確かだよ」猛スピードでマンハッタンに向かう高速艇に、ロークの声が、アイルランド訛をかすかに交え、なめらかに流れてくる。

「で、誰が死んだの？」

「それが問題なの。ラボで解明できればいいんだけど。わたしはいま、そこに向かっているところ。答えによっては、帰りが遅くなるかも」

「僕はたまたまダウンタウンにいて、奥さんをディナーに誘いたいと思っていたんだ。ラボで合流して、得られる答えによっては、そこから一緒に出かけるっていうのはどう？」

反対する理由が浮かばない。そして彼女は、事件のすべてをいつどのように彼にぶつけるか考えてみた。新鮮な目が加われば、新たなアングルが見えてくるかもしれない。「オーケー。ディックヘッドを買収して、身元の解明を急がせる場合、あなたがその場にいたら便利だろうし」

「地元の公務員の買収ならいつでも喜んでやるよ。じゃああとで」

「いいもんですよね？」イヴがリンクをポケットに突っこむと、ピーボディが言った。「自分の男がいるのって」

イヴはいったんは受け流そうとしたが、高速艇のパイロットに聞かれる気遣いはないものと判断した。それに、馬鹿話に何分か使っていけないという法はない。「まあ悪くはないわね」

「ほんと悪くないです。ジェイクみたいなキュートな男に口説かれるのは最高ですけど、今夜、マクナブとしっぽり過ごすんだと思うとね。これはもう幸せの極致ですよ」

「なぜいつもそうやって、あなたとマクナブとセックスのことをわたしの頭に注ぎこむわけ？　それって、どんな鎮痛剤も治せない頭痛を引き起こすんだけど」

「しっぽり過ごすのは、セックスとはちがいますよ。それはセックスの前、もしくは、あとのことですから。わたしは特に、セックス後のしっぽりが好きですね。すっかりあったまって力が抜けて、二匹のおねむの仔犬みたいになってるときが」ピーボディは小首をかしげた。「ああ、むらむらしてきた」

「打ち明けてくれて、ほんとにうれしいわ。じゃあ、この面倒な捜査をさっさとかたづけましょうよ。あなたたちが仔犬風のしっぽりに取りかかれるように」

「そうそう、特別な夜用に取ってある新しいガウンがあるんですよ」

「その話はしないで。やめなさい」イヴは警告した。「神聖なるすべてのものにかけて誓う。やめないと、あなたを海に放りこんで、水中でべらべらしゃべってるとこを轢き殺すように高速艇に命じるから」

「冷酷だな。でもたぶん、例の殺人犯がやったのはそれですよ。被害者の死体を海に放りこみ、スキューバの装備を身に着けて、あとから自分も飛びこんだんです」

「死体を放りこむつもりだったとして、そもそもなぜそれを動かす必要があるのか？　そいつは殺したかっただけじゃない。死体がほしかったのよ」

「オェーッ。ええ、わかってます。警察の捜査官は〝オェーッ〟なんて言うもんじゃない。でもなんだって犯人は死体なんかほしがるんです?」

「戦利品よ」イヴは目を細めた。

「〝オェーッ〟とは言いませんよ」

「ちゃんと考えてたわけね。証拠品かも」イヴは付け加えた。「戦利品というより、むしろそっちのような気がする。死体は死の鉄壁の証拠よね。現時点では、わたしたちにはそれがない。犯人にはあるわけよ。このことは、わたしたちをつぎの〝なぜ〟へと導く。なぜそいつには証拠が必要なのか?」

「報酬のためとか?」イヴがうなずくと、ピーボディは両手を上げた。「でも暗殺にしてはきれいじゃないし、ごたごたしすぎです。プロっぽくないですよ」

「ええ、そうね。でもその他の点を考えてみて。消えた死体、公共の場所、煙のように消えたふたりの人間。これはわたしには非常にプロっぽく思える」

ラボへの移動のあいだ、この考えはずっとイヴの頭を占めていた。そして少なくとも、いまの彼女は、水上ではなく揺るぎない地面の上を進んでいる。ニューヨークは突然、夏に向かって開かれたようで、その隅々から、観光客と彼らをカモとする街の泥棒どもをあふれ出させていた。冷たい飲み物やアイスキャンディーを売るグライドカートは大繁盛。コピー商品を扱う行商人は、安い土産物、購入者がホテルにもどるまでは動いていそうなリスト・ユニット、色とりどりの〝シルク〟のスカーフ、おしゃれ用サングラス、半ブロック先から片目をつぶって見ればブランドものとまちがえるかもしれないハンドバッグで、稼ぎまくっている。

街にはまた、色と香りをふんだんに振りまく歩道の花売りや、ワインやエスプレッソを前に陽射しを浴びながら戸外で食事をする人々も姿を現していた。

そんなわけで、道路や空の交通量は増し、グライドも歩道もふだん以上に混み合っている。それでも、とイヴは思った。そのあわただしさ、騒々しさは、本来のありようとなんら変わらない。

イヴは車を停める前に、ロークの姿に気づいた。ラボと鑑識というあわただしいハチの巣が収まった泥色の建物の前に、彼は立っていた。その濃い炭色のスーツは細長い体軀にぴったりで、本人の瞳に劣らず鮮やかなブルーのネクタイとともに微妙な光沢を放っている。

ふさふさした黒髪は垂らしてあり、人目を引く顔のあの鮮烈な目はサングラスで隠されていた。彼は操作していたPPCをポケットに入れると、イヴのほうに歩いてきた。

まるでエレガントで都会的なビデオ・スターみたいだ、と彼女は思った。ちょっと鋭さがあるけれど、それも、ダブリンの路地のゴミ溜めから手段を選ばず身を起こした、世界でいちばん――その衛星も含めていちばん――財力と権力を持つ男にはふさわしい。

「キャロリーのほうを確認して」イヴはピーボディに言った。「検査がすんだかどうか、どんな結果が出たか」

お互いに歩み寄ると、ロークの唇がカーブした。彼の目を見るまでもなく、同じほほえみがそこにもあることはわかった。彼女の胸はときめいた。認めざるをえない。ピーボディの言うとおり、自分の男がいるのはいいものだ。

「警部補さん」彼はイヴの手を取った。そして彼女が眉を寄せてもいっこうにくじけず、身をかがめ、カーブしたあの唇を軽く唇に触れ合わせた。「やあ、ピーボディ。乱れ髪がまたすてきだね」

「ああ」彼女は虚しく髪をなでつけた。「ボートに乗ったもので」

「うん、聞いたよ」

「目撃者のほうを確認して、ピーボディ」先に立って建物に入っていきながら、イヴは繰り返した。

「何が目撃されたんだ?」ロークが尋ねた。

「メディアがなんて言っているか教えて。まだニュースを聴いてないの」

「ダウンタウンに打ち合わせに行く道々ちょっと耳にして、そのあとまたちょっと耳にした程度だけどね。フェリー上で女性が消え、その後、見つかったと言っていたな。あるいは、見つかっていないと。局によるんだよ。それと、誰かが怪我した可能性、または、海に落ちた可能性があるとも言っていた」

イヴが先に立って迷路を進み、サインとバッジの呈示とでセキュリティをクリアするあいだも、彼は話しつづけた。

「いちばん大事な点は、DOTとNYPSDがフェリーを二時間以上、留めおいたうえ、乗客を降ろすとき、また身体検査に時間を費やしたということらしいよ。乗客の何人かが、あちこちのメディアに画像や証言を送ったんだ。だから、想像がつくだろう？　その一件は世間に知れ渡っているわけさ」

「上等よ」イヴはエレベーターを避けて、下りのグライドに乗った。「そのほうがいい」

「誰かが行方不明者になったの？　それとも死んだとか？」

「行方不明者がいたけど、もういない。死者はいるかもしれないけど、死体はない。乗客は降ろすとき二名減っていた」

「二名というと、被害者と殺害者の数に一致するね。彼らはどうやってフェリーを降りたの？」

「それがまた謎なのよ」イヴはグライドを降りた。「とりあえず、わたしにはフェリーのトイレに残されていた二リットル分の血液がある。それが誰のものなのか突き止めなきゃ」

5

イヴはガラスで仕切られた迷路をくねくねと進んでいった。仕切りの向こうでは、鑑識課員が器械やホロ、鑑識ドロイド、小さなバイアルや謎の溶剤を扱っている。

機械音と人の声が混ざり合ってひとつになり、空気はブンブン唸っていた。イヴは少し不気味さを覚えた。どうして人間が来る日も来る日も、窓のない広いスペースで働けるのか、彼女には決して理解できないだろう。

鑑識課長、ディック・ベレンスキは、複数のコンピューターにさまざまな指示を出しながら、長く白いカウンターにそって音もなくスツールをすべらせていた。このディックヘッドは、一個人として見れば、靴のなかに入りこんだいまいましい砂利なのだが、その超自然的とも言える鑑識の腕についてはイヴも否定できなかった。

彼女が近づいていくと、ディックヘッドは顔を上げ、卵形の頭をかしげた。ロークに気づいたとき、その目がきらりと光ったのをイヴは見逃さなかった。

「きょうはお供付きかい、ダラス」

「お酒やスポーツのチケットや現ナマを民間人にせびろうなんて思わないでよ」

「おいおい」ディックヘッドの怒ったふりはあまりうまくなかった。

「血液の話をしましょうよ」

「たっぷりもらったよ。最初のサンプルは二時間前に。残りもじきに届くはずだ。そっちのサンプルも検査する。出所は一箇所とは限らない。血液専門のやつに記録から現場を再現させた。血溜まりや飛沫血痕を。すさまじい量の血だよな」

「しぼりたて？　それとも、冷凍品？」

ディックヘッドは小さく笑った。「しぼりたてだよ」彼はいくつかキーをたたき、コンピューターの画面上に、鮮やかな赤、黄、青のうねりや渦巻きを出した。「サンプルに、貯蔵、冷蔵、急速冷凍、解凍、再水化された徴候は見られない」

彼はふたたびキーをたたき、形と色の別の画像を呼び出した。「凝固の度合いと温度は、この血液が俺が検査する前に、約二時間、たぶん二時間ちょっと、空気に触れていたことを示している。それは、血液がここに届くまでの時間と一致する」

「つまり、サンプルは生身の人間から流出したものであり、きょうの午後一時から二時のあいだにその人間から流出したということね」

「そう言ったろ。A型、陰性、人血、血小板値もコレステロール値も正常、性感染症なし。

血液以外の微量の体液や組織片は除去した。ダブルX染色体」

「女性か」

「そのとおり。でかいほうのサンプルが届いたら、血液以外の体液の分離作業をつづける。採取班の話じゃ、そっちには毛髪が混じっているそうだ。それでほぼすべてわかるだろうよ。体液、組織片、毛髪」ディックヘッドは大きな笑みを浮かべた。「それだけサンプルがそろえば、彼女を再建できるよ」

「いい考えね。DNAは?」

「いま調べてる。若干、時間がかかるし、彼女が登録されてる保証はないがな。親族が見つかるかもしれんよ。完全一致と血縁者を検索するようプログラムしたから」

徹底してるわね、とイヴは思った。あの奇っ怪な小さな歯をいったん何かに食いこませたら、ディックヘッドはいつも徹底的にやる。「繊維もあったのよ」

「さっき言ったとおり、分離し、除去するよ。毛髪と繊維はハーポに回す。彼女はその分野の女王だからな。しかし、被害者のDNAを無理やり引っ張り出すことはできんよ。どこぞに登録されてないかぎり――おっと!」遠くのコンピューターがビーッと信号音を発すると、彼はぐるりと椅子を回し、すべっていった。「なんてこった、ヒットしたぞ。俺ってすごいよな」

イヴはカウンターの向こうに回って、その身分証写真とデータを自分の目で見た。「わたしのユニットに転送して」彼女は命じた。「プリントアウトもほしいわ。ダナ・バックリー、四十一歳、スーシティー生まれ、なぜあなたは死んだの?」

「いい女だよな」ベレンスキが感想を述べたが、イヴはそれを無視した。

金髪碧眼、色白、純朴そうな美人。五フィート六インチ、百三十八ポンド、両親は死去、兄弟姉妹なし、子供なし、結婚歴、同居歴もなし。「現在の職業は、フリーランスのコンサルタントか。この個人情報は、わたしたち敏腕捜査官に何を告げてるの、課長?」

「被害者には、身元を証明したり追加情報を提供したりする家族や雇い主がいないってことだな。この事実は、敏腕捜査官を〝うーむ〟と唸らせる」

「ほんとにね。彼女は自宅およびオフィスをここニューヨークとしている。パーク・アヴェニュー。ピーボディ、場所を調べて」

「そこはウォルドーフだよ」背後からロークが言った。

「ウォルドーフ‐アストリア・ホテルのウォルドーフ?」イヴがちらりと振り返ると、彼はうなずいた。そして目が合ったとき、彼女は彼の目に例の表情が浮かぶのを認めた。

やれやれ。そう思ったが、黙ってやり過ごした。とりあえずは。

「彼女が宿泊客リストに載っているかどうか確認して」イヴはピーボディに言った。「それと、身分証写真を調達して、フロント係に見せ、ホテルの連中に彼女がわかるかどうか確かめるのよ。すばやくかたづけたわね、ベレンスキ」

「ひと仕事したあとは、上等のワイン一、二本で、リラックスしたいもんだがなあ」

イヴはプリントアウトを手に取ると、振り向きもせずその場をあとにした。

「言ってみたまでさ」ベレンスキが背後から言った。

「ダナ・バックリーという名前でウォルドーフに泊まっている人間はいませんでした」追いついてきたピーボディが言った。「フロント係は彼女を知りません。この新情報は、第二の〝うーむ〟に値しますね」

「セントラルにもどって、彼女のことを徹底的に調べて。セキュリティディスクのチェックに取りかかってくれてもいいわ。わたしのホームユニットにコピーを送って。わたしはちょっと病院に寄って、もう一度キャロリーから話を聞く。彼女、被害者を見たことを思い出すかも」

「こんなに早くDNAの一致が出てツイてましたね。被害者について何かつかめたら、連絡を入れます」ピーボディはにこっとロークに笑いかけた。「じゃあまた」

ロークとともに車に乗りこみ、運転席に着くと、イヴは口を切った。「彼女を知ってるのね」

「そういうわけじゃない。確かに、彼女については知ってるよ。複雑なんだ」

「あなたとこの件とのあいだにつながりがある可能性は?」

「ない。僕は彼女とはなんのつながりもないからね」

イヴは胃のよじれがすーっとほどけていくのを感じた。「どんなかたちで彼女を、あるいは、彼女について知ったの？」

「最初に彼女のことを聞いたのは何年か前だね。われわれは新しい――当時は新しかった、ホロ技術の開発に携わっていた。その情報が危うく盗まれかけたんだ。いや、もし幾重にもセキュリティを張りめぐらせていなかったら、まちがいなく盗まれていたろうよ。しかし実際は、彼女が何層か突破したとき、警報が作動したわけだ」

「企業／技術スパイね」

「うん。僕の知っていた彼女は、ダナ・バックリーじゃなく、キャサリン・デローターだ。調査がすむまでに、きっときみはいくつもの身分を見つけることになるだろうよ」

「彼女は誰に雇われているの？」

ロークは上品に、さあね、と一方の肩をすくめた。「いちばん金を出す誰かだな。彼女は僕が自分のサービスに興味を持つんじゃないかと思い、面会の手筈を整えた。七、八年前のことだよ」

「彼女を雇ったの？」

ロークは軽いいらだちをこめ、イヴに目をくれた。「雇うわけがないだろう？　僕には盗む必要なんてない。仮にあっても、自分でやれるしね。僕は彼女のサービスに興味がなかった。だから、はっきりそう言ってやったんだ。アイデアを盗む必要がないから――なかったからというだけじゃない。それはケチな卑しい行為だからね」

イヴは首を振った。「あなたの倫理基準ってどうもわからないわ」

「僕にとってはきみのもさ。僕たちはいいコンビだよな？　とにかく僕は警告のうえ、彼女を追い払った。そのことのためだけじゃない。噂によれば——僕も自分で調査して確認したことだが——彼女はスパイであるのみならず、殺し屋でもあったんだよ」

イヴはすばやく彼に目をくれてから、車の流れに強引に割りこんだ。「企業のトップを狙うやつ？」

「それは金を出す誰かの注文次第じゃないかな。彼女は雇われて仕事をする。あるいは、そう言われていた。そして、自らの手を平然と血で汚す。ピーボディの調べでは、こういうことは一切出てこないだろうよ。その女の仕事の大かたは、噂が本当ならばだが、あちこちの政府の依頼によるものだ。報酬は非常にいい。特に、他人の喉をちょっと掻き切るのを厭わなければね」

「汚れ仕事にどっぷり手を染めていたテクノ・スパイが、フェリーに乗りこんだ。そして死んだだけじゃなく、消えてしまった。競合相手の仕業とか？　そいつも人に雇われてたの？あれはプロの仕事のような気がする。きれいじゃないし、ごたごたしてるけど——いや、たぶんそのせいかも。この新情報が漏れたら、メディアがどっと群がってくるわね。そんなこと誰が望むっていうの？」

「それが狙いだったとか？」ロークがまた肩をすくめた。「なんとも言えないけどね。死体はフェリーから投棄されたの？」

「そうは思えない」蛇行運転を繰り返し、イーストサイドへと突き進みながら、イヴは事件の経緯を彼に話した。「つまり犯人は、何十人、何百人もの人の目の前で、死体と目撃者を運んだことになるわけよ。なのに誰も何も見ていないの。目撃者は何も覚えていないし」

「わかりきったことを訊くようだけど――そのトイレには本当に脱出口はないんだね？」

「その犯人がネズミのサイズになって排水管を這いおりて行けるならともかく、脱出口はひとつもなかった。たぶんそいつはエネルギーの渦に飛びこんだのよ」

ロークが振り向いて、笑みを浮かべた。「そうなの？」

イヴは手を振った。「ピーボディのフリー・エイジャーっぽい思いつき。そう、そいつは魔法の杖を振って、アブラカダブラって言ったのかもね」ロークが眉を寄せると、イヴは尋ねた。「何よ？」

「何かが……頭の奥に何かがある。ちょっと考えさせて」

「一生懸命、頭をしぼる前に」イヴはハンドルを切ってヘルスセンターの駐車場に入った。「ひとつ言わせてよ。魔法の杖は存在しないし、帽子のなかにウサギはいないし、代替現実なんてものもない」

「でもこの現実では、人はふつう、死体が鼻先でパレードしていれば気づくものだよ」

「死体らしく見えなかったのかも。船には業務用のバスケットワゴンが二個あるの。犯人は死体をそこに放りこみ、通常業務みたいな顔をしてバスケットワゴンを押していったんじゃない？　訊かれる前に言っておくけど、いいえ、ワゴンが消えた形跡はないし、船にある二個にはなんの痕跡も残っていない。でもこれはロジカルな考えかたよ」

「確かにそうだね」イヴが駐車すると、ロークは彼女とともに車を降りた。「その一方、ロジックはこう言うはずだよ。ひとつしか出口のない場所、それも公共の場所で人を殺してはいけない、死体を持ち出してはいけない、目撃者を放置してはいけない。一連のロジックを維持するのは、周辺のロジックがひどくほつれている場合、むずかしいんじゃないかな」

「そのほつれたロジックも、理由と動機が見つかれば、ほつれたロジックじゃなくなるわ」

ヘルスセンターに入っていきながら、イヴはバッジを取り出した。

グローガン一家は小さな病室に寄り集まっていた。キャロリーは膝に陽気な花束を載せ、ベッドの上に身を起こしている。疲れた顔ね、とイヴは思った。そして、イヴの姿を見ると、その顔に緊張とあきらめが現れた。

「警部補さん。わたしはつつき回され、撮影され、スキャンされ、観察されました。それも全部、頭の瘤のために。何か悪いこと、恐ろしいことが起きたのはわかっています。でも、その件は本当にわたしとはなんの関係もないんですよ」

「まだ何も思い出せませんか？」

「ええ。頭を打ったのは確かなようですけど。それでしばらくぼうっとしていたんでしょう」キャロリーの手が花束の下からそろそろ這い出し、夫の手を求めた。「いまはもうなんともありません。本当に、もう大丈夫です。せっかくの休暇ですもの。子供たちを病室で過ごさせたくないわ」

「ほんの数時間のことだよ」スティーヴが安心させるように言った。いちばんの年少者、ピートという名の男の子が、ベッドに這いあがって、母親のかたわらにすわった。

「それでもね。どなたかが怪我をなさったことはお気の毒に思います。どなたかが怪我をなさったのは確かですものね。スティーヴから聞きました。お力になれたらと思いますよ。本当に。でもわたしは何も知らないんです」

「頭はいかがです？」

「ちょっと痛みます」

「見ていただきたい写真があるんです」イヴはダナ・バックリーの写真のプリントアウトを差し出した。「この人を知っていますか？　フェリーで見ていたかもしれないんですが？」

「さあ……」キャロリーは手を上げて額の包帯をいじった。「さあ……」

「人は大勢いましたからね」スティーヴが首を傾け、写真をのぞきこんだ。「わたしたちはほとんどずっと海を眺めていましたし」彼は気遣わしげにモニターに目をやった。妻の脈拍数が急上昇したのだ。「大丈夫だよ、ハニー、リラックスして」

「見ちゃだめだよ、ママ。これ以上、ママを怖がらせないでよ」少年は写真をイヴに突き返した。「この人、写真に写ってた」

「もう見ないで」ウィルが写真をひったくった。

「どういう意味？」

「覚えていないわ。その写真、なんだか怖い。なぜ怖いのかしら？」

「その女の人。ほら」ウィルはポケットからカメラを取り出した。「僕たち、写真を撮ってたの。パパが僕にも少し撮らせてくれたんだけどね。その人、写真に写ってるんだよ」ウィルはカメラの電源を入れ、コマをもどしていった。「たくさん撮ったんだ。僕、ママが検査に行ってるあいだに、それを見ていたんだけどさ、その人、写真に写ってるんだよ。ほらね？」

イヴはカメラを受け取って、下手くそに切り取られた人込みのスナップを見つめた。ダナ・バックリーはベンチにすわって、使い捨てカップから飲み物を飲んでいた。その膝にはブリーフケースが載っている。

「なるほど。このカメラ、しばらく預からせてもらうわね。いいでしょ？　ちゃんと返すから」

「ずっと持っていていいよ、別に。とにかくママを怖がらせないで」

「お母さんを怖がらせる気はないのよ。わたしがここにいるのは、そのためじゃないんです」イヴは直接キャロリーに言った。

「ええ、ええ、わかっています。その人——それが怪我をなさった人なんですか？」

「ええ。彼女の写真を見ると、あなたは動揺するわけですね」

「怖くてたまらなくなるんです。理由はわかりません。光が閃いて」ちょっとためらってから彼女は言った。

「光？」

「まぶしい光。白い光です。写真を見たあとに、それが閃いて。そして、ひどく怖くなるんです。白い光が閃いて、わたしは何も見えなくなる。しばらく目が眩んで。わたし……変に聞こえますよね。でもわたしはおかしくなんかありません」

「シーッ」ピートが母親の髪をなではじめた。「シーッ」

「担当医と話をします」スティーヴが言った。「キャロリーがもう大丈夫なら、彼女と子供たちをホテルに連れ帰って、この件から離れたいので。ルームサービスをたのもうな」彼はウィルにウィンクした。「部屋のスクリーンで映画を見よう」

「ああ、いいわね」キャロリーがほっと息をついた。「ここを出れば、いくらか気分がよくなりそうよ」

「担当医をさがしに行きましょう」イヴはそう提案し、ロークにちらりと目をやった。彼はうなずき、スティーヴがイヴとともに出ていくと、ベッドの裾のほうに移動した。

「ところで、ミセス・グローガン、このニューヨークではどちらに宿泊されているんでしょう?」

三十分後、ようやくヘルスセンターを出たとき、ロークは初めて質問を口にした。「それで、あのご婦人の検査結果は?」

「わたしは担当医に、わたし用に嚙み砕いた説明をさせた。その医者は旦那には——同じ医者だから——もっと専門的な言葉で話していたけどね」

「きみも僕用に嚙み砕いた説明をして」

「彼女は大丈夫」イヴは言った。「損傷に深刻なものや持続するものはない。打撲傷、軽い脳震盪、いちばん興味深いのは、医者が嚙み砕いて、視神経の〝しみ〟と説明したものね。両目にそれがあるの。彼はもう一度、検査を受けろって強く言ってたようだけど、再検査はもうすんでいて、そのときにはしみは消えかけてたってことだから、スティーヴがこれ以上の検査を希望するとは思えない。それと、脳のスキャンで、記憶をつかさどる部分に何か怪しげなもの、不具合が見つかったの。でも、それも再検査のときは治っていたのよ。薬物は検出されなかった」車に乗りこみながら、イヴはそう付け加えた。「なんの痕跡もなし。実に残念だわ。ロジックにより、わたしがたどり着いた結論はそこなんだから」

「何か記憶を抑制するものが使われていたなら、説明がついたろうにね。いや、まだその可能性はあるか」イヴが目をやると、ロークは首を振った。「うちに着いたら、あることをようく調べてみないといけないな。きみはグローガン一家の今後を追わなきゃならないんだろうね」

「だったら彼らはパレス・ホテルにいるからね。今夜そっちに移ることになったんだ」

「ええ」

「あなたのホテルに?」

「いまいる部屋はちょっと窮屈らしいんだよ。彼らの災難を思えば、ちょっとしたアップグレードが必要な気がしたし。それに、セキュリティの面でもパレスのほうが優れている。はるかに、だ」

「彼らには護衛をつけているのよ」イヴは言いかけて、肩をすくめた。「そのほうがいいわね」部下たちにこの変更を知らせるため、彼女はリンクを起動した。「うちに帰って、その〝ようく調べる〟ってのを始めましょう」

6

万事をこなすロークの部下、サマーセットは、イヴが入っていったとき、大ホワイエに潜んではいなかった。彼女は太っちょ猫、ギャラハッドが毛皮付きのガーゴイルよろしく階段の親柱に乗っているのを見つけた。猫はあの左右色のちがう目を瞬くと、ドスンと床に飛びおり、ゆるゆるとやって来て、イヴの脚に体をこすりつけた。

「ミスター・地獄絵図はどこ?」猫の頭を掻いてやりながら、イヴは尋ねた。

「ストップ」ロークはわざわざため息をついたりはしなかった。妻と彼の代理父の小競り合いは、早々にはけりがつきそうもないのだから。「サマーセットは僕の仕事部屋で準備をしている。僕たちは未登録の機器を使わなきゃならないんだ」イヴが顔をしかめると、彼はつづけた。「被害者のことを深くさぐろうとすれば、必ずある方面のグループに警告が発せられるんだよ。しかも、それだけじゃないんだ」

ロークはイヴの手を取って、階段をのぼりはじめた。

「適切なルートでさぐらないと、すごく変に見えるんだけど」

「それはピーボディがやってるだろう?」ロークは言った。「きみ自身も少しやってみてもいいし。かたちだけね。でも合法的なルートでは、きみの追っているものはつかめないよ。きみはきみの調査をセットアップしてくれ。バックリーとグローガン一家、それに、視神経の〝しみ〟の原因に関するやつを。通常やることを全部やるんだ。それがすんだら、僕の部屋においで」

彼はイヴの手を持ちあげて指にキスした。「そこで一緒に本物の発掘調査をやろう。相手はフリーランスのスパイで殺し屋なんだよ、イヴ。彼女は、いちばん金を出す人間のために働く。または、気分次第で。その仕事の対象にはまちがいなく、合衆国政府のあるエリアも含まれている。きみのやりかたでは、深いところまでは行けないよ」

「それだけじゃないってなんなの?」イヴは謀略ものが大嫌いだった。「あなた、それだけじゃないって言ったでしょ」

しかしロークは首を振った。「調査を始めて。あとで、僕が耳にしていること、知っていること、疑っていることを、一緒に見直そう」

ぐずぐずしてもしかたない。イヴは自分の仕事部屋に入っていき、複数の調査と検索をセットアップした。また、NYPSDのトップ・プロファイラーである精神科医、ドクター・マイラにEメールを送り、集団催眠の有効性について問い合わせた。なんだか馬鹿みたいな気がしたが、自分の重視する情報源からの信頼できる意見がほしかったのだ。

自分のメモを整理し、更新する前に、イヴはピーボディに状況を確認し、ラボと遺留物採取班の第一弾目の報告書すべてに目を通した。いまのところ、何か不審なもの、たとえば、死体を運搬する人物を目撃したと名乗り出た者は、ひとりもいなかった。なんて残念な、とイヴは思った。もうひとつ、〝残念〟のカテゴリーに入るのは、犯行現場の導管や排気口はどれも脱出ルートとしてはとにかく小さすぎるという報告だった。

頑丈な壁、窓はなし、ドアはひとつ。イヴはそう結論づけた。これはつまり、いかに不可解であろうと、殺人犯と被害者がドアから外に出たということだ。

犯人はピーボディの言う〝渦〟に入っていったわけでも、異星人の転送ビームを使用したわけでも、魔法の杖を振るったわけでもない。そいつはドアを使ったのだ。あとはその方法を解明するだけだ。

イヴはロークの仕事部屋へと向かい、掌紋照合装置《パーム・パッド》と音声認識装置を使ってなかに入った。ロークはU字形コンソールに向かっていた。そのなめらかな黒い天板の上で宝石っぽい色のボタンやつまみが点滅している。プライバシー・スクリーンはひとつづきの窓を護りつつ、夕日の淡い金色を室内に降り注がせていた。また、窓辺には小さなテーブルが置かれ、そこに、銀の蓋付きの平皿とコルクの抜かれたワインボトル、きらめくクリスタル・グラスがセットしてあった。

彼にとって、仕事をしながら食事するというのはこういうことなのね、とイヴは思った。ロークはすでに本気で働くモードに入って、髪をうしろで束ねており、キーボードやタッチ画面に機敏に指示を入力していた。

「どこに侵入しているの?」イヴは尋ねた。

「いろんな政府機関。CIA、国家安全保障機構《HSO》、国際警察、英国機密諜報部《MI5》、地球捜査局、ユーロコム、等々」

「それで全部?」イヴは指でぎゅっと目を押さえた。「コーヒーだけにするつもりだったけど、やっぱりアルコールが必要みたい」

「僕の分も注いで。自動検索の設定がすんだら、夕食をとりながらひとつ物語を聞かせてあげるからね」

イヴはグラスふたつを満たし、ワインが赤なのを喜んだ。これで、蒸し野菜を添えた魚料理などといった健康的なものが平皿に載っている確率は低くなった。彼女は銀の蓋の下をのぞきこみ、すぐさま歓声をあげた。「ああ、ラザニアじゃない!」それから、もっとじっくり観察した。「あの緑色のものは何?」

「きみの体にいいものだよ」

「なぜ体にいいものはみんな緑色なの? なぜ、そういうものをキャンディー味に——せめてピザ味にできないのよ?」

「うちの研究開発部に取り組ませるよ。ところで、たまたまだが、これから研究開発部の話をしようと思っていたんだ。ほら」ロークは体をうしろに引いて、画面にうなずいてみせた。「何が出てくるかな」彼は立ちあがって、イヴのほうへやって来た。そして、グラスを手にとり、彼女のグラスに軽く触れ合わせてほほえんだ。「例のものをひとつもらおう」彼はそう決めて、イヴの顎に手をかけ、彼女の唇を唇でとらえた。

「ワインやキスで気を散らさないで」イヴは命じた。「わたしは事件の真相を見極めたいの。今度のことはほんとに……いらだたしいわ」

「そうだろうね。きみみたいなロジカルな人にとっては」ロークは彼女に手振りで椅子をすすめ、自分も向かい側にすわった。「今回の被害者は」彼は話しだした。「危険な女なんだ。いい意味でじゃないよ。たとえば、きみみたいなのじゃない。彼女の場合、自分の利益以外の何かのために戦う、何かを護るということはない」

「あなた、彼女を知らないって言ったじゃない」

「いまから彼女について僕の知っていることを話すよ。僕が彼女について調べるのは、今回が初めてじゃない。その分、今夜の作業も多少は楽になるはずだ。彼女に関する情報は、当然ながら、乏しいんだ。でも彼女はアルバニア生まれらしい。アメリカ人の母親と誰とも知れぬ父親とのあいだにできた子供だよ。母親は合衆国外交団に勤めていた。彼女は母親と一緒に世界じゅうを旅して歩き、見聞を広めたわけだ。そして、ごく若いころ、ある秘密のグループにスカウトされたらしい。世界情報ネットワーク《ワールド・インテリジェンス》という」

「ＷＩＮ？」

「勝利《ＷＩＮ》は確かに連中の最終目的だな。データ、資金、テリトリー、政治的地位を勝ち取ること。どれほど無理があろうと、だよ。その組織は十年しかつづかなかった。しかしその十年のあいだに、連中は彼女を訓練した。そして、彼女がかなりの能力を示したうえ、格別の良心を示さなかったために、ブラック・ムーン部門に使ったんだよ」

「暗殺の仕事ね」

「そう」ロークはパンの厚切りをふたつに割って、一方をイヴに渡した。「どの時点かで、彼女はフリーになる道を選んだ。そのほうが儲かるし、ＷＩＮが崩壊しかけているのがわかったんだろうね。個人的な依頼でも政府からの依頼でも、彼女には報酬の高額な仕事を選ぶ傾向がある。さっき話したとおり、数年前、僕は彼女とちょっと接触があった。そして僕の考えでは、その二年後、彼女は、当時、開発中だった新しい核融合燃料に関するデータと研究資料を奪おうとして、うちの人間を三人殺害している」

　イヴはゆっくりと料理を食べた。「彼女はあなたを狙ったの？　あなたはターゲットだったのかしら？」

「いや。世間は僕を死なせるより生かしておいたほうが役に立つとみなしている。競合相手や……いろんな利害関係者でさえもね。僕は研究開発、科学、製造に資金を提供できるし、他の連中はその成果を盗みたいんじゃないか。頭をちょん切ってしまったら、盗むものがなくなるだろう？」

「なら安心だわ」

ロークは彼女の手へと手を伸ばした。「僕はちゃんと用心しているよ、警部補さん。さて、僕の情報源によると、今回の被害者は五十人から二百五十人の人を殺したとされている。そのなかには当事者もいれば、ただ巻きこまれた者もいるんだ」

「あなたは彼女を見つけられなかったのね」イヴは食べながら彼を見つめた。「彼女が自社の人間三人を殺したと思ったなら、さがしたはずだわ」

「そう、見つけられなかった。彼女は地下に潜ってしまったんだ。それも、かなり深いところに。僕は、もう死んでいるんだろうと思った。きっと仕事に失敗したんだろうと」彼はグラスのなかのワインを見つめた。「どうやら僕はまちがっていたらしい」

「少し前まではね。何はともあれ、彼女が観光目的でフェリーに乗っていたとは思えないわね」

「まったくだ。取引か暗殺かはわからないが、仕事だった可能性が高いね」

「裏切りにあったのか。でもそういう経験豊かな人間が、どうして不意を突かれ、やられてしまうわけ？　知っている相手だったの？　信用している人間？　あるいは、見くびってい

いらだちが高まるのを感じた。「それに、なぜあんな公の場を選んだのよ?」イヴはふたたび、ダムに押し寄せる洪水のように

「見当もつかない。例の〝しみ〟、閃光のことを、きみはどう思う?」

イヴはふうっと息を吐き出した。「マイラにメッセージを残しておいた。集団催眠の可能性を尋ねたの。こうして声に出して言うと、馬鹿みたいに聞こえるわね。エネルギーの渦や姿が見えなくなるマントほどじゃないにしろ。でも、以前にも心理操作がからむ事件があったでしょう。ほら、解剖で皮質に小さな火傷が見つかった。あなたの友達のリーアンナ・オットが自殺を操作していたやつ」

「結局、ぜんぜん友達じゃなかったわけだが」しかしロークはうなずいて、ふたりが同じページを読んでいることを知らせた。「あの事件では、操作は音声によるものだった」

「今度は、視覚的な操作だったのかも」イヴはそう締めくくった。「記憶に作用する操作。でもそれだけじゃないはずよ。乗客たちが、何者かが死体を運び出すのを見ていながら、覚えていないということはありそうな気がする。でも、そもそもそこにいた人たちが、犯人を素通りさせるはずはないと考えないとね。それにキャロリー。意識があろうとなかろうと彼女が出てくるのを見たなら、彼女の子供がただその場に突っ立ってたわけないでしょう?となると、使われていたのは、行動または視覚、および、記憶の両方を操作できる装置なんじゃない? これはすごい飛躍よね。集団催眠というのが急にあたりまえの考えに思えてきたとか? 別の化け物? 別の殺し屋?」

た」

「闇社会や科学技術界では、開発中のある装置の噂がずっと流れていた。一種のスタナーなんだが」

「ああ。わたしも一挺持ってるわよ」イヴは脇に下げたままでいた武器を軽くたたいてみせた。

「昔ながらのスタナーじゃない。神経系というより視覚に与える信号によって相手の能力を奪うものだよ。それは光を介して信号を送り、その信号が特定の基礎的な機能を停止させる。基本、きみの集団催眠論からそうかけ離れてはいない理屈で、相手を一種のトランス状態に陥らせるんだ。アブラカダブラもどき」ロークはワイングラスを掲げた。「よくそう呼ばれているよ。だから、きみがあの言葉を使うたびに、僕は装置のことを考えてしまうんだ。噂はもうだいたい消えている。でも完全にじゃない」

「でもこれは何十人もの人の話なのよ」イヴは反論した。「何百人かもしれない」

「その装置が存在する、そして、それほどの威力を持つと思うと……感動するね。それが武器として使われたとなると。もう圧倒されてしまうな」

イヴは立ちあがって、行きつもどりつしはじめた。「こういうのって大嫌いよ。なぜ定番のアホ犯罪じゃないわけ？　あいつは金を持ってる、こっちは金がほしい、だから殺す、とか。あいつはうちの女房と寝てる、むかつく、だから心臓をえぐりだす、とか。なんだってこのわたしが消えた死体や群衆に光を照射する武器の心配をしなきゃならないのよ？　まったくもう！」

「世界は変化が絶えないからね」ロークが軽く言った。

イヴは鼻を鳴らした。「あなたとあなたの研究開発部は、この装置のことをどの程度、信じている？」

「類似のものの――それに、その防御装置の開発に取り組む程度に。どっちもまだ理論的段階だけどね。いまデータを送らせているところだ」ロークはそう付け加え、コンソールのほうを手振りで示した。

イヴはふたたびすわって、指でテーブルを連打した。

「オーケー、その装置が存在し、きょう使用されたとしましょう。そしてその存在が、バックリーがフェリーに乗っていた理由を物語っているとしましょう。彼女はその装置を所有していたのかもしれない。もしくは、自分のものにしようとしていたのか。それでもやっぱり、なぜ彼女があんなかたちで殺されたのか、なぜ遺体がフェリーから持ち去られたのか、その点は説明がつかない。装置を盗むこと、バックリーを殺してでも手に入れること、それはビジネスよ。彼女の血をすべて流させ、残ったものを持ち去ることは？　これは個人攻撃でしょ」

「反論はしないよ。でもビジネスと個人攻撃は多くの場合、重複する」

「オーケー」イヴは両手を持ちあげ、黒板を消すように虚空をぬぐった。「なぜ遺体を動かしたのか？　たぶん殺害を証明するためよ。もし委託殺人なら。あるいは、そいつは病気なのかもね。または、時間稼ぎだったのか。わたしはこっちを推す。妙にロジカルだもの。それは身元確認のプロセスを遅らせる。警察はDNA検索と照合にたよるしかない。その結果たどり着くのは、人畜無害なもの、純朴なアイオワ生まれの女性コンサルタントよ。少しすれば、警察はその下を掘り返し、あれこれ疑問を抱くでしょう。でも、もっと大きな謎がまだ残っている。少なくとも当座は〝誰か〟よりも〝どうやって〟になる。なぜなら、誰かはもうわかったから」

「ところが、この僕が、もう少し妻との時間をほしいと思ったがために、被害者の身元が判明したとき、たまたまその場にいた」

「そう。あなたは彼女の正体に気づいた。それは犯人が予測できなかった要素ね」

「ロジカルだな」ロークは同意した。「しかしなんのための時間稼ぎだろう？」

「逃げるため。装置か遺体、またはその両方をどこかに届けるため。遺体を消し去るため。確かなのは、現場から逃走するため。このスパイものは、ふつうの事件みたいにはいかない。複雑怪奇で、灰色の部分や底に潜む誘因だらけ。でもそれを全部ぬぐい去ってみれば、そこにはやっぱり殺人犯と被害者と動機が存在する。無作為は除外しましょう。それは絶対ありえないから。これは衝動殺人じゃない」

「理由は？」ロークには答えがわかっていた。あるいは、自分ではわかっているつもりだったが、彼は仕事をするイヴを見るのが大好きなのだ。

「ドアの標示、あの逃げ道よ。やり口は残忍だった――あんなに大量に血を飛び散らせて。プロはそんなことに時間を使わない。喉を掻き切る、心臓を刺し貫く、大腿動脈を撃つ。どれか選んで、つぎに進む。でも血液は嘘をつかない。あの飛沫血痕ははっきりと言っている。被害者は切り刻まれ、引き裂かれたのよ」

ふたりが話しているうちに、光は和らいでいった。そしてロークは考えた。黄昏の明かりのなかで食事をしながら、血しぶきと流血について語り合うカップルがいったいどれくらいいるだろう？

ごくわずかにちがいない。

「血液のなかに犯人のものが含まれていないのは確かなの？」

イヴはうなずいた。いい質問ね、と彼女は思った。これもまた、事件についてロークと一緒にあれこれ考えるのが好きな数ある理由のひとつだ。「ちょうど報告が入ったの。飛び散った血のあらゆる部分から、それに、血溜まりからもいくつか、サンプルを採ったけれど、すべてバックリーのものと確認された」

「すると彼女は完全に不意をつかれたわけだ」

「そういうこと。特定の標的、特定の場所と時間、個人的かつ職業的なつながり。もう一点、加えましょう。わたしはこれを重要と見ている。バックリーを殺した人間は、キャロリー・グローガンを殺さなかった。殺すほうが簡単で、都合がよく、その男、または、女にとってプラスになったのによ」

「彼女の遺体を残せば、混乱が増すものな」ロークも同意した。「血溜まりの血液による身元確認にもよけい時間がかかるし。情け深い殺人者とか?」

イヴはワインの残りをあおった。「というより、大勢の情け深い人が、人を殺すってことよ」

「可愛い皮肉屋さん」

イヴは目玉をぐるりと回した。「どこまで進んだか確認しましょうよ」彼女はコンソールを親指で指し示した。

ロークはコマンドセンターに引き返して、その向こう側にすわった。それからイヴにほほえみかけ、ここにおいで、と膝をたたいた。

「勘弁してよ」

「ありがとう」ロークはそう言うと、彼女をつかまえ、引っ張ってすわらせた。「ほらね、いい気持ちだ」

「殺人事件を捜査してるのよ」

「はいはい、毎日ね。ほら見て、僕たちはＨＳＯの何層かを突破している。もっともあのドアなら僕は前にも通過しているけどね」ロークは彼女の頬にそっと唇を寄せた。「他の方面もいくらか進んでいるぞ。僕の前回の訪問以来、向こうはコードを変えたりハウスキーピングしたりしているが、ほら、あれを見て、僕たちは別ルートを使っている」

「わたしには、わけのわからない専門用語や数字や記号がチカチカ通っていくのしか見えないけど」

「そのとおり。急《せ》かしてやれないか試してみよう」ロークは彼女の前に手を回し、キーを打ちはじめた。「ここにはありとあらゆる仕掛けがあるんだ」コードがビュンビュン通過していく画面を前に、彼はそうつづけた。「ファイアウォール、フェイルセーフ、トラップドア、バックドア。でもこっちもそれに従ってアップデートしつづけている」

「なぜ？　まじめな話、こういうものにアクセスする必要がどこにあるの？」

「誰しも趣味は必要だろう？　僕たちがいまさがしているのは、マル秘の個人ファイル、連中の秘密工作の顧問たちだよ。それと、あの噂の装置が実在するという証拠だね。これもマル秘情報だが、まずは、誰がどこにそれをしまいこんでいるかをさぐり出すことだろうな。ああ、くそ。じゃあ、こっちを試すか」

　その悪態とタイピングの加速から、彼が手がかりをつかんだものとみなし、イヴは身をよじって腕のなかから脱出した。「コーヒーを取ってくる。それと、自分のデータをコンピューターにかけてみるわ」

ロークの答えはただの唸りにすぎず、それを聴いて彼女は遊びの時間が終わったことを知った。彼はいま本気になっている。

7

イヴは予備のコンピューターを使い、ロークの言うような装置に言及した記述がないか、自分なりの検索を開始した。その結果、医療関係のサイトで通常の手術中に使用される記憶抑制用の薬物や道具に関する記事がいくつか見つかった。それ以外には、医学研究や賭博に用いられる催眠術寄りの話がいろいろと出てきた。

また、政府によるマインド・コントロール、大衆の奴隷化、常に巷《ちまた》に流れている人類滅亡の警告を罵《ののし》る、異端的なブログもちらほら見受けられた。彼らの予想する忌事《いみごと》トップテンには、人間ドロイドの国家、強制実験、人格の強奪、人間飼育場が挙げられていた。これをたどると、つぎに出てきたのは、政府の闇の権力と手を組む異星人に拉致されたと主張する人々のブログだった。

「政府に国を治める時間があるなんて驚きだわ。連中は異星人の肛門検査をしたり、全人類を頭が空っぽのセックス・ドロイドに変えたりするのにすごく忙しいわけだものね」

「ふうむ」ロークが言った。「政府と言ってもいろいろだな」

イヴはそちらを見やった。彼は集中しきった目をして指を飛び回らせていた。「まさかあなたはこの手の与太話を信じてないわよね？　異星人の侵略とか、人間モルモットを使った実験のための南極大陸の秘密基地とか？」

ロークはちらりと目を上げた。「アイコーヴ」

「あれは……オーケー」反論するのはむずかしい。なにしろふたりは、破壊的かつ違法なクローン人間製造組織を解体する過程で、ともに殺されかけたのだから。「でも異星人はどう？」

「宇宙は広いからね。きみももっと外に出てみるべきだな」

「わたしはひとつの惑星で結構よ」

「何はともあれ、きみの被害者をつかまえたよ。いや、そこにいて」ロークは手を振って、彼女を押し留めた。「いまスクリーンに出すから。データを壁面スクリーン・ワンに。これはHSOの情報だが、その内容は僕が他の情報源からつかんだものと一致している」

「ダナ・バックリー」イヴは読んだ。「頻繁に使われている偽名が三つ。年齢は現在のIDと同じ。でも経歴のデータはあなたが持っていたものに合致するわね」

「資産一覧も載っている。話せる言語、コンピューター技術のレベル、免許のある武器。そして、関連書類のなかに、このリストもあった」ロークはスクロール・ダウンした。「氏名、国籍、職種とその等級、日付」

「暗殺のリストか」イヴはつぶやいた。「HSOは彼女がこの人たちを殺したのを知っている、または、殺したと思っている。なのに彼女を野放しにしているわけね」

「このうち何人かは、HSOが殺させたにちがいない。これまで連中が彼女を野放しにしてきたのは、彼女が役に立つからさ」

イヴは日々殺人を扱っている。だがこれは、本人にもきちんと説明する自信のないコアな部分で、彼女をむかつかせ、動揺させた。

「そんなのまちがっている。都合次第で、誰かを殺したり殺すよう命じたりするなんて。わたしたちは、事実上、拷問や死刑を廃止した。もし警官が任務中に絶命処置を行ったら、その警官はそれが必要な最終手段だったことを証明するためにテストを受けなければならない。でも、わたしたちの側らしきところに、まだ彼女みたいな人間を使って汚い仕事をさせるようなやつらがいるわけね」

「彼女みたいな人間を使う連中は、まず自分の手を汚さないからな」

「彼女は異常者だったのよ。ほら、彼女の心理プロファイルを見て」イヴはスクリーンを手で示した。「彼女は収容されるべきだったのよ。その点は、彼女を殺《や》った人間とおんなじ」

ロークは、スクリーン上のデータを読むイヴを見守った。「きみのグレイゾーンはたいていの人より狭いんだな」

「あなたはこれを許容範囲だと思うわけ? ねえ、このリストを見てよ。犠牲者のなかには子供もいるのよ」

「付帯的損害だろうね」イヴが目をたぎらせ、くるりと振り返ると、彼は付け加えた。「いや、金やスリルのために、あるいは、都合次第で、殺すことが許容範囲だとは、僕は思わない。大目的のために殺すことに関しては、僕の世界のグレイゾーンはきみのよりも広いんだろうが、彼女のやっていたのはそういうことじゃない。それは利益と、おそらくは楽しみのためだったんだ。それに、キャロリーが入っていったとき、あのトイレに立っていたのがバックリーだったなら、あの男の子たちは今夜、彼女に寄り添ってホテルの部屋で有料映画を見る代わりに、母親の死を嘆き悲しんでいただろうね」

「殺し屋すべてが同じじゃないってわけ?」少し気が鎮まり、イヴは首をかしげてスクリーンを見つめた。「このリストを調べなきゃ。ここに載っている人たちが、彼女と同業の誰かにつながっていないかどうか。彼女を出し抜くだけの腕のある誰かよ」

「僕がセットアップしよう。ところで、装置に関して興味深いデータがあるんだよ。このメモは二日前のものなんだが」ロークはふたたび、スクリーンにデータを出すよう命じた。

「〝失われたもの《ザ・ロスト》〟に遅れ。フクロウがセクター12で新しいテストを開始。フクロウは七十二時間を要求。抹殺は承認ずみ」イヴはしばらく考えこんでいた。「フクロウというのは彼女じゃない。女の殺し屋、若くて魅力的なやつに、フクロウなんて暗号名はつけないでしょ？」

「これ以前のメモをチェックすることもできるが、僕が思うに、このフクロウというのが装置の開発担当者なんじゃないかな」

「失われたもの。人は夢中になると、時間を忘れ、われを忘れ、何があったか忘れる。記憶の喪失。もしこのフクロウって男、または、女、または、その手下が装置を持っていたなら、たぶんあれは取引だったのね。いや、そうじゃない。あれは罠だったのよ。計画はちゃんと練られていた。彼にはフェリーを降りる手立てがあったの。だからあの出来事はどれも偶発的じゃない。遅れ？　でももし使用されたなら、装置は完成していたはずよね」

「チームのメンバーが勝手な行動に出るのは、よくあることだろう」

「遅れを装い、自分が装置を売れるようにする。でも売らない。彼女があのブリーフケースに入れていたものと装置とを持って、立ち去る。一石二鳥。もしこれがファイルにある最後のメモなら、ＨＳＯはまだ問題が起きたことに気づいていないわね」

「これも遺体を持ち去る理由になるね」ロークが指摘した。「きみが言っていたように、時間を稼ぐわけだよ。彼には別のオファーがあったんだろう。あるいは、金額について、安全な場所から、再交渉したがっているのか」

「あれはお金のためじゃない」イヴはつぶやいた。「お金のためだけじゃないわ。時間稼ぎか。ええ、それは理にかなっている。彼女の身元が判明するのは――メディアへの公式発表は明日なんだから」

「まだあるんだよ。彼女のやった仕事のいくつかの写真だ。画像をスクリーンに。スライド・ショー方式で」ロークは命じた。

イヴは死を見たことがある。そのあらゆるかたちを、数えきれないほど何度も。彼女はいま、それが壁面スクリーン上でのたうつのを見ていた。引き裂かれた肉、流れ出た血、焼け焦げた残骸を。

「このなかには、もちろん、極悪人もいる。それ以外は、極悪人が排除したがった人たちだ。彼女は差別しなかったらしい。追い求めていたのは金なんだよ。人によっては、彼女を殺したやつは世のためになっていると言うだろうね」

「なぜその男が彼女よりましになるわけ？」イヴは問いただした。

ロークはただ肩をすくめた。事柄によってはふたりの意見が決して一致しないことを、彼は知っているのだ。「異を唱える人間もいるさ」

「ええ、いるでしょうね。フクロウをさがしましょう」イヴは両手で髪をかきあげた。「それにわたしは、今夜、盗みとった情報を自分がどうやって入手したか、すじの通る説明を編み出さなきゃならない」

「例の秘密の情報源ってやつはどう？」

「そうね、わたしたちの知り合いは全員、それでだまされるでしょうよ」

ロークは一連の検索を開始させ、それからイヴをじっと見つめた。彼女はなおも立ったままスクロールされていく死を見守っている。「被害者がきみにとっていやなやつだと、よけいハードだね」

イヴは首を振った。「わたしには、殺人の被害者が戦いに値するかどうか決めることは許されない。わたしはただ、彼らのために戦うだけよ」

ロークは立ちあがり、彼女に歩み寄った。「でも、被害者がこんなに大勢、被害者を生んでいたとなると、よけいハードなはずだよ。彼女の手がこんなに血に染まっていたとなると」

「確かによけいハードよ」イヴは認めた。「それは楽な道とはかぎらない。でも唯一の道なの」

「きみにとってはね」ロークは彼女の額にキスした。それから、顎に手を添えて彼女の顔を上に向け、優しくそうっと唇に唇を重ねた。

イヴがため息を漏らし、胸にもたれてくると、彼は彼女の武器のハーネスのリリース・ボタンを押した。

「仕事中よ」唇を重ね合わせたまま、イヴは言った。

「そうならうれしいね」

彼がイヴの肩からハーネスをはずすと、彼女は笑った。「いいえ、仕事をしなきゃ」

「検索にはしばらく時間がかかるよ」ロークはぐるりと回って手を伸ばし、コンソールのスイッチのひとつを押した。壁のパネルからするするとベッドが出てきた。

「セックスでわたしが元気づくとでも思ってるの?」

「ついでに僕も元気になれればと思っている」

彼はふたたびぐるりと回って、イヴとともにベッドのほうへと進みだした。彼女はドンとぶつかって息をのみ、バウンドし、まあいいか、と押さえつけられるままになった。「荒っぽくね」

ロークはにやっとした。「お望みとあらば」

彼はイヴのシャツを引っ張って頭から脱がせ、それを放り出しながら、彼女の胸へと口を下ろし、肌に軽く歯を触れ合わせた。

イヴは身をそらせ、彼を駆り立てた。ここにある暴力、熱気と希望に満ちた荒々しさは、あの流血と死の映像をすべて消し去った。それはまた、ひとつの問題に関し、ふたりがどれほどちがおうとも——たとえそれがイデオロギーの相違であっても——そこには常に愛があることを彼女に思い出させた。

それに、欲望も。

今度は自分が彼のシャツを引きむしりながら、彼女はあの黒髪のなめらかさ、筋肉の震えをとらえた。両者が勝利する闘いのうちに、ベッドの上を転がりながら、自分と彼の鼓動を感じとった。

ロークは彼女を笑わせ、呼吸を奪った。肌をきらめかせ、血を駆けめぐらせた。そして彼を抱きしめ、唇と唇がふたたび重なり合ったとき、彼女は愛と情欲と切望の洪水を味わった。

とても強く、とても甘く。彼女の体は彼の体の下で、また上で、軽やかに敏捷に動いた。ふたりを引きもどすはずのコンピューターの唸りは、ロークの鼓動の音にのみこまれていた。彼の手が彼女を愛撫する。丸みと角、柔らかさと硬さ。潤いとぬくもり。

イヴはふたたび身をそらせ、彼が駆り立てるところへと昇っていき、砕け散り、また盛り返した。もっと奪うため、彼のために、自らを解き放って。

彼に満たされたとき――ふたりが上昇し下降し、上昇し下降して、ともに砕け散ったとき――それが彼女に与えたのは歓びだけではない。そこには安らぎもあった。

満ち足り、裸で、ぬくぬくと、彼にもたれて丸くなり、イヴはふと思った。今度もまたピーボディは正しかった。セックス後のしっぽりはとてもとてもいい。

「きみは眠らないと」彼女の背中をなでながら、ロークが静かに言った。「もう遅いからね。今度の事件に緊急性はないんだし」

「わからないわ。本当にそうなの？」このまま目を閉じて、彼のにおいに包まれ、眠りに落ちていけたら、どんなにすてきだろう、とイヴは思った。「事件を終結させること――厳密に言えば、そこにさほどの緊急性はないかもしれない。でももし犯人がその装置、その武器を実際に持っていたなら、そして、いまもそれを持っていて、誰かに売る気でいるなら、彼を見つけ出して止めることも仕事の一部になるんじゃない？」

「事件を終結させ、世界を救うってわけ？」

イヴは顔を上に向け、彼と目を合わせた。「あなたは、自社で同じ装置を開発させていると言ったわね。なぜなの？」

「他のやつがやる前にやったほうがいいから。自衛のためさ」

「それはわかる。きっといつまでも変わらないのよね。悪者が棍棒なら、こっちはナイフ。向こうがナイフなら、こっちはスタナー。そうしてエスカレートしつづける。それが世の習いよ。だから規則や法が必要なの。たとえその線がぼやけても、わたしたちはどの人間が善玉なのか見極めなきゃならない。装置が売られる前にその男を見つけ出し、止めることができたら、たぶんわたしたちはいつか使えるように、それを丸ごとしまっておくんでしょうね」

「照合の結果が出たら、コンピューターが知らせるはずだ。しばらくお休み。そのあとで世界を救う仕事にかかろう」

その案はロジカルに思えた。

つぎに気づいたときは、コンピューターがビービーと鳴っていた。イヴはベッドから跳ね起きた。彼女はひとりだった。

「何？　もう朝なの？」

「そろそろね」ロークは上半身裸で、ズボンを腰の半ばに引っかけ、コマンドセンターの向こう側に立っていた。「きみのフクロウが浮上したよ」

「彼が見つかったのね——それとも、女？」

「男だ」ロークがそう言うと、イヴはベッドから飛び出した。彼はそちらに目をやって、ほほえんだ。「ここにおいで。見せてあげるよ」

「でしょうね」彼女は自分のシャツとズボンをつかみとった。

「興ざめだな。じゃあ、せめてふたりで飲むコーヒーを持ってきて」

「その男、何者なの？」乱暴に服を着ながら、イヴは問いただした。

「場合によるね。被害者と同様、彼にも複数の名前があるんだ。このデータでは、彼はイヴァン・ドラスキ、六十二歳、ウクライナ生まれとなっている。表向きそれと同じくらい信頼できそうな他のデータでは、ジェイヴィス・ドリンクル、六十歳、ポーランド生まれ、都市戦争《アーバン・ウオーズ》の末期、自由共和党、地下組織のために、通信と技術開発の分野で働いたとなる。彼は科学者なんだよ」

イヴはコーヒーを持っていき、データを読みながら、ごくごく飲んだ。

「欧州監視ネットワーク、技術研究開発部にスカウトされる」イヴはつづけた。「機械屋か」

「そう、発明家だね。いろんな玩具を作るんだ」

「内勤よね」イヴは考えこんだ。「確かに現場仕事の記録もある。でもアーバン・ウォーズの期間は主に内勤。戦中と戦後は主に科学だわ」

「ナノテク」ロークが言った。「超次元科学、生物工学、精神力学、等々。彼はこのすべてに取り組んでいる。このデータから見て、きみのスタナー、その他諸々は、彼のおかげで生まれたんだと思うよ。それでも僕は彼の噂を聞いたことがない。連中は何十年もしっかり彼を囲っていたわけだ」

「たぶん彼はそろそろ浮上して、名を挙げる時だと判断したのね」イヴは合理的な解釈を試みた。「約二十年前、彼は欧州監視ネットワーク《ＥＷＮ》からＨＳＯに引き抜かれた。ただし、ここでもまだ暗殺者としての記録は見られない。彼は技術オタクなのよ」

「すばらしく優秀なオタクだ。そう。秘密工作や殺しの仕事は挙がっていない。でもそこを見て、二十年前、彼の妻と娘が惨殺されているんだ」

「興味深いタイミングね」イヴは言った。

「だろう？　公式には住居侵入。非公式には、情報と機密書類がめあてで彼を狙ったＥＷＮの過激派の仕業となる」

「ＥＷＮは自分自身を食うのか」ロークが犯行現場の写真に切り替えると、イヴは鋭く息を吐いた。「ひどい」

「ずたずたに切り刻まれたんだ」嫌悪感でロークの声はこわばっていた。「女の子はまだたった十二歳だった。妻は下級の職員、事実上、単なる事務員にすぎなかった。きみのほうが上のクリアランスを持っているんじゃないかな」

「あの壁に書かれた言葉。翻訳した？」

「コンピューターによると、ウクライナ語の〝裏切り者〟と〝売女〟だそうだ。EWNは、この殺しへの関与や責任を認めていない。事件に関するどの公的ファイルも、責任の所在についてはは触れていないんだ」

「彼らは彼女のリストに載っていた。HSOのデータ・バンクにあったバックリーの暗殺リストに」イヴはこれを証明するため、別のスクリーンであのリストを検索するようコンピューターに指示した。「彼らはリストに載っている。でも雇い主は記入されていない。誰も自分だとは言っていないの」

「それに関するデータがあるとしたら、別のところにあるはずだよ。この暗殺に関し、もっとデータがあるとしたら、それはすでに抹消されたか、隠されているかだ。僕の力でもここから入手することはできない。とにかく、すぐには無理だろう。入手するには、内部に入りこむ必要があるよ」

「彼は内部にいた。データを見つけたのよ」動機が見つかった、とイヴは思った。私的な動機が。「彼女を使いつづけるつもりなら、それに、彼を雇うつもりなら、なんだって連中はファイルを破棄しなかったわけ？」

「誰かがポカをしたんだろうね。それに、根っこの部分でHSOは官僚なんだ。官僚どもは書類が大好きだからな」

「彼には決まった住所があるの？」

「ここニューヨークだよ」

イヴは頭をめぐらせてロークを見た。「ずいぶんと簡単じゃない」

「アッパー・イーストサイド、彼がフランク・プルッツ名義で所有するタウンハウスだ」

「プルッツ？　変な名前」

「フランク・J・プルッツ。HSO勤務。その公式ファイルでは合衆国本部、技術研究開発部、主任となっている。これはもちろん、嘘っぱちだよ。彼はそんなもんじゃない」

イヴはその身分証写真を見つめた。半白の髪が薄くなりつつある、少し顎がだぶついた丸顔の中年男。穏やかな青い目をして、壁面スクリーンから実直そうにほほえみかけている。

「なんと。いかにもおとなしそうね」

「彼はアーバン・ウォーズを地下で生き抜き、少なくともふたつの情報機関で働いてきた。しかも、どっちも流血沙汰を厭わない組織ときている。まあ、人は見かけによらないってことだろうね」

「チームを編成して、一見おとなしいミスター・プルッツを訪問しなきゃね」

「僕も参加したいよ。その男にぜひ会いたいし」

「まあ、それだけの働きはしたかもね」

ロークの目がきらりと光った。「きみが彼を檻に入れない場合、民間に移らせるには、どんなオファーをしたらいいだろうな」

スパイを倒すのには慣れていないので、イヴは少数精鋭のチームを編成することにした。彼女は、そのこぎれいなアッパー・イーストサイドのタウンハウス裏手に私服警官二名を配置した。また、マクナブをロークとともにバンの車内に配し、コンピューターの操作に当たらせた。彼女自身はピーボディとともに正面を受け持った。

ひとりの男を相手にやや大仰な気もしたが、今回はそのひとりの男が四十年以上スパイとして活動してきたことと、三千人以上乗客のいるフェリーから人知れず死体とともに脱出してのけたことを考慮しなければならない。

バンのなかで、彼女はトランスポート・ステーションのセキュリティ・テープの頭出しをした。「ほら、彼がいる。おとなしそうな顔をして。コンピューター、セグメント6の画質を上げて。三十パーセント」

8

現在、フランク・J・プルッツとして知られるその男が、画面上で拡大された。彼はぎこちない足取りで数取り器《カウンター》を通過していく。「無名のビジネスマン。小道具は、使い古したブリーフケースと小さな一泊用のバッグ。やや太りすぎで、やや禿げていて、ちょっと顎がたるんでいる」

「そしてこれが、凄腕の殺し屋を切り刻み、その死体とともに消えたやつってわけですね」マクナブが首を振った。彼は黄金色の髪をなであげてすべすべのテールにまとめ、左右の耳たぶにそれぞれ六個のカラフルなスタッドピアスで重しをつけていた。「ちょっと俺のジャッコおじさんに似てるな。うちの身内じゃ、そのおじさん、巨大なカブを育てることで有名なんですよ」

「そうそう！」ピーボディが最愛の彼氏の肩をぴしゃりとたたいた。「この前の感謝祭にふたりでスコットランドに行ったとき、わたしも会ったよね。すごくすてきな人だった」

「ああそう。きっとこの男もジャッコおじさんに負けず劣らずすてきでしょうよ。〝大きなぐちゃぐちゃの血溜まりを残していく〟タイプとしてね。彼はおそらく、武器を持ったまま、すいすいとスキャナーを通過したのよ。あいにく、そのスキャナーには本来あるべき能力がなかったわけ。それ以上に重要なのは、わたしの情報源によれば、彼はあらゆる種類のハイテクマシン、特に武器や通信機器の発明や開発を指揮してきたか、自ら行ってきたかなの」

「ぜひその男に会いたいな」マクナブがそう言うと、ロークがにやっとした。

「僕もだよ」

「うまくすれば、もうじきあなたたちオタクはとっても楽しく語り合えるはずよ」イヴは別のモニターに視線を移した。「ここには熱源がひとつも見えないけど」

「それは熱源がないからだろうね」ロークは家のスキャンをつづけた。「僕は熱探知と動体探知のために、それぞれ三回ずつスキャンを行った。あの家には誰もいないよ」

「興ざめね。まあ、令状はあるんだし。行きましょう、ピーボディ。マクナブ、通りをしっかり見張っていてよ。もし彼が帰ってきたら、すぐに教えて」

「背中に気をつけるんだよ、警部補さん」バンを降りようとするイヴに、ロークが言った。「連中がおばけ《スプーク》（スプークにはスパイの意味がある）と呼ばれるのには、それなりの理由があるんだから」

「わたしはおばけなんて信じてない」

「向こうはきっと警部補を信じてますよ」ピーボディがイヴのあとから飛びおりた。

建物全体に目を走らせながら、イヴはマスターキーを取り出し、ドアに近づいていった。

「容疑者がなかにいるときと同じやりかたで踏みこむわよ。それから、ひと部屋ずつ確認していく」

ピーボディはうなずいた。「姿を消せる男なら、たぶん、熱源・動体センサーも出し抜けますよね」

イヴはただ首を振り、それから拳でドアをたたいた。「警察です」彼女はマスターキーを使って鍵を開け、ごくふつうのセキュリティ・システムが〝閉〟の赤から〝開〟の緑へと変わるのを認めた。「ここには複数のカメラが設置してある。見えないけど、あるはずよ。でも、ロックのバックアップ機能はセットされてないし、パーム・プレートも作動していない」

「まるで招待みたいですね」

「受けてやりましょう。なかに入る」最後にそう言ったのは、チームの他のメンバーに知らせるためだ。

イヴは武器を抜き、ピーボディにうなずいた。ピーボディは高く、イヴは低く構え、ふたりは踏みこんだ。鉄製の傘立てとコート掛けのある小さな玄関、ぼろぼろの青い絨毯が敷かれた狭い廊下にすばやく目を走らせたあと、イヴの合図で二手に分かれ、一階を確認し、二階に移動し、さらに三階に上がった。

「安全確認完了」イヴは、質素な三階の部屋全体に配置されたデータ&通信機器、監視セキュリティ機器を観察した。「ブルー・チーム、一階を担当して。ローク、マクナブ、あなたたちには三階で仕事をしてもらう」

「彼はもどってきますかね?」ピーボディが言った。

「捨てていくには惜しいお宝よね。まちがいない、これは全部、未登録機で、コンピューター警備《コンピュガード》のレーダーに引っかからないようになっているはずよ。でも、そうね、彼はもうもどらない。ここでの用事はすんだのよ」

「奥さんと子供でしょうか?」ピーボディはコンソールの上のフレーム入りの写真を指し示した。

「ええ」イヴは小型冷蔵庫のところに行き、そのドアを開けた。「水とパワー・ドリンク」彼女はオートシェフのメニューを調べた。「簡便な食べ物」ロークと結婚する前、わたしの小型冷蔵庫に——補充を忘れていなければだが——入っていたような品々だ。イヴはそう思った。「枕と毛布の載ったソファ、壁面スクリーン、すぐそばにトイレもある。彼はほとんどの時間をここで過ごしていたのよ。家の他の部分はただの空きスペース」

「よくかたづいていて、家庭的でこぎれいという感じですね」

イヴは軽く唸って同意を表し、隣の部屋に入っていった。「バーチャル・フィットだ。いいユニットよ。彼はコンディションを維持したかったのね。ウェイト・マシン、マッスル・ボール、スパーリング・ドロイド。女。あてずっぽだけど、身長体重はちょうどバックリーくらいなんじゃない?」

いまはスイッチを切られ、隅に立てかけられている、その魅力的な金髪のドロイドを、イヴは観察した。「彼はここで練習したのよ」彼女は部屋の向こうに移動し、作りつけの戸棚を開けた。「ワオ、玩具入れだ」

「すごいな」ピーボディはあんぐりと口を開け、武器のコレクションを眺めた。「結局、ジャッコおじさんとはあまり似てないみたい」

ナイフ、バット、スタナー、棍棒、短剣、銃、円盤。そのすべてがつやつや輝き、整然と並んでいる。

「二挺、なくなっている」イヴは空っぽのホルダーを軽くたたいた。「ホルダーの形状から見て、どうやら彼はナイフを二挺、スタナーを一挺、持っていったようね。手荷物に入れるか、身に着けるかして」

「これも捨てていくには惜しいお宝ですね」ピーボディがコメントした。

「彼はやろうと思っていたことをやり遂げた。もうこんなものは要らないのよ」ロークがマクナブとともに入ってくると、イヴはそちらを振り返った。武器庫へと向かうロークの目のきらめきを彼女は見逃さなかった。「手を触れないでよ」

いらだちの皺がうっすらとロークの額に刻まれた。しかし彼はおとなしくポケットに手を入れた。「なかなかのコレクションだな」

「変な考えを起こさないでよね」イヴは小声でつぶやいた。「あなたたちが活躍できそうなのは、隣の部屋よ」彼女は先に立って隣に移動し、ロークとマクナブが美女を見かけた男よろしく浮き浮きとハミングしているのを耳にした。

「オタクの天国よね」彼女は言った。「シール処理してから、ここにあるもので何がわかるかやってみて。ピーボディ、わたしたちは二階を調べましょう」

「誰かに表の監視を引き継がせましょうか?」マクナブが尋ねた。

「彼はもうもどってこない。戸棚の武器を持ち出してから、もどっていないわ。この場所はもう彼には必要ないの」

「クロゼットにはまだ服がありますよ」下の階に向かうとき、ピーボディがそう指摘した。

「寝室の安全確認のとき、見たんです」

「ここにないもののほうを挙げましょうか。彼の身分証、緊急用の現ナマ、クレジットカード、パスポート」

イヴは寝室に入っていった。その部屋は、スパルタ的に整然としていながら、ふかふかの枕やすり切れた織物が家庭的でもあった。彼女はクロゼットを開けた。

「スーツが三着、黒と、灰色と、茶色。この配置を見て。間隔が空いてるでしょ? たぶんあと三着あったのよ。シャツも同じ。スペアのズボンも。必要なものだけ持っていったのね」イヴはしゃがみこんだ。頑丈そうな黒い靴を手に取ってひっくり返し、すり減った踵、傷んだ靴底を上に向けた。「倹約。用心深く快適な生活を送っていたけど、度を越したところはない。近所の人たちはきっとこう言うわよ。とっても感じのいい人でした。物静かだけど、気さくで」

「彼は引き出し用の仕切りを使ってます。ソックスの場所、ボクサーの場所、シャツの場所。ここもですよ」ピーボディは言った。「何組かなくなっているみたい。二番目の引き出しは、スポーツウェア用ですね。Tシャツ、スウェット、ジム用のソックス」

「つづけて。こっちは二番目の寝室を調べる」

廊下の向こうの、書斎風に作り変えたもっと小さな部屋で、イヴは戸棚を開けた。そこには、いくつもの鬘《かつら》、メイク用品、顔用のペイント、透明なケースに収められたさまざまなタイプのひげや詰め物があった。

裏に鏡を張ったドアには、彼女自身の正面と背面の像が映っている。

イヴは系統的に捜索を始め、やがてバスルームに移った。彼は多くを残していったわけだ、と彼女は思った。男の身のまわりの品々。ヘアブラシ、歯ブラシ、衣類、本、ミュージック・ディスク、よく手入れされた鉢植えがふたつ。

あらゆるものが大事に扱われ、よく手入れされている。偏執的ではないが、とても清潔で、整理が行き届いている。

オートシェフの食物、ベッドのそばのスリッパ。すべてが、まもなく誰かが帰ってくる家のイメージを作り出していた。しかし実は、重要なものは何ひとつない。ここにあるのは、簡単に替えのきくものばかりだ。

仕事場のあの写真は別だけれど、とイヴは思った。でも彼は同じ写真を何枚か持っているにちがいない。彼女は鬘とその他のメイク道具をもう一度、チェックした。

彼はこのすべてを残していっている。それに、武器や電子機器も。過去の自分自身を残していったのだろうか？　彼はやろうとしていたことをやり遂げた。だから、そういうものはもうどうでもいいということか。

ピーボディが入ってきた。「金庫がありました。開いたままで、なかは空っぽです」

「ここにもひとつあるわ」

「それと、引き出しの奥とベッドの枕板の裏に接着剤の痕跡があります」

イヴはうなずいた。「バスルームのシンクの下とトイレの奥にも。用心深い男ね。きっと、緊急脱出に備え、武器や持ち出す文書を家のあちこちに置いていたのよ」

「彼は見つかりませんよ、ダラス。消えてしまった。そういうことです」

「いったんはね。彼はやることをやった。だから問題は、つぎに何をするかよ。一階を調べてくれる？」

上の階に行くと、ロークとマクナブはどちらも電子機器に取りついていた。見ると、四つの小さなモニターに、家のさまざまなエリアが映し出されている。階段を下りていくピーボディ、捜索を行う部下二名、無人のキッチン、表側の窓からの通りの眺め。十秒ごとに、その画像が別の場所へと切り替わる。

「やつは用心に用心を重ねてましたよ」マクナブが言った。「この家はコードが張りめぐらされてて、何ひとつ逃しません。動き、熱、光、重み。ありとあらゆるところにセンサーがあるんです。それに、これを見てください」

彼がスイッチを入れると、イヴの背後で壁のパネルがするすると開いた。彼女はなかをのぞきこみ、階段とその壁に貼りつけられた武器に目を走らせた。「緊急脱出口か」

「すごいでしょ。そのうえ、あのドアはここから閉めて鍵をかけられるんです」

「あれは対爆性なんだ」ロークが言い添えた。「彼はここに情報を埋めている。でもそれは僕たちが掘り起こすよ。他のセキュリティと比べると、さほど厳重に隠してあるとは言えないしね」

マクナブが肩をすくめた。「たぶん彼は、誰もここまでは入りこめないと高をくってたんですよ」

「または、ここまで来たら何を発見されようとかまわないと思ったか」

イヴはふたたびあの写真に目をやった。「ありうる。彼はやることをやり、姿が見えなくなるマントを着ているかどうかはともかく、立ち去った。そんなふうに見えるわ。彼にニューヨークに留まる理由はない。もう標的は消したんだから。とにかく、行き先を示す何かが見つかることに賭けて、ここを掘り返してみましょう。それで何も出なければ、HSOにコンタクトするしかないわ」

ロークが冷ややかな目で長々と彼女を見つめた。「そんなことをする意味がわからないね」

「意味があるかないかじゃない。これが規定の手順なの。彼はHSOの工作員なのよ。もし逃げるか悪に走るかしたなら、それに、もしああいう危険な装置を持っているなら、わたしたちにはHSOの情報が必要だわ」

「ちょっとふたりにしてくれないかな、イアン？」

マクナブはまずロークに、次いでイヴに目を向けた。緊張と面倒の兆しを彼が察知するのにセンサーは要らなかった。「あーと、いいですよ。俺は……えー、シーボディの手伝いに行ってみます」

「これはわたしの仕事なのよ」ふたりきりになるやいなや、イヴは口を切った。「いまつかんでいることを報告すれば、ホイットニーは、HSOにコンタクトして情報を提供しろと言うに決まっている」

「きみは何もつかんじゃいない」ロークは淡々と言った。「あるのは、〝秘密の情報源〟の話に基づく、フランク・プルッツなる人物と、HSOやバックリーとの漠然たるつながりだけだよ」

「彼がフェリーに乗りこみ、フェリーから降りなかったことを、わたしは知っている。令状がとれたのは、情報源の話よりむしろこの事実のおかげだわ。それにわたしにはここで見つけたものもある」

「で、ここで見つけたものが証明しているのは、彼がHSOの工作員だってこと？　それとも、バックリーを標的にし、殺したってことかな？」

彼女はきっと身構えながらも、腹筋が震えるのを感じた。「彼が危険な武器を所持していることをわたしたちは知っている。彼はその武器を売るつもりかもしれない。もしそれが悪いやつらの手に渡ったら――」

「HSOは悪いやつらじゃないのか？」ロークは問いただした。「きみは堂々とそこに立ち、あの連中はよその鬼どもほど非情でも危険でもないと言えるのか？　連中がかつてあんなことをきみにしたというのに？　子供のころ、連中が見て見ぬふりをしたせいで、あんな目に遭ったというのに？　きみの父親がきみを殴り、レイプしているあいだ、連中はスタンバイし、すべてを聴いていたんだぞ。それも、あいつを餌にして、もっとでかいモンスターをつかまえたかったがためにだ」

胃袋がのたうちはじめた。「それとこれとは別問題よ」

「馬鹿な。きみは以前、それもさほど昔のことじゃないが、連中と〝仕事〟をしようとした。ところが、きみが殺しと腐敗を嗅ぎつけると、連中はきみを破滅させにかかった。殺そうとしたんだぞ」

「連中がしたことなら知っている。わたしは確かにHSOを軽蔑しているわ。でもあれはあの組織そのものじゃなく、内部の個人の仕業よ。たぶんイヴァン・ドラスキは、いまごろ何千マイルも彼方にいる。わたしにはニューヨーク外で彼を追うことはできない。彼があの装置をどこで売ろうとするか、わたしにはわからないのよ」

「僕が調べるよ」

「ローク――」

「ああくそ、イヴ、今度もまた、ただ見てろって言う気じゃないだろうね。以前、僕はきみの言うとおりにした。一切、手を出さずに。きみが虐待され痛めつけられるのを放置したやつらを見逃したんだ」

いま、緊張の手にぎゅっと握りしめられているのは、イヴの心臓だった。「あなたが何をしてくれたかはわかっている。そのために、あなたがどんな思いをしたかも。でも、わたしに選択の余地はないじゃない。これは国家の安全にかかわることだもの。わかるでしょ、ローク、わたしだってHSOを引き入れたくなんかない。連中とは一切かかわりたくないのよ。思っただけで吐き気がするわ。でもこれはわたしの問題でも、あなたの問題でもない。わたしが八歳のときの出来事も関係ないの」

「僕に二十四時間与えるんだ。僕はたのんでいるんじゃない」イヴが口を開くより早く、ロークは言った。「今回はちがう。きみは僕に二十四時間与え、彼を追跡させるんだ」

そこには洗練の下に潜む冷酷と非情があった。イヴはそれを知っているし、理解している。受け入れてさえいた。「それくらいなら待ってもいい。二十四時間と一分後には、HSOに引き継がせなきゃならないけど」

「連絡を入れるよ」ロークは行きかけて、足を止め、彼女の目をのぞきこんだ。「この件でふたりの仲がぎくしゃくしなければいいんだが」

「わたしもそう思う」

しかし彼が出ていくとき、イヴにはわかっていた。ときとして人にはどうなろうとも進むしかないことがある。

9

手がかりが尽きると、経験上、イヴは出発点にもどることにしている。これで二度目だが、彼女は夏の青空のもと、フェリーの甲板に立っていた。

「セキュリティディスクによると、先に乗りこんだのは被害者のほうよ」イヴはトランスポート・ステーションから甲板へのルートをじっと見つめた。「彼は軽く百番はうしろだった。彼女の数分後よ」

「ずっと彼女を見張っていられたとは思えませんね」ピーボディが言った。「それに録画を見ても、そうしようとしていた様子はないし」

「考えられるシナリオはふたとおりよ。彼はなんらかの方法で彼女に追跡装置を付けていた。あるいは、前もってここでの接触を約束していた。彼が危険を冒したり偶然に賭ける理由は見当たらない。だからわたしは、両方やっていたものと見る」

「彼女がスタテン島で別の人間と会う予定だったという証拠はひとつも見つかっていません

しね」

イヴはフッと息を吐いた。「まあ、見つかってないものは山ほどあるけど。いまのところはね」彼女は第二甲板へと向かった。「彼女はここに上がった。キャロリーの子供のカメラからその事実はつかめている。航行時間は三十分に満たない。だから、もし接触する相手がいたなら、そしてもし取引を予定していたなら、彼女は出港後、長く待ちはしなかったはずよ。推理しうるかぎりでは、キャロリーは航路の半ばに至る前にあのトイレに入っている。出港後約十分後ね」

「でも彼女は何も覚えていないし、わたしたちには遺体がなく、死亡時刻は計測できないわけだから、キャロリーが入っていったとき、バックリーがすでに死んでいたのかどうかはわかりません」

「でもおそらくはそうよ」イヴは手すりの前に立ち、フェリーの揺れと唸り、人込み、景色を想像した。「乗客が乗りこんできて、あたりは興奮に包まれていた。人込み、休暇で冒険に出た観光客。みんな、手すりの前に陣取り、飲み食いし、写真を撮っていたでしょうね。わたしがバックリーなら、自分の位置につき、周囲を観察する」

イヴはベンチにすわった。「ここがその位置。きっと彼女は前にもここにすわったことがあるのよ。そうでなければ、この場所を選んだり受け入れたりするはずはない。ここなら彼女は、群衆と往来を観察し、タイミングを測ることができる。わたしがバックリーなら、出港後、なるべく早く接触の場所に移動する」

イヴは立ちあがり、トイレの方向へぶらぶらと歩いていった。「それが、キャロリーが入っていく約十分前よ。殺しには充分な時間ね。キャロリーが襲撃の前に入っていったなら、ふつう彼女が用をすませて出ていくのを待つでしょ。最中だったなら、彼女は声をあげるか飛び出して助けを呼ぶかできたはずよ。彼女は個室のエリアと洗面台のエリアのあいだに倒れた。遺留物採取班が、床に頭をぶつけたときの彼女の血と皮膚の痕跡を見つけたのはそこだもの。彼女はちょうど仕切りの壁のほうを向き、まずいものを見ちゃったところだったのよ」

「マイラに記憶をとりもどす手助けができないものでしょうか？」

「やってみる価値はあると思う。さて……」イヴは営業スペースのほうに向かった。「まずいものを見ちゃう前、キャロリーとあの子供は……」

「ピートです」

「そうだった。ふたりは営業スペースに向かった。それからコースをそれてトイレに寄った」イヴはもっとも自然なルートをたどった。「ここに立って、話をする。ママを待ってるのよ、とかなんとか。キャロリーは子供がトイレに入るのを見届け、その後、ドアの標示に気づく。どうするか迷い、結局、入ってみることにする。そして、そのあとのことは覚えていない。だから、こっちで再現しましょう。接触があらかじめセッティングされていたとして、殺害が計画的犯行だったとするならば、ドラスキは先に入っていたでしょうね。トイレは女性用、彼は男だけど」

「そうなんですよ。うーん、みんなが景色に気をとられている隙に、こっそり入ったのかも。だけど、あの〝故障中〟の標示……。修理係を装って入っていくほうが利口ですよね。制服姿で」

「制服はすぐ隣のトイレに持ちこめる」イヴは手振りで男性用のトイレを示した。「計画的犯行だとして、死体を隠したり運んだりする必要があるならば、その手段が必要よ。修理係がバスケットワゴンを押して故障中のトイレに入っていっても、誰も不審には思わない」

「どのバスケットワゴンもなくなっていませんけど」

「一時間あれば返せるでしょ。彼はそこから出てきて――」イヴは男性用トイレを指さした。「ここに入った。気づいた人間は？　どうやらいなかったらしい。彼はなかでバックリーを待った」

イヴはドアを押し開けた。「いざ彼女が入ってきたら、ぐずぐずしてはいなかったでしょうね」

「なかに鍵はついていない」ピーボディが言った。「それに、ドアが開かないように細工することもできない。彼はバックリーに入ってきてもらわなきゃならないんですから」

「ええ、だからぐずぐずしてはいなかった。彼は彼女が金を持っているのを確かめようとし、彼女は彼が装置を持っているのを確かめようとする。単なるビジネスよ」

何度かのサンプル採取でかき乱された、凝固した血溜まりは、そのビジネスの性格を物語っている。そして、薬品のかすかなにおいと、遺留物採取班の残していった粉の薄い層は、そのビジネスの結末を物語っている。

また、床に落ちている長いナイフも。

「記録開始」イヴはそう命じると、いまも床に残っている血の痕をよけつつ、そのナイフに近づいた。

「でも……いったいどうやってここまで入りこんだんでしょう?」ピーボディが言った。「このフェリーはどこもかしこも見張りだらけなのに」

「姿が見えなくなるくそったれマント」イヴはつぶやいた。「それが答えよ。となると第一の疑問は、彼がなぜここに来たのか、ね」彼女は手を触れずにナイフを観察した。「短剣型、刃渡り約六インチ。骨でできてるみたい。なぜセキュリティ・スキャナーを通過できたかがこれでわかる。天然素材は引っかからないものね。それに、彼のブリーフケースには、安全な溝が作られていたんでしょう。形や重さを検知するスキャナーから中身を保護するような」

イヴは両手をシール処理してから、ナイフを拾いあげた。

「適度な重さ。握りやすい柄」テストのため、彼女はターンして、シュッと空を切った。

「長さもいい。これなら間合いをつめなくてすむ。腕の長さプラス六インチ。わたしだったら、手首にトリガーを仕込むわね。カチリ、ナイフはもう手のなかにある。さっと振って、喉を切り裂く」

ピーボディは自分の喉をさすった。「その道のプロになろうって思ったことはありませんか？」

「ビジネスのため、利益のために殺す。それは彼女の行く道で、彼のじゃない。彼のは報復よ。ずいぶん長くかかったけれど」彼女は飛沫血痕や血溜まりを観察すると、もう一度ナイフをふるい、回転し、突き刺し、切り裂いた。

「そして今度は、手間隙かけて武器をわたしたちの手に届けた。凶器と手法がわかるように」

「自慢してるんでしょうね」

イヴはナイフを裏返し、血の汚れを見つめた。「自慢という感じはしない」彼女は証拠袋を取り出して、ナイフを入れ、ラベルをつけた。そして、袋を手に、ドアのほうに目をやった。「仮にいまここに入ってきたら、キャロリーは個室のエリアのほうを向くなり、彼を目にし、死体を目にすることになる。ふたりの間隔は、そうね、十フィートというところ。ドアから彼女までは二フィートよ。殺人の現場に足を踏み入れてしまったら、ふつう人はどうする？」

「悲鳴をあげて逃げ出すでしょうね」ピーボディが言った。「実際、彼女は逃げられたはずですよ。少なくとも、いいとこまでは行けたでしょう。それに、そういうかたちで彼女に襲いかかったとすれば、ドラスキは血を踏んでいるはずです。彼女は気絶したのかも。卒倒して、頭を打ったんです」

「ええ、あるいは、彼がスタナーで撃ったのか。設定は低めで。そうすれば、少し時間が稼げるから、この不測の事態にどう対処するか考えられる。彼は遺体を運び出さねばならなかった。でもその用意はしてあったでしょうね。たぶん、バスケットワゴンの内側に覆いをかけて。そう、死体袋を使ったのよ。そこに遺体を入れた。制服も一緒に。服は血で汚れていたはずだから」

「それから、意識を取りもどしたキャロリーを記憶破壊銃で撃った」

〝記憶破壊銃〟という名称に、イヴは眉を上げた。「キャロリーが催眠状態に入ると、彼は彼女に手を貸すよう命じた。そしてまず自分が外に出た」

「それから、甲板のこのエリアにいた人たちにまじないをかけた。そうやって彼はどこへでも行きたいところに行けた。まったくすごい玩具ですね」

「玩具じゃない。危険な武器よ。もしその装置が目的どおりの働きをするなら、それはあなたから意志をはぎとってしまう。あなたは自分が誰なのか、何者なのかを忘れてしまうの」

自分自身の喪失は、イヴの考えでは、死よりも恐ろしいことだ。「その効果が消えるまで、あなたは単なるドロイドにすぎないわけ」彼女はもう一度ナイフを見つめた。「棒、石、ナイフ、銃、ブラスター、爆弾。いつだって誰かが何かもうちょっといいものをさがしている。これは――」証拠袋に入れたまま、イヴは再度、ナイフの重みを手で測った。「――命を奪える。もうひとつの武器は、精神を奪うのよ。わたしはむしろナイフに立ち向かうほうがいい」

イヴはリスト・ユニットに目をやった。ロークの二十四時間は二十時間になっており、いまも減りつづけている。どれほど代償を払うことになろうと、彼女はそれ以上一分たりとも彼に与えることはできない。

陽気な一対の屋根を戴き、つややかな焼き菓子をずらりと並べたその小さなパン屋は、武器商人との接触場所としては奇妙に思えるだろうが、ロークはジュリアン・カメインの性格をよく心得ていた。

彼はまた、カメインの姪の営むそのパン屋が毎日二度、盗聴器を見つけるために徹底的に点検されていることや、店の壁と窓が電子の目や耳からしっかり護られていることも知っていた。

そこで語られたことは外へは漏れない。

その太った顔と太鼓腹から姪の料理の腕への愛がはっきり見てとれる巨漢、カメインは、ロークの手を温かく握ると、テーブルの向かい側の席を手振りですすめた。「もう四、五年になるかね」

「しばらくぶりだな」母国の訛をわずかに交え、カメインは言った。

「うん。元気そうだね」

カメインはでっぷりした腹をなでながら、低音で大きく吠えるように笑った。「食い物がいいのさ。ああ、この子は姪の娘のマリアンナだ」カメインはその若い女にほほえみかけた。彼女はコーヒーと小さな焼き菓子の載った皿をテーブルに置いた。「こいつは古い友達だよ」

「どうぞよろしく。ふたつだけよ、ジュリアンおじさん」女は指を振ってみせた。「ママがそう言ってた。楽しんで」彼女はロークにそう言うと、せかせかと歩み去った。

「エクレアを食ってみな」カメインは言った。「素朴だが、絶品だよ。で、結婚生活はうまくいってるのか?」

「とても。そっちは? 奥さんと子供たちはどうしてる?」

「大繁栄さ。いまや俺には六人もの孫がいる。年をとることの見返りだな。あんたもそろそろ家族を作ったほうがいいぞ。子供ってのは男にとっていちばんの財産なんだ」

「そのうちね」自分の役割を心得ているロークは、エクレアの味見をした。「きみの言うとおりだ。すばらしくうまいよ。ここは綺麗な店だな、ジュリアン。楽しげだし、景気もいいし。これもまたひとつの財産だね」

「満足してるさ。有形資産。日々のスイーツ」カメインは小さなシュークリームを口に入れ、うっとりと目を閉じた。「いい女の愛。そろそろ引退して気楽にやろうかと思ってるんだ。あんたは忙しいようだな。しかし、ある種の事業からは撤退したとも聞いてるぞ」

「いい女の愛」ロークは引用した。

「すると、俺たちゃふたりともその点じゃツイてたわけだ。で、どうしてあんたは、俺の顔を見たいとか、一緒に焼き菓子とコーヒーでもどうかなんて言ってきたのかな？」

「僕たちは手を組んだり仲よく競争したりしてきた。お互いに対し、常に正直だったよな。いつでもビジネスの話、特別な商品の話ができたし。だから、失われた時《ロスト・タイム》を取りもどしたくなったんだ」

カメインは眉を上げた。それからカップを手に取り、時間をかけてゆっくりとコーヒーを飲んだ。「時間は貴重な商品だ。仮に売り買いできるなら、無茶苦茶な競り合いになるだろう。戦に勝つには、血を流させるか、時間を奪うかだ。敵に後《おく》れをとらせたいと思わんやつはいないだろう？」

「そういうことができる武器が存在するなら、市場ですごい値がつくだろうな」

「どえらい値さ。そういった武器、その手のものを生み出す技術は、何十億ドルにも値する。獲得のために大金が費やされるし、流血沙汰も起こるだろうよ。危険なゲームが横行するわけだ」

「そういうものが存在するとしたら、きみならいくら出す？」

カメインはほほえんで、ふたつめの焼き菓子を選んだ。「俺か？　俺は古い人間だし、引退間近だからな。もっと若かったら、パートナーをさがして、手を結び、競りに参加したところだが。たぶん、あんたくらいの年齢、あんたくらいの地位だと、そういうことを考えるんだろうな」

「いや。それはいまの僕の興味にかなう商品じゃない。いずれにしろ、入札はきょう締め切られるんじゃないか」

「窓口は真夜中に閉じられる。ゲームだよ、モナミ、危険なゲーム」カメインは長いため息をついた。「もっと若かったらとつくづく思うよ。だが、ある種のゲームは脇で見ていたほうがいいもんだ。特にその競技場が血みどろの場合はな」

「ホームの連中はゲームのことを知らないんじゃないか。その現状を」

「ホームの連中はそのゲームを、それに、プレイヤーたちを見誤ったみたいだな。言ってみれば、近視眼なのさ。そのうえ、耳をしっかり地面に押しつけてなかったわけだ。女ってのは情け知らずの生き物だよ。ビジネスに最適だ。口がうまくてな」

ロークはしばらく黙っていた。「仮に僕が競りの参加者、または、見物人だったら、主要なプレイヤーが消されたこと、彼女がもう競技場にいないことを知れば、興味を抱くだろうね」

「そうなのか？」この情報にカメインは唇をすぼめた。やがて彼はうなずいた。「まあ、さっきも言ったとおり、危険なゲームだからな。ナポレオンを味見してみな」

一時間もしないうちに、ロークは、カメインから提供されたあいまいかつ断片的な情報で武装して、自宅の仕事部屋にすわっていた。やはりバックリーは例の装置を買うつもりだったのだ――というより、配達係を殺して、装置を持ち去るつもりだったのだろう。彼女はナイフのみによって殺されたのではない。強欲と不遜もナイフと同等の働きをしたわけだ。あの殺しは、徹頭徹尾、自衛のためだったのだろうか？　それとも、復讐目的の罠だったのだろうか？

それはこっちの問題じゃない、イヴの考えることだ、とロークは思った。彼の仕事はイヴァン・ドラスキとあの装置の追跡だ。彼女は二十四時間という約束を守るだろう。ちょうど彼自身が例の工作員どもに復讐しないという約束を守ってきたように。連中が、子供時代のイヴが虐待され、レイプされるのを放置したにもかかわらず。その後、身を護るために殺人を犯した彼女が、衰弱し、朦朧として街をさまようのを放置したにもかかわらず。

彼はあの男たちのデータを――イヴのために――消去した。しかし連中の名前は頭に刻みこまれている。そこで彼は、あの機関へ、あの男たちへと切りこんでいくプロセスに入った。また、同時進行で、イヴァン・ドラスキと〝失われた時《ロスト・タイム》〟をさがし求める調査も開始した。

　作業に没頭しだしたとき、ポケットリンクが鳴り、彼はその画面に目をやった。

「やあ、イアン」

「約束どおり、まずあんたに連絡してるとこ。そのせいでダラスにケツの生皮を剝がされなきゃいいんだがな」

「僕がきみなら心配しないよ」

「自分のケツじゃないもんな」マクナブは言った。「シールドとフェイルセーフを突破したよ。例の男、すごいよ。すごいなんてもんじゃない。だって、そいつがシールドとフェイルセーフのいくつかを取っ払って、腕の確かな他のやつが通れるようにしといたなんて、まずわからないんだから」

「そうなのかい？」ロークは言った。

「俺はそう見てる。俺もかなりの腕があるけど、ふつうなら突破するには二時間じゃなく二日かかったろうからね」

「つまり彼はその情報を見つけてほしかったわけだ」ロークは自分のデータに目を走らせ、情報と仮説を混ぜ合わせた。「おもしろいね。それで何がわかった？」

「そいつはダナ・バックリーって女の情報を何メガバイトも持っていた。彼女に関する大容量のファイル、仕上げは盗聴器とカメラによる監視の記録。ざっと目を通したけど、その半分でもほんとなら、彼女は相当のワルだよ」

「そして彼は、彼女を追跡し、記録をつけていたんだね」

「そう、確かに見張ってた。見た感じ、ここ半年くらいかな。おもしろいのは、何年も前のデータがあるってこと、それに、情報源がいろいろだってことだよ。でもそいつがそのデータをここに集めだしたのは、約半年前なんだ。ハイレベルの機密情報が山ほど入ってる。俺には目を通すクリアランスはないんだろうけど、まっ、こっちは仕事をしてるだけだしさ。でもほんとに、すげえのはここからなんだ」

「彼はオークションをやってるんだよな」

「ちぇっ」画面のなかのマクナブの顔が沈んだ。「がんばって損したよ。自前のコンピューターの基板をすり減らしてさ。でも、それって合ってるのは一部だけだよ。オークションをやってるのは、女のほうなんだ。こりゃあうまい手だよな。本人はもう死んでるんだから」

「ああ」ロークはゆったりと椅子の背にもたれた。事情がのみこめてきた。「そう、確かに利口だね」

「遠隔操作でやってるんだ。信号にスクランブルをかけて、あっちゃこっちゃバウンドさせてさ。こっちがまさにそのゼロ地点にいなかったら、発信源を見つけるのは無理だったんじゃないかな。それに、正直に言っちゃうと、やつはパン屑をばらまいてくれてたんだ。住所はアッパー・イーストサイド。リッチだよな。調べたら、所有者はドロレス・グレゴリーとなっていた。それってバックリーの偽名のひとつだよね」

「そうとも。その情報は使えるよ。警部補に連絡したほうがいいぞ」

10

イヴはマスターキーを使って、アッパー・イーストサイドのそのアパートメントの鍵を開け、セキュリティをシャットダウンした。「妙に簡単ね」彼女はピーボディに言った。「プルッツのタウンハウスとおんなじだわ。踏みこむわよ」

イヴは武器を抜いて、ドアを通り抜けた。

彼女は右に、ピーボディは左に行った。しんとしている、とイヴは思った。高級品でいっぱいの、贅沢な部屋部屋。窓の向こうには、川の景色が望めるテラスがある。室内では、豪華な織物がつややかな木材を引き立て、絵画が堂々と壁を飾っている。服がぎっしり詰まったクロゼットのある主寝室も、その点は同じだった。

「なかなかの住まいですね」ピーボディが言った。「この絵のいくつかはおそらく原画ですよ。殺し屋ってのは相当、給与等級が高いんじゃないですか」

「ドラスキとは反対ね。彼女は贅沢に、彼はつましく暮らしていた。人はひっそり暮らす人間を見くびりがちよ」

「それに、贅沢に暮らしていると、不遜になりがちですしね」ピーボディが付け加えた。

「そのとおり」イヴは第二の寝室のドアのセキュリティ・パッドを手振りで示した。それは〝開〟の緑を点滅させていた。

「おやまあ、なんて不用心な女」

「女じゃない。あの男はパン屑をばらまき、セキュリティをゆるめたのよ。わたしたちは彼の望みどおりのところにいるわけ」

その部屋は寒かった。凍えそうなほどに。遺体をなるべく新鮮に保ったためね。ダナ・バックリーを眺めながら、イヴはそう思った。彼は、一本の薔薇を添えた妻と娘のフレーム入りの写真に向き合うように椅子を置き、バックリーの血みどろの亡骸《なきがら》をそこにすわらせていた。

「とにかく」ピーボディがフッと息を吐いた。「彼女はもう行方不明じゃないわけです」

「署に連絡を入れて。それと、捜査キットを取ってきてちょうだい」

待っているあいだに、イヴは室内を調べた。秘密基地か、と彼女は思った。きっと機器類は未登録機と判明するだろう。また、なかのデータの多くはハッキングにより盗まれたものとわかるだろう。ここは殺した側の部屋とあまり変わらない――あの写真に至るまで。

壁面スクリーンには、競りの現在の状況が映し出されていた。四十四億まで来ているのか、とイヴは思った。まだ数時間あるというのに。

彼は証拠として遺体を持ち去ったのではない。戦利品としてでもないし、時間稼ぎも理由の一部にすぎない。最終的に、彼は遺体をここに持ってきた。本人の貪欲さがその背後で映し出されるなか、バックリーにもの見えぬ目で自身の殺した罪なき者たちを凝視させるために。

彼が遺体を持ち去ったのは、家族に忠誠を表すためだったのだ。

「Eチームと遺留物採取班がいまこっちに向かっています」ピーボディが捜査キットを開けて、イヴにシール・イットを手渡した。

イヴはうなずき、そして思った。自分たちが見つけるものは、彼が見つけさせたいと思ったものばかりだろう。「見つかったデータは全部コピーさせて。それは、どこであれ部長が指示する機関に引き渡さなきゃならないけど、こっちもバックアップを取っときましょう」

彼女はパートナーに顔を向けた。「わたしたちはたったいま、すごく悪いやつらの大軍団が破滅に向かうきっかけを作ったんじゃないかしら。メディアに漏れそうな話よね」

「喜ぶべきなんですかね？　それとも、怯えるべきなんでしょうか？」

「満足を覚えるべきよ。さあ、仕事にかかりましょう。彼女を処理するの。記録開始」

ロークは椅子の背にもたれ、たったいま掘り出したデータを頭に浸透させた。妙だな、と彼は思った。世界は実に奇妙で皮肉な狭い場所だ。そして、そのなかの人間には常に意外性がある。彼はデータを保存し、コピーして、そのコピーをポケットに入れた。

それから邸内モニターに歩み寄った。「サマーセットはどこだ?」


〝サマーセットは、一階、居間にいます〟


「なら結構。おしゃべりにはいい場所だ」

階下《お》に下りていくと、話し声が聞こえてきた。それに、サマーセットの愉快そうな大笑いが。サマーセットが家に人を呼んだことは以前にもあるが、これは絶対にふつうではない。

興味津々で、ロークは居間に入った。そして足を止め、首を振った。「そう、確《アイ》かに意外だ」

「ローク様、下りてきてくださってよかった。お邪魔をしたくなかったのです。どうか古い友人を紹介させてください。こちらはイヴァン・ドラスキです」

その男は立ちあがり、ロークは部屋の奥へと進んで、自分の妻の目下の獲物と握手を交わした。

「イヴァンとわたくしは暗黒時代にともに働いていたのです。彼はほんの少年でしたが、欠くことのできない人材となっていました。われわれはもう何年も会っていなかったのですよ。だからいま、昔のことを語り合っていたのです。それに最近のことも」

「そうなのか」ロークは両手をポケットに入れた。するとなかで、さきほどのディスクが灰色のボタンとぶつかりあった。彼がお守りとして、また、愛の証として持ち歩いているあのボタンだ。「どれくらい最近のことを？」

「まだ現在には至っていませんよ」イヴァンが小さくほほえんだ。「その話は、あなたの奥さんが帰ってきてからにしたほうがいいと思ったのでね。きっと奥さんは興味を持たれるでしょう」

「もっとコーヒーを持ってまいります」サマーセットはイヴァンの肩にちょっと手を置くと、部屋をあとにした。

「何か武器を持っていますか？」ロークは尋ねた。

「いいえ」イヴァンは、調べてくれとばかりに両手を上げた。「ここに来たのは、人に危害を加えるためではありませんから」

「では、おかけください。サマーセットと僕に最新情報をくれませんか」

イヴァンはすわった。するとすぐさま、ギャラハッドがその膝に飛び乗った。「いい猫ですね」

「うちのみんなのお気に入りです」

「わたしはペットを飼っていません」ギャラハッドをなでながら、イヴァンはつづけた。

「また命を預かろうという気にはどうしてもなれないものでね。それにドロイドのペットはねえ——あれはまったく同じとは言えないでしょう？　あなたのおうちに面倒を持ちこむことは、わたしの本意ではありません。古い友人に負担をかけることもです。もしこの件を担当したのが奥さんでなく他の誰かだったなら、わたしはどこか別のところにいたでしょう」

「妻だとなぜ？」

「奥さんにお話ししたいのです」イヴァンがそう言ったとき、サマーセットがもどってきた。

「警部補がいま門を通過しました」彼はカップをテーブルに置いた。

「おもしろくなるな」ロークはつぶやいた。きっと両手が必要になるだろうと判断し、彼はサマーセットの差し出したコーヒーを退けた。

家に入ったイヴは、眉を寄せた。猫を足もとに従えたサマーセットがホワイエに潜んでいないのは稀有なことだ。居間からの陶器のカチャカチャいう音を耳にして、彼女は階段の前でためらった。

ロークが部屋の入口に現れ、彼女の名を呼んだ。

「よかった、ここにいたのね。話があるの。状況が変わったのよ」

「ああ、そうだね、確かに」

「まずきちんと話し合ってからでなきゃ——」居間の入口で、イヴは言葉を切った。自分の追っている男が猫を膝に載せ、椅子にゆったりすわっているのに気づいたのだ。彼女は武器を抜いた。「このごろつき」

「血迷ったか！」イヴがそちらに突進していくと、サマーセットが爆発した。

「どきなさい。さもないと先にあんたを撃つ」

驚愕と憤りを発散しつつ、彼はその場に踏みとどまった。「客人が、そして、大事な友人が自分の家で脅されるのを放ってはおけません」

「友人？」イヴはロークに視線を――激した目を――さっと向けた。

「僕をにらんでも無駄だよ。こっちもたったいまここに来たばかりだからね」しかし彼はイヴの武器に手を触れた。「それは必要ないよ」

「わたしの第一容疑者がわたしの家にすわって、わたしの猫をなでているのよ。なのにみんなでコーヒーを飲んでるわけ？　どきなさい」イヴは冷ややかにサマーセットに言った。

「わたしは本気よ――」

イヴァンが彼女には理解できない言葉で何か言った。サマーセットはくるりと振り返り、目を瞠《みは》った。彼の返事もやはり理解不能で、その口調には驚きがこもっていた。

「すみません、失礼しました」両手を見えるところに置いたまま、イヴァンは言った。「いま友人に、わたしは女を殺したのだと言ったのです。彼は知らなかったのですよ。このことで、彼に迷惑がかからなければいいのですが。わたしの望みは説明することです。説明させせていただけませんか？　友人のいるこの場で、楽なかたちで。そのあとで、あなたがそうしろとおっしゃるなら、ご同行しますよ」

イヴはサマーセットを迂回して前進した。武器は下ろしていたが、抜いたままだった。

「ここで何をしているの？」

「あなたを待っていたのです」

「わたしを？」

「説明が必要だと思ったので。あなたには情報が必要でしょう？　あなたに危害を加える気など、わたしにはありません。あなたがたの誰にもです。この男ですが——」彼はサマーセットを指し示した。「彼はわたしの命の恩人なのです。わたしにとっては、彼に属するものはすべて神聖なのですよ」

「ここはブランデーだろうな」ロークは自ら満たしたブランデーグラスをサマーセットに手渡した。「コーヒーじゃない」そして、もうひとつのグラスをイヴァンに渡した。

「ありがとう。ご親切に。わたしはダナ・バックリーと称するあの女を殺しました。そのことはもうご存知ですね。それにたぶん、殺害方法も部分的には。わたしは夜、いろいろとあなたに関するものを読んでいるのですよ、警部補。あなたは頭が切れ、賢く、仕事ができる。しかし生死の問題では、〝なぜ〟ということが重要です。あなたはそれをご存知ですね」イヴァンはイヴの顔をさぐった。「そう信じているのでしょう？」

「彼女はあなたの奥さんと娘さんを殺したのよね」

イヴァンの目が驚きに大きくなった。「仕事が速いのですね。妻と娘は美しく清らかでした。ところがわたしは、ふたりを護ってやれなかったのです。わたしは故国での自分の仕事が好きでしたよ」彼はサマーセットに目を向けた。「その目的、やりがい、変革に対する信念が」

「あなたは科学者だった。いまもそうよね」イヴは口をはさんだ。「ファイルを読んだわ」

「となると、あなたは本当に非常に優秀なわけだ。他のこともうわかったのですか?」

「ええ。ほんの少し前に」ロークが答えた。「本当にお気の毒です。HSOはこの人を引き抜きたかったんだ」彼はイヴに言った。「スパイとして使いたかったか、ただ味方に引き入れたかったかだろう」

「わたしはそのままで幸せでした。自分がしていることの価値を信じていましたから」

「連中はさまざまな手段を検討した」ロークはつづけた。「彼を拉致する、拷問する、子供を拉致する、信用を失墜させる。決定された方法は、迅速さも肝要ということで、家族をむしりとり、その後、避難所と復讐のチャンスを与えるというものだった」

「連中はあの女を送りこんで、わたしの妻と子供を殺害させ、わたしの身内がそれを命じたかのように偽装を施しました。わたしに文書を見せ、殺し屋たちの名前を教え、わたしと家族を殺せという命令があった証拠を示したのです。本当ならわたしも家にいるはずでした。

ところが車が故障して、そのせいで帰りが遅くなったわけです。もちろん、連中が車に細工したのですがね。しかしわたしは連中を信じました。よりによってこのわたしが。その種の偽装については誰よりもよく知っているはずなのに。しかしわたしは悲嘆に暮れていて、悲しみのあまりおかしくなっていて、信じてしまった。そして、嘘を信じたがために、善良な人々を裏切り、喜んで報復を行ったのです。その後、わたしは連中の一員になりました。この二十年、わたしのしてきたことはすべて、妻と子供が流した血に根差しているのです。連中はわたしを利用するためにふたりを殺したのですよ」

「でもなぜいまなの？」イヴは質した。「なぜいまになって彼女を処刑したの？　しかもあんな派手なやりかたで？」

「六カ月前、わたしはファイルを見つけたのです。まったく別の古いデータをさがしていて、偶然に。殺害を命じた男はずっと昔に死んでいました。それで扱いがずさんになっていたのでしょうね。あるいは、誰かわたしにそれを見つけてほしい人間がいたのか。われわれが住んでいるのは、油断のならない世界なのです」

イヴァンは丹念に猫をなでていた。「あの女を殺す方法については、いろいろ考えましたよ」彼はため息をついた。「ずいぶん長いこと、わたしは研究ひとすじでしたが、このときからトレーニングを始めました。肉体の鍛錬を、武器を使って。毎日やったのです。昔のようにね」彼はサマーセットにほほえみかけた。「また目的ができたわけです。わたしは

〝失われた時《ロスト・タイム》〟を使う手を思いつきました。まさにぴったりでしょう？　わたしの失った長い時。あの女がわたしに浪費させ、妻から、わたしのおちびさんから奪った時間」

「気の毒に、イヴァン」サマーセットがなぐさめをこめ、友の腕に手をかけた。「子供をなくすというのがどういうことかは、わたしも知っているよ」

「あの子はまぶしいほどに明るかった。光だよ……延々つづいた暗い時代のあとの、光の証。それをあの女は消し去った。金のために。あいつのファイルを読んだなら、あれがどんな女かあなたもご存知でしょう」

イヴァンはちょっと間をとって、ブランデーを口にし、気持ちを鎮めた。「わたしは計画を練りました。昔から戦略と戦術には長けていたのです。きみは覚えているだろう？」

「ああ、覚えている」サマーセットは答えた。

「すばやく動く必要がありました。あの女に情報を漏らし、展望を示す――わたしが自分の地位、自分の給与に不満であり、もっといい思いをするためなら取引に応じるだろうと思わせる」

「あなたは彼女が接近してくるように仕向け、時間と場所を選ばせた。自分のほうが有利だと彼女が思いこむように」

イヴァンはイヴにほほえみかけた。「あの女はあなたほど利口ではありませんでした。おそらく、かつてはそうだったんでしょうが。とにかく不遜で強欲でしたよ。最初からあの装置とわたしの盗んだファイルを買い取る気などなかったのです。わたしを殺し、他の連中が競争している隙に、装置とそれに関する記録をすべて手に入れるつもりだったのですよ。あの女には忠誠心などどみじんもありません。どんな人間、どんな組織に対しても、どんな大義に対してもです。ただ殺すことが好きなのです。あいつの心理分析ファイルにそう書かれています」

イヴはうなずいた。「わたしも読んだ」

イヴァンの目がふたたび大きくなった。それから彼はロークに目を向けた。「あなたの腕は噂以上なのでしょうね。ゆっくりお話しできたらどんなに楽しかったことか」

「僕も同じことを考えていました」

「あなたの世界とはちがい、わたしのビジネスの世界には法などないのです」イヴァンはイヴに言った。「言ってみれば、警察はないわけで、この女に家族を殺されました、などと訴え出ることもできません。彼女は金を支払われています。それは……ビジネスであって、そこには罰も裁きもないのですよ。わたしは計画を練り、調査を行い、あの女のコンピューターにアクセスしました。わたしもやはり仕事ができるのです。あの女が日時と場所を設定する前から、わたしには向こうの考えがわかっていました。金を奪い、わたしの動きを封じるか殺すかし、その後――」イヴァンは椅子の脇に置いたブリーフケースを指し示した。「開けても?」

「いいえ。これは――」立ちあがってケースを回収しながら、イヴは言った。「――フェリーに乗りこんだとき、彼女が持っていたものね」

「なかは爆弾です。解除ずみですよ」イヴァンは急いで言った。「コンピューターの内部に収めてあるのです。小さなものですが、強力ですよ。爆発していたら、フェリーのあの区域にかなりの損傷を与えたでしょう。あそこには大勢人がいました。子供たちも。彼らの命など、あの女にとってはなんでもないのです。彼らは目くらましになるでしょうし」

「花火と同じように？」

「あれは無害ですよ」イヴァンはふたたびほほえんだ。

「こっちによこして」ロークはサマーセットを見やり、サマーセットはうなずいた。ロークはイヴからケースを引き取った。そしてそれを開けた。

「待って。ああ！」

「解除ずみだ」ちらりと見てから、彼はそう請け合った。「この装置なら前にも見たことがある」

「わたしとあの女がどのように接触したかはもうご存知でしょうね。あの場所は向こうが選んだのです」イヴァンは言った。「あの女はわたしを無害な年寄り、からくりの使い手というより作り手として見ていました。しかし昔、習い覚えたことは、忘れないものです」

「腕に磨きをかけるのに半年」イヴは言った。「そして罠を仕掛けた」

「たぶん、あのプランニング、あのひたむきさには、冷たい狂気があったのでしょう。それでも後悔はしていません。すばやくやろう。わたしはそう思いました。あの女の喉を切り裂く。遺体をバスケットワゴンに放りこむ。装置を使って脱出する」

「方法は？」イヴは尋ねた。「どうやってあのフェリーを降りたの？」

「ああ。モーター付きのゴムボートを持っていったのですよ」イヴァンは話しながらロークのほうを向いた。その顔が生き生きしだした。「いま現在、軍や民間で使われているどのゴムボートよりはるかに小さいやつです。たたんだ状態だと、旅行用の洗面用具セットほどのサイズで、モーターは――」

「オーケー」イヴは彼をさえぎった。「もうわかった」

「そうですね。さて」イヴァンは大きく息を吸いこんだ。「わたしは、すばやくやって、すぐに消えるつもりでした。しかし……わたしには思い出すことすらできません。あの女の目を見つめ、そのショックの色、その死の兆しを見たあとのことは、どうもはっきりしない。思い出せないのですよ。いつか思い出すのでしょうし、そのときはひどく苦しむのでしょうが」

　彼の目に涙が光った。ブランデーを飲むとき、その手はかすかに震えていた。「わたしは自分のしたことの結果を見おろしました。すごい量の血でしたよ。妻と娘を――すごい量の血のなかで――見つけたときのようでした。床にはスタナーが落ちていました。あの女はわたしを阻止しようとしたのでしょうね。よくわかりませんが。わたしはそれを拾いあげました。そのとき、あの女性が入ってきたのです」

「あなたは彼女を殺さなかったわね。チャンスはあったのに」

イヴァンはショックを受けた目をさっとイヴに向けた。「ええ。ええ、もちろんです。彼女にはなんの非もないのですから。それでも、放置するわけにはいかず……あっという間の出来事でしたよ。わたしはスタナーであの女性を撃ち、彼女は倒れました。これはまずい。そう思ったのを覚えています。これはまずい展開だ。昔を思い出せ。すばやく対応しないと、自分が死ぬか、他の誰かが死ぬかだぞ」

「あなたは意識のもどった彼女にあの装置を使い、一緒に連れていったわけね」イヴは補足した。

「ええ。わたしは彼女に隠れるように言いました。装置の効果が持続しているあいだは、人を従わせることができるのですよ。アラームが鳴るまで、あなたは隠れていなければならない。わたしがあなたのリスト・ユニットで時間をセットした。アラームのあと、あなたはもといた場所にもどらねばならない。あなたは何も覚えていない。トイレに入ってきて、わたしのしたことを見たとき、彼女はひどく怯えていました。わたしは何も思い出させたくなかったのです。乗船したとき、わたしは子供たちと一緒にいる彼女の姿を見かけました。すてきな家族でしたよ。あの人が大丈夫だといいんですが」

「彼女は元気よ。あの花火はどういうこと?」

「いい作戦でしょう? 警察はわたしがあれを脱出に利用したと思うだろうが、わたしはすでにそこにはいない。それに、わたしの娘は花火が大好きだったのでね。あとのことは、もうご存知でしょう。あなたはわたしの自宅のシステムに侵入した。それにあの女のシステムにも。つまり、非常に優秀なEチームをお持ちなわけです」

「なぜここに来たの?」イヴは尋ねた。「本当なら何千マイルも彼方にいられるのに」

「古い友人に会うためですよ」イヴァンはサマーセットに目をやった。「事件の担当はあなたですし」

「主任捜査官が誰かによって何がちがってくるわけ?」

「すべてが」イヴァンは簡潔に言った。「それは一種のしるしであり、わたしには無視できないつながりだったのです」それから彼は、理解と哀しみをこめてイヴを見つめた。「あの連中があなたに何をしたか知っていますよ。彼らは、虐待されているひとりの子供の叫びを無視した。そして彼らは、わたしの子供を殺した。恐怖と苦痛のさなか、娘はわたしに助けを求め、泣き叫んだにちがいない。どちらも同じ男の命令なのです。わたしの家族の虐殺も、その何年か前の、ひとりの子供の心と体を犠牲にする行為も」

イヴが黙っていると、イヴァンはため息をついた。「その事実を無視することは、わたしにはできませんでした。とにかく重要に思えたので。ミリアは、生きていれば、いまのあなたと同い年です。あなたは生き延び、わたしの古い友人の家族になっている。これはとても無視できないでしょう?」

「その情報はどこから入ってきたの?」イヴは抑揚なく尋ねた。

「それは……あなたが結婚したとき、こちらから情報を求めたのです。友人に関係あることなので。きみに連絡するわけにはいかなかったんだよ」イヴァンはサマーセットに言った。

「迷惑がかかるといけないからね。しかしわたしは、きみの家族のことを知りたかった。そこで調べて、見つけ出したんだ。あなたの身に起きたことはお気の毒に思います。その男、盗聴班に不介入を命じたやつは、もう死んでいます。何年も前に」イヴァンはつづけた。

「あなたにとって、それがなぐさめになるかどうかはわかりませんが。わたしのほうは救われていますよ。もし死んでいなければ、きっとわたしはそいつを殺したでしょうから――また人を殺したでしょうからね」

「どうでもいいわ。もうすんだことよ」

イヴァンはうなずいた。「これもそうなのです。あの組織の内奥には汚い小さな窪みがある。あの女は、そういった窪みのなかを這いまわるもののひとつでした。わたしは彼女の命を奪いましたが、案に相違し、いまも天秤は平らになっていません。そうなることは決してないのです。あの連中はわれわれの人生を――人生のピースのいくつかを形作った。こちらにはどうすることもできません。連中は深い部分にある何かをわれわれから奪ったわけです。だから、あなたがわたしをさがしていると知ったとき、わたしは出てこずにはいられなかったのですよ。いいですか？」

イヴァンは指を二本差し上げ、それを自分の上着のポケットに向けた。イヴがうなずくと、彼は慎重にポケットに手を入れ、特大のリンクのようなものを取り出した。

「ただの殻ですよ」イヴとロークがそろって飛びつくと、イヴァンは言った。「中身は解体し、壊してしまいました。装置に関する全データもです」

ロークが吐息を漏らした。「ああ、もったいない」

イヴァンは笑い、自分のその声に驚いて目を瞬いた。「必要なことですからね。もちろんつらい決断でしたよ。ずいぶん労力を注ぎこんだので」彼はため息をついた。「わたしが逮捕されれば、連中がわたしをつかまえに来るでしょう。連中でなくとも、似たようなやつらが。わたしには知識とスキルがありますから。あなたの法、あなたの規則、あなたのがんばりさえも、彼らを止めることはできません。こんなことを言うのは、自分が助かりたいからではありませんよ」彼は静かに言った。「わたしにはわかっているのです。連中はあらゆる手を尽くしてわたしを従わせ、わたしの知識とスキルを利用するでしょう」

「彼は多くの命を救いました。フェリーにいた多くの罪のない人を」サマーセットが言った。「それに、その装置を破壊することで、さらの多くの人を——おそらく何百、何千もの人を救ったのですよ」

「わたしがあそこに行ったのは、そのためじゃない。わたしは殺しに行ったんだよ。警部補はそのことをわかっておいでだ。あとのことは偶然にすぎない。わたしはこの件を警部補の手に委ねるつもりだ。正義に向き合うつもりだよ」

「正義?」サマーセットは低い声で言った。「どうしてこれが正義なんだ?」彼は立ちあがり、イヴに食ってかかった。「理解に苦しみますよ。あなたにはなぜそんなことができ――」

「うるさい」そしてイヴは口を開きかけたロークに言った。「黙ってて」彼女は窓辺に行ってそこに立ち、自分のなかの戦いの勝者が決まるのを待った。

「バックリーのファイルは見せてもらった。あなたは、遺体を発見したときわたしがそれを見ることを期待していたんでしょう? 彼女は自分のやった殺しの報告書や写真をスクラップブックみたいに保管していた。彼女こそ、わたしが日々戦っている相手なの。あのフェリーであなたがしたような行為もよ」

「ええ」イヴァンは静かに言った。「わかっています」

「連中は必ずあなたをつかまえに来る。あなたが正義に向き合えるように、わたしがどんな障壁を設けようと、彼らを止めることはできない。わたしはこの問題は自分の管轄外だと思う。それに、うちにもどるまでにつかんでいたことをHSOに報告すれば、そう言われることはまちがいないわ」

イヴは振り向いて、きびきびと言った。「これはHSOの職員とHSOが以前雇っていたフリーランスの殺し屋が関与する、HSO内部の問題よ。事は国家の安全にかかわる可能性もあり、捜査の過程でわかったことを報告しなければ、わたしは義務を怠ったことになる。だから、いまから署に行って、自分の知ったことを部長に伝え、指示に従うわ。お友達にさよならを言ったほうがいいわよ」彼女はサマーセットに言った。

それからイヴァンのほうを見た。その感じのよい顔と穏やかな目を。「消えなさい。たぶん一時間、運がよければ二時間の猶予がある。ここには二度と現れないで」

「警部補」イヴァンが言いかけたが、イヴは背を向け、部屋から出ていった。

エピローグ

ロークは仕事部屋でイヴを見つけた。彼女は檻に入れられた猫さながらに行きつもどりつしていた。「イヴ」

「コーヒーなんて要らない。何か強い飲み物がほしい」

「両方用意しよう」ロークは壁のパネルに手を触れて、ワインを一本、なかから選び出した。「彼は真実を語っていたよ。僕はかなり深いところまで調べ、彼自身やHSO以前の彼の仕事に関するデータを相当量、見つけたんだ。家族を殺害して、彼の所属組織につながる証拠を仕込むという決定に関するデータもあったよ」

ロークはポケットからディスクを取り出した。「コピーを作っておいた」彼はイヴにワインを手渡し、ディスクを机に置いた。「それに、連中か似たようなやつらが自分をつかまえに来るという彼の言葉も真実だ。ああいう連中のためにまた働くくらいなら、彼は自ら命を絶っただろう」

「わかっている。わかっていたわ」

「ああいう決断は、きみにとってつらいものだったろうね。痛いほどよくわかるよ。きみも知ってのとおり、僕は境界線をまたいで立っている。だから僕ならば苦しまずにすんだはずだ。ごめんよ」

「あれはわたしの決めることじゃない。わたしの仕事はそういうものじゃないの。組織はそのためにあるのよ。そして、たいてい組織は機能するの」

「今回のはきみの組織じゃないんだ、イヴ。連中には連中の法があり、組織がある。そしてその内部のやつらの多くは、その時々の目的を達成するためなら、子供に対する虐待を放置するのも厭わないし、子供の殺害を命じたせいで眠れなくなることもないんだよ」

イヴはぐうっとワインを飲んだ。「正当化はできるの。自分のしたことを正当化はできるのよ。だってそれが真実なのはわかっているから。あれはわたしの組織じゃない。正当化はできる。もしきのうバックリーが優位に立っていたら、キャロリー・グローガンは死んでいたし、ドアの外で母親を待っていたあの子供は、他の何十人もの人たちもろとも吹っ飛ばされていたんだから。それにもしドラスキを逮捕していたら、わたしは彼を殺すことになったんだから」

イヴは机の上からディスクを取りあげた。そして、以前、ロークが自分のためにしてくれたことを思い出し、それをパキンとふたつに折った。「あの男を二度とここに近づかせないでよ」

ロークは首を振った。それから、彼女の顔を両手ではさみ、その唇にキスした。「僕の考えによれば、いい警官になるには、能力と責任感以上のものが求められる。それには、善悪を見分ける確かな感覚が必要なんだよ」

「善悪が重なり合わないときは、それもずっと簡単なんだけど。さて、報告書をまとめて、部長に連絡を入れなきゃ。それと、お願いだから、あの爆弾を家の外に運び出して。解除されていようがいまいが、かまわないから」

「やっておくよ」

ひとりになると、イヴはすわって、自分のメモを報告書にまとめる作業にかかった。猫がパタパタと入ってきたので、彼女はそちらに目をやった。猫のうしろにはサマーセットがいた。

「仕事中よ」イヴはそっけなく言った。彼がデスクに皿を置くと、彼女は眉を寄せた。皿には巨大なチョコレートチップ・クッキーが載っていた。「何よ、これ?」

「クッキーです。どんな馬鹿でもわかるかと思いますが。こんなものを食べれば、夕食を楽しめなくなるでしょうね。でもまあ……」サマーセットは肩をすくめて、ドアに向かった。部屋を出る前に、彼は足を止め、振り返らずに言った。「世界が英雄を渇望していた時代、イヴァンはそのひとりでした。あなたが逮捕していたら、彼は夜が明ける前に死んでいたでしょう。どうかそのことを心に留めておいてください。ご自分がきょう人の命を救ったのだということを」

サマーセットが立ち去ると、イヴは椅子の背にもたれ、彼が消えたあとの部屋の出口を見つめた。それから、自分のメモと、画面の報告書と、死者たちの写真に目を通した。彼らは失《ザ・ロスト》われた者と言えるのではないか。その全員の命が奪われたのだ。たぶん、善悪の境界線すれすれを行くことで、自分は失われた者の側に立ったのだろう。

イヴにはそう思うしかない。

クッキーを大きく割りとり、彼女は仕事にもどった。

訳者あとがき

三つの中編から成るイヴ&ローク・シリーズ番外編第二弾、『ダーク・プリンスの永遠』をお届けします。収録作は、スリル、サスペンス、ロマンティシズム、エロティシズム、ユーモア、ホラーがバランスよく盛りこまれた逸品ばかり。長い作品をじっくり読むのも楽しいのですが、本書に収められているような短いものは、事件発生から解決まであっという間で、スピード感が際立ちます。そうか、イヴの仕事のほとんどは、二、三日のうちに決着がついてしまうんだな――そんなことが実感できるのが本書です。ぜひ、各作品を一気読みして、ジェットコースターに乗った気分で、イヴの活躍を追いかけてください。

では、三編の中身はというと――まず表題作である一作目『ダーク・プリンスの永遠』は、ニューヨークの街の地下に巣食う吸血鬼(?)の物語。永遠の命の約束、血を吸われる美女たち、地下道の淫靡ないかがわしいクラブ、とホラー的要素がたっぷり含まれており、とりわけ暴力と犯罪がはびこるこの地下道の恐ろしげな描写が秀逸です。イヴはそこへヴァンパイア退治に乗りこむわけですが、リアリストの彼女はもちろん、そのような超自然的な存在など信じてはいません。ところが、結局、最後の対決で彼女を救ったものは……？　訳者はこの落ちがことのほか気に入っています。

そして、二作目『六〇六号室の生贄』の事件は、なんらかの儀式の人身御供のようなかたちでうら若い女性が惨殺されるというもの。切り刻まれた遺体が発見されるのは、高級ホテルのスイートルーム、六〇六号室です。この部屋番号が、悪魔の数字666を連想させて禍々《まがまが》しく、またしても超自然的なものを感じさせるのですが、今度の犯人が潜むのは、一見正常で反社会的な側面など少しもない、ごくふつうの世界です。悪魔はどこにいるかわからない。けれども、イヴはただちに犯人の正体を看破します。その速さ、的確さ。彼女の警官としての経験と洞察力が光ります。

三作目『船上で消えた死者』は、がらりとムードが変わり、ミズーリ州からニューヨーク観光に来たある善良な家族連れの休暇風景から始まります。季節は初夏。一家は、ニューヨーク港発スタテン島行きの観光フェリーで楽しいひとときを過ごしています。ところが、その船上で一家の母親が忽然と姿を消すのです。フェリーのトイレに残された大量の血。しかし遺体はない。目撃者もいない。殺人犯も見つからない。死んだのは誰なのか？　犯人は誰で、動機はなんなのか？　被害者はどこへ消えたのか？　謎だらけの怪事件にイヴが挑みます。三編のなかでもっともミステリーの要素が強いのは本作でしょう。また、SF的な要素もあり、シリーズが近未来を舞台としていることがいちばん生きている作品とも言えるでしょう。

本書の三編は、最初は別々に、三人の女性作家によるミステリーのアンソロジーのなかで発表された作品です。すなわち、『ダーク・プリンスの永遠』(*Eternity in Death*)は、二〇〇七年の *Dead of Night*、『六〇六号室の生贄』(*Ritual in Death*)は、二〇〇八年の *Suite 606*、『船上で消えた死者』(*Missing in Death*)は、二〇〇九年の *The Lost* に収録されていたのです。それが *Time of Death* として一冊の本にまとめられ、改めて出版されたのが二〇一一年六月で、本書はこの原書を翻訳したものです。

そのため、物語のなかの時は、シリーズの前作『悪夢の街ダラスへ』より少し前に遡《さかのぼ》ります。『ダーク・プリンスの永遠』は二〇六〇年四月のエピソードですから、第二十七作『見知らぬ乗客のように』と第二十八作『死者のための聖杯』のあいだの出来事、『六〇六号室の生贄』と『船上で消えた死者』はおそらく第二十九作『冷ややかな血脈』の前あたりであろうかと思われます。

ちなみに、『六〇六号室の生贄』で、パーティーに出席中のイヴが自分のきらびやかな衣装を嘆きつつ「ルイーズのシャワーのときは、こんな格好はしなくてすむけど」と言いますが、これは、どうやら間近に迫っているらしい、イヴの友人ルイーズのブライダル・シャワーのことで、その模様（すさまじい！）は『冷ややかな血脈』に詳細に描かれています。興味のあるかたは、そちらものぞいてみてください。

二〇一五年　一月

イヴ&ローク 番外編
ダーク・プリンスの永遠

著者 J・D・ロブ

訳者 香《こう》野《の》 純《じゅん》

2015年1月20日 初版第1刷発行

発行人 鈴木徹也

発行所 ヴィレッジブックス
〒108-0072 東京都港区白金2-7-16
電話 048-430-1110(受注センター)
03-6408-2322(販売及び乱丁・落丁に関するお問い合わせ)
03-6408-2323(編集内容に関するお問い合わせ)
http://www.villagebooks.co.jp

印刷所 中央精版印刷株式会社

ブックデザイン 鈴木成一デザイン室

 ISBN978-4-86491-191-7 Printed in Japan

アマンダ・クイックの好評既刊

超能力組織アーケイン・ソサエティを舞台にした傑作ヒストリカル・ロマンス・シリーズ!

アマンダ・クイック　高橋佳奈子＝訳

「オーロラ・ストーンに誘われて」

あなたと恋に落ちたのは、いっしょに悪魔と闘っていたとき…

定価：本体860円＋税

ISBN978-4-86332-331-5

「運命のオーラに包まれて」

彼こそ、わたしの理想の相手。でも、ともに過ごすのは今夜だけ。

定価：本体840円＋税

ISBN978-4-86332-148-9

「虹色のランプの伝説」

その夜二人が熱く燃え上がったのは超能力のなせるわざ、それとも愛ゆえ？

定価：本体880円＋税

ISBN978-4-86491-087-3

「禁じられた秘薬を求めて」

初めて会ったときから好きだった。それが叶わぬ想いと知りつつも…

定価：本体860円＋税

ISBN978-4-86491-038-5

ジュリー・ガーウッドの好評既刊

ベストセラー作家が
ハイランド地方を舞台につむぐ、
心震えるヒストリカル・ロマンス……

婚礼はそよ風をまとって

ジュリー・ガーウッド
鈴木美朋＝訳
定価：本体920円＋税 ISBN978-4-86491-064-4

大天使の名を持つハイランドの戦士と、美しいイングランド貴族の娘。
ふたりの誓いの背後にあるものとは——

「太陽に魅せられた花嫁」 鈴木美朋＝訳
定価：本体880円＋税 ISBN978-4-86332-900-3

「メダリオンに永遠を誓って」 細田利江子＝訳
定価：本体920円＋税 ISBN978-4-86332-940-9

「ほほえみを戦士の指輪に」 鈴木美朋＝訳
定価：本体900円＋税 ISBN978-4-86332-039-0

「黄金の勇者の待つ丘で 上下」 細田利江子＝訳
各定価：本体780円＋税 ISBN〈上〉978-4-86332-085-7〈下〉978-4-86332-086-4

「広野に奏でる旋律」 鈴木美朋＝訳
定価：本体860円＋税 ISBN978-4-86332-297-4

ジュリー・ガーウッドの好評既刊

西部開拓時代を舞台に描かれる クレイボーン兄弟 三部作!!

細田利江子＝訳

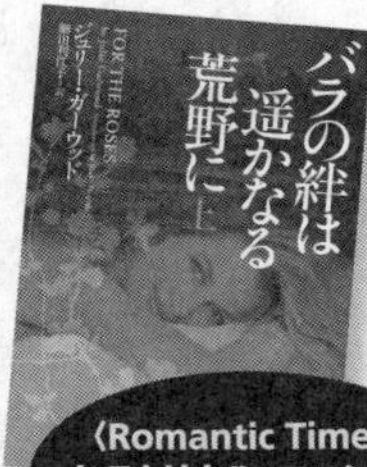

バラの絆は遥かなる荒野に 上下

路地裏に捨てられていた青い瞳の赤ん坊と、
彼女の命を救った四人の少年――19年後、
“兄妹”が暮らすモンタナの牧場に、かつて誘拐された
英国貴族の娘を探す弁護士が訪ねてくるのだが……。

各定価：本体820円＋税
ISBN〈上〉978-4-86332-174-8〈下〉978-4-86332-175-5

〈Romantic Times〉
ヒストリカル・ロマンス・
オブ・ザ・イヤー受賞

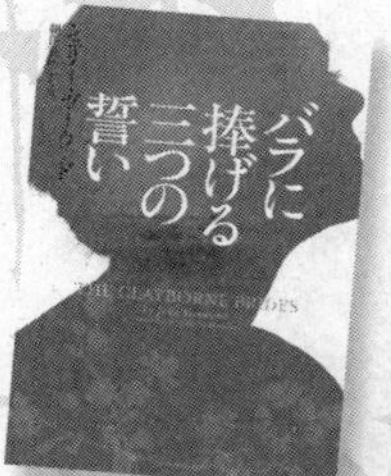

バラに捧げる三つの誓い

モンタナで暮らすクレイボーン四兄弟、
全員がいまだ独り身の生活に浸かっている。
だが、そんな彼らに訪れた恋の気配は
思わぬ波乱を巻き起こすことに――

定価：本体880円＋税 ISBN978-4-86332-317-9

バラが導く月夜の祈り

三男コールはある日、身に覚えのない留置場で目覚め、
連邦保安官として凶悪事件を追うことになる。
目撃者として出会った美女に惹かれるも、
不穏な影が迫り……。

定価：本体840円＋税 ISBN978-4-86332-335-3